U0580147

励 耘
文 库

文学 ｜ Literature

何乃英 著

川端康成小说艺术论

北京师范大学出版集团
BEIJING NORMAL UNIVERSITY PUBLISHING GROUP
北京师范大学出版社

前　言

　　川端康成(1899—1972)是日本现代著名小说家，日本第一位诺贝尔文学奖获得者。他于1899年6月14日出生在日本大阪。自幼父母双亡，对他的心理产生了很大影响。他曾在《致父母的信》一文中写道："深深刻入我幼小心灵里的，便是对疾病和夭折的恐惧。"父母死后，他随着祖父母回到老家。8岁那年，祖母死去；10岁那年，唯一的姐姐死去；16岁那年，最后一位亲人——祖父也辞别了人世。这使他感到极端的孤单寂寞，仿佛天地之间仅仅剩下他一个人了。孤独的生活和失亲的遭遇，是形成他的孤僻性格和他日后作品悲凉格调的重要原因之一。他自幼喜欢读书。入中学后，热衷于阅读文学作品，将自作的诗歌、文章和书信编为《谷堂集》，还频频向报刊投稿。

1917年9月，他考入东京第一高等学校英文系。他仍然热爱读书，读得最多的是陀思妥耶夫斯基、契诃夫等俄国作家和志贺直哉、芥川龙之介等日本作家的作品，尤其敬佩志贺直哉。1920年9月，他进入东京帝国大学(后改为"东京大学")英文系，第二年转入国文系。在东京帝国大学期间，他热心文学事业，积极参加编辑出版东京帝国大学文科系统的同人杂志《新思潮》(第六届)。在这个刊物上，他发表过一些短篇小说。1924年春天，他从东京帝国大学毕业，决心走上文坛，成为专业作家。同年10月，他参与创办同人杂志《文艺时代》，发起新感觉派文学运动。《文艺时代》于1927年5月停刊。其后，他又先后加入《近代生活》杂志、"十三人俱乐部"和《文学》杂志。进入20世纪30年代以后，日本军国主义势力在亚洲和太平洋地区疯狂推行侵略政策并发动战争。在战争期间，他大部分时间过着半隐居的生活，继续写作几乎与战争无关的作品。1945年8月15日，日本战败投降。这对他是一个巨大打击。他对日本战后的现实感到不满和失望。这种态度决定了他战后生活和创作的基调。由于在创作方面不断取得成果，他在战后获得了多种荣誉头衔和奖励。1968年10月，他获得诺贝尔文学奖。1972年4月16日，他在工作室里口含煤气炉管自杀，没有留下遗书。

川端康成73年的生命中有58年在写作。他的主要成就是在小说领域，总共写了430多篇小说，包括手掌小说(超短篇小说)、短篇小说、中篇小说和长篇小说。他的小说创作可以说是从短篇起步的。第一个短篇《16岁的日记》写于1914年，其后几乎终生笔耕不辍，直到去世，所写短篇总数(含手掌小说)当在400篇左右。他的中长篇小说是以大量短篇小说创作为基础的，是他的创作步入成熟时期之后的产物，并且成为他的重要创作成果，有三十七八种（其中中篇小说十八九篇，长篇小说十八九部；但有些作品难以区分是短篇、中篇还是长篇，所以统计数字可能略有出入）。此外，他还写了许多散文、随笔、评论、讲演稿、杂文、书信、诗歌、日记，并有许多译文。他以自己的创作实绩充实了日本文学的内容，表现了日本文学的特色，提高了日本文学的地位，扩大了日本文学的影响。

本书以研究川端康成的小说艺术为指归，主要依据是日本新潮社出版的日文版《川端康成全集》和日本各出版社出版的日文版川端康成作品。在研读川端康成的小说和川端康成本人对于这些小说的解释和意见，并参照日本学者和我国学者大量研究成果的基础上，我从思想内容、创作方法、表现技巧和艺术风格四个方面进行开掘。

第一编是思想内容论。川端康成小说的思想内容是相当复杂的，并且经历了一个颇为曲折的发展过程。这个过程大致以第二次世界大战为界，分为战前和战后两个阶段。他战前的小说可以归纳为两类：第一类小说有的描写他自己的孤儿生活和孤独感情，有的描写他自己的失恋过程和痛苦感受。由于这类小说写的是他本人的经历和体验，所以描写细腻，感情真挚，具有激动人心的艺术效果；但也由于仅仅写他本人的经历和体验，并且常常充满低沉、哀伤的情调，所以生活范围、思想高度和社会意义受到一定的局限。第二类小说主要描写的是处于社会下层的人物，特别是下层妇女（如女艺人、舞女、艺妓、女服务员）的生活和体验。这类作品不但比较真实地描绘出被侮辱者与被损害者的生活，比较充分地表现出她们的欢乐、悲哀和痛苦，而且还充满了作者对她们的热爱、同情和怜悯。因此，比第一类小说描写的生活范围要广泛得多，也具有更深刻的思想意义和社会意义，所以更加值得我们关注。他战后的小说产生了一定的变化。一方面他仍然沿着战前第二类小说的道路前进，表现正常生活和感情，同时反映社会存在的某些问题，表达对于普通人民的同情态度；另一方面则写作若干表现非正常生活和感情的小说。川端康成小说思想内容的突出特点可以归纳为以下四点：一是表现和赞赏女性美，即以女性为中心，以男性为陪衬，着重描写女性的外貌美和心灵美。这个特点在他大多数小说中都有所体现。二是表现和赞赏卑贱美，即善于表现身份卑贱的女性，善于表现她们的生活和感受，善于表现她们身上所体现出来的美。这个特点在战前的第二类小说中体现得最为突出。三是表现和赞赏颓废美，即从作品的实际内容来看，描写的是违背正常伦理道德的言论、行为和感情，赞美的是违背正常伦理道德的言论、行为和感情，甚至是单纯的性爱，是男性玩弄女性肉体的美，因而具有颓废的性质。这个特点在战后的第二类小说中体现得最为明显。四是表现和赞赏虚无美，即从作者的审美角度来看，他所追求的是可望而不可即的美，他认为这才是完美的，才是至高无上的。这个特点也在战后的第二类小说中体现得最为充分。

第二编是创作方法论。川端康成小说的创作方法不是单一的、固定不变的，而是复杂的、不断变化的，其变化过程可以大体上划分为三个时期。本编试图探索其小说的变化过程及特质。第一个时期——新感觉派时期，指 20 世纪 20 年代中期他参与创办《文艺时代》杂志和发起新感觉派文学运动时期。这时他一方面从理论上大力宣传新感觉派文学，宣传融入新感觉派文学的各种西方现代主义文学创作方法，如表现主义、达达主义，发表了《新进作家的新倾向解说》等论文；另一方面也在实践上试用这些方法进行创作，手掌小说集《感情装饰》是他这个时期新感觉派小说的主要代表。不过，他不是最典型的新感觉派作家（他自己也不以新感觉派主要代表作家自居），因为在这个时期他还发表了《伊豆的舞女》等不够典型的新感觉派小说。第二个时期——模仿意识流小说时期，指20世纪20年代末期和30年代初期《文艺时代》停刊与新感觉派文学运动过去以后，他参加《近代生活》和《文学》等杂志成为同人，受到以乔伊斯和普鲁斯特等为代表的西方意识流小说家的吸引并且试图进行模仿的时期，短篇小说《水晶幻想》是这个时期的主要产物。但是，《水晶幻想》只能算是模仿性、尝试性的作品，不能算是很成功的作品，只能代表他一个时期的创作倾向（而且这个时期在他的创作生涯中是一个不长的、过渡性的时期），不能代表他一生创作的主要倾向。这篇作品未完而辍笔，清楚地说明了他是不愿跟在别人后面亦步亦趋的。第三个时期——走自己道路时期，指20世纪30年代中期以后，他经过一番思考和整顿，认识到自己虽然"接受过西方现代文学的洗礼"，但是自己"在根底上是东方人"，所以决定走自己的路，将继承日本民族传统方法和学习西方现代主义方法结合，中篇小说《雪国》是这个转折的标志。从上述演变过程中，我们可以清楚地看出他经过反复摸索，最终走上了一条既努力继承日本民族文学传统又广泛吸取西方现代文学营养的道路。

第三编是表现技巧论。川端康成在艺术表现上是勇于探索、敢于创新的。他刚踏上文坛时，就对日本文学现状表示不满，积极倡导革新，认为"新精神需要新表现，新内容需要新文章"，"没有新表现则没有新文艺"；其后，由于年龄的增长和阅历的加深，他虽然不再如此锋芒毕露，但坚持刻意求新、坚持走自己道路的态度终生未变。大约正因为如

此，他始终重视小说的艺术表现，重视小说的表现技巧，从而使自己的
作品达到了相当高的艺术水准，形成了鲜明的个性特点。从研究的角度
来说，小说作为叙事文学的一种形式，我们在分析它的表现技巧时，既
要考虑到传统叙事文学理论的研究成果，又要考虑到 20 世纪初期以来
以俄罗斯的形式主义、捷克和法国的结构主义，以及英美的新批评派为
代表的新叙事文学理论的研究成果。一般来说，传统叙事文学理论侧重
研究叙事文学所表现的生活内容，即以人物、情节、环境三要素为中心
的生活内容，新叙事文学理论则侧重研究叙事文学故事的叙述方式、叙
述者的声音特点、叙述者与叙述接受者的关系等。在我看来，新叙事文
学理论忽视了传统叙事文学理论所重视的若干重要问题，但也提出了传
统叙事文学理论所忽视的若干重要问题。我所采用的研究方法是以传统
叙事文学理论为主，同时适当吸收新叙事文学理论的若干合理因素。用
这两种理论来分析，川端康成小说的表现技巧特点主要表现在人物刻
画、环境描写、情节结构、语言运用和叙述方法五个方面。他在人物刻
画上的特点是表现主观感受，具有理想因素，重视性格特色，保持朦胧
色调，灵活处理人物与模特儿的关系。他在环境描写上的特点是既进行
社会环境描写，又特别重视自然环境描写，并擅长将景物与人情密切地
融合起来。他在情节结构上的特点是故事情节平淡而和缓，短篇小说单
纯而自然，中篇小说和长篇小说自由而灵活。他在语言运用上的特点是
具有明显的感觉性和浓郁的抒情性，善于使用比喻和反复等修辞手法，
能够将人物口语写得鲜活生动。在叙述方法上，他的小说在叙述时间
（本文时间和故事时间的关系）、叙述视角（小说观察故事进程和叙述故
事进程的角度）和叙述声音（叙述者的声音）等方面不无独到之处。

第四编是艺术风格论。川端康成小说的艺术风格是多样化的，但在他的创作中占主导地位的乃是美而悲的小说。这些小说主要描写普通人的日常生活，特别是男女之间的爱情故事，通过形形色色的故事抒发男男女女悲欢离合的感情，特别是女性悲欢离合的感情。在这样的小说里，他热情地探求美。他的故事往往以绚丽多彩的大自然为背景，以自然界的季节变化为衬托，使自然的景色和人物的感情结合起来，达到水乳交融的地步。他又以美丽纯洁的年轻女子为中心，以她们对生活、爱情和艺术的不懈追求为主题。这些都与他对美的探求有关。在这样的小说里，他还热心地表现悲。他的故事往往充满失意、孤独、感伤等悲哀感情，结局往往具有或浓或淡的悲剧色彩，主人公对生活、爱情和艺术的不懈追求往往达不到预期的目的，而以失败告终。这就使他的小说充满悲哀的色调。因此，在他的小说里，美和悲往往是紧密结合在一起的，往往是既美且悲的。他的小说的主导艺术风格可以用"美而悲"三个字来概括。之所以出现这种情况，显然与他对美与悲的看法有关。在他看来，美与悲是密不可分、相辅相成的。所以，他总是把美与悲联系在一起加以表现，构成一种既美且悲的独特格调，抒情味浓，感染力强。在这个意义上说，他的小说堪称悲哀美的颂歌。不言而喻，这种独特的艺术风格不是凭空产生的，而是与他所处的客观环境（如时代因素、民族因素和阶级因素等）和他本人的主观条件（如家庭出身、生活道路、心理素质和审美情趣等）密切相关。本书主要从没落世家、孤独童年、战争祸害、佛教观念、文化渊源、文学传统以及主观意识等方面去寻找川端康成艺术风格产生的根源。

结论是对全书的总结，综合论述川端康成对继承日本民族文学传统和吸取西方文学营养关系的认识，指出他是一位"东西结合以东为主"的艺术家。

何乃英

于北师大越水书屋

目　录

第一编　思想内容论

第二编 创作方法论

第三编　表现技巧论

第四编 艺术风格论

第一编 ◎

思想内容论

一般来说，文学作品的思想内容是指它所描写的社会生活及其所包容的思想内涵，包括题材和主题以及体现题材和主题的人物、环境和情节等；不过，它们不是纯客观地表现出来的，而是通过作家思想观点和审美情趣的评价表现出来的。因此，文学作品的思想内容既有客观的因素——作品所描写的社会生活，也有主观的因素——作家所具有的思想倾向，二者密切地结合在一起，构成一个完整的统一体；从一定的意义上说，后者更具有决定性的意义。尽管作品的社会生活对于作家的思想倾向具有一定的制约作用，但是反过来说，作家的思想倾向又对作品的社会生活具有统率作用。我国古代学者王夫之对于后一点有精辟的论述。他在《夕堂永日绪论内编》中写道："无论诗歌与长行文字，俱以意为主。意犹帅也。无帅之兵，谓之乌合。李、杜所以称大家者，无意之诗，十不得一二也。烟云泉石，花鸟苔林，金铺锦帐，寓意则灵。若齐、梁绮语，宋人抟合成句之出处（原注：宋人论诗字字求出处），役心向彼掇索，而不恤己情之所自发，此之谓小家数，总在圈缋中求活计也。"①

川端康成的小说也是如此。我们研究他的小说的思想内容及其特点，也应当既研究他的小说所描写的社会生活，也研究他本人的思想倾向，并将二者统一起来加以考察。

从川端康成的一生创作来看，他的小说的思想内容是相当复杂的，并且经历了一个颇为曲折的发展过程。这个过程大致以第二次世界大战为界，分为战前和战后两个阶段。

---

① ［明］谢榛、［清］王夫之：《四溟诗话　姜斋诗话》，146 页，北京，人民文学出版社，1961。

第一章 | 战前小说的思想内容

川端康成战前的小说可以归纳为两类：第一类描写他的孤儿生活体验和失恋生活体验；第二类描写处于社会下层的人物，尤其是下层妇女的生活体验。

第一节　描写孤儿生活体验和失恋生活体验的小说

川端康成在战前发表的第一类小说，有的描写自己的孤儿生活和孤独感情，如《拾骨》(1914)、《油》(1921)、《参加葬礼的名人》(1923)、《向阳》(1923)、《16岁的日记》(1925)、《祖母》(1926)、《致父母的信》(1932)、《父亲的名字》(1943)和《故园》(1945)等；有的描写自己的失恋过程和痛苦感受，如《锯与分娩》(1924)、《篝火》(1924)、《非常》(1924)、《霰》(1927)、《处女作之祟》(1927)和《南方之火》(1934)等。以上这些作品都接近于日本人所喜欢的"私小说"。私小说是自我小说的意思。作家一面叙述自己的生活经历，一面披露自己的生活体验。它是日本特有的小说形式，在日本现代文学史上占有重要地位。有人认为，私小说最鲜明地体现了日本现代文学的特点；还有人认为，私小说是日本现代文学的故乡。这些说法不无道理。川端康成也认为，他的这类小说有些是可以归入私小说范围的。他在《独影自命》中将《油》《参加葬礼的名人》《孤儿的感情》《16岁的日记》和《致父母的信》等列为表现孤儿生活和孤独感情的私小说，而将《篝火》《非常》《霰》和《南方之火》等列为表现失恋过程和痛苦感受的私小说。由于这类小说所写的是他本人的经历和体验，所以描写细腻，感情真挚，具有激动人心的艺术效果；但也由于仅仅写他本人的经历和体验，并且自始至终充满低沉、哀伤的情调，所以生活范围、思想高度和社会意义都有一定的局限。

以短篇小说《16岁的日记》为例。川端康成是很重视这篇小说的，将它收入《川端康成全集》时，放在全书的卷首，其理由一是在他已经发表的作品中执笔最早，二是对他自己来说是重要的记录。小说最初以正、续两篇的形式先后刊载在《文艺春秋》1925年8月号和9月号上，题名为《16岁的日记》。据该文"后记"称，这是1914年5月，川端康成16岁时的日记，当时用中学生的作文纸写了30页左右。"发现这些日记时，最使我感到惊奇的是，其中所记载的每日生活，在我的记忆里没有留下痕迹"（不过，他后来又在《独影自命》里说，这个"后记"是作为小说来写的，所以与事实略有出入）。① 这可能是因为，这些日记是 10 年之后，才在他舅父岛木家的仓房里发现的。当时由于舅父要把房屋宅地卖掉，川端康成便在把仓房交给买主以前，到那里去寻找一下，看看是否有自己的东西。结果发现当年他父亲出诊时用过的一个皮包里面装着他少年时代的日记，其中也包括这些记载他祖父临危状态的日记。不过"这里所描绘的祖父的形象，比我记忆中祖父的形象丑陋得多；10 年以来，我的记忆连续不断地清洗着祖父的形象"。② 关于写这些日记时的情景，川端康成在《16 岁的日记》5 月 8 日的日记里写道："于是，我面对桌子，铺开稿纸……准备好听祖父讲所谓的知心话。/（我想把祖父的话原封不动地记录下来）。"③该文"后记"则在引过这段话之后继续写道："据我的记忆，虽然说有'桌子'，其实是用凳子（脚搭子）代替桌子，把蜡烛立在它的边缘，我在那上面写了《16 岁的日记》。祖父几乎双目失明，所以没有觉察我在描述他的样子。"④至于为什么要写这些日记，"后记"则写道："一定是觉得祖父将要死去，于是便想把祖父的样子记载下来。不过，事后回想自己当时年仅 16 岁，竟然能够坐在濒死病人的身旁，如实写下这些日记，也颇有不可思议之感。"⑤为了强调这篇小说所写内容的真实性，川端康成在正式发表《16 岁的日记》时曾经声明，这篇作品是 1914 年 5 月的日记抄录，只有括弧里的内容才是 1925 年作

---

① ［日］川端康成：《川端康成全集》（日文版），第 2 卷，35 页，东京，新潮社，1999。

② 同上书，35、36 页。

③ 同上书，24 页。

④ 同上书，42 页。

⑤ 同上书，20 页。

者 27 岁时所加的注释。

《16 岁的日记》以川端康成濒临死亡的祖父为主要描写对象，具体而生动地记述了祖父临终之前几天的音容动作，同时也充分表达了作者对于这位即将告别人世的唯一亲人时而怜悯、时而不快、时而厌倦、时而悲伤等难以捉摸的感情变化。川端康成自幼父母双亡，从 8 岁起便单独同年迈的祖父一起生活，直到 16 岁时祖父离开人世为止。因此，在川端康成的心目中，父母的形象是模糊不清的，唯有祖父的形象清晰可见，而《16 岁的日记》则是他为祖父所写的天真幼稚的墓志铭。他的祖父名叫川端三八郎（后来改名康筹），生于 1841 年，性情有些古怪。他从祖上继承下来不少财产，可是他不肯安分守己维持家业，喜欢从事各种事业，结果全部失败。关于这位祖父，川端康成在《16 岁的日记》里怀着无限感慨写道："啊！祖父一生一无所成，着手从事的活动都以失败告终，他心中做何感想呢？啊！他在这样的逆境中活到了 75 岁，值得庆幸！这是因为心脏结实（我以为祖父能够含悲长寿，乃是由于心脏结实）。几个子孙都死在他之前，没有谈话对象，眼不能看，耳不能闻（盲目而重听），完全处于孤独之中。孤独而又悲哀——这就是祖父。"[①]这位祖父既让"我"（川端康成）觉得可怜，又让"我"觉得可笑。可怜的是，他生命垂危，痛苦难忍，但是身边没有人细心看护，只有一个亲人——孙儿在旁边，可是这个孙儿年仅 16 岁，还不大会体贴病人，动不动就发牢骚。因此，有时病人呼天抢地地喊疼，却没有人去理会。这种处境委实可怜。可悲的是，尽管生命垂危，痛苦难忍，他仍念念不忘

---

① ［日］川端康成：《川端康成全集》（日文版），第 2 卷，20 页。

自己的"事业",一心要到东京去见首相,以便求得他的帮助,生产药品,出版书籍,给孙儿留下一笔丰厚的家产。作为一个16岁的少年,"我"一方面对这位祖父怀着深深的同情,同情他的痛苦和不幸;另一方面又由于年龄关系,还不大会关怀和体贴别人,所以常常表示厌烦。这种复杂微妙的感情变化和心理变化,在小说里被反复地、细致地描写出来。

这篇小说主要采用的是朴素、简洁的白描手法,如实记录病人的音容,几乎难以找到发表当时正在流行的新感觉派文学过分文饰的特点,但给人留下了深刻的印象。例如,5月4日的日记写道:

> 沏好茶后,让祖父喝。这是粗茶。慢慢地服侍他喝。祖父骨瘦如柴的脸。大半白秃的头。哆哆嗦嗦皮包骨的手。咕嘟咕嘟每喝下一口,喉结便在细长的脖颈里滚动一下。共喝了三口茶。①

又如,5月14日的日记写道:

> 祖父从头到脚都布满了又大又深的皱纹,像一件穿旧了的单绸衣似的;把皮往起一提,手撒开后,恢复不了原状。我心里害怕极了。今天祖父动不动就说些惹人生气的话。每逢这时,我便觉得祖父的脸似乎越来越可怕了。入睡以前始终听着祖父断断续续的呻吟

---

① [日]川端康成:《川端康成全集》(日文版),第2卷,10、11页。

声，我的头脑里充满不愉快。①

不过，在个别段落里，又出现了一些非同一般的描写。例如，5月4日的日记有如下一段：

"喂，小家伙，小丰正！"从垂危者的嘴里发出了有气无力的声音。

"我要解手，我要解手！听见了吗？"他的身子躺在床上一动不动，嘴里却这样哼哼着，我一时不知如何是好。

"怎么解呀？"

"拿尿壶来，帮我接尿。"

我虽不愿意也没办法，只好将他的衣服前襟掀起来，按他的吩咐去办。

"对好了吗？啊？我可要尿了，尿不到外边吗？"好像他自己的身体没有感觉似的。

"哎哟！哎哟！疼，疼死了，疼死了！哎，哎哟！"他解手时感到痛苦不堪。与这种上气不接下气的痛苦呻吟声同时，尿壶里响起了山谷小溪流水的清音。

"哎哟！疼死了！"——我听着这凄惨的叫声，眼眶里含满了泪水。②

---

① 〔日〕川端康成：《川端康成全集》(日文版)，第2卷，32页。

② 同上书，10页。

又如 5 月 7 日的日记也有一段类似的描述：

> 再没有比这个更让我讨厌的差事了。我一吃完晚饭，就掀起病人的被褥，用尿壶去接尿。等了 10 分钟也没有尿出来，可见病人的腹部是多么无力了。在等着的时候，我的不平，我的不快，都自然而然地发泄了出来。于是，祖父低头道歉。而当看着祖父那一天天憔悴下去、露出死相的苍白面孔时，我又觉得羞愧难当。过了一会儿，祖父喊叫起来："哎，疼死了，疼死了！哎哟！"声音又细又尖，使听者血脉凝固。与此同时，响起了潺潺的清澈声音。①

在这两段描写里，特别令人感到惊奇的是，作者有意把病人痛苦不堪的呻吟和山谷小溪流水的清音联系在一起。这种从痛苦的形象到愉快的形象、从丑陋的形象到美丽的形象的转换是突然的、巧妙的、奇特的，可以说把现实非现实化了。不言而喻，所谓山谷小溪流水的"清音"，其实乃是小便流入尿壶的"浊音"；只不过由于"我"（作者）将自己的主观感觉移入其中，于是便把刺耳的"浊音"变为悦耳的"清音"了。这是新感觉派文学经常使用的手法。如果认为《16 岁的日记》是 1925 年新感觉派兴盛时期的创作（或者虽以 1914 年的日记为基础，但在 1925 年又经过很大改动），那么使用这种手法便不足为奇；但如果承认《16 岁的日记》是 1914 年日记原封不动的抄录（只有括弧里的内容才是后来加上去的，而上引两段都不在括弧里），那么就不能不使人感到惊奇了。

---

① ［日］川端康成：《川端康成全集》（日文版），第 2 卷，20 页。

日本小说家和评论家伊藤整是持后一种看法的。所以，他在《川端康成的艺术》里谈到这个问题时写道：在这种作品之中，能够写出最后一句——"响起了山谷小溪流水的清音"的作家，此外还有吗？我深表怀疑。这篇作品仿佛是作者自己16岁的日记，后来加入注释而成；所以更加使人痛感它是这位作家天生东西的表现。伊藤整所谓的川端康成的"天生东西"，是指"与众不同的要求表现优美事物的强烈执着和力图说明真实的直视癖好的交织"；而"与众不同的要求表现优美事物的强烈执着"，在《16岁的日记》里表现为将撒尿声美化为"响起了山谷小溪流水的清音"；"力图说明真实的直视癖好"，在《16岁的日记》里则表现为对病人痛苦不堪状况的真实描写。伊藤整认为，这正是川端康成的与众不同之处，而《16岁的日记》则证明这种与众不同之处早已在他的身上存在了。伊藤整接着写道：从社会普通的生活方式和普通的文章作法来看，这也许会成为很大的弱点；但在自然的精神状态下，必须这样形容病人撒尿的一段。作者没有改正它，也没有舍弃它。他成长起来了。这一点达到了今天川端氏所特有的那种无与伦比的真与美交织的地步。① 这是从美学角度对这种独特描写方法的剖析。

不过，川端康成并没有以早熟的天才自居。他在《独影自命》里写道：10年后把这些日记作为作品发表，不用说我当时是连做梦也没有想到的。作为作品还好歹能读，是因为它的纪实性，不是什么早熟的天才。为了记下祖父的原话，我采用速记方式，没有余暇修饰文字，有些

---

① ［日］伊藤整：《川端康成的艺术》，载《文艺》，1938(2)。

字胡乱地连在一起，连自己也难以识别了。①

第二节　描写下层人物生活体验的小说

　　川端康成战前发表的第二类小说，描写的是处于社会下层的人物，特别是下层妇女（如女艺人、舞女、艺妓、女服务员等）的生活和体验。如《招魂节一景》(1921)、《谢谢》(1925)、《伊豆的舞女》(1926)、《穷人的情侣》(1928)、《温泉旅馆》(1929)、《浅草红团》(1930)、《虹》(1936)、《花的圆舞曲》(1936)、《雪国》(1935—1947)和《女性开眼》(1937)等。这类作品不但比较真实地描绘出被侮辱者与被损害者的生活，比较充分地表现出她们的欢乐、悲哀和痛苦，而且还充满了作者对她们的热爱、同情和怜悯。因此，比第一类小说描写的生活范围要广泛得多，也具有更深刻的思想意义和社会意义，所以更值得我们关注。

　　《招魂节一景》是他第一篇获得文坛好评的短篇小说，1921 年发表在《新思潮》第二期上。据川端康成在《独影自命》中记载，当时予以赞赏的作家，有菊池宽、久米正雄、水守龟之助、南部修太郎等。菊池宽认为，其中某些部分朗读出来，具有一种历历如在目前的表现力。《时事新报》则指出，在这期《新思潮》的作家中，川端康成是最有前途的，《招魂节一景》是本期杂志最杰出的作品。川端康成也很高兴，他写道：不管怎样，像《招魂节一景》这样的小品，仅仅在学生同人杂志上发表的作

————————

① ［日］川端康成：《川端康成全集》（日文版），第 33 卷，293 页。

品，居然能够引起如此大的反响，这在后来的文坛上几乎是难以相信
的。托这种反响之福，我从那一年起开始了卖文生涯。由于水守龟之助
的好意，刊载在《新潮》1922 年 12 月号上的《南部氏的风格》所得 10 元是
我的第一笔稿酬。①

　　"招魂节"是祭奠死者灵魂的仪式。位于东京的靖国神社，每年为所
谓"为国殉难者"的亡灵举行祭奠。这篇小说写的就是招魂节期间在游艺
场的一个小角落发生的小故事。故事的主人公——阿光是马戏团的女艺
人。她从小离开父母，在马戏团里长大，今年 17 岁，正当青春美妙的
年华。因此，尽管现实生活十分艰难，她的内心却充满不切实际的梦
想，现实越是残酷，她的梦想越是美妙、迷人。然而，她的梦想不久便
被她的前辈——阿留的遭遇打破了。当年阿留在马戏团大显身手时，阿
光还只能充当坐在她肩上表演的小角色；现在阿光取代了阿留，阿留则
已经落魄了：面如死人，头发稀少，双目失神，走起路来趔趔趄趄，不
堪入目。尤其让阿光感到恐怖的是阿留的那番忠告：谁要沾上一身马臭
味儿，变成男人的玩物，这一辈子就完了，就跟死了差不多；我劝你赶
快离开这个地方吧。阿留的话，使阿光从一连串的美梦中猛醒过来，使
她看清了自己的前途。正如她对另一个女艺人樱子所说的那样：一想到
咱们以后也会变成阿留那个样子，我心里就害怕得不得了。由于受到这
个刺激，由于忧虑自己的未来，她的心情乱了，动作乱了，结果在表演
每天重复多次的节目中遭到了失败。

　　虽然这篇小说篇幅不长，但是由于作者把靖国神社的场景写得有声

---

　　①　［日］川端康成：《川端康成全集》（日文版），第 33 卷，305 页。

有色，把阿光以及阿留、樱子等几个女艺人写得栩栩如生，把阿光那剧烈起伏的心理活动写得惟妙惟肖，所以留给读者的印象是鲜明的、深刻的。小说还通过阿光等人的片段生活场景表现出江湖艺人的不幸和痛苦，字里行间洋溢着作者对这些处于社会底层人物的怜悯和同情。这也是引人注目的。在一定的意义上也可以说，这篇小说确定了川端康成初期创作的一个基本主题和基本情调。从表现方法来说，犹如阿光纵马飞奔，小说的故事进展迅速，且有跳跃性质；犹如阿光身穿的花花绿绿新骑装，小说的色调丰富多彩，令人眼花缭乱。正如长谷川泉[①]在《川端康成作品研究》一书中指出的那样：在嘈杂、热闹的靖国神社和人群拥挤、闷热的气氛之中，川端康成自由自在地把过去和现在联系在一起展开故事情节，并且采用表现派、结构派等的描写方法使之进行下去，其中充满飞快的速度和丰富的色彩。这说明作者在新感觉派文学运动经千叶龟雄提倡而在文坛上广泛流行以前，已经掌握了它的神髓。

不过，川端康成描写下层人物生活体验的小说大部分取材于伊豆半岛和东京浅草这两个地区。在取材于伊豆半岛的小说中，《伊豆的舞女》《温泉旅馆》和《春天的景色》被作者合称为"我的伊豆纪念"。

短篇小说《伊豆的舞女》是川端康成早期创作的名篇。它早已闻名遐迩，并且长期被视为川端康成的代表作，直到后来《雪国》问世为止。这种情况甚至引起了川端康成的"反感"。他晚年在《〈伊豆的舞女〉的作者》一文里写道：假使我在此之后能写出比《伊豆的舞女》更"可爱的作品"，

---

　　①　长谷川泉(1918—2004)：日本现代文学研究家。主要著作有《近代日本文学评论史》《近代日本文学思潮史》《新编近代名作鉴赏》《川端康成论考》等。

但它仍被说成是"最有名的",那就令人难堪;毋宁说由于这篇作品本身的运气,我才始终是《伊豆的舞女》的作者吧。如此想来,对所谓"《伊豆的舞女》的作者"一语,便不禁产生一种对抗和嫌恶之感。这是突然觉得讨厌的;不过平心静气地反省一下,又怀疑是否真是那样,而同时自己的厌恶也在成倍增长。① 这篇小说是川端康成根据自己 1918 年赴伊豆半岛旅行的经历和体验写成的。据年谱记载,这次旅行自 10 月 30 日起,至 11 月 7 日止。当时他正在东京第一高等学校(日本旧制高等学校,相当于大学预科)读书。他曾在《少年》里说过,这次伊豆之行是他"上京以来第一次像样的旅行"②。为什么要进行这次旅行呢? 他写道:"我过了两年高等学校的宿舍生活,觉得厌烦极了。因为这与中学五年的宿舍生活情况不同。我总是把幼年时代残留下来的精神病患挂在心上,自怜自厌,难以忍受,于是便到伊豆去了。"③由此可见,他之所以到伊豆去旅行,一是由于"幼年时代残留下来的精神病患"缠住自己不放,二是由于厌烦"高等学校的宿舍生活"。前者是指他从小是个孤儿,这种不幸的遭遇养成了他的特殊性格,用他自己的话说就是:从幼年时代起,我就与众不同,不幸地、不自然地成长起来,逐渐变成一个性格固执、乖戾的人,将怯懦的心紧紧地封闭起来,痛苦地忍耐着。后者是指东京第一高等学校宿舍生活充满紧张气氛,因为这个学校是全日本中学毕业生所向往的地方,这个学校的学生都是通过激烈竞争才进来的,所以同学之间往往怀有轻蔑和敌视态度。川端康成从小在"寂寥之家"长大,不了解社

---

① [日]川端康成:《川端康成全集》(日文版),第 33 卷,217 页。

② [日]川端康成:《川端康成全集》(日文版),第 10 卷,168、169 页。

③ 同上书,228 页。

会情况，不会处理人际关系；如今突然从故乡来到东京，从中学宿舍进入一高宿舍，自然会感到不适应。过去他总是受到周围人的帮助和照顾，现在却成了周围人的"竞争对手"和"生人"。这个变化太大了，简直使他那稚嫩的神经难以承受，所以终于由疲劳变成了厌烦。因此，当他来到伊豆半岛，走进巡回艺人中间，亲身体验到一种全新的人际关系时，他便陶醉了。正如《伊豆的舞女》所描写的那样：

　　她们好像在谈论我。大概千代子说我的牙齿不整齐，所以舞女说可以镶金牙。她们所谈的不外乎容貌之类的事，本不值得挂在心上，我都不想认真去听，只是觉得亲切。继续一段低语之后，我又听见舞女说：

　　"是好人哪！"

　　"是啊，像是个好人。"

　　"真是好人哪，好人就是好嘛！"

　　这些话听起来纯真而坦率，是天真地、自然地流露感情的声音。我自身也实实在在地感受到自己是一个好人了。我心情舒畅地举目眺望明朗的群山，眼睑里微微发痛。我这个 20 岁的人，一再严肃地反省自己被孤儿秉性所扭曲的性格，由于难以忍受令人窒息的忧郁这才踏上了伊豆的旅程。所以，听到有人从社会一般意义上夸自己是好人，真是感激不尽。山峦越发明亮起来，已经快到下田海滨了。我挥舞着刚才得到的那根竹竿，削掉了不少秋草尖儿。①

----

① ［日］川端康成：《川端康成全集》(日文版)，第 2 卷，317、318 页。

——这是一种平等的、融洽的、亲密的关系，是他从来没有体验过的。也正因为如此，这次伊豆之行给他留下了极其深刻的印象，并且成为他日后创作的生动素材。

《伊豆的舞女》原来包括正篇和续篇两部分，分两次写成，两次发表。正篇止于第四节的结尾——"对于在伊豆相模温泉地带串街走巷的巡回艺人来说，下田港像旅行中的故乡一样，飘浮着令人恋恋不舍的气息。"[①]续篇始于第五节的开头——"艺人们像翻越天城山时一样，各自携带着原来的行李。"[②]正篇写于 1925 年 12 月初，续篇写于 1926 年 1月，二者都是在汤岛旅馆写成的。川端康成曾于 1925 年 12 月 31 日至 1926 年 1 月 2 日前往南伊豆旅行，刊载续篇的刊物同时刊载了题为《南伊豆行》的日记。《伊豆的舞女》正篇发表在 1926 年 1 月号的《文艺时代》上，与横光利一[③]的《拿破仑与顽癣》等一起作为"创作十篇"之一；续篇发表在同年 2 月号的《文艺时代》上，该刊"编辑后记"写道：川端氏的《伊豆的舞女》博得好评，于是又送来了续篇。小说描写一个青年学生——"我"和一个卖艺舞女——薰子在伊豆汤岛邂逅的动人故事。从"我"在天城山山顶北路口茶馆遇到薰子一行起笔，到"我"在下田码头与前来送行但一言不发的薰子告别并乘船返回东京为止。在这几天相处期间，"我"对薰子逐渐产生了一种爱慕之情，薰子内心似乎也有所动。小

---

① ［日］川端康成：《川端康成全集》（日文版），第 2 卷，313 页。

② 同上书，314 页。

③ 横光利一（1898—1947）：日本现代小说家，著有《横光利一全集》（12 卷，河出书房）。主要作品有短篇小说《苍蝇》《头与腹》《机械》，中篇小说《太阳》，长篇小说《上海》《寝园》《旅愁》等。

说结尾写两人在下田码头恋恋不舍地分手；分手以后"我"的感受是复杂的，半分是哀怨，半分是愉快。据作者后来解释，"我"的内心之所以苦甜参半，是因为他既为现在与薰子别离而感到悲伤，又为盼望不久的将来在大岛波浮港与薰子重逢而感到喜悦。

从表面上看，这篇小说几乎没有像样的情节，结构也极其单纯；但读者不知不觉地被充溢其中的美妙情趣打动，久久难以忘怀。它通篇像是一首优美的抒情诗歌，自始至终贯穿着一种动人的感情。这对青少年男女之间的关系是纯真的、美好的。从男方来说，他是一个比较单纯的青年学生，心地善良，尚未受到多少世俗社会的影响。这突出地表现在他对于巡回艺人没有轻视只有好感上。他对舞女的感情也是纯洁的。他欣赏舞女的如花美貌，不过其中不含什么肉欲的要求和占有的野心（只有薰子一行刚离开天城山茶馆时，他曾闪过一个念头——"今晚就让舞女住在我的房间里"，但这是被茶馆老太婆的轻薄语言煽动起来的，而且是在他刚认识薰子的时候产生的念头，以后就再也没有出现过）。他对薰子感情的深化，既与薰子对他的亲切态度和天真表现有关，也与他对薰子纯洁心灵的了解和不幸处境的同情有关。从女方来说，她更是一个天真无邪的少女。她的天真无邪表现在许多方面，如下棋时把满头黑发都奔拉到棋盘上来，听书时把脸凑得离"我"很近，等等。她对"我"的感情是情窦初开的一种表现。这篇小说可以说是一首美妙的青春颂歌，其情调是积极的、健康的。总之，它讴歌了男女主人公纯真的、美好的交往和感情，表现了作者对青春和生活的热爱。事实上，男女主人公的感情恐怕只能说是青春期前的感情（尤其对舞女来说更是如此）。这种感情的性质是有些朦朦胧胧、模糊不清的，说它像爱情，又不大像爱情。

双方所追求的似乎仅仅限于了解、同情和好感，而不是更多的东西。此外，这篇小说还比较真实地写出了巡回艺人的坎坷境遇，同时也比较充分地表达了作者对他们的同情。从小说里可以看得十分清楚，这些巡回艺人在当时社会上的地位是非常低下的。非但茶馆的老太婆和旅馆的女掌柜看不起他们"这种人"，而且沿途各村入口处还公开竖立着这样的牌子——"乞丐和江湖艺人不得入村"。可见从一般世俗的眼光来看，巡回艺人是和讨饭乞丐没有多大差异的。薰子是一个 14 岁的"黄花姑娘"，竟为生活所迫加入巡回艺人的行列，到处流浪，被人视为玩物，其精神痛苦可想而知。她之所以特别重视"我"的情谊，恐怕也是由于难得遇到像"我"这样以亲切、平等的态度对待自己的知心人吧。同时也就不难理解，为什么她哥哥一提起这件事，她便显得异常悲伤，露出要哭的脸色了。因此，我们需要注意这样一个事实：男女主人公的交往和感情是超越了他们之间的身份差异的。男方是高等学校的学生，在当时社会被视为上等人；女方是巡回艺人，在当时社会被视为下等人。

1929 年 12 月 12 日至 1930 年 2 月 16 日连载在《东京朝日新闻》晚刊上的中篇小说《浅草红团》，是川端康成取材于浅草地区生活的代表作。这篇作品包含一系列若断若续的小故事。全书分为 24 章，每章又分为若干回，共计 61 回。它写的是当年东京浅草一带的社会生活。当时，世界各个资本主义国家正在经历一场严重的经济危机，日本也不例外，到处呈现出不景气的现象，即使是在被称为东京心脏的浅草也不能不有所表现。关于这种不景气，小说里也有所反映。如在"银猫梅公"里写道：据《朝日新闻》报道，1929 年除夕之夜，从 11 点 50 分起，浅草观音寺的麦克风向听众播放参拜者的脚步声、铃铛声、捐款声、拍手声、108下钟声和晨鸡报晓声。"我"也很想让红团团员集合起来高呼"1930年万岁!"虽然这是不景气的除夕，但是由于浅草是东京的心脏，所以仍然能够听到这种生机盎然的声音。

这篇小说表现的是浅草地区五花八门的社会生活，描写的是百姓的欢乐与悲哀、颓废与享受，令人颇有眼花缭乱之感。在浅草生活的主要是东京的下层人，而作者最关注的是一系列卖艺女子的生活和命运。弓子、阿金和阿春等是其中的重点人物形象。以弓子为例。她刚出场时是在某一条胡同里的自己家门口，留着短发，弹着钢琴，身穿一件红色西洋裙。鲜红的裙子、漆黑的钢琴和雪白的双腿互相映衬，显得格外引人注目。她年轻貌美，但命运不济，生活在浅草这个光怪陆离的所在，注定要过一辈子飘忽不定的生活。在她还小的时候，姐姐千代子就被生活所迫，身心备受折磨；后来被男人抛弃，沦为无家可归的人，最终变成了疯子。然而，弓子的性格和姐姐不同。她很自信，因为她知道自己长得漂亮。她很善于跟男人调情，她的眼睛一开一合，好像一把感情的扇子，煽动着对方的情绪。用她的话说就是：我当然是美了，因为美，浅草才给我饭吃，无论是在乐器商店，还是在玛丽歌乐园，或是在其他什么地方。事实也是如此。她似乎不断变换工作，不断改变身份。有时以玛丽歌乐园售票员的身份出现，有时又变成化妆品推销员。弓子是一个性格豁达而又刚强的人。正如小说中所形容的那样，她如同一把"快刀"，从她身上可以感受到"快刀的味道"，她比嘴唇过分绮丽的少年更像男人，而当美丽的姑娘像男人时，人们便会从她身上感受到犹如锐利而易崩的刀一般的忧郁。① 正因为如此，弓子常出愤世嫉俗之语。例如，我像一个假小子似的过日子，男人有什么可怕的！又如，要是喜欢哪个男人就能跟他好，那生活该有多快乐啊。可你只要仔细看看我就会明白，我不是一个女人。姐姐发疯的时候我还是一个孩子。那时我就想，我决不能成为一个女人。更何况男人也太没用，还没有一个男人能把我变成女人呢！当然，作为一个无依无靠的女人，她的内心也往往是矛盾重重的。每当和男人在一起时，她就会不断掂量自己的心，一面想变成女人，一面又害怕变成女人，情绪也就越来越坏。② 她还想找到那个曾经让姐姐发疯的男人，不是去报复他，而是去爱他，并且爱得发疯。后来她果然找到了那个男人，但终于没有能够爱上他，只是跟他开了一场玩笑。在这篇作品里，弓子也许可以说是最重要的人物，从小说一开篇，她就登场亮相；在小说进行过程中，她即使不在现场也会经常被人提起；到小说结束时，她又出现在人们面前。读者不难想象，虽然从表面上看她的生活花里胡哨，而且不时有欢笑打闹；但是她的内心深处是充满悲凉的。

在川端康成的创作中，《浅草红团》或许可以说是一篇奇妙的小说。一方面，它没有贯穿全篇的完整故事，没有贯穿全篇的中心人物，好像一系列短篇杂记或者速写的综合。另一方面，由于它及时地描绘出浅草形形色色的社会动态，生动地刻画出生活在浅草的下层人物，尤其是卖艺女子的形象，所以在发表当时就在社会上引起了强烈的反响。

---

① ［日］川端康成：《川端康成全集》（日文版），第 4 卷，123 页。

② 同上书，76、77 页。

　　在这类作品中，最有代表性而且名声最大的无疑当推中篇小说《雪国》。这篇小说从 1935 年到 1947 年断断续续在几个刊物上发表，1948 年出版单行本。从作者 1934 年年底动笔算起，到最后出版单行本为止，前后一共用了 15 年的时间。小说写的是岛村前后三次从东京到雪国和驹子交往的故事。岛村第一次到雪国是在满山一片新绿的登山季节，当时驹子给他的突出印象是难以想象的干净。岛村第二次到雪国是在下过一场初雪的冬季，这次与驹子的来往更加频繁。岛村第三次到雪国是在又一年的秋天，即蛾子产卵、萱草茂盛的季节。这次他在雪国逗留了很久，一面习惯性地等待驹子前来会面，一面又被另一个姑娘——叶子所吸引。但当他最后下定决心离开雪国的前夕，当地发生了一场火灾，叶子的身体被烧坏，驹子则发疯似的把叶子抱在怀里。这就是小说的结局。

　　《雪国》的男主人公岛村住在东京的工商业区，依靠父母的遗产过活，无所事事，游手好闲。由于实在闲得无聊，有时也写一些舞蹈方面的文章，不过并非认真踏实地研究，只是随心所欲地想象，无非借此捞个文人的虚名而已。除此之外的所长，就只有游山逛水嫖女人了。至于思想感情，则充满虚无的色彩和感伤的情调。但小说的描写重点显然不在男主人公身上，而在女主人公身上。女主人公驹子出生在雪国农村。由于家庭经济困难，难以维持生计，她曾经被人卖到东京当过陪酒侍女。后来，被一个男人赎了出来，打算将来做个舞蹈师傅生活下去。可是一年半后，那个男人又死了。驹子无奈，只得住在三弦师傅家里学艺，有时也到宴会上去表演助兴。最后，她走投无路，当了一名艺妓。小说主要从日常生活表现和对待爱情态度这两个方面描写驹子的性格。

在日常生活表现方面，着重写她记日记、读小说和练三弦等几个细节。她的日记从到东京当侍女之前不久记起，一直坚持下来，从来没有间断过。刚开始时，手头钱不方便，买不起日记本，就在两三分钱一本的杂记本上写，用尺子比着，画出整整齐齐的线和小格子，把铅笔削得尖尖的，从上到下密密麻麻地写满小字。平日陪酒回家，换上睡衣便写起来。大概因为每天回来得都很晚，所以有时写着写着就睡着了，现在还能看出中断的痕迹。还有的时候一下子写得很长，一页纸都容纳不下。对于这些日记，她自己非常看重，不肯轻易拿给别人看，甚至表示将来要把它们先毁掉再死去。从这些描写来看，尽管她的日记在内容上未必会有多少闪光的思想和高深的意义，只不过是不管什么都毫不隐讳地写下来的生活实录，而她的生活又有很多地方是不很光彩的，其中有不少见不得人的东西；但是，她对待这些日记的态度是很认真的，并且表现出了一种坚持到底的毅力。她从十五六岁时起就喜欢看小说，还把看过的简要内容记录下来，已经积累了 10 个杂记本。当然，她所看的无非是些村里人互相交换着看的妇女杂志，或者摆在旅馆客厅里的小说、杂志之类，其中未必能有多少趣味高雅的文学作品（正如小说里所说的那样，她所说的"小说"，听起来似乎与平常所说的"文学"两字毫无关系），她没有什么选择，借到什么就看什么，也不求深入理解，所记录的都很简单，不过是些书名、作者、人物姓名以及人物关系等；但是，这却可以证明，她有一种求知的欲望和顽强的毅力，并不像一般艺妓那样随波逐流。她弹三弦的技巧比当地一般艺妓高出一筹。这是她平日刻苦练习的结果。她不但用普通琴书练习，而且还钻研比较高深的乐谱——日本三弦家杵家弥七的《文化三弦谱》，直到能离开乐谱弹奏自如为止。虽然她苦练三弦是职业的需要，可是贯穿其中的顽强毅力是不可否认的。正如小说里所写的那样：她自己虽然并没有感觉到，但是由于她总是将大自然的峡谷作为自己的听众，一个人孤独地练习弹奏，所以久而久之，她的弹奏便显得很有力量。这种孤独驱散了哀愁，蕴含着豪迈的意志。虽然说她多少有些基础，可是独自依照曲谱练习复杂的曲调，甚至离开曲谱也能自由弹奏，这无疑需要顽强的毅力和不懈的努力。岛村觉得，这种努力是徒劳的，是对未来的哀叹；不过对她来说也许是有价值的，所以她的琴声才能那么铿锵有力。总之，从日常生活表现来看，作为一个艺妓，驹子应该算是生活态度比较认真的、意志比较顽强的，不同于那些随波逐流、破罐破摔的人。因此，是值得适当加以肯定的。

在对待爱情态度方面，即与岛村交往方面，驹子又是如何表现的呢？这要从她与岛村的第一次交往谈起。当时驹子还不是正式的艺妓，只是有时应召到一些大型宴会上去帮帮忙，表演几个节目，但不常到旅客住的房间里去。这次岛村来时，恰巧赶上村里举行铁路落成典礼，所有的艺妓都到庆祝宴会上去了，所以旅馆女佣才把驹子找来临时陪陪岛村。岛村看见驹子不禁一愣，因为觉得她太干净了，以至于不想玷污她的身体，而是让她另外给自己介绍一个艺妓。正如小说所写的那样，岛村觉得，不管怎么说，她总是一个良家姑娘，又过于干净，不能把她当成一般的艺妓。然而岛村这种态度牢牢地吸引住了驹子，甚至连岛村都觉得是自己欺骗了她，因而产生一些愧疚之感。不仅如此，他们的谈话也显得十分融洽。起初是驹子主动地向岛村谈自己的可怜身世，连她在东京当过陪酒侍女，后来被一个男人赎出身来，而那个替她赎身的人又意外死去等不幸事件，也都毫不隐讳地说了出来；然后他们又谈起日本舞蹈之类的话题，也说得很投机。这场谈话使驹子越来越心向岛村。当那个又黑又瘦的艺妓被岛村甩掉后，驹子便不由自主地一步一步向岛村靠拢了：当天夜里十点左右，她陪别的客人喝得醉醺醺的，先是在走廊里大声叫喊岛村的名字，随后就咕咚一下栽进岛村的房间，咕嘟咕嘟喝起水来。过了一个钟头，她又一次踏着凌乱的脚步，跌跌撞撞地闯进岛村的房间，嘴里尖声叫着"岛村先生，岛村先生"，声音响彻整个旅馆。在岛村听来，这简直就是女人用纯洁的心灵呼唤自己男人的声音，令他颇感意外。之后，她便一头倒在岛村的怀里，听凭岛村摆布了。尽管在这个过程中，她也觉得难受，她也拼命挣扎，她也感到后悔，她也大声嚷嚷着要回去，她还一再地说"我不是那样的女人，我不是那样的女人"，她还一会儿哭一会儿笑，这说明她的心里是充满矛盾的；但她从此深深地爱上了岛村，乃是无可置疑的。这可以从以下两个事实看出来。第一个事实是，她第二次一见到岛村就忙着屈指数了起来，而且数个没完没了。岛村问她在数什么，她又默默地数了很长时间，然后才回答道：那是 5 月 23 日。接着又说了一句：啊，第 199 天，正好是第 199 天。岛村这才明白，原来她在计算两人离别的日子。于是岛村问道：你怎么记得那么清楚，是 5 月 23 日呢？她的回答是：只要翻翻日记就知道了。第二个事实是，在第二次和第三次与岛村长期交往的过程中，她始终热情不减，即使有时岛村表现得不冷不热，即使有时岛村勉强应付，甚至感觉厌倦，她都不大在意。她经常不用岛村招呼，就自己主动来到岛村房间，而且是一而再再而三地来。每逢有事到旅馆来，她都要到岛村房间待一下。有宴会时，她就提前 1 小时来，为的是到岛村房间坐坐。有时她也不好意思，怕别人笑话；但有时她又满不在乎地说：随它去吧。还有的时候她一天到岛村房间里来两次，一次是早晨七点，一次是凌晨三点半，连岛村都觉得这种异乎寻常的举动可真是非同小可的事。她还对岛村说，自己打算再干 4 年，希望岛村在这 4 年里一年到雪国来一次。由此不难看出，驹子对岛村的确是一往情深的。

驹子为什么会一下子就爱上了岛村，并且主动委身于岛村呢？从小说的描写里可以看出，这是有多方面原因的。简言之，就是她觉得岛村虽然是一个游客，但跟一般毫无教养、毫无感情、毫无良心的游客对自己的态度有所不同。比如，岛村开头没有把她当成艺妓看待，希望跟她清清白白地交朋友；而且对岛村来说，这种态度并非全是假的。这使她感到，岛村对自己的态度要比一般游客真诚一些，至少有几分是真诚的。又如，岛村关于歌舞的一番议论，也使驹子感兴趣，也成了吸引驹子的力量。岛村的这些知识和教养，使驹子产生了敬佩之情。这就是说，驹子之所以爱岛村，是因为她发现岛村确实有些可取之处；在她所能结交的男人之中，这样的人就要算是少有的了。她想在岛村身上求得像是爱情的爱情，哪怕只有一点儿也好，哪怕只能维持一段时间也好。当然，在一般人看来，驹子对岛村的爱情无论如何也不能说是合乎常态的。第一，她把岛村这样一个极不可靠的人当成恋爱对象就是异乎寻常的。不过就作者的审美观点而言，这一点恰恰表明了驹子只顾自己爱对方，不求对方爱自己的态度，即所谓"无偿的爱"；而这种"无偿的爱"，正是女性美的最高表现。第二，她一下子就委身于岛村，这种恋爱方式也是异乎寻常的。但是，这种方式是由她所处的特殊环境造成的。她的可怜境遇和可怜身份扭曲了她，使她不能像一个普通姑娘那样去爱真正合乎自己理想的人，也不能以正当的方式去爱。她的爱情既有纯真的一面，又有畸形的一面。归纳起来说，《雪国》以同情的笔调，表现了驹子这个生活在社会底层的艺妓的悲惨命运，表现了她的进取精神和对纯真爱情的追求。

《雪国》不仅在思想内容方面具有一定的代表性，而且在创作方法、表现技巧和艺术风格方面也比较充分地体现了川端康成小说创作的特色。正因为如此，《雪国》才堪称川端康成一生的代表作品。

| **战后小说的思想内容**

川端康成战后的小说发生了一定的变化。一方面他仍然沿着《伊豆的舞女》和《雪国》等的道路前进，在战后不久完成了《雪国》，并且继续写作描写人们正常生活和感情的小说；另一方面则转而写作一些描写人们非正常生活和感情的小说。

第一节　描写正常生活和感情的小说

他战后的第一类小说是描写人们正常生活和感情，同时反映社会存在的某些问题，表达对于普通人同情态度的作品，包括《舞姬》（1951）、《名人》（1954）、《东京人》（1955）和《古都》（1962）等颇为成功的小说在内。

以《名人》为例。这篇中篇小说是根据1938年6月24至12月4日日本围棋高手——本因坊秀哉名人①举行的长达半年之久的引退战而创作的。中间由于秀哉名人生病，休战了三个月。川端康成是围棋爱好者。据他自己回忆，他的围棋是小时候跟一个同学的母亲学的；1924年到1926年，他曾经在伊豆汤岛度过许多时光，一般是夜间写作，白天则下围棋。因此，1938年6月24日至12月4日，本因坊秀哉名人举行的长达半年之久的引退战，引起了川端康成的浓厚兴趣。当时他一面观战，一面为《东京日日新闻》和《大阪每日新闻》写长篇观战记，连载从1938年7月22日起至第二年止，断断续续发表了60多回。据川端康成自己说："观战记本来是以记者为辅、以棋和棋手为主的，其成功与否在很大程度上取决于记者对围棋的尊重程度和对棋手的崇拜程度。我的观战记非常成功。即使十几年后的今天，仍有不少人对我的观战记留有印象。当时我爱好围棋，对棋界消息也有兴趣，观战不仅出于好奇心，而且充满热情。在旁边看过十四五回的战斗，仔细地记录下棋手的风貌、表情、动作、语言等，并将这些写成观战记，连载了60多回。一回用三页半左右的稿纸，和报纸连载小说字数相同。因而构成了颇为详细的记录。"②

第一次对局在芝公园的红叶馆举行，以后多次变换场所，先后转到

---

① 本因坊：日本围棋流派之一，以算砂为始祖，世代承袭。第21代秀哉于1939年引退。其后，成为依靠实力争夺而取得优胜者的称号。"名人"是围棋给予最高位者的称号，其段位为九段。

② ［日］川端康成：《川端康成全集》（日文版），第33卷，509、510页。

箱根、伊东等地。由于秀哉患病，川端康成感到精神压力很大，不愿意住在对局场所在的旅馆里，只好奔波于轻井泽别墅和对局场之间。因为这篇观战记写得非常成功，所以川端康成于 1938 年 12 月 26 日获得日本棋院赠予的"初段"荣誉称号。但川端康成自己承认，观战记为吸引读者而舞文弄墨之处颇多，感伤的夸张因素很浓，此外还有一些不宜在报纸上发表的东西未能写出（如对局中的纠纷之类），仍有一些言犹未尽的感觉，所以总想"什么时候重新写成小说式的东西"①，以便尽情抒发自己的感受。促使这个计划付诸实施的具体事件是 1940 年 1 月 18 日的秀哉名人之死。"也许是这盘棋夺去了名人的生命吧。下完这盘棋，名人再也恢复不了原来的健康，一年之后就离开了人世。"②——《名人》写道。名人死时，川端康成正在当地，并且在名人死前两天见过他，还跟他下了一盘棋；而在名人死后，又为他拍了遗照。名人死后，川端康成曾在 40 年代五次试写关于名人的小说，结果都没有获得成功。但他仍不灰心，在 50 年代初还是采用几乎同样的办法起笔，终于完成了这篇中篇小说。

《名人》起初是在杂志上分成几个部分发表的。具体情况如下：《名人》，载于《新潮》1951 年 8 月号；《名人生涯》，载于《世界》1952 年 1 月号；《名人供养》，载于《世界》1952 年 5 月号；《名人余香》，载于《世界》1954 年 5 月号。这篇小说保存了观战记里的那些记录，另外还有根据笔记补充的材料。关于这篇小说写作方法的主要特点，川端康成后来曾经

---

① ［日］川端康成：《川端康成全集》（日文版），第 33 卷，509 页。
② 同上书，446 页。

多次在文章里谈及。例如，"这才是依据我所见所闻的忠实写生。因而，自己也不太清楚究竟是小说，是记录，还是随笔。我认为是什么都可以"①；"由于是记录，我对这篇《名人》也有自足之感。在我来说，这是破例的作品。在文坛来说，也是如此吧：作为小说，记录的成分较多；作为记录，小说的成分较多。关于棋手的心理，完全是我的推测，一次也没有问过本人"②；"不管怎样，在这里《名人》作为一篇作品确定下来是可喜的。我实现了'观战记'以来的夙愿。由于想法的关系，所谓作品是不可思议的。自1938年至今十三四年，在这期间什么时候写《名人》会成为我最好的作品呢？作者也不得而知。总之，终于在1951年和1952年写成，以后决不再被这个材料拉回来，当然也许还会写些补遗之类的东西。"③可见这篇小说是特异的作品，它是根据记录写成的，比一般的小说，包括一般的现实主义小说在内，都具有更多的纪实的成分，都更加接近现实生活。所谓纪实的成分，是指环境、情节和人物。在环境和情节方面，可以说从头到尾进行了如实的描写，"直至对局的时间、天气、房间的样子、壁龛的插花，都是忠实的记录"④；在人物方面，除了名人的对手用假名大竹（真名是木谷实）以外，其余几乎都用真名，他们的言论、行动也几乎全部根据记录如实描写。当然，作为一篇小说，它也有若干虚构的成分，这主要是指名人的心理活动。关于这些心理活动，川端康成承认自己并没有问过棋手本人当时心里是怎样想

---

① ［日］川端康成：《川端康成全集》（日文版），第33卷，263页。
② 同上书，510页。
③ 同上书，513页。
④ 同上书，510页。

的，而是在认真观察棋手的风貌、表情、动作、语言的基础上，充分发挥自己的想象，加以揣摩而写出来的。

川端康成在《名人·后记》里写道："我的勤奋执着的一面，在《观战记》和这篇《名人》中都有所表现。之所以能够如此，不仅由于我观战当时爱好棋艺，而且由于我尊敬名人。"①从这段话可以看出，他非常敬佩名人的高尚品格，而这篇小说所赞美的正是这种高尚品格。据有关资料记载，秀哉（艺名）名人生于 1874 年，到 1938 年举行引退赛时，已经 65 岁了。由于年事已高，加上体弱多病，下起棋来感到格外吃力。但他并不因此气馁。小说着重表现了他对待棋艺一丝不苟、严肃认真的态度。在对局的过程中，他一直全神贯注。听到有的人说通过对局可以观察对手性格之类的议论，他很不以为然，因为"像我这样的人，与其想对手的事，不如全神贯注到棋里去"②。所以，有一次发生了这样一件有趣的事：他正在一间屋子里跟人对局时，夫人的妹妹抱着婴儿进来，婴儿哭闹不止；妹妹走后，夫人向他道歉，他却一点儿也不知道妹妹来过，也没有听见婴儿的哭闹声。其实，他不仅对待围棋这个专业如此全神贯注，在进行打台球、搓麻将等业余活动时也是全力以赴的。在打台球时，他每击一球都要充分思考，架势摆好后才挥棒出手。在搓麻将时，他先要把牌摆得整整齐齐，经过长时间考虑，尔后才不慌不忙地出牌。尤其值得称道的是，在这次长达半年之久的对局中，他竟能强忍病痛的折磨，发挥精湛的棋艺，迫使对手基本上失去先手的优势，自然而然地

① ［日］川端康成：《川端康成全集》（日文版），第 33 卷，652 页。
② ［日］川端康成：《川端康成全集》（日文版），第 11 卷，499 页。

引导到决定胜负的微妙阶段。虽然最后由于他对自己身体感到不安，耐性也不如对手，终于形成失败的结局，可是他这种一丝不苟、严肃认真的态度自始至终没有改变。但是不管怎样，名人在引退赛中的失败，是一个悲剧性的结局。小说通过具体描写让我们感受到，名人和大竹七段的对决不仅是个人之争，也意味着两个时代的交替。因为名人是老一代棋手的代表，大竹七段则是新时代的棋手；名人的失败表明他所赖以生存的旧时代的结束，大竹七段的胜利则表明新时代的到来。从此以后，围棋变成一种现代化的运动项目，围棋比赛变成争夺冠军的比赛，出现了一系列的规则、制度，形成了一系列的战略、战术，再也不像名人所习惯的那种老式"技艺"了。因此，尽管名人人格高尚，棋艺超群，仍然无可挽回地失败了。此外，小说还让我们认识到，通过围棋对局可以探讨世界和人生的意义。虽然围棋是个抽象的世界，可是人们能够从中推测现实的世界，所谓"三百六十有一路包含着天地、自然和人生哲理"①，说的就是这个意思；直木三十五所谓"说无价值，是绝对无价值；说有价值，是绝对有价值"②，说的也是这个意思。川端康成认为，围棋是游戏，所以是人间最纯粹的行为；围棋无意义，所以是人间生活的象征。正因为围棋清楚地具有象征性和非功利性，所以是值得尊重的。自古以来棋士们为这种无用的事业牺牲一切的专心致志精神，显示了人类智慧的顶点。文学与围棋性质相近。不过，文学的优劣难以判

---

① ［日］川端康成：《川端康成全集》（日文版），第 11 卷，524 页。

② 直木三十五语。转引自新潮文库《名人・解说》，141 页，东京，新潮社，1962。直木三十五(1891—1934)：日本现代小说家，著有《直木三十五全集》(21 卷，改造社)，主要作品有长篇小说《南国太平记》等。

断，而围棋的胜负则一目了然。因此，同样以无用的游戏为职业，棋士的世界比作家的世界更加认真而严酷。这可能就是川端康成对名人怀有特殊的敬意和亲近感之根源吧。不仅如此，川端康成还提出这样一个观点，即认为只有日本人才能理解围棋的精神实质，西方人是难以理解的；只有日本人才具有下围棋的气质，西方人是没有这种气质的。在小说的第 28 章里，他写了自己和一个美国人下棋的故事。那个美国人在日本棋院学习，曾和有名的棋手对过局，已经具有一定的水平。他开始下得还不错，可是一遭到攻击就失去斗志，缺乏韧性。小说写道："如果是日本人，不论棋艺多么低下，遇见特别计较胜负的对手，也绝对不会这样泄气的。他完全没有下围棋的气质。我产生了一种怪异的心情，觉得他的确属于异民族。"又写道："我以一个初学的美国人为例，也许有些轻率；不过，一般可以说西方人是缺乏围棋气质的。日本的围棋已经超出娱乐和比赛的观念，成为一种棋艺之道。它贯串着东方自古以来的神秘色彩和高雅精神。"①

这篇小说还涉及一个重要问题，即日本围棋和中国围棋的关系问题。这是我们中国读者格外关注的。关于这个问题，川端康成在小说里写道："说起传统，围棋也是从中国传来的。但是，真正的围棋是在日本形成的。不论是现在还是三百年前，中国的围棋棋艺都无法和日本相比。围棋的高深，是由日本人探索出来的。这与昔日由中国传来的许多文物，在中国已经相当发达不同，围棋只有在日本才得到了充分发展。不过，那是在江户幕府加以保护之后，是近世的事了。围棋早在一千年

---

① ［日］川端康成：《川端康成全集》(日文版)，第 11 卷，524 页。

前就传入日本，可是在漫长的岁月里，日本围棋的智慧也没有培养起来。据说中国人把围棋看成是仙心的游艺，其中充满了神气，三百六十有一路包含着天地、自然和人生哲理。而打开这种智慧奥秘的是日本。日本的精神超过了模仿和输入，这在围棋是很明显的。"①我们不难看出，川端康成关于中日两国围棋传统继承关系的这些论述含有一定的民族偏见，即缩小了中国的作用而夸大了日本的作用。

众所周知，中国人是围棋的发明者，日本的围棋是由中国传入的。据史料记载，围棋在中国已经有三千年左右的历史了，《论语》《孟子》等书曾有关于"弈"（围棋）的记载，汉代以后记载围棋的文献逐渐增多。关于围棋传入日本的时间，目前尚无定论，一般认为是在大和时代（367—710）初期经朝鲜传入的，距今也有一千多年了。在大和时代，围棋已经博得不少上层人士的喜爱。《隋书》"东夷倭国传"有"好碁博握槊樗蒲之戏"等语，其中的"碁"就指围棋。奈良时代（710—794）出现了专业棋手，经常出入宫廷。第一部和歌总集《万叶集》收入棋手所作和歌2首。到了平安时代（794—1192），围棋成为宫廷贵族的娱乐项目之一，反映当时宫廷贵族生活的长篇小说《源氏物语》对此有生动的描写。进入镰仓时代（1192—1333）以后，围棋渐渐突破宫廷贵族的狭小圈子，向武士和僧侣阶层扩展开去。日本围棋取得重大发展是与生活于16世纪末、17世纪初的围棋名手日海（算砂）的名字分不开的，他因棋艺高超，为幕府执政官重用。1868年明治维新以后，日本的围棋以更快的速度发展起来。但是，围棋在中国本土的命运有所不同。尽管围棋在中国有悠久的历史

---

① ［日］川端康成：《川端康成全集》（日文版），第11卷，524页。

和光荣的传统，然而从清代末年起，由于中国的当政者腐败无能，国力贫弱，民不聊生，所以围棋得不到相应的发展，没有专业的棋手，以至于在很长的时间里，中国的围棋水平赶不上日本的围棋水平，即使像吴清源这样的围棋天才，在国内也得不到很好的培养，不得不远走日本寻求发展。这种情况直到新中国成立若干年后，即20世纪60年代，才得到根本性的扭转。

不过，后来川端康成对这个问题有了更全面、更正确的认识。他在《吴清源棋谈》(1953)里写道："关于吴清源，我以前这样写过——这位天才生在中国，在日本居住，仿佛是某种得天独厚的象征。吴清源的天才之所以能够得到发挥，是因为他来到了日本。自古以来，有一技之长的邻国人，来到日本受到敬重的例子不少。目前最生动的例子就是吴清源。在中国可能被埋没的天才，在日本得到了培养、爱护和优厚待遇。真正发现这位少年天才的，也是游历中国的日本棋手。吴清源在中国时，已经学习日本棋书。我也觉得中国围棋历史比日本更悠久，它的智慧在这位少年身上充分地放射出光芒来。不过他背后的强大光源深埋于泥土中。吴清源虽然是天才，可是如果幼年时代没有机会加以磨炼，那么他的才华就可能被埋没掉……/这些话还算可以；但以下所说的关于中国和日本围棋的话，则是我的误解——我和美国人下过棋，感觉到他的国家没有围棋的传统。说起传统，围棋也是从中国传来的。但可以说，真正的围棋是在日本形成的……"①其中值得注意的是，他在上引第二段开头就承认以下关于中国和日本围棋的话是误解。而在接下来的

---

① 　[日]川端康成：《川端康成全集》(日文版)，第25卷，243、244页。

一段里，则说得更明白——"这个日本礼赞未必是我的误解或胡乱猜疑；但所谓三百年前中国的围棋就无法和日本相比，乃是我的误解，我的无知，我的愚蠢。姑且不论现在的中国围棋相当于日本的业余水平，如果中国过去也没有日本这样的高水平棋手，那么出现吴清源就是难以想象的。"①随后，他又通过"吴清源谈棋"的形式指出：中国的围棋在乾隆时期最兴盛，因为当时天下太平，国力充实，所以围棋也得到蓬勃发展，黄月天和施定庵等是出类拔萃的高手，棋谱集《寄青霞馆》分为 16 册，收入 2000 盘棋谱；日本的《发扬论》《棋经众妙》和《死活妙机》等书的内容，有很多取自中国的《玄玄棋经》。《玄玄棋经》产生于元代，其中有很多优秀作品，可见当时已经有不少高手，其实力不比今天的高手差，只可惜没有留下棋谱。川端康成说："我知道，中国过去的围棋与日本相比，并非不值一提。围棋并不只是在日本得到高度发展。正如过去许多从中国移入的文物，在中国已经高度发达那样，围棋在中国也有过不比日本逊色的发达时代。吴清源作为中国人，也许是空前的棋才，也许不是空前的棋才。中国围棋的智慧，在二百年前，甚至一千年前，就曾经放射过光芒。"②

再以《古都》为例。这部长篇小说自 1961 年 10 月 8 日至 1962 年 1 月 27 日在《朝日新闻》上连载，共计 107 回。1962 年 6 月，由新潮社出版单行本，全书分为 9 章。和其他很多作品一样，这部小说也是川端康成边写作边发表的。据说他始终坚持一天写报载一回的分量，既不多也不

---

① ［日］川端康成：《川端康成全集》(日文版)，第 25 卷，245 页。

② 同上书，247 页。

少；其间无论遇到什么情况，也要坚持完成每天的定量。这种写作方法
需要作者的毅力，但也使他感到很辛苦。当时川端康成已经年逾花甲，
健康状况又不大好，记忆力很差，写起来颇为费力。尽管我们现在所看
到的《古都》是报载107回的全部内容，但据川端康成说，这还只是原来
设想的"《古都》序曲"或者"《古都》序章"，远远没有全部完成。不过，他
并不觉得遗憾。因为这是他的习惯，从来没有打算要写首尾完整的作
品；再说体力也支持不住，不可能写得太长；何况故事再发展下去，说
不定会变样，变成两个姑娘的恋爱悲剧。更严格地说，其实作者在写作
这部小说之前，并没有完整的、细致的构思和计划，只有从春暖花开的
季节起笔，到雨雪交加的隆冬结束，这一点是按预定构思和计划进行
的，此外的一切都任凭故事的自然发展。正如川端康成在《写完〈古都〉》
一文里所说的那样：因为要在报纸上连载百回，本来打算写一点令人感
兴趣的恋爱故事，却变成了孪生姐妹的故事，实在出乎意料。这是我事
先想都没有想到的，连我自己也觉得很奇怪。①

　　《古都》主要写的是一对孪生姐妹悲欢离合的故事。由于家境贫寒，
生活艰难，父母无力养活这一对孪生女，不得已将姐姐千重子遗弃了。
千重子被绸缎商人佐田太吉郎夫妇收养，在舒适安逸的环境中长大成
人；但时常因意识到自己是"弃儿"而感到孤独、寂寞和忧伤。妹妹苗子
虽然留在父母身边，可是不久父亲在砍树枝时从树上掉下来摔死了，母
亲也过早地离开了人世，她只好寄养在别人家里，从事笨重的体力劳
动，心里还牵挂着从小离散的姐姐。两姐妹都住在京都，却咫尺天涯，

---

① ［日］川端康成：《川端康成全集》(日文版)，第33卷，184页。

无缘得见；后来只是由于两人面貌极为相似，才在祇园会上邂逅。出于姐妹之情，千重子十分同情苗子的艰辛和不幸，恳请自己的养父母收留苗子，并且一再邀请苗子到养父母家来长期居住，却被苗子委婉地拒绝了。因为苗子感到，两人虽是孪生姐妹，但彼此之间家庭情况大不相同，生活方式大不相同，况且千重子本人便是寄养在他人之家，自己怎能再去依附她呢？小说的故事也就在这种充满离愁别恨的气氛中结束了。据川端康成说，《古都》里的人物都没有现成的模特儿，都是他自己独立创造出来的。他到京都取材时，也曾留心寻找自己想写的京都姑娘，但始终没有找到合适的对象。在小说里，他运用对比的笔法成功地描绘了千重子和苗子两姐妹的形象。如果说千重子在体格上所体现的是文弱美，那么苗子所体现的是粗犷美；如果说千重子在生活上是缺乏经验的，那么苗子则是经验丰富的；如果说千重子在劳动上是缺少力量的，那么苗子则是力量惊人的。总之，千重子所体现的是城市中产阶级家庭出身的姑娘的美，而苗子所体现的是农村贫苦阶级家庭出身的姑娘的美。苗子的魄力尤其突出地表现在处理姐妹团聚问题的卓越见识和坚定态度上。尽管她盼望骨肉团聚，可是她也深知人情世故，所以不肯搬到千重子养父母家去住，更不肯为千重子养父母所收养。

不过，作者通过这部小说所要表现的思想内容，绝不仅仅体现在这对孪生姐妹悲欢离合的故事本身，还体现在表演这个故事的舞台——京都上面，后者占有很大的比重。从这个角度说，这部小说对环境的描写，即对京都的描写，具有特殊的意义，值得我们特别关注。这是由京都的特定地位决定的。京都是日本的古都之一，自793年桓武天皇下令修建平安京（现在的京都府京都市一带），794年发布迁都平安京的诏书以来，至今已有 1200 余年的历史。到 1868 年明治天皇决定迁都东京，京都才结束了 1000 余年帝都的使命。京都是日本文化的故乡，在优美的自然风光中保存着丰富多彩的民族传统文化，如不计其数的名胜古迹和节日活动等。川端康成一向对京都怀有深厚的感情。他认为京都既是日本的故乡，也是自己的故乡。他之所以要写《古都》，正是为了探寻日本的故乡和自己的故乡。尤其当他发现随着战后社会的巨大变化，随着经济的急剧发展，随着美国军队的占领，京都正在丧失原有的面貌时，便更加迫不及待了。虽然川端康成对京都并不陌生，他的故乡离京都不远，他上中学时曾经多次到京都游览；但是为了写好小说，他仍然数次前往京都进行取材旅行，或者漫步街头，或者参观名胜，或者走进茶馆，或者采访居民。他发现如今的京都已经发生很大变化，昔日的批发商店街已不容易看见红格子门、小格子窗的旧式二层楼店铺，零售商店街的许多小商店也几乎消失，街道早已不见往日的繁荣景象，市区建起许多西式高层饭店和公寓，而京都和大阪之间的广阔地带则完全变成了工厂区。这些景象都令他感到忧虑，担心自己年轻时代的京都风采是否会逐渐消失。可是，在实地旅行和仔细观察过程中，他发现在市中心的住宅区和周围山区，仍然存在着不少的京都风采，这使他感到无限欣慰，同时也促使他怀着无限热爱民族传统文化和京都独特风貌的心情，把这座古城的环境美和人情美充分表现出来。除此之外，为了写好京都人，他还广泛地同各式各样的京都人接触，细心地倾听他们的"京都腔"。由此可见，为了如实地描写京都，他确实花费了不少力气。

在这部小说里，川端康成对京都自然景观和社会景观的描写颇为出色。他用自己那支生花之笔准确生动地描绘了京都一年四季富有地方特色的自然风光，色彩丰富，形态美观，使读者几乎有身临其境之感。如关于足以代表京都之春的平安神宫神苑的樱花，他写道："走进回廊西口，一簇簇红垂樱顿时映入眼帘，令人感到春意盎然。这才是真正的春光！连细长低垂的枝头，都开满了红色八重樱。这与其说是花儿开在树上，不如说是花儿铺满枝头。"①关于京都树木繁茂、处处充满绿色的景观，他写道："不必说修学院离宫和御所的松林、古寺宽广庭院里的树木，即便是木屋街和高濑川畔、五条和护城河旁的垂柳，也会使游人流连忘返。这是真正的垂柳。绿枝低垂，几欲拂地，轻盈婀娜。还有那北山的红松，连绵不断，郁郁葱葱，构成一个可爱的圆形。"②他还对当时的社会景观，包括政治经济问题和民俗节日活动作了如实的、生动的描述。前者如他在小说里提到美国占领军当年曾在植物园里盖过营房，不准日本人入内，如今军队撤走，植物园重新对日本人开放；写到以生产绸缎织锦闻名于世的西阵和服纺织业公会被迫做出一项前所未有的大胆决定——11 月 12 日至 19 日停工八天，原因是生产过剩，销路不畅，这说明家庭作坊式的手工业越来越不景气了等。后者如他用大量篇幅描绘京都节日活动的盛大场面，字里行间充满对民族传统文化的热爱之情。京都一年四季的例行节日活动很多，且具有浓厚的传统色彩，颇为引人入胜。作者着重描绘了赏樱花、伐竹会、祇园节和时代祭的盛况，并且尽量将这些节日庆祝活动和小说故事情节有机地结合在一起。

---

① 　[日]川端康成：《川端康成全集》（日文版），第 18 卷，239 页。

② 　同上书，272 页。

第二节 描写非正常生活和感情的小说

川端康成在写作表现人们正常生活和感情小说的同时，也在写作表现人们非正常生活和感情的小说，如《千只鹤》(1952)、《山音》(1954)、《睡美人》(1962)和《一只胳膊》(1964)等属于此列。

中篇小说《千只鹤》从 1949 年 5 月到 1951 年 11 月在几个刊物上断断续续地发表，1952 年出版单行本。全文分为五个部分，发表时间和刊物名称如下：《千只鹤》，载于《时事读物》别册 1949 年 5 月号；《森林夕阳》，载于《文艺春秋》别册 1949 年 8 月号；《志野瓷》，载于《小说公园》1950 年 3 月号；《母亲的口红》，载于《小说公园》1950 年 11 月号；《续母亲的口红》，载于《小说公园》1950 年 12 月号；《双重星》，载于《文艺春秋》别册 1951 年 11 月号。这篇小说在日本曾经得到很高的评价，并且获得艺术院奖。不过，川端康成自己对它的评价并不很高。他在《独影自命》里写道：在我的近作中，自己更喜爱、更满意的是《名人》，而不是《千只鹤》和《山音》。《千只鹤》大部分是在刊载中篇小说的杂志上发表的，《山音》的格调也不高。

《千只鹤》主要写的是菊治和太田夫人及其女儿文子的恋爱故事。菊治父母双亡。太田夫人曾是菊治亡父的情妇，且比菊治年长 20 岁左右。但太田夫人一见到菊治，便想起他的父亲，并把对他父亲的感情转移到了儿子身上；因为在她心里，父子似乎没有清楚的界限。在这种情况下，菊治也就顺水推舟，和她发生了肉体关系，并且感到由衷的快乐和满足。此后不久，太田夫人由于受到精神折磨而服药自杀。她临死之前，将女儿文子托给菊治照料，于是，菊治也把对太田夫人的感情转移到了她女儿文子身上。小说的结局是，文子故意把母亲留下的茶碗摔碎，然后便离开菊治，出外旅行去了。

太田夫人是这篇小说的关键人物，她的所作所为以及其他人物对她的所作所为的评价，成为作品的重要内容。她的丈夫已经去世，女儿已经长大成人，自己也已步入中年。不过，她似乎仍然把握不住自己的感情，始终不忘死去的情夫。不仅如此，她还把对情夫的感情转移到情夫之子菊治的身上。因为在她心里，父亲和儿子的界限似乎是不清楚的。所以，她一在茶会上见到菊治，就忍不住约菊治在一家旅馆里见面，并且满怀深情地对菊治讲他父亲的往事，回忆他父亲对她的爱慕。她的话太富有感情了，菊治听着听着也受到了感动，觉得自己被一种温柔的爱所包围。在这种气氛下，两人便在旅馆里过了一夜。小说写道：太田夫人至少也有45岁，比菊治大将近20岁。但菊治没有对方年长的感觉，好像抱着比自己年轻的女人一样。夫人的经验使菊治也领略了快乐，他没有感觉到经验少的独身者的畏缩。菊治曾经无意中想到冷淡地离开她，但让别人温暖地挨靠着自己，他还是初次体验到。女人的温情像这样尾随而来，他也是没有体验过的。这种温情使他的身体得到休息。菊治感到满足，就好像自己是个征服者，一面打着瞌睡，一面让奴隶给洗脚一样。同时，他又觉得这好像是一种母爱。太田夫人的行为遭到女儿的强烈反对，不得不有所克制；但当她接到另一个女人——栗本近子的电话后，就再也忍不住了。她又一次不顾一切地来到菊治家，见到菊治异常激动，好像晕了过去似的，倒在菊治的膝盖上。菊治一边抱着她大声呼叫，一边想道：夫人仿佛不是人间的女人，而是人间以前的女人，或者人间最后的女人。他怀疑，夫人已经进入另一个世界，在那个世界里，她感觉不到死去的丈夫、菊治的父亲和菊治本人的区别在哪里。不过，太田夫人从菊治家里回去以后，因为不能忍受精神上的折磨，不能避免道德上的谴责，当天晚上就服药自杀了。但由于她在临死前将女儿文子托给菊治照料，又引发了新的故事，带来了新的矛盾。

文子也是这篇小说的重要人物。她本来是反对母亲和菊治的关系的。知道母亲和菊治在旅馆一同过夜以后，她就坚决不让母亲再和菊治见面。为此，她还特地访问菊治家，对菊治说自己母亲做了错事，请求菊治原谅，并且要求菊治今后不要再打电话约母亲见面，她也不会让母亲出来的。然而，母亲死了以后，文子的态度逐渐产生了微妙的变化。当菊治来到她家时，她用一对大小略有差别的"夫妇茶碗"招待菊治喝茶。这对茶碗是旧的，用过的。菊治心想：这也许是自己的父亲和文子的母亲喝茶用过的，那么文子用这样一对茶碗招待自己有什么用意呢？于是菊治仿佛在文子的脸上看到了她母亲的面影，并且把对她母亲的感情逐渐转移到女儿的身上。文子还表示，她本来认为母亲做得不对，可是在母亲死后就觉得母亲仿佛变美了。不仅如此，文子后来还送给菊治一个茶碗。据她解释说，这个茶碗是母亲生前常用的，茶碗的白釉上面沾了母亲的口红。听了这个解释，菊治既产生了想要呕吐的不洁感，又产生了十分强烈的诱惑感。在文子和菊治最后一次见面时，文子明确表示，她已经彻底原谅了母亲，认为母亲和菊治的关系不再是罪孽，只不过是悲哀；罪孽不会消灭，悲哀却会过去。这次两人一起品茶时，用的是菊治父亲和太田夫人用过的茶具。他们都觉得，茶碗是名品，没有污垢；用过茶碗的人是美的，也没有污垢。由此不难看出，文子对母亲态度的变化过程，也就是她对菊治感情的深化过程；她原谅了母亲的所作所为，同时也就原谅了自己的所作所为。

作为唯一的男性人物，菊治当然也是不可或缺的。他参加茶会，原本是来相亲的，是来见一个名叫雪子的姑娘的。太田夫人及其女儿文子的突然出现，打乱了预先安排好的一切。雪子虽然长得十分漂亮，但却抵挡不住太田夫人及其女儿文子对菊治的强烈诱惑。菊治立即陷入后者的旋涡而不能自拔。他一步一步往下走，似乎也没有觉得后悔。正像小说里所写的那样：对于菊治来说，假使后悔的话，也一定会觉得丑恶。相亲的事姑且不论，太田夫人是父亲的女人。但是直到这时，菊治既没有后悔，也不觉得丑恶。菊治也不明白自己为什么和太田夫人弄成这个样子。他俩的行为是极其自然的。夫人说的话也许是后悔自己诱惑了菊治。然而恐怕夫人没有诱惑的打算，菊治也没有感到被人诱惑。同时，菊治在精神上没有什么抵抗，夫人也没有什么抵抗。可以说，一点儿也没有道德观念的影子。这是菊治和太田夫人在旅馆过夜时的内心感受。此后，他还主动打电话给太田夫人要求见面，只是由于文子从中阻挠，才没有能够实现。待到太田夫人死后，他也像文子一样越来越原谅太田夫人，同时也就是越来越原谅自己。起初，他思考的是，太田夫人究竟是为罪而死呢，还是为爱而死呢？随后，他便觉得自己似乎更爱太田夫人了，并且通过太田夫人的女儿——文子更加确实地感觉到这种爱了。再到后来，他又进一步接受了太田夫人和文子的情意，并且拒绝了雪子的婚事。到小说的最后，他已经觉得太田夫人的茶碗是瓷器中的最高名品，太田夫人则是女人中的最高名品；茶碗是没有瑕疵的，太田夫人也是没有瑕疵的。这时他已经彻底原谅了太田夫人，当然也就彻底原谅了自己。

　　长篇小说《山音》的第一章"山音"发表于 1949 年，最后一章"秋鱼"发表于 1954 年，前后历时五年。全书 16 章分为 17 次刊载在几个不同的杂志上。这部小说以男主人公尾形信吾一家的生活为基本内容，以信吾与其儿媳菊子的恋情为主要线索。一部小说之所以能在长达几年的时间内，在几个不同的杂志上断断续续地刊载，而为读者所接受，除了作者川端康成的名气和影响外，还与小说本身以下两个特点有关。第一个特点是作者在写这部小说时，特别注意表现章与章之间时间的变化和季节的推移，注意描写应时应节的自然景物。例如，第 1 章"山音"的故事发生在 7 月下旬，即"还有 10 天就进入 8 月了"①；第 3 章"云焰"以台风开头，这场台风往往发生在日本人所谓"210 日"，即从立春算起的第 210 天，约在 9 月 1 日前后，这一天日本常有台风；第 16 章"秋鱼"，即最后一章的开头写道"10 月的一天早晨，信吾刚要打领带，可是忽然手不听使唤了"②，说明已经进入 10 月了，而在这一章的最后，信吾对菊子说"王瓜奄拉下来了"③，也是符合这个季节的。值得注意的是，川端康成这样秩序井然地安排时间的变化和季节的推移，似乎不仅是为了将全书 16 章的内容密切联系在一起，还与日本人一向关注自然界、关注季节的推移和时令的变化有关。再进一步也可以说，其中也许包含着这样的意思：自然界一年四季的转换是永不停息的、循环往复的，小说里

---

　　① ［日］川端康成：《川端康成全集》(日文版)，第 12 卷，247 页。

　　② 同上书，519 页。

　　③ 同上书，541 页。

所写的人世间各种各样的矛盾是永远不能彻底解决的，年老体弱的信吾面对家里这些矛盾也是无能为力的，只好听其自然了。第二个特点是作者在写这部小说时，还特别注意在每一章里安排一些小故事，这些小故事与小说的基本内容和主要线索有一定的联系，从而既使小说的每一章都有一个中心，都有相对的独立性，又使小说的各章串联在一起，成为一个有机的整体。例如，第 1 章"山音"，以信吾听见山音为中心展开；第 2 章"蝉翼"，由信吾的女儿房子带着两个女儿回到娘家引出话题；第 3 章"云焰"，故事以台风的肆虐为背景；第 5 章"岛梦"，用野狗下崽儿引出故事；第 10 章"鸟巢"，集中写菊子的人工流产；第 11 章"都苑"，重点描写信吾和菊子在御苑幽会；第 13 章"雨中"，从房子的丈夫相原的殉情和被捕谈起；第 14 章"蚊群"，着重写的是信吾访问儿子修一的情妇绢子的经过等。

这部小说写的是日本战败之后不久，一个普通日本家庭的生活和矛盾。尾形信吾一家住在东京附近的古城镰仓。信吾和他的儿子修一都在公司里工作，每天上下班。这个家庭本来只有信吾夫妇和修一夫妇四口人，后来信吾出嫁了的女儿房子带着两个孩子回到娘家居住，于是临时形成了一个七口之家。信吾夫妇和修一夫妇两代人共同生活在一起，他们之间有许多矛盾，其中主要的矛盾有两个。其一，是信吾和他的妻子保子的冷漠关系。信吾青年时代爱的是保子的姐姐，保子的姐姐是一个美人。后来保子的姐姐死了，保子就到姐姐家去照料姐夫和孩子，希望能够和姐夫结婚，但是姐夫看不上她。信吾知道这些情况，可是后来还是不得不和保子结了婚。这使信吾感到屈辱。尽管已经过去了 30 多年，然而保子姐姐的美丽面影始终留在信吾的心里，令他难以忘怀。信吾对保子的感情一直是不冷不热的。儿媳菊子的出现，在信吾的感情世界里引起了新的波澜。"菊子嫁过来时，信吾发现她不晃动肩膀时也有一种动态的美。他从中明显地感到一种新鲜的媚态。/信吾往往由肤色白皙、身材苗条的菊子想起保子的姐姐。"①——小说写道。从此以后，信吾越来越心向菊子。虽然信吾知道菊子是自己的儿媳，可是仍然不肯放弃这种感情。这就使问题变得复杂起来。其二，是修一和菊子的冷漠关系。两人结婚不久，修一就在外面有了情妇，所以夫妻关系很不正常。修一和他的情妇绢子都是受到过战争伤害的人。修一曾被征入伍，在战场上险些丢掉性命。绢子则是战争寡妇，她的丈夫死于战场。在他们看来，两人发生关系，并且生儿育女都是对那场战争的抗议，对现实社会的抗议，是无可非议的行为。更何况修一已经发现父亲和菊子之间在精神上似乎存在某种可疑的联系，这就更加促使他远离菊子，更加使他们的夫妻关系难以得到真正的改善。以上两对矛盾微妙地交织在一起，使一家四口人的关系显得错综复杂。在这种情况下，房子的到来又进一步加剧了这两对矛盾。作为一家之主的信吾，既不想检点并改正自己的所作所为，又没有能力解决全家的问题，只得听其自然地发展下去。小说便在这种状态下结束了。

中篇小说《睡美人》起初连载于《新潮》1960 年 1 月号至 1961 年 11 月号上，1961 年 11 月由新潮社出版单行本。小说的男主人公是一个名叫江口由夫的老人，他已 67 岁，即到了所谓对于女人来说不是男人的年龄。从小说的描写可以看出，他一生吃喝嫖赌无所不为，和不少女人发

---

① ［日］川端康成：《川端康成全集》(日文版)，第 12 卷，256 页。

生过关系；如今虽然年迈力衰，为了寻求畸形刺激，又来到一个不挂招牌的奇怪地方——似旅馆而非普通旅馆，似妓院而非普通妓院，与吃下大量安眠药昏睡不醒的姑娘睡在一起。他先后五次来到这里。他第一次来到这个地方，发现睡在屋里的姑娘不仅漂亮，而且很年轻，大约不到20岁。这个姑娘总是睡着不醒，可是似乎能够听懂他说的话，甚至还能够说些简单的话。这一夜勾起他对于许多往事的回忆，即和各种各样女人交往的回忆。他半个月后又来到这里。这次换了一个姑娘，似乎比第一个姑娘更熟练一些，经验更丰富一些。但当发现这个姑娘还是处女的时候，他确实吃了一惊。又过了八天，他第三次来到这里。这次的姑娘据说是"见习"的，大概只有16岁。他第四次来到这里，是在一个雨雪交加的寒冷夜晚。这次的姑娘虽然不算漂亮，可是身上的味道很浓重。他决心破坏这家主人的禁令，在姑娘的胸脯上咬了几个血印。他最后一次来到这里过夜，是在新年之后。这次竟然有两个姑娘陪他，一个皮肤较黑，露出一种野性；另一个皮肤较白，显得温柔可爱。他躺在两个姑娘中间，做了好多噩梦。醒来以后，他突然发现黑姑娘身体冰凉，已经停止呼吸。女主人把黑姑娘抱走，还让他继续和白姑娘睡下去。

那么，江口由夫为什么一下子就喜欢上这个地方，并且一而再再而三地来呢？从小说的描写里我们不难看出，主要是因为对于江口由夫以及其他老人来说，昏睡不醒的姑娘也许是最合适的玩乐对象了，如果是醒着的姑娘，他们就会自惭形秽，而这种睡着的姑娘，根本不管对方是什么样的人，听凭他们任意抚摸、玩弄；同时从这些睡着的姑娘身上，他们可以得到精神上的安慰，安慰他们对正在接近的死亡的恐怖，对已经失去的青春的悲哀，对过去的违背道德行为的悔恨。因此，他们觉得这样的姑娘是值得感谢的，甚至于认为她们就像佛一样，而且是活佛。小说写道：

> 紧紧抱住赤裸的美女，流出冰冷的眼泪，呜呜地痛哭，大声地叫唤；可是姑娘一点儿也不知道，更不会睁开眼睛。因此，老人们不会感到羞耻，也不会伤害自尊心。这是完全自由的忏悔，完全自由的悲伤。如此看来，"睡美人"不就像佛一样吗？而且是活佛。姑娘年轻的肌肤和气味，仿佛原谅并安慰了悲哀的老人。①

值得注意的是，在这篇小说里，由于作者所设定的特殊故事和特殊场景，作为女性形象，作为女性美的体现者，即那些睡美人，一般小说所常用的描写人物形象的手段，如语言描写、行动描写和心理描写等，有的根本就不能使用，有的只能使用一小部分。总之，作者给自己留下的描写余地已经不多。例如，因为是睡美人，所以几乎没有什么语言，最多也就是零碎片段的梦话；因为是睡美人，所以也几乎没有什么行动，最多也就是翻翻身、伸伸四肢之类；因为是睡美人，所以根本谈不上有什么心理活动等。既然如此，剩下来的只有外貌可以描写了。不过外貌方面可以描写的范围也很有限，因为是睡美人，所以难以描写表情的变化之类，只能描写她们赤裸的肉体，而她们彼此之间的差异也仅仅剩下年龄、肤色和胖瘦之类了。

短篇小说《一只胳膊》连载于 1963 年 8 月号到 1964 年 1 月号的《新

---

① ［日］川端康成：《川端康成全集》（日文版），第 18 卷，191 页。

潮》杂志上。这篇小说所写的内容是，一个男人从一个姑娘那里借来一只胳膊，带回自己所住的公寓，抚摸、玩弄了一夜。从思想内容来说，《一只胳膊》可以说是《睡美人》的进一步发展和延伸。在《睡美人》里显示出来的创作思想，到《一只胳膊》里得到了更加充分的展示。这可以从它的环境描写、故事情节安排以及描写方法等方面看出来。以设置故事为例。如果说《睡美人》所描写的故事是奇特的，那么《一只胳膊》所描写的故事就更加奇特；如果说《睡美人》所描写的故事是非现实的，那么《一只胳膊》所描写的故事就更加是非现实的。

　　"可以把一只胳膊借给你一晚上啊。"姑娘说。于是，她用左手把右胳膊从肩膀上摘下来，放在我的膝盖上了。
　　"谢谢!"我望着膝盖。姑娘右胳膊的温暖传到了我的膝盖上。①

——这是小说故事的开头。这个开头就是奇特的、不同寻常的。更加有趣的是，这只胳膊不但可以从姑娘的身上摘下来，而且会活动，会代表姑娘本人说话，会像姑娘本人一样和"我"谈情说爱，会像姑娘本人一样接受"我"的爱抚，会像姑娘本人一样满足"我"的需求，会像姑娘本人一样搂抱"我"；甚至能够和"我"的右胳膊交换，任凭"我"把自己的右胳膊摘下来，而把姑娘的右胳膊安在自己的肩膀上，并且血脉互相流通，俨然成为一个整体。小说写道：

---

① ［日］川端康成：《川端康成全集》(日文版)，第 8 卷，547 页。

"血液在流通。"我轻轻地说，"血液在流通。"

这不是发现自己的右胳膊和姑娘的右胳膊调换时那样的惊叫声。我的肩膀和姑娘的胳膊都没有发生痉挛或者战栗之类的现象。不知从什么时候起，我的血液流进了姑娘的胳膊，姑娘胳膊的血液也流进了我的身体。胳膊根儿上的阻断和拒绝，也不知什么时候消失了。现在，女人的清纯血液流进我的体内；可是，像我这样的男人的污浊血液流进姑娘的胳膊，当这只胳膊回到姑娘的肩膀上时，会不会出现什么问题呢？如果不能像原来那样安在姑娘的肩膀上，那将如何是好呢？

"不会发生那种事情的。"我嘟囔着说。

"没关系的。"姑娘的胳膊也低声说道。

不过，我并没有夸张的感觉，比如我的肩膀和姑娘的胳膊之间血液流来流去，血液融合在一起之类。我搵着右肩膀的左手掌和安在我右肩上的姑娘的肩膀弧形，自然是知道的。不知不觉间，我和姑娘的胳膊也都知道了。于是，它便将我引入了令人销魂的梦乡。①

值得注意的是，如果说在《睡美人》里作者给自己设定的人物描写范围已经相当狭窄，那么在这篇小说里，这个范围就变得更加狭窄，几乎到了无可描写的地步。既然作为女性形象、女性美的体现者，已经由整个的人变成一只胳膊，当然也就几乎根本谈不上什么语言、行动、心理和外貌描写，最多只能描写一下这只胳膊的状态之类。

---

① ［日］川端康成：《川端康成全集》(日文版)，第8卷，571页。

第三章

川端康成小说思想内容的特点（上）

川端康成小说思想内容的特点可以归纳为以下四点：表现和赞赏女性美，表现和赞赏卑贱美，表现和赞赏颓废美，表现和赞赏虚无美。

第一节　表现和赞赏女性美

善于刻画女性形象，往往以女性形象为作品的中心，以男性形象为陪衬，表现并且赞赏女性美，这是川端康成小说思想内容的第一个突出特点。

川端康成是男性作家，但他最擅长刻画的是女性形象，他一生所写的大部分小说都是以女性形象为中心，以男性形象为陪衬的，无论是战前的小说还是战后的小说都是如此，只是所写内容既有相同之处又有不同之处。相同之处在于，二者都描写女性的外貌美和心灵美，都描写女性对爱情、幸福、艺术和事业的追求。不同之处在于，前者着重描写社会下层女性在生死存亡线上的痛苦挣扎，而后者则更多地描写中小资产阶级女性在感情生活上的悲哀。令人感兴味的是，他的许多小说，从表面上看好像是以男性形象为中心，处处写他们的所见所闻所感，其实他们仍然处于陪衬地位，作者主要描写的仍然是女性形象，给读者留下最深刻印象的也是女性形象，如《伊豆的舞女》《千只鹤》和《雪国》等都是如此。

《雪国》是这种小说里最能说明问题的例子。从表面看来，这篇作品似乎是以男性形象岛村为中心来展开故事情节的，通篇都是通过岛村的感觉和眼光来展示女性形象驹子和叶子的。而且由于小说描写岛村先后三次前往雪国与驹子交往，而作者也的确曾经三次前往雪国与驹子的模特儿交往。所以，在小说发表后，许多读者和评论者都按照一般小说常规来理解，认为这篇小说是以岛村为中心的，并且认为岛村就是川端康成。针对这种认识，作者明确指出：

　　我认为与其以岛村为中心把驹子和叶子放在两边，仿佛不如以驹子为中心把岛村和叶子放在两边好。①

他还说过：

---

① ［日］川端康成：《川端康成全集》(日文版)，第 33 卷，390、391 页。

岛村当然不是我，归根到底不过是衬托驹子的道具而已。①

岛村不是我。他甚至仿佛不是作为男人而存在，只是映照驹子的镜子吧。②

不过，仔细研究起来，岛村与作者的关系的确是很微妙的。因此，在另外一些场合涉及这个问题时，由于强调的重点有所不同，川端康成所表现的态度似乎有所变化。如他在 1949 年时表示，这个问题也很难像以前那样说得斩钉截铁。他写道：

作为《雪国》的作者，岛村是我所挂念的人物……我写了驹子的爱，但写了岛村的爱吗？岛村把不能爱的悲哀和悔恨沉入心底，其空虚不是反而使作品中的驹子更痛苦地浮现出来了吗？③

川端康成这些话涉及两个问题：一个是作者和岛村的关系问题，另一个是岛村和驹子的关系问题。关于作者和岛村的关系问题，根据川端康成的意见，再联系小说的内容，我们的认识应当是全面的、灵活的。也就是说，一方面应当承认岛村并不完全等于作者，岛村在身份、职业和性格上都与作者有明显的不同；另一方面又应当看到岛村并不是与作者毫无关系的客观存在，岛村对于生活的感受和体验中融入了若干作者自己的东西，甚至可以说岛村在个人气质和生活态度上也与作者有某些

---

① ［日］川端康成：《川端康成全集》(日文版)，第 33 卷，388 页。

② 同上书，195 页。

③ 同上书，390 页。

相似之处。举一个明显的例子：岛村的突出特点是对周围的一切采取冷漠和旁观的态度；作者在许多事情上也往往如此，用他自己的话说就是："让好奇的触角乘上纤弱的游览车，经人生和文学之门而不人"①。这些话写于 1934 年，是他对自己前半生的小结，但其基本态度到后半生似乎也没有多大改变。当然，尽管岛村与作者有一定联系，但岛村与作者不能完全等同。也就是说，《雪国》仍然与日本普通的"私小说"有所不同。"私小说"的主人公与作者是完全同一的，并且在作品中占据主要地位；《雪国》的岛村却并不与作者完全同一，并且在作品中处于次要地位。这是《雪国》与"私小说"的明显区别之一。

关于岛村和驹子的关系问题，有人认为二者近似于能②中配角和主角的关系，配角的任务是引出主角，而主角则是配角梦幻中的产物。这种说法不无道理。诚然，岛村只是衬托驹子的道具和映照驹子的镜子，并非小说描写的主要对象，并非小说的真正主角；岛村是感觉的主体，而驹子则是岛村感觉中的形象。因此，我们可以说，《雪国》以及其他类似的小说，都是通过男性形象去写女性形象的。也许正是由于作者始终把自己的主要精力以及感情投到女性形象身上而不是男性形象身上，所以这类小说的女性形象往往是丰满和有活力的，而男性形象则往往不那么丰满和有活力。

川端康成不仅以描写女性（主要是年轻女性）为主，而且以描写女性美为主，以赞赏女性美为主。在他的笔下，女性的美表现在许多方面。

---

① ［日］川端康成：《川端康成全集》（日文版），第 33 卷，92 页。

② 能：又称能乐，是日本古老的剧种之一，大约出现于 14 世纪后半期。

例如，女性美既表现在外貌上，也表现在心灵上。他认为外貌美当然是必要的、不可或缺的，但不是最主要的，心灵美才是最主要的，二者兼备的美才是最完美的。所以，他对于小说里的女性当然也写外貌美，但更着重写心灵美。再如，女性美既表现在对待日常生活的态度上，也表现在对待爱情的态度上。他认为在日常生活上的表现当然是重要的，但在爱情上的表现尤其重要。所以，他的小说大多以描写后者为主。

川端康成特别注重描写女性形象，并不是偶然的现象，而是与他的独特经历（如孤独童年、失恋经历）、独特观念（如恋爱观、女性观）和传统观念影响等有密切的联系。

第一是孤独童年对他的影响。他自幼父母双亡，长期和年迈体衰而且几乎双目失明的祖父相依为命，这种特殊环境使他产生某些病态心理。他后来说过："父母相继病死，深深刻入我幼小心灵上的，便是对于疾病和夭折的恐惧。"其实恐怕不止这些，对于父母的思念，尤其是对于母亲的强烈思念，长期留在他的心灵深处，甚至他的晚年创作仍有思念母亲的余痛不时流露出来。当他年龄渐长时，便不能忍受这种孤独了。从上中学起，他每天都要到一个姓宫胁的朋友家里去玩。这是一个双亲和兄弟齐全的家庭，哥哥叫秀一，弟弟叫宪一，川端康成对他们兄弟俩有些近似对于"异性"的思慕；他们的母亲对川端康成非常亲切，给川端康成留下了深刻的印象。所以，日后他在小说里特意写道：朋友的母亲双眼皮，圆眼睛，肤色白皙，双重下巴，相貌温和，在农村属于文雅、漂亮的面容。她不干农活，时而添暖炉，时而教围棋。由此可见，川端康成是十分羡慕这种正常的温馨的家庭生活的。"由于家里没有女性，我在性的方面也许有病态之处。从幼年时代起就产生过许多淫荡、放浪的妄想。于是从美少年身上也就滋生了超乎常人的奇怪欲望。当应考生时，我曾经觉得少男比少女更有诱惑，现在仍然想把这种情欲写成作品。我曾几度痛苦地想过，你如果是女人……"①——这段话可以看作他的自白。其中所说的"从美少年身上也就滋生了超乎常人的奇怪欲望"，是指川端康成在中学五年级担任宿舍室长时，曾与一个二年级学生清野（假名）产生过同性恋情，川端康成称之为"人生遇到的最初的爱""初恋"。他日后回忆这段经历时写道："我被这种爱所温暖，所净化，所拯救。清野是一个纯真的少年，甚至不能相信他是这个世界的人"，"从那以后直到 50 岁，我似乎没有遇到过这样的爱"。而川端康成之所以如此珍视这种感情，恐怕不仅"由于家里没有女性"，而且由于家里只有年迈多病的祖父，缺乏生气，甚至连接触亲人柔软肌肤的幸福都没有享受过。正因为这样，唯有"爬上床去，拿起清野温暖的胳臂，抱着胸膛，搂着脖子"②，才使川端康成有生以来第一次体会到接触柔软肌肤的幸福。也正因为这样，在他当时的日记里，几乎每天都有这样的记载——"我玩弄着小泉的手"③，"发现一个漂亮的脸蛋儿"④，"白川是全校第一的美少年。这样善良如小鸟般的少年，我还没有见过"⑤，"被今天这种令人神往的少年美所打动，还是第一次"⑥等。这是性的觉醒，也是爱慕之情。不过，与在一般环境中长大的少年不同，对于他这个生

---

① ［日］川端康成：《川端康成全集》（日文版），第 10 卷，163 页。
② 同上书，156 页。
③ 同上书，204 页。
④ 同上书，204 页。
⑤ 同上书，206 页。
⑥ 同上书，206 页。

于"寂寥之家"的少年来说，少男和少女的美显得格外耀眼，格外富有吸引力。

第二是初恋失败对他的打击。川端康成学生时代曾和一个名叫伊藤初代的姑娘恋爱。当时伊藤初代在一家咖啡馆当服务员，名叫千代。据日本学者川岛至调查，所谓"千代"，大概是在咖啡馆的艺名。按她的乡音，"初代"和"千代"发音可能相近，所以自称"千代"。伊藤初代生于1906年，1920年与川端康成相识时14岁。她早年丧母，家境贫寒，连小学也没有读完，就出外给人看孩子，辗转流离，来到东京，当上本乡地区一家咖啡馆的服务员。据川端康成的友人铃木彦次郎的描述，她是一个肤色白皙，仿佛透明一般的姑娘，身体精瘦，像是一朵坚硬的、尚未绽放的花蕾，和蔼可亲，兴高采烈；可是有时忽然露出孤独的表情，似乎颇为寂寞。川端康成由于常和同学一起到这个咖啡馆来，日久天长，便对她产生了感情。可惜好景不长，之后不久，这家咖啡馆的女主人有了情人，于是决定关掉店铺，前往台湾。她临行之前，把伊藤初代送到岐阜，将她托给一个寺院。川端康成无奈，只能在假期回大阪探亲时顺路在岐阜下车，到寺院里去看望她。两人在交谈中进一步增多了了解，加深了感情。川端康成初次品尝到爱情的甜美，心里充满喜悦。这是1921年9月的事。川端康成回到东京后，马上将这个好消息告诉他的几个要好朋友，并且决定趁热打铁，不失时机地确定这门亲事。10月8日，川端康成专程来到岐阜，向她求婚。她表示，能和川端康成结婚，自己感到幸福。事后不久，川端康成又赶到远在东北的岩手县若松市，征得了她父亲的同意。这件婚事就这样决定了。然而事出所料，正当川端康成积极筹备结婚的时候，即11月初，忽然收到她的一封信，其中写道：

  现在我有件事要向您道歉。我和您订立了牢固的婚约，但我这方面出现了某种非常情况。我无论如何也不能告诉您到底是什么情况。我现在说出这样的话，您会觉得奇怪吧，您会让我说出这个非常来吧？与其说出这个非常，莫如让我死掉更幸福。请您把我忘掉，认为世上没有我这样一个人吧。①

这是川端康成在一篇题为《非常》的小说里所写的"非常"信件的内容，与事实也许有些出入，但出入不会很大。这似乎可以算是川端康成真正的初恋，所以对他的打击是沉重的，影响是持久的。关于这个事件，他不仅写出了《篝火》《非常》《霰》和《南方之火》等一系列短篇小说，而且还在许多篇日记、随笔里提及。例如，1922 年 4 月 2 日的日记写道："道子（小说里的化名，指伊藤初代）留下的并非直截了当之痛感，乃是极其寂寥之心境。"②1922 年 4 月 4 日的日记写道："道子事件发生后，我怀着同谁都不想见面的心情由冬至春，其间未与各位友人联系，情绪低沉……取出岐阜照相馆寄来之照片袋，看与道子合影之照片。好女孩儿，好姑娘啊，令人无限思念。读她的信，让我重新感到其中所流露的对我之真正眷恋。觉得她文笔颇好，哀愁如水，想象奇特。"③1923 年 1 月 25 日的日记写道："道子，别人说什么不得而知，我欲认真倾听

---

①　［日］川端康成：《川端康成全集》（日文版），补第 1 卷，133、134 页。

②　［日］川端康成：《川端康成全集》（日文版），第 33 卷，310 页。

③　同上书，314 页。

她由彼日到此日对我之真正感情。如今她之生活告一段落,应该想起我之事。如若想起,也不该只是怨恨。/她由 15 岁而 18 岁,我由 22 岁而 25 岁,命运之线啊,终将断绝吗?然而,继续活在我心中之她,如何能够消失!"①1923 年 11 月 20 日的日记写道:"地震之际,我极其挂念道子。此外无可挂念者,堪悲。/9 月 1 日去看火灾时,听说品川被烧。道子家在品川,情况如何?我在几万乱窜之逃难者中,睁大眼睛仅仅寻找道子一人。/'浅草西仲街佐川(注:《南方之火》中的假名)道子氏,到目黑某处来避难'——这类纸条自上野至团子坂途中遍贴各处。我想去目黑看看。/数日后,本乡区政府门口贴有'矢田道子到某某处来'之纸条。莫非那矢田六郎少年(注:《南方之火》中的中学生)乎?是否与他结了婚?脚步变得沉重矣。"②类似的材料还有很多,兹不赘述。

第三是他独特的恋爱观在起作用。由于孤独童年造成的病态心理,由于初恋失败的打击,川端康成对异性格外憧憬,对恋爱格外看重。这是完全可以理解的。正如他在《文学自传》里坦率表示的那样:

> 我并不像人们所说的那样品行端正达到病态的程度,与女性交往毋宁说是比较多的。我既不像无产阶级作家那样胸怀幸福的理想,也没有孩子,又当不上守财奴,并且看透名声是空的。所以对我来说,恋爱是比什么都重要的命根子。可是,从恋爱的意义上说,我似乎尚未握过女人的手。也许有的女人会说:别撒谎了!但

---

① [日]川端康成:《川端康成全集》(日文版),第 26 卷,586 页。
② [日]川端康成:《川端康成全集》(日文版),第 33 卷,349 页。

我这种说法不是单纯的比喻。其实，我尚未握过手的，不是不限于女人吗？人生不也是这样吗？现实不也是这样吗？或许文学也是这样吧。我是个可怜的幸福者吧？①

既然如此看重爱情，既然把爱情看成比什么都重要的命根子，那么爱情成为他小说最重要的内容，当然也就完全可以理解了。但值得注意的是，他对爱情的描写是多种多样的，不断变化的，有的比较清晰，有的比较朦胧，有的比较专一，有的比较分散，甚至于出现了"超常之爱"和"变态之爱"。这种种或清晰，或朦胧，或专一，或分散，或超常，或变态的爱情，以其各自特有的魅力吸引着读者，有时会达到令人难以捉摸的地步。

第四是他独特的女性观在起作用。在川端康成的心目中，年轻的女性，尤其是少女和处女，是纯真的化身，是美的化身。他在一篇题为《纯真的声音》的随笔里明确写道：

在一切艺术领域里，处女是被讴歌的对象，而她们自己却不能讴歌。在戏剧上也是如此。尤其是在文学上，成年的女性或非女性的男性，反而可以描绘处女的纯洁，处女本身却不可以。这仿佛是可悲的，但若想到一切艺术都无非是人们走向成熟的道路，大约也就不必悲叹了吧？②

---

① ［日］川端康成：《川端康成全集》（日文版），第33卷，87页。
② ［日］川端康成：《川端康成全集》（日文版），第27卷，106页。

文中提到了《化妆与口哨》里所描写的鲁内·休美艾和宫城道雄的《春之海》合奏。据说宫城道雄把少女的声音评为"纯真的声音"。川端康成接下来议论道："假使少女的声音是'纯真的声音'，那么少女的形体就可以说是'纯真的形体'吧"①，"假使有'纯真的声音''纯真的形体'，那所谓'纯真的精神'自然也就存在。"②他认为，美丽的、纯真的女性是自己追求的理想。这可以从他和梅园龙子的奇特关系中看出来。梅园龙子是浅草的舞女。为了她的前途，川端康成曾经花费许多精力，让她离开娱乐场，进入英语学校，改学芭蕾舞，后来还担任她的婚姻介绍人。他们之间的关系是令人不可思议的，连川端康成自己也觉得很奇怪。他在一封信里写道：当然，如您所明察的那样，小弟历时三年恋爱式的感情诚然可悲，也无非是拐弯抹角的表现；结果，仅仅在她有情人之前，担负了奇妙的守卫工作。(《致吉行英介③》)

第五是日本民族文学传统的影响。在日本古典文学史上，女性形象是占有重要地位的。研究川端康成历年发表的一系列文章和言论，我们不难发现，在日本众多古典文学作品中，他最推崇的是紫式部④的《源氏物语》⑤，甚至认为《源氏物语》是日本自古至今最优秀的小说。而《源

---

① ［日］川端康成：《川端康成全集》(日文版)，第27卷，109页。

② 同上书，110页。

③ 吉行英介(1906—1940)：日本现代小说家，属于新兴艺术派，主要作品有《女百货店》等。

④ 紫式部(约978—1014)：日本古代女作家、歌人。主要作品有《源氏物语》《紫式部日记》《紫式部集》等。

⑤ 《源氏物语》：紫式部的代表作，产生于日本平安时代中期，全书共有54卷，一般分为三个部分，涉及四代天皇，故事长达75年，登场人物约430余个。该书被认为是东方最早的长篇小说，也是世界最早的长篇小说之一。

氏物语》就是一部以善于刻画女性形象闻名于世的作品。小说通过源氏和薰君这两个男主人公与许多女性恋爱过程的描写，塑造了一系列有血有肉的女性形象。在小说第二卷"帚木"里有一段"雨夜品评"，写的是源氏和几个贵族青年对于妇女的评论。他们把贵族妇女分为上、中、下三等，认为上等人家的女子出身高贵，教养良好，自然比较出色，但也有不可取的；下等人家的女子一般来说微不足道，但也不见得没有可取的；中等人家的女子有各种不同的情况，或是本来门第并不高贵，后来升官发财，或是从前门第高贵，现在家道式微，或是四品官职左右的人家，或是地方官之家。在这类家庭里，女子的优劣分明，其中有一些很有才情的人，也不乏才貌双全的人。由此可见，作者描写众多的妇女形象，并非兴之所至、信笔写来的，而是有意识地表现不同阶层的贵族妇女面貌，使之形成贵族妇女社会的长幅画卷。其中空蝉、末摘花、明石姬、紫姬和浮舟等女性形象写得颇有深度。川端康成十分喜爱《源氏物语》，从小到大反复阅读，深深受到它的熏陶，深深受到其中女性形象的吸引，深深受到其中女性美的吸引，并且影响到自己的小说创作。

笔者以为，在人类社会长期以来（自从进入父系社会以来）男女地位不平等的状态下，在男性处于相对强势、女性处于相对弱势的情况下，作为一个男性作家，川端康成坚持不懈地表现女性，表现女性美，这应当说是很有意义的。

第二节　表现和赞赏卑贱美

善于表现卑贱者，表现卑贱者的生活和感受，表现并且赞赏卑贱者身上所体现出来的美，这是川端康成小说思想内容的第二个突出特点。

在他战前的两类小说（第一类是表现孤儿体验和失恋体验的小说，第二类是表现下层人物，尤其是下层女性生活的小说）中，第一类小说的思想内容当然也是很有特点的（如充满真情实感，颇有动人力量），但这些小说有的属于早期作品，属于尚未成熟时期的作品。所以无论从作品的数量来看，还是从作品的影响来看，第二类小说都更加引人注目，其思想内容的特点也更加突出，更加鲜明，它的特点可以概括为"表现和赞赏卑贱美"。也就是说，在描写女性美时，他特别喜欢描写身份卑贱的女性；在赞赏女性美时，他特别赞赏这些身份卑贱女性身上所体现出来的美。

在《文学自传》里，川端康成明确写道：

但是，浅草比银座，贫民窟比公馆区，烟厂女工下班比女子学校放学，对我来说更带有抒情味。我被卑贱的美所吸引，热衷于江川的踩球、马戏、魔术和因果报应的评书，对浅草简陋棚子里的骗人杂耍逐个加以欣赏。我第一次受到赞赏的《招魂节一景》写的是马戏团姑娘，《文艺春秋》创刊号上的小品《林金花的忧郁》中的林金花

是魔芋少女，一高时代与巡回艺人一道旅行则是《伊豆的舞女》的
内容。①

　　他还表示，他想写的街道是"吉原的外郭、浅草深处的小客栈街和
初音街的夜市"②等东京的穷街陋巷。他的小说的确有很大一部分写的
是处于社会下层的人物，尤其是下层妇女（如舞女、艺妓、女侍者、女
艺人）的形象，同情她们的不幸命运，赞赏她们身上所体现出来的卑贱
美。例如，《招魂节一景》以表现马戏团女艺人阿光的艰难处境和不幸失
败为主，但由于这是作者的初期创作，所以给人以限于表面观察，尚未
深入进去的印象；《伊豆的舞女》既表现舞女薰子的外貌美和心灵美，也
对她的不幸命运表示同情，内容显得更加丰富、细致和深刻，这表明作
者的创作已经逐渐走向成熟；其后所写的《温泉旅馆》里的女用人阿雪和
阿清，《浅草红团》里的女艺人弓子、阿金和阿春，都是《伊豆的舞女》里
薰子形象的延长和发展；到写作《雪国》时，作者的创作，特别是表现卑
贱美的创作已经达到顶峰，所以对于艺妓驹子以及叶子的描写显得更有
广度和深度。总之，上述小说都是以下层妇女为主要描写对象的，作者
描绘了她们的生活和感受，表现了她们身上所体现出来的美。事实说
明，从写于1921年的小说《招魂节一景》起，川端康成便喜欢描写靠卖
艺为生的下层女性。这个特点，经过《伊豆的舞女》《温泉旅馆》和《浅草
红团》等小说，到1934年动笔写《雪国》时，可以说已经提高到了艺术自

---

　　①　［日］川端康成：《川端康成全集》（日文版），第33卷，96页。
　　②　同上。

觉的水平。

这里需要提到的是，川端康成战后的小说在这方面发生了明显的变化。即由于战后日本的发展，日本人的生活水平有了明显的提高，川端康成本人的社会地位和生活范围也逐渐有所改变，他对小资产者和中产阶级的生活越来越接近和熟悉，于是描写小资产者和中产阶级家庭生活和妇女生活的作品比战前有了明显的增加，如《千只鹤》《山音》《舞姬》《日日月月》《有风的路》《身为女人》《美与悲》和《蒲公英》等都属于这个范围。出现在这些作品中的女性，主要不再为温饱而困惑，不再为金钱而发愁，不再在生死线上挣扎，而是为爱情的不幸和婚姻的不幸而苦恼。不过，即使如此，在这些作品里还往往出现一些引人注目的生活贫困的女性形象，如长篇小说《河滨城镇的故事》(1953)中的房子和长篇小说《身为女人》(1956)中的妙子便是。房子的社会地位显然要比小说里另外两个女性，即民子和桃子低得多。妙子是一个无家可归的姑娘，她的父亲因吸毒和杀人而被捕入狱，正在等待判刑，她自己起初被一个好心人家收养，后来被迫与一个穷学生私奔；私奔不久又被那个学生遗弃，最后不得不下决心到少年医疗管教所去工作。值得注意的是，当一部作品既写到社会下层的女性，又写到中小资产阶级的女性时，他似乎仍对前者情有独钟。《河滨城镇的故事》就是一个实例。在这部小说里，当民子、桃子和房子这三个姑娘都对男主人公义三表示好感时，义三选择的是家庭贫困、经历坎坷的房子，而不是生活条件比她优越得多的民子和桃子。这恐怕仍然是川端康成对卑贱美偏爱的表现吧。

那么，他是怎样表现女性卑贱美的呢？他表现女性卑贱美的特点何在呢？笔者以为可以归纳为以下四点。

一是在表现女性卑贱美时，既写她们的美（包括外貌美和心灵美），也写她们的不幸。作者往往将表现卑贱美和同情不幸命运两个方面结合在一起进行描写。他认为她们的美和她们的不幸是密切结合在一起的，从一定的意义上说，她们的美产生于她们的不幸，她们的不幸造就了她们的美。如在《伊豆的舞女》里，"我"（作者的化身）既欣赏薰子的美，又同情她的不幸。如果说起初主要是被她的美貌所吸引，所以拼命追赶她们一行，甚至产生过占有她的念头；那么随着接触的增多和交往的加深，则逐渐转为既欣赏她的美，又同情她的不幸了。在《雪国》里也是这样，作者既欣赏驹子的美，又同情她的不幸，并且努力表现她的不幸处境给她带来的痛苦心境，努力表现她的不幸处境使她形成的特殊性格。

二是在表现女性卑贱美时，以写她们的外貌美为辅，心灵美为主。在写她们的心灵美时，以写她们在生活上的执着态度为主，特别是在爱情上的执着态度为主，以写她们在爱情上的"无偿的爱"（即只顾自己爱对方，不求对方的回报）为卑贱美的极致和最高境界。这种境界集中表现在《雪国》里，表现在驹子和叶子身上。驹子对岛村无偿的爱，在岛村看来是"徒劳"的。叶子对行男生前和死后的爱，也具有同样性质。用驹子的话说就是"只有女人才能真心去爱别人的"，意思是说男人根本做不到。这可以说是作家的深刻和独到之处。他在谈到自己写作《伊豆的舞女》和《雪国》等小说的心情时写道：无论是《伊豆的舞女》还是《雪国》，我都是怀着对爱情的感谢之情写的；《伊豆的舞女》是朴素的表现，《雪国》则深入一步，是曲折的表现。

三是在写作过程中尽力掩饰若干不必要写的东西。在川端康成看来，由于她们是卑贱者，由于她们处于社会下层，所以有时不免带有一些缺欠和污秽；而为了充分表现她们身上所体现出来的美，有时就不得不设法隐瞒这些缺欠和污秽。兹以《伊豆的舞女》的创作过程为例。作者曾于 1918 年秋天前往伊豆汤岛去旅行，并在当地结识了舞女一行；1922 年夏天，他又带着许多旧日记和旧信件再访伊豆汤岛，并在当地写成回忆录——《在汤岛的回忆》。这份稿子全文共 107 页稿纸，其中第 6 页至第 43 页是回忆与舞女一行越天城去下田的旅行过程的。《伊豆的舞女》就是根据《在汤岛的回忆》中这一部分于 1925 年年末和 1926 年年初改写成的小说。但应当注意的是，《伊豆的舞女》虽然是以作者的实际生活和实际体验为基础写成的，却并非作者实际生活和实际体验的单纯记录，而是一篇艺术创作。其中省去了作者以为不必要写出来的若干东西，即省去了舞女兄嫂身上的肿瘤，省去了舞女容貌的美中不足之处。一言以蔽之，省去了现实生活中丑陋的东西和不完美的东西，极力要把作品中的世界写得更加美好。有的日本评论者认为，不止川端康成所说明的这个肿瘤的场面，他拼命要从污秽中逃出来的意图，通篇都是很明显的。其实不仅限于《伊豆的舞女》，作为一位极力追求更加完全和更高境界的美的作家，川端康成其他描写卑贱者形象的作品也具有这种倾向。

四是个别事例和社会问题的关系。一般来说，他将身份卑贱女性的不幸主要作为个别事例来理解和处理，不是作为普遍的社会问题来理解和处理；并不把她们的不幸与社会问题联系起来，更不把她们的不幸与社会制度问题联系起来。不追究其社会原因，不研究其社会根源，更不对这种社会问题和制度问题加以批判和谴责，当然也就不会提出什么解决社会问题和社会制度问题的方法。这是他与很多以同情小人物为特色的作家的不同之处，如与欧洲 19 世纪著名作家雨果、狄更斯和陀思妥耶夫斯基的不同之处。以法国作家雨果（1802—1885）为例。他是积极关心社会问题的作家。在《悲惨世界·自序》①（1862）里，他写道："只要法律和习俗所造成的社会压迫存在一天，在文明鼎盛时期人为地把人间变成地狱并且使人类与生俱来的幸运遭到不可避免的灾祸；只要本世纪的三个问题——贫穷使男子潦倒，饥饿使妇女堕落，黑暗使儿童羸弱——还得不到解决；只要在某些地区还可能发生社会的毒害，换句话说同时也是从更广的意义上来说，只要这世界上还有愚昧和困苦，那么，和本书同一性质的作品都不会是无用的。"这部小说的故事正是围绕这三个问题展开的，其中的人物也是根据这三个方面设计的，冉阿让是"贫穷使男子潦倒"的形象化，芳汀是"饥饿使妇女堕落"的形象化，而珂赛特则是"黑暗使儿童羸弱"的形象化。因此，作者写道："在社会的成员中，分得财富最少的人也正是最需要照顾的人，而社会对于他们又要求最甚，这样是否合理呢？"又写道："一般人认为在欧洲文明里，已经没有奴隶制度。这是一种误解。奴隶制度始终存在，不过只压迫妇女罢了，那便是娼妓制度。"至于如何解决这些社会问题，作者主张强调道德和正义的作用，提出社会生活的最高理想是"仁爱"。在中篇小说《葛洛特·格》（1834）里，他描写了一个工人的不幸遭遇，并在最后发出了"可怜可怜人民吧"的呼声。雨果关心法国当时的社会问题和政治问题，他的个人生活与法国当时的社会问题和政治问题密切相关，他的许多作品都是法国当时社会问题和政治问题的形象反映。川端康成的小说之所以与之不同是因为：从总体来说，他虽然生活在一个剧烈动荡的时代（他

---

① ［法］雨果：《悲惨世界》，李丹译，北京，人民文学出版社，1977。

经历过 1923 年关东大地震，20 世纪二三十年代资本主义社会的经济危机，无产阶级和资产阶级尖锐的对立，第二次世界大战等），但他不很关心社会问题，很少批评日本社会，就连第二次世界大战这样重大的问题他都没有明白表示态度。他说过："我是没有太受战争影响，也没有太受战争灾害的日本人。我的作品在战前、战时和战后没有明显的变化，也没有显著的断层。创作生活和私人生活都没有感觉到怎么不自由。"① 所以他的小说虽然写下层人物的生活困难和不幸命运，但并不过多涉及社会问题、揭露社会矛盾和批判社会制度，往往作为个人命运来认识，作为人们生活中的个别事例来处理。

在笔者看来，同样是人，却被人为地分为卑贱者和高贵者，这恐怕归根结底是一个社会问题，是一个由社会制度造成的问题。在社会将人分为卑贱者和高贵者的不合理情况下，在卑贱者受到轻视而高贵者受到重视的情况下，在卑贱者处于相对弱势而高贵者处于相对强势的情况下，川端康成认为卑贱者比高贵者更美，他特别赞赏卑贱者身上所体现出来的美，这应当说是很有意义的。但与此同时，他只把卑贱者的问题作为个别问题来写，不是作为社会问题来写，矛头不指向社会，不与批判社会联系在一起，也不提出解决社会问题的方法，这又在一定程度上限制了他的小说的社会意义。

川端康成之所以特别注重表现和赞赏卑贱者的形象及其美，是与他本人的特殊经历有关的。

第一，由于他特别迷恋浅草地区。在东京，如果说银座是绅士淑女

---

① ［日］川端康成：《川端康成全集》（日文版），第 33 卷，269 页。

漫步的所在，那么浅草则是平民百姓的游乐场。1917 年，当川端康成怀着"轻视家业继承，不再回首故乡"的心情从家乡到东京时，他最初的落脚地就是浅草；当他进入东京第一高等学校后，他最留恋的地方也是浅草。他日后曾经这样回忆道："十几年前'浅草歌舞繁荣时期'，我正在一高上学。我憧憬歌舞女演员，经常前往浅草，并把什么事都一起干的石滨金作①氏也拉去。"（《文学自传》）②在他看来，浅草堪称"东京心脏"和"人间市场"。在《浅草红团》里，他对浅草是这样描述的：

> 浅草是万人的浅草。在浅草，所有的东西都活生生地表现出来。人们的种种欲望都赤裸裸地舞动着。这是将所有的阶级、人种混杂起来的巨大潮流，无论黎明还是黄昏始终没有尽头、没有边际的潮流。浅草活着。大众时时刻刻在前进。大众的浅草是经常将一切东西的旧型熔化并使之变为新型的铸造厂。③

他觉得浅草是抛弃故乡或被故乡所抛弃者聚集的土地，并非权力、财力和暴力的世界。这里拥有近似故乡的人际关系，重视义理和人情。可以说是都会式的农村，也可以说是农村式的都会。因此，他不能不成为"浅草爱好者"。这是他初次接触浅草的感受。十几年后，当他于 1929 年从大森迁居上野时，便又一次迷恋上了浅草。他在《文学自传》里

---

① 石滨金作(1899—1944)：日本现代小说家，著有《石滨金作集》(1 卷，平凡社)。主要作品有《痴人醉生》《都会幽灵》《过渡期》等。

② ［日］川端康成：《川端康成全集》(日文版)，第 33 卷，92 页。

③ ［日］川端康成：《川端康成全集》(日文版)，第 4 卷，75 页。

写道：

> 多次在公园待到天明，可是仅仅散步而已，没有与不良之徒结
> 为知己，没有和流浪者搭话交谈，也没有进过大众食堂。——去看
> 三十几个馆的演出，记下笔记；但没有在观众席与艺人谈话，看过
> 后台内幕的只有娱乐场一处。没有在公园附近廉价旅馆门前站过，
> 也没有进过咖啡馆，仅仅与娱乐场的舞女在茶馆和年糕小豆汤店坐
> 坐而已。她们身上没有浅草艺人气味，不过是十六七岁的小姑娘。
> 而且连这也是文艺部的岛村龙三氏等人带着舞女走，我又和岛村氏
> 一起走，直接和我正式谈话的舞女连一个也没有。记得那时不曾和
> 她们之中的任何一个单独走过 3 町①，或者单独待过 10 分钟。②

据说设在浅草的娱乐场也由于他的《浅草红团》问世而繁荣起来，造
成"报纸、广播关于浅草的报道骤然增加，文人和知识分子都来观看浅
草滑稽喜剧，犹如流行病猖獗一时"③的状态。其后，娱乐场倒台，舞
女们纷纷离开浅草，但有的仍与他继续交往，并且常常满怀热情地回首
往事。他在浅草的生活似乎是愉快的，如他在《睡脸》的开端写道："一
面与浅草水族馆舞女们一起听 108 下钟声，一面在万世庵吃过年荞面
条，是我这几年除夕的习惯。"④文中还具体描写道："走进观音堂背后

---

① 町：日本旧时距离单位，1 町约为 109 米。

② ［日］川端康成：《川端康成全集》（日文版），第 33 卷，92 页。

③ 同上书，93 页。

④ ［日］川端康成：《川端康成全集》（日文版），第 5 卷，133 页。

的阴暗地区，合唱的声音随之逐渐升高，变成近来歌舞演出舞台上所唱的美国电影里兴高采烈的流行歌曲了。那是相当猥亵的情歌，然而没有受过声乐训练的少女式声音，与其说是表现歌词的感情，不如说是回忆愉快往昔的悲哀，使我的心彷徨无主。与舞女们过除夕是相当快乐的，总觉得自己仿佛成了很好的人。这种甜美的感觉，使我周身变得温暖起来。"①

第二，由于他特别迷恋伊豆汤岛。他在《少年》里写道，首次伊豆之行是到东京以来第一次像样的旅行，"舞女犹如彗星，修善寺至下田的风光犹如彗星之尾一般，在我的记忆中发光闪耀"②。此后，他几乎每年都要旧地重游，甚至把这里当作了第二故乡，这里对他的吸引力"与乡愁无异"。自 1924 年晚秋或初冬起，他干脆在伊豆汤岛住了下来。他1925 年的绝大部分时间是在这里度过的，1926 年仍然继续在这里逗留，直到 1927 年春天才由于工作需要而返回东京。关于伊豆的舞女给他带来的精神安慰，他日后回忆起来，心情还是很不平静。他后来在《少年》里写道：

对于我这个仅仅知道旅行情趣和大阪平原农村的人来说，伊豆的农村风光宽松了我的心，而且见到了舞女。我所感受到的是与所谓巡回艺人秉性毫无共同之处的、带有田野芳香气息的诚挚好意。"是个好人"——这句由舞女说出，由她的嫂子加以肯定的话，吧嗒

_____

① ［日］川端康成：《川端康成全集》（日文版），第 5 卷，148 页。
② ［日］川端康成：《川端康成全集》（日文版），第 10 卷，168 页。

一下落入我的心田，清爽极了。我是个好人吗？是的，是个好人——我自问自答。在平常意义上的"好人"，这个评语给我带来了光明。从汤野到下田，自己也能作为一个好人结伴同行，这使我高兴极了。无论是在下田旅店窗边，还是在轮船上，舞女所说的"好人"给我带来的满足和我对说"好人"的舞女的好感，都使我流出了欢喜的热泪。这是年轻时代的事，如今想来如梦一般。①

总而言之，无论是在浅草地区，还是在伊豆汤岛，川端康成在和各式各样社会下层艺人相处的过程中，所感到的是亲密，是温暖，是快乐，是甜美，是平等而自然，是单纯而爽快；而这一切是在其他地方体会不到的，是和其他人相处时体会不到的。他喜欢这样的人，热爱这样的人，于是便在自己的作品里满怀激情地刻画她们，赞赏她们的美好品质。

---

① ［日］川端康成：《川端康成全集》（日文版），第 10 卷，228 页。

第四章 | 川端康成小说思想内容的特点(下)

第一节　表现和赞赏颓废美

善于表现并且赞赏颓废美，是川端康成小说思想内容的第三个突出特点。

在他战后创作的两类小说(第一类是描写正常生活和感情的小说，第二类是描写非正常生活和感情的小说)中，第一类小说的思想内容当然也是很有特点的，但相比之下，第二类小说思想内容的特点更加突出，更加鲜明，更加引人注目。那么，第二类小说思想内容的特点是什么呢？笔者以为，研究这些小说思想内容的特点，比较便捷而又可靠的方法是联系作者在各个时期和各种情况下发表的与此有关的言论，从而探讨他创作这些小说的真正意图。从大量资料中，我们可以得出这样的结论：他这些小说的思想内容具有两重性质，具有两重意义——既有"实"的性质，"实"的意义；也有"虚"的性质，"虚"的意义。因此，我们需要从这样两重性质和两重意义上来分析这些小说思想内容的特点。

其实，他创作这种具有两重性质和两重意义的小说，并非始于战后，只不过战后的表现更加明显或者说更加露骨罢了。早在20世纪20年代写作的手掌小说中，他就曾经写过一些违背正常伦理道德的小说。他在《独影自命》中解释这些小说的思想内容时，这样写道：

> 《早晨的脚趾》《神骨》《穷人的情侣》《遗容事件》等大概写了女人不守贞操之美吧。
>
> 《港口》《20年》《阿信地藏菩萨》《马美人》等似乎也是如此。《阿信地藏菩萨》以那样的女人为偶像，《马美人》则让那样的女人升天。其他的手掌小说里也有很多带有不守贞操意味的女人。
>
> 但是，即使不把作品看透，也能明白我写的并非不守贞操本身。我并没有考虑女人守贞操还是不守贞操的问题，只不过将不守贞操作为一个象征加以歌咏。另外，这些作品所描写的女人大多是无智慧和无道德的，但这种无智慧和无道德也和不守贞操一样，并不是我所考虑和表现的问题。我要写的或许可以称为生命的悲哀和自由的象征吧，但这样一说明就没有什么意思了。
>
> 《穷人的情侣》未必是不守贞操，也是一种感伤吧。[1]

---

[1] ［日］川端康成：《川端康成全集》(日文版)，第33卷，470、471页。

　　由此可见，在这类小说中，作品所描写的实际内容和作者所要表现的思想意图是有一定差距的，而这种差距正是其两重性质和两重意义产生的根源。类似的情况在 20 世纪三四十年代发表的小说里也不乏其例。譬如《雪国》对于女主人公驹子的描写显然具有一定的颓废色彩（如上所述，她把岛村这样一个极不可靠的人当成恋爱对象，并且一下子就委身于他，这种恋爱方式是异乎寻常的，是具有畸形一面的），而作者的态度却是赞赏的。

　　与此相关，还有一点值得注意，即日本和中国的评论者在评论川端康成这些小说（特别是战后第二类小说）时，往往会发生很大的分歧，褒贬不一，其重要原因之一恐怕也在这里吧。也就是说，有人主要从小说所描写的实际内容来进行评论，于是大加批判；有人主要从作者所要表现的思想意图来进行评论，于是大加赞扬。笔者过去倾向于前者，现在觉得应当注意其两重性，应当兼顾两个方面。

　　这里还要说明一个问题，即川端康成创作这些具有两重性的小说，很可能与日本古典文学传统有一定的关系，很可能有其历史的渊源。日本江户时代的著名学者本居宣长[①]在《〈源氏物语〉玉小栉》（1799）里评论日本古典小说《源氏物语》时就曾指出，这部物语写的并非都是好人好事，也有不合伦理之事，不合儒教道德和佛教教义之事；但是物语没有关注这些问题，而是反复表现其中的"物哀"意识，将源氏当作典型的好人，把好事都集中到他身上。因为物语不是教人如何修身养性的教科

---

　　①　本居宣长（1730—1801）：日本古代国学家、歌人。主要著作有《〈古事记〉传》《玉胜间》《〈源氏物语〉玉小栉》《初山踏》等。

书，只是讲述世间的故事，所以不必拘泥于道德方面的是非善恶。既然备受川端康成推崇的《源氏物语》也具有这样的两重性，那么他在自己的创作实践中加以应用和模仿也就不奇怪了。

从第一重性质和意义来看，即从"实"的性质和意义来看，也就是从这类小说所描写的实际内容来看，他描写的是违背正常伦理道德的言论、行为和感情，赞美的是违背正常伦理道德的言论、行为和感情的美，甚至是单纯的性爱，是男性玩弄女性肉体的美，因而可以说具有颓废的性质，可以称之为表现和赞赏颓废美。

如《千只鹤》写的是太田夫人和自己情夫的儿子——菊治谈情说爱并且发生肉体关系的故事。在这篇小说里，川端康成有意把登场人物放在道德与不道德的矛盾冲突中来描写，力图充分展示他们内心的尖锐思想斗争。当太田夫人和菊治初次见面交谈时，太田夫人仿佛就分辨不清对方是菊治还是他的父亲，错把菊治当成了他的父亲；菊治似乎也以为自己就是这个女人所爱的人，觉得自己仿佛很早就同她亲近了。于是，两人便发生了肉体关系。事过之后，菊治感到他们两人的行为是极其自然的，谁也没有诱惑谁，谁也没有抗拒谁；可以说，道德的观念根本就没有发生作用。但尽管如此，他们仍然不能不感到内疚。当时，太田夫人就不得不承认自己"真是造孽"，菊治也不由得想到"她毕竟是父亲的女人"。事后，太田夫人既觉得自己罪孽深重，又无法克制自己的感情，终于以死了事。文子也觉得母亲太糟糕了，怎么能先同菊治的父亲发生关系，后同菊治发生关系呢？而菊治则一面更加执迷地思念太田夫人，一面又为此事进行道德上的自我谴责。继之，太田夫人和菊治的这种关系又直接影响到文子和菊治的关系，而这种影响也是双重的，即一方面

菊治由于日益思念太田夫人，而移情于她的女儿文子；另一方面菊治和
文子又都由于太田夫人的关系而在自己的心里产生一层阴影，并且感到
始终难以解脱，最后不得不分手，甚至菊治怀疑文子并不是出外旅行，
而是自蹈死地，因为她怕自己和母亲一样，也成为一个罪孽深重的女
人。不过，经过一番思想斗争以后，他们（菊治和文子）最终还是回避了
太田夫人和菊治的关系究竟是道德的还是不道德的这个矛盾冲突，肯定
了这种关系和太田夫人本人。用文子的话说就是：从母亲死后第二天
起，我就渐渐觉得她变美了；这不是我的主观想象，而是她自己美起来
了。由此可见，在作者看来，合乎道德或者不合乎道德是无关紧要的，
要紧的是表现更深层次的东西，即女人的悲哀。在这篇小说里，太田夫
人便被写成是女人悲哀的化身。当菊治和文子谈到太田夫人是否有罪
时，文子说道：要说有罪孽，也早就被母亲带进棺材里去了；不过，我
倒不认为是罪孽，而是母亲的悲哀呀！这段话不但表明了文子对她母亲
的同情和怜悯，恐怕也表明了作者对太田夫人的同情和怜悯吧。

如果说《千只鹤》表现和赞赏的是太田夫人和情夫之子发生关系的不
道德行为，那么《山音》表现和赞赏的则是公公和儿媳之间谈情说爱的不
道德行为。这部小说主要写的是男主人公信吾和自己的儿媳菊子的亲密
感情，但是尚未进到实际发生乱伦行为阶段的微妙状态。信吾已经进入
老龄时期，经常觉得死期临近，可是青春的欲念反而复萌。这一方面是
因为他对青年时代没有获得保子姐姐的爱情始终感到不满，另一方面则
因为外貌酷似保子姐姐的菊子近在身边。他对菊子的爱慕其实是对保子
姐姐爱情的复活。对信吾来说，菊子是这个沉闷家庭所打开的唯一窗
户；而菊子也把信吾的爱慕当作自己生活下去的唯一支撑力量。这种相

互关系很有可能发展下去，也就是堕落下去；幸亏作者极力加以抑制，才没有达到实际发生乱伦行为的地步。不过，在信吾的意识里，在他的梦境里，这种乱伦思想已经是无可争辩的事实了。在信吾不断做的一些梦里，被他爱慕甚至猥亵的对象显然是菊子。这可以从信吾醒来以后对这些梦所作的解释得到证明。如有一次他醒来以后想道："梦里的姑娘不就是菊子的化身吗？难道自己在梦中也要隐藏自己，也要欺骗自己吗？"假托那个女人是修一朋友的妹妹，而且使她的形象也变得模糊不清，这难道不是极端害怕那个女人是菊子吗？事实上，正如上面所提到的那样，信吾对菊子的爱慕之心早就有了。从菊子一进家门的时候起，信吾就把她当作了爱慕的对象和理想女性的化身。

虽然都是表现和赞赏违背正常道德观念的小说，但是在写《千只鹤》和《山音》时，作者还算有所节制，前者毕竟表现出了人物内心的思想矛盾，后者毕竟没有发生实际的乱伦行为；而在写《睡美人》和《一只胳膊》时，这种思想倾向则表现得更加明显，也可以说更加露骨，甚至到了离奇的地步。

在《睡美人》里，对所谓女性美的描写仅仅限于对女性肉体美的单纯欣赏，而且女性几乎完全处在被动的状态下，几乎彻底丧失所有表达主观愿望的机会，几乎没有任何主动成分可言，成为纯粹的被欣赏者。这篇小说的男主人公江口由夫以及其他常来这里的老人是什么样的人物呢？据小说里说，他们都是世俗意义上的成功者，而不是落伍者；既然成功，便往往需要作恶，只有依靠不断作恶，才能保住成功。所以，他们并非心灵安宁的人，莫如说是恐惧者和失败者。他们又是情场上的老手。如江口由夫晚上睡不着觉时，偶尔会想起一个跟他有过交往的夫人所说的话："我晚上临睡前，闭上眼睛，用手指头数跟我接吻而不让我讨厌的男人有几个。那真有意思啊！如果不到 10 个，我就觉得寂寞。"于是，他也屈指计算起来。但他不仅计算跟他接吻而不令他讨厌的女人，而且计算跟他发生过关系的女人。① 非但如此，从小说的描写中我们不难料到，江口由夫等人到睡美人旅馆来过夜，只要征得旅馆主人的同意，付给旅馆主人费用即可，完全不必征得睡美人本人的同意，因为睡美人本人始终是昏睡不醒的，根本不知道客人是谁。她们有的还是处女，却出卖自己的身体。她们与旅馆主人的关系是雇佣关系，而且不是一般的雇佣关系，是雇佣肉体；她们与江口由夫等人的关系则是买卖关系，而且不是一般的买卖关系，是买卖肉体。她们的目的当然是挣钱。正如小说里所写的那样：

> 姑娘一定是为了挣钱才在这里睡觉的。但对付了钱的老人们来说，躺在这样的姑娘身边，一定是世上最大的乐事。由于姑娘绝不会醒过来，所以上了年纪的客人大概不会产生衰老的自卑感，还可以自由自在地想象和追忆跟女人的交往。他们宁愿花费比醒着的女人更多的金钱而在所不惜，其原因也就在此吧。昏睡不醒的姑娘根本不知道身边的老人是谁，这也会使老人放心的。而老人也完全不了解姑娘的生活情况和人品之类。②

---

① ［日］川端康成：《川端康成全集》（日文版），第 18 卷，148 页。
② 同上书，167 页。

此外，小说还大量使用自由联想的方法，描写江口由夫的思想活动，描写他的心理活动。这些思想活动和心理活动，包括对临近死亡的恐惧，对失去青春的哀怨，对自己不道德行为的悔恨等。这是因为，小说写的是江口由夫和睡美人之间的故事，而睡美人是不能说话的，是不能表达感情和思想的；所以小说不可能描写他们之间的对话，不可能描写他们之间交流什么感情和思想，当然也就只好描写江口由夫自己的思想活动和心理活动了。以第一夜为例。江口老人发现睡美人身上有一股乳臭味，这使他觉得很奇怪，因为她还不到 20 岁，显然没有生过孩子，怎么会有乳臭味呢？于是这种乳臭味勾起了江口由夫的一段痛苦回忆——一个与他关系密切的艺妓，因为发现他脱下的衣服上有乳臭味而大发雷霆，一面说着"讨厌，讨厌"，一面把他的衣服扔掉了。原来他在家里抱过孙子，而那个艺妓非常讨厌这种味道。然后这种乳臭味又使他想起了年轻时和一个董事长夫人跳舞的故事。接着这种乳臭味又使他记起了年轻时的一个姑娘，他跟那个姑娘乘火车私奔，每当火车钻进隧道时，那个姑娘就畏缩地紧靠着他；而每当火车钻出隧道时，那个姑娘又会因为看见彩虹而惊叫起来——"真美""真漂亮"。原来那个姑娘特别喜欢彩虹。后来他俩分手，那个姑娘跟别人结婚了，并且生下一个婴儿。有一次，他在东京上野不忍池旁边又与那个姑娘邂逅，她怀里抱着那个婴儿，婴儿戴着一顶白色的毛线帽。小说接着写道：

> 从此以后，他俩没有再见过面。江口后来听说那个姑娘十多年前就死了。如今江口已经 67 岁，亲属、知己死了不少，但唯独对那个姑娘记忆犹新。婴儿的白帽子，姑娘隐秘地方的美，以及她乳

头周围的血迹，互相交织起来，令江口至今难以忘怀。她的美可以说是无可比拟的，在这个世界上恐怕只有江口一人知晓。江口老人离死已经不远，即将从这个世界彻底消失。姑娘虽然很腼腆，却坦然地让江口去观赏，这或许是她的本性使然。姑娘肯定不知道自己所拥有的美，因为她无法看到。①

《一只胳膊》在《睡美人》的基础上又向前发展了一步。在《睡美人》里，对所谓女性美的描写虽然仅仅限于对女性肉体美的单纯欣赏，但是那样的女性肉体毕竟还是完整的肉体；而在《一只胳膊》里，女性的肉体已经浓缩为一只胳膊，女性的肉体美也就只能表现在这一只胳膊上。因此，女性当然也就处在更加被动的状态下，更加丧失表达主观愿望的机会，更加没有什么主动成分可言，成为纯粹的被欣赏者。

那么，川端康成为什么要在自己的小说里表现甚至歌颂这种违背正常道德观念的颓废美呢？这并不是偶然的，大致说来，既有主观方面的原因，也有客观方面的影响。

关于主观原因，我们可以从他多次发表的文章里找到不少证据。例如，早在中年时代，他就说过：

我的作风虽不锋芒毕露，其实却颇有一些违背道德标准的倾向。(《文学自传》)②

---

① 〔日〕川端康成：《川端康成全集》(日文版)，第 18 卷，153 页。
② 〔日〕川端康成：《川端康成全集》(日文版)，第 33 卷，94 页。

到了晚年，他的话说得更露骨了。如他于 1968 年获得诺贝尔文学奖以后，他的故乡茨木市授予他名誉市民的称号。关于这件事，川端康成坦率指出：

> 作家理应成为无赖、放浪之徒。荣誉和地位乃是障碍。过分不遇，其艺术家的意志薄弱，不堪其苦，以致才华枯萎，这种情况并非没有；反之，声誉也容易成为才华凝滞衰竭的根源。我幸运得很，甚至早已难以抗拒这种幸运。今后的境遇是可以想象的。这次我的故乡茨木市颁布名誉市民令，要把我列为第一号，为此市长和市议会的人前几天来到我在镰仓的家。据说现今流行的文学碑也正在我毕业的高中（当时是旧制中学）和我们村我家的门前建立。辞退已很困难，也很麻烦。不过，所谓小说家者必定要敢于有"不名誉"的言行，必定要敢于写违背道德的作品，否则便会导致小说家的灭亡，因此何时取消"名誉市民"的称号都可以，此类事件大约将会发生。我反复强调这些，可是市里的人仿佛难以理解。奖是一个年度的，既然是文学奖恐怕也会原谅作家的不道德；但"名誉市民"终身具有资格，尤其令人畏缩。我希望从所有"名誉"中解放出来。（《夕阳原野》）①

总之，他认为，作家是应该思想开放的，是应该放手写作的，是应该放荡不羁的，是不应该受到过多条条框框拘束的，否则便会失去创造

---

① ［日］川端康成：《川端康成全集》（日文版），第 28 卷，364、365 页。

力，便会失去生命力，便会失去自己的特色。因此，一个作家为了描写美和表现美，在写作时可以不顾人类正常的伦理道德，甚至有时必须表现和赞赏违背人类正常伦理道德的言行和感情。既然如此，他写出《千只鹤》《山音》《睡美人》和《一只胳膊》之类的小说，自然也就不是什么奇怪的事了。

关于客观影响，我们可以从日本古典文学史上找到不少事例。最明显的例子还是《源氏物语》。这部作品的前两部分主要描写源氏和各式各样女性的交往，在这方面作者并没有把他完全理想化。正如书中所说的那样，光君源氏，这名字是堂皇的，其实此人一生的缺陷多得很，尤其是那些好色行为。在作者笔下，他既是温文尔雅、多情善感的，又是用情不专、轻薄放荡的；他既对女性表示关怀、爱护，又对女性肆意骚扰、玩弄；他为收容几个与他交往较深的女性而精心营造的六条院，虽被说成是和睦相处、其乐融融的极乐世界，其实生活在里面的人个个满怀辛酸，争风吃醋之事层出不穷。源氏为了物色满意的对象，满足自己的欲望，不仅追求空蝉、明石姬、末摘花、紫姬等众多妇女，而且和藤壶私通。从小说整个构思来说，后者是一个至关重要的事件。因为藤壶是桐壶天皇的皇后，其身份相当于源氏的继母。源氏听说藤壶的容貌酷似自己的生母，便产生一种恋慕之情。随着年龄的增长，他对藤壶的感情也发生微妙的变化，每逢春花秋月、良辰美景，便向她吐露衷肠。他没有抑制自己的感情，终于发展到与藤壶私通并生下一子的地步，这个孩子就是日后上台的冷泉天皇。源氏与藤壶私通具有乱伦性质，它是源氏好色行为所产生的最大恶果。这个事件与小说主要情节的发展有密切关系，不仅因为有冷泉天皇上台，才有源氏政治上的中兴以至后来的绝顶荣华；而且源氏与女主人公紫姬的结合，也是因为紫姬的相貌和藤壶相似，血脉又和藤壶接近。藤壶是源氏的理想，紫姬则是藤壶的化身。更为重要的是，源氏和藤壶的私通，又同柏木和三公主的私通存在某种内在联系。柏木和三公主私通生下薰君，而薰君则是小说第三部分的男主人公，这样就把这条线索贯串到小说第三部分去了。由此可见，源氏和藤壶私通以及与此有关的一系列事件，是贯串小说始终的一条重要线索，是表现小说主题的一个重要方面。作者既是一个贵族，又是一个妇女。当她描写源氏和女性的交往时，就不能不同情这些女性的不幸，不能不对源氏的所作所为有所揭露，有所批评。虽然有时一边揭露，一边又替他掩饰；一边批评，一边又为他开脱。除《源氏物语》外，井原西鹤的好色小说也是日本古典文学中的重要作品，如《一代好色男》(1682)、《二代好色男》(1684)、《五个好色女》(1686)和《一代好色女》(1686)等，描写的是以妓院为中心的放荡生活，肯定的是商人旺盛的生活欲望。如《一代好色男》是好色小说的第一部作品，描写主人公世之介一生漫游全国各地青楼的故事。有趣的是，作者在艺术构思上有意以《源氏物语》为范本，从54卷的结构到两代主人公的安排处处都与《源氏物语》相似，因而有"俗《源氏物语》"之称。类似的例子举不胜举。川端康成对于《源氏物语》的赞赏已如上述，井原西鹤的小说（包括好色小说在内）也深受川端康成的喜爱，而且二者都在日本文学史上占有重要地位，因此川端康成接受它们的影响，写出《千只鹤》《山音》《睡美人》和《一只胳膊》之类的小说也是很自然的。

第二节　表现和赞赏虚无美

从第二重性质和意义来看，即从"虚"的性质和意义来看，也就是从这些小说所包括的抽象含义来看，或者说从作者所要表现的思想倾向来看，他虽然描写的是违背正常伦理道德的言行和感情，赞赏的是违背正常伦理道德的言行和感情的美，甚至是玩弄女性肉体的美，因而具有颓废的性质；但是又不仅如此，同时还具有另外一层含义，或者说更深一层的含义，即描写虚无的美，因而具有虚无的性质，可以称之为"表现和赞赏虚无美"。

在《千只鹤》里，作者所设置的环境、故事和人物，从总体来看还是接近现实的；但就他所表现的思想感情而言，却具有一定的虚无色彩。太田夫人作为美的体现者，在活着时虽然是美的，可是这种美总是与罪孽联系在一起，因而是不完美的；只有到她死后，她才成为完美的形象，她的美才达到了最高的、绝对的境界。所以，她的美是短暂的、虚幻的。而另一个美的体现者——文子是活着的，从这个意义上说，她的美是持久的。但是由于母亲和菊治的关系，她不可能答应菊治的要求，也不可能满足菊治的需要，终于一走了之。因此，对于男主人公菊治来说，无论太田夫人的短暂的虚无美，还是文子的持久的实在美，归根结底都不能使他感到满足，都具有虚无缥缈的性质。

《山音》也是如此。它所设置的环境、故事和人物也是接近现实的，但它所表现的思想感情也具有一定的虚无色彩。保子姐姐是美的体现者，但她早已离开人世，既看不见，也摸不着，她的美丽面影只能在信吾的脑海里飘荡。所以，她的美是虚无的。菊子是另一个美的体现者，在实际生活中一直存在，并且始终生活在信吾的身边，既看得见，也摸得着。所以，她的美是实在的。可是，对于信吾来说，由于公公和儿媳的身份关系，菊子的美也是难以得到的，也是可望而不可即的，自己对菊子的爱也是不能公开表露的，只能藏在内心深处，甚至只能藏在潜意识里，只能通过做梦的方式表现出来。所以，菊子的美也是虚无缥缈的。

比起《千只鹤》和《山音》来，《睡美人》和《一只胳膊》无疑具有更加浓厚的虚无色彩。

《睡美人》所设置的环境、故事和人物都是远离现实的，都是虚无缥缈的。从环境来看，江口由夫来到的这个地方，既不是真正的旅馆，又不是普通的妓院，而是一个颇为神秘的所在。据小说里描述，它坐落在海边的悬崖上，能够清楚地听见海浪撞击悬崖的声音。时令是在冬季，时间是在夜里。院子里种了许多参天的松树和枫树，树叶在黑暗的空中摇曳，显得十分强劲有力。屋子里挂着深红色的天鹅绒窗帘，"由于房间光线很暗，那深红色显得更深了。而且窗帘前面好像有一层微光，令人觉得恍如进入梦幻之境"①。不仅如此，就连在这里从事管理和服务工作的中年女人也给人一种神秘之感。她的举止语言异于常人，她的装束也有特殊之处——

---

① ［日］川端康成：《川端康成全集》（日文版），第 18 卷，140 页。

　　她的腰带背后结的花样是一只很大的怪鸟。不知道是什么鸟。这种装饰化的鸟，为什么要加上写实性的眼睛和爪子呢？当然，它并不使人毛骨悚然，只是做工显得笨拙罢了。不过，在这种场合，女人的背影中最令人感到恐怖的就是这只鸟。①

　　总之，这奇特的所在、奇特的院子、奇特的屋子和奇特的女人，都给人以非现实之感。再从人物来看，在小说里先后出场的六个睡美人也给人以非现实之感。这些人都口服或者注射了安眠药，所以无论江口由夫等人如何折腾，她们都不会醒过来；但她们又没有死去，依然保留着活人的特点。正因为如此，她们才成为江口由夫等人最理想的玩乐对象。这显然也是非现实的。小说写道：

　　姑娘好像一丝不挂。当老人钻进被窝时，姑娘毫无反应，没有收缩胸脯或者腰部的动作。作为一个年纪轻轻的女人，无论睡得多熟，都会有这类灵敏的条件反射式的动作；而她的睡眠却是不同寻常的吧。②

还写道：

　　被弄成熟睡而不省人事的姑娘，即使不是停止了生命的时间，

---

　　① ［日］川端康成：《川端康成全集》（日文版），第 18 卷，136、137 页。
　　② 同上书，141 页。

也是丧失了生命的时间，沉入了无底的深渊吧？因为没有活着的偶人，她也不可能变成活着的偶人。不过，为了不使已经不是男人的老人感到羞耻，她被弄成了活着的玩具。不，不是玩具。对这样的老人来说，也许那就是生命本身，也许那就是可以放心触摸的生命。①

从这个角度来说，这些睡美人是虚无缥缈的，是虚无美的体现者。不过，从另一个角度来说，这些睡美人又被作者描写成有血有肉的实体，是实在美的体现者。但即使如此，对于男主人公江口老人来说，这些睡美人尽管躺在自己身边，而且处于昏睡不醒的状态，可是由于自己已经接近老朽之年，仍然无能为力，更何况睡美人根本不能与他说话，与他交流思想感情。因此，这些睡美人还是不能满足江口老人的全部要求。

在《一只胳膊》里，不仅作者所描写的故事本身具有明显的虚幻性质，而且作者所设置的环境也是远离现实和虚无缥缈的，具有非现实性和超现实性。例一是主人公"我"在街上走时的所见所闻——

雨雾和夜霭越发浓重起来。我没戴帽子，头发被浸湿了。药店已经关上正门，从里面传出广播的声音：现在有三架客机，由于烟雾浓重不能着陆，已经在机场上空盘旋了30分钟。广播接着提请各家注意：这种湿气浓重的夜晚，钟表可能乱走。广播还说：由于

① ［日］川端康成：《川端康成全集》（日文版），第18卷，142页。

湿气的关系，如果把钟表的链条上得太紧，容易断裂。我仰望天空，想看看飞机上的灯，但没有看见。天空不见飞机。耳朵里也充满密布的湿气，仿佛有许多蚯蚓向远处爬行，发出潮乎乎的声音。广播也许还在向收听者发出警告。我站在药店前，听见广播说动物园的狮子、老虎、豹子等猛兽讨厌湿气怒吼起来，顿时觉得动物的呼啸声如地鸣般响彻四周。广播又说：在这样的夜晚，请孕妇和厌世家们尽快上床安静休息。广播最后说：在这样的夜晚，妇女直接把香水抹在皮肤上，香味就会浸到肌肤里，再也去不掉。①

例二是"我"横穿马路时的所见所闻——

我怀里揣着珍贵的东西，看清马路附近一带没有汽车通过才横穿过去，那喇叭声当然不是为我响的。我朝车来的方向望去，没有发现人影，也没有看见车，只看见了车前灯。灯光朦胧扩散，呈淡紫色。这种颜色的灯光很少见，所以我穿过马路以后，就站住观看汽车通过。一个身穿朱红色衣服的年轻女人在驾驶。她好像朝我这方面点了点头。我突然觉得是姑娘前来讨还她的右胳膊吧，转过身要逃跑；但转念一想，又觉得她单凭左胳膊是不能开车的。然而，莫非开车的女人发现了我怀里揣着姑娘的一只胳膊？这是与姑娘胳膊同性的女人的直觉。我必须注意，在回到自己房间之前，不要再碰见女人。女人汽车的尾灯也是淡紫色的。仍然看不见车身，只有

---

① ［日］川端康成：《川端康成全集》（日文版），第8卷，550、551页。

淡紫色的灯光朦胧地浮现在灰色的雾霭中，随即远去了。①

例三是"我"在公寓门口的所见所闻——

> 不过此后我一个人也没有碰上，就回到了公寓的门口。我停下来观察门里的情况。萤火虫从我头上飞过。我发现这些萤火虫的火光特别大特别强，急忙后退了四五步。又有两三个像萤火虫似的火星儿飞掠而过。那火星儿旋即消失，比被浓烟吸收得还快。是人魂还是鬼火之类的东西抢在我的前面，等着我回来呢？但我随即明白了，那是一群小飞蛾。原来是门口的灯光照射在小飞蛾的翅膀上，使它们像萤火虫一样地发光了。虽然它们比萤火虫大，却被误以为是萤火虫，足见它们作为蛾子是太小了。②

例四是"我"在公寓里面的所见所闻——

> 外面的烟雾似乎越来越重，连花瓶里玉兰的叶子都潮湿了。广播仿佛又在发出警告了。我从床上下来，刚要往摆着小型收音机的桌子那走，又站住了。姑娘的一只胳膊抱着我的脖子，听广播就是多余的了。然而，我觉得广播里还是在说：性质恶劣的湿气弄湿了树枝，弄湿了小鸟的翅膀和脚，小鸟都滑落下来不能飞翔了，所以

---

① ［日］川端康成：《川端康成全集》（日文版），第 8 卷，551、552 页。
② 同上书，552、553 页。

希望通过公园等地的车辆注意不要轧死小鸟。假使略有暖意的风吹来，烟雾的颜色也许会变。变了颜色的烟雾是有害的，假如变成桃色或紫色，务必不要外出，要把门窗关严。①

通过以上几个例子，我们不难看出，这篇小说的环境描写几乎都是非现实的，作者尽力使用夸张、比喻、想象等方法，使故事发生的客观环境带上了浓重的离奇色彩和神秘色彩，从而为更加离奇、神秘的故事情节的展开准备了条件。从这个角度我们可以说，如此美妙的一只胳膊在现实中恐怕是根本不可能存在的，它所体现的美是虚无的。不过，从另一个角度来说，这只胳膊被作者描写得活灵活现，不仅在外形上能够体现姑娘本人的美，而且甚至能够代表姑娘本人说一些话，表达一下感情，所以也可以说是实在美的体现者。但即使如此，对于男主人公"我"来说，这只胳膊虽然很美，可是毕竟不能全部替代姑娘本人。因此，这只胳膊也还是不能完全满足"我"的需要的。

其实，作者在小说中表现和赞赏虚无美，并非始于战后，在他战前的创作里已经有所表露。以《雪国》为例。其中描写了两个互相关联的年轻女性：驹子和叶子。如果说驹子是现实美的化身，那么叶子则是虚无美的化身。对于岛村来说，驹子是一个美的实体，而叶子则是一个美的虚体。驹子的美是可以触摸得到的，而叶子的美则是难以捉摸的。他喜欢驹子，但又感到不满足；他想追求叶子，但又追求不到。后来，他终于不得不承认驹子的现实美抵挡不住叶子的虚无美，驹子的现实美不能

---

① ［日］川端康成：《川端康成全集》（日文版），第 8 卷，562 页。

使他完全得到满足，他还想进而追求叶子的虚无美，于是决心离开雪国，也就是离开驹子而带着叶子到东京去。然而，这个目的也没有达到。在他离开雪国的前夕，叶子因为一场火灾摔坏了身体，他也彻底绝望了。而驹子则把叶子的身体紧紧地抱在自己的怀里。这也许可以说是二者(现实美和虚无美)合一了吧？但这种合一仍然不是现实的，而是虚无的。

总而言之，作者笔下的虚无美形象既有实在的(如《雪国》中的驹子、《千只鹤》中的文子、《山音》中的菊子等)，也有虚无的(如《雪国》中的叶子、《千只鹤》中的太田夫人、《山音》中的保子姐姐等)，还有兼具实在和虚无两种性质的(如《睡美人》中的睡美人、《一只胳膊》中的一只胳膊等)；但无论属于哪种情况，对于美的追求者来说，归根结底都是虚无缥缈的。

从作者的审美角度来看，上述小说都是对虚无美的追求，都是表现和赞赏虚无美的具体体现。或许正因为这种美是现实中不存在的，是可望而不可即的，所以他才认为是完美的，是至高无上的，是美的最高境界。他追求的正是这种境界。那么，这种审美观来自什么地方呢？从他的生平年谱以及他所发表的有关小说、文章和讲演里，我们不难发现，这种审美观形成的原因之一，似乎与佛教思想的影响有密切的关系。表明这种关系的有力证据之一是他在诺贝尔文学奖颁奖仪式上发表的纪念讲演——《我和美丽的日本》(1968)。在这篇讲演里，他从日本僧人道元禅师①和明惠上人②写的两首和歌的精神谈起，用以阐释"日本的精髓"。

---

① 道元禅师(1200—1253)：日本古代僧人(曹洞宗开山祖师)、歌人。著有《永平广录》《伞松道咏》《学道用心集》《正法眼藏》等。

② 明惠上人(1173—1232)：日本古代僧人、歌人。著有《明惠上人歌集》《四座讲式》《明惠上人遗训》等。

道元禅师的和歌是"春花秋月夏杜鹃，冬雪皑皑透清寒"①，明惠上人的和歌是"冬月拨云来相伴，冷风刺骨雪添寒"②。然后以日本僧人良宽③、作家芥川龙之介④和僧人一休⑤等人的事迹为例，论述日本绘画、陶瓷、插花、茶道等艺术，论述平安时代的文化成就。在讲演的结尾处，他说道：

> 　　写"冬雪皑皑透清寒"的道元禅师和写"冬云拨月来相伴"的明惠上人，大约都是《新古今和歌集》时代的人。明惠和西行⑥曾以诗歌互相赠答，并谈论过诗歌。"西行法师常来晤谈，赞我的歌不同寻常。虽然寄兴于花、杜鹃、月、雪以及自然万物，但把这耳闻目睹的一切看成是虚妄的。所咏之句，皆非真言。咏花，其实并不以为是花；咏月，其实并不以为是月；只是即席尽兴咏唱而已。犹如彩虹高悬虚空，五彩缤纷；阳光照耀虚空，光芒万丈；然而虚空本来既无光，亦无色。我心类似虚空，纵有风情万种，却已毫无痕迹。

---

① 　[日]川端康成：《川端康成全集》（日文版），第 28 卷，345 页。

② 　同上。

③ 　良宽(1758—1831)：日本古代僧人、歌人。所作和歌现存 1200 余首，主要歌集为《莲露》，收入短歌、长歌、旋头歌和发句等。

④ 　芥川龙之介(1892—1927)：日本现代小说家，著有《芥川龙之介全集》(11 卷，角川书店)。主要作品有短篇小说《罗生门》《鼻子》《河童》等。

⑤ 　一休(1394—1481)：日本古代僧人、作家、诗人。主要作品有《佛鬼军》《狂云集》《狂云诗集》《自戒集》等。

⑥ 　西行(1118—1190)：日本古代僧人、歌人。主要作品有《家集》《闻书集》《闻书残集》《西行上人集》等。

此歌即如来之真正形体也。"(摘自弟子喜海①著《明惠传》)这段话把
日本以及东方的"虚空"和"无"说得恰到好处。有的评论者说我的作
品是虚无的。不过,这不同于西方的"虚无主义"。我认为其思想基
础不同……②

在这里,他所提到的明惠和西行等人都是日本的佛教僧侣,他们的作品
和言论都是佛教思想的具体体现。的确,佛教的教义里包含许多与无、
虚空和虚无有关的内容,如"空""无我""无常"等都是。"空"是佛教表现
"非有""非存在"的一个重要概念,大乘佛教(从印度传到中国以及日本、
朝鲜、越南等国的佛教统称为北传佛教,北传佛教以大乘佛教为主)有
的派系甚至以"空"为其理论基础。如《般若波罗蜜多心经》云:色不异
空,空不异色,色即是空,空即是色;受、想、行、识,亦复如是。意
思是一切物质现象(色)和精神现象(受、想、行、识)在本质上都是"空"
的。"无我"又称"非我""非身",大乘佛教认为一切皆空,一切事物和现
象都是假象,其本性都是空的,也就是"性空幻有"。"无常"是指世上所
有的事物和思想都是生灭变化无常的。这些教义大约都与明惠和西行等
人的思想有一定的联系。既然是佛教的教义,当然属于东方的思想体
系,属于印度的思想体系,也在一定程度上属于中国和日本的思想体
系,与西方的虚无主义大不相同。西方的"虚无主义",源出拉丁语 nihil
(虚无)一词,首先使用这个词的是德国哲学家雅科比,后来德国哲学家

---

① 喜海(1178—1250):日本古代僧人。著有《明惠上人行状》《明惠上人神现传记》
《华严祖师传》等。

② [日]川端康成:《川端康成全集》(日文版),第 28 卷,357、358 页。

尼采也在自己的著作里使用这个词，并且把它的含义确定为否定历史传统和道德原则。此后，人们经常使用这个词，一般是指不加具体分析地盲目否定历史传统，否定文化遗产，甚至否定一切的思想倾向和态度。由此可见，西方的虚无主义属于欧洲的思想体系，与东方的佛教教义大不相同。

这里特别需要我们注意的是，川端康成并没有否定评论者对他的作品的评论，没有否定他的作品与明惠和西行等人的作品在思想上的联系，也没有否定他的作品是虚无的。这就提示我们，正如西行对明惠诗歌的评语那样，"虽然寄兴于花、杜鹃、月、雪以及自然万物，但把这耳闻目睹的一切看成是虚妄的。所咏之句，皆非真言。咏花，其实并不以为是花；咏月，其实并不以为是月；只是即席尽兴咏唱而已"，川端康成的小说也是如此，也含有意在言外的韵味。所以，我们不要仅仅从他的小说所描写的实际内容来看，这些不过是他表达自己思想和抒发自己情怀的手段，还应当注意他想要表达的思想和抒发的情怀本身。仔细研究上述小说的内容，我们不难看出，他想要表达的思想和抒发的情怀归根结底恐怕仍然是对女性美的追求，对女性绝对美的追求，对女性最高境界美的追求吧。当然，再进一步也可以说，这种美最终恐怕还是求之不得的，还是虚无缥缈的吧。

总的来说，川端康成小说思想内容的特点可以归纳如下：在男性和女性形象中，既写男性形象，也写女性形象，但着重写的是女性形象；在身份比较高贵（中小资产者）的女性形象和身份卑贱的女性形象中，既写身份比较高贵的女性形象，也写身份卑贱的女性形象，但着重（特别是战前）写的是身份卑贱的女性形象；在女性的外貌美和心灵美中，既写女性的外貌美，也写女性的心灵美，但着重写的是女性的心灵美；在女性在日常生活里所表现出来的心灵美和女性在爱情过程里所表现出来的心灵美中，既写女性在日常生活中所表现出来的心灵美，也写女性在爱情过程中所表现出来的心灵美，但着重写的是女性在爱情过程中所表现出来的心灵美，其最高境界是"无偿的爱"；在女性在正常生活和感情状态下的心灵美——正常美与健康美和女性在非正常生活和感情状态下的心灵美——颓废美与虚无美中，既写女性在正常生活和感情状态下的心灵美——正常美与健康美，也写女性在非正常生活和感情状态下的心灵美——颓废美与虚无美。

第二编 ◎

创作方法论

　　所谓创作方法，一般是指作家根据自己对文学与生活关系的认识和理解，在进行文学创作的过程中，即在选择和概括生活材料，刻画艺术形象，再现生活过程中所遵循的基本原则和方法。一个作家的创作方法可能是单一的、固定不变的，也可能是复杂的、不断变化的。川端康成的小说创作方法属于后者。从 1914 年写第一篇小说《16 岁的日记》的初稿起，到 1972 年自杀身亡搁笔止，他的小说创作方法大致上可以划分为三个时期，即新感觉派时期、模仿意识流小说时期和走自己道路时期。本编试图探索其嬗变过程和基本特质。

第五章

新感觉派时期（上）

川端康成的文学创作活动虽然可以从 1914 年算起，不过他在学生时代所写的作品只能说是习作，只有到 20 世纪 20 年代中期成为专业作家，参与创办《文艺时代》杂志、发起新感觉派文学运动时，才能算是正式起步。

第一节 《文艺时代》——新感觉派文学运动的主要阵地

新感觉派是日本现代文学发展史上的一个重要流派。它的始末兴衰是与《文艺时代》杂志的创刊停刊密不可分的。

1924 年 10 月，《文艺时代》的创刊号由东京金星堂出版发行（编辑人兼发行人是福冈益雄）。《文艺时代》是一个文学刊物，采取同人编辑的形式，参加者绝大多数是 20 多岁的文学青年，不过并非完全的无名者，而是登上文坛不久的年轻作家。他们创办同人刊物的目的，在于团结一致，采取共同的步调，开拓自己的道路，打破文坛的沉闷气氛，创造与以往不同的新型文艺。据说最初的发起人是菅忠雄①、今东光②和石滨金作三人，以后川端康成、横光利一、片冈铁兵等人参加进来共同谋划，逐渐形成一个具体方案。他们所选择的同人，大多是对既成文坛势力表示不满的人，也有些是对马克思主义和无产阶级文学持有戒心的人。按照这个标准，最后形成了一个 14 人的集团。其中川端康成、石滨金作、今东光、铃木彦次郎③四人是从第六届《新思潮》④到《文艺春

---

① 菅忠雄（1899—1942）：日本现代小说家、编辑家。主要作品有《铜锣》《小山田夫妇燃眉之急》等。

② 今东光（1898—1977）：日本现代小说家。主要作品有短篇小说《瘦了的新娘》长篇小说《阿吟姑娘》等。

③ 铃木彦次郎（1898—1975）：日本现代小说家。主要作品有《蛇》《七月的健康美》《巨石》等。

④ 《新思潮》：文艺杂志。从 1907 年开始出版，断断续续延续到 1970 年，前后分为 18 届，培养了许许多多文学青年；但一般文学史最重视的是前四届。第六届《新思潮》创刊于 1921 年 2 月，由文武堂发行。同人有石滨金作、川端康成、今东光、酒井真人、铃木彦次郎等。

秋》①的编辑同人，横光利一、中河与一②、佐佐木茂索③、佐佐木味津
三④四人是《文艺春秋》的编辑同人，此外伊藤贵麻吕⑤、加宫贵一⑥、
片冈铁兵、十一谷义三郎⑦、菅忠雄、诹访三郎⑧六人则与《文艺春秋》
无关（另外，犬养健⑨、金子洋文⑩、牧野信一⑪为执笔组成员）。其后，

---

① 《文艺春秋》：文艺杂志、综合杂志。创刊于 1923 年 1 月，先后由文艺春秋社、
文艺春秋新社和文艺春秋发行。创刊号发行编辑兼印刷人为菊池宽，同人有芥川龙之介、
久米正雄、小岛政二郎、佐佐木茂索、山本有三等。从第二号起，石滨金作、川端康成、
酒井真人、铃木彦次郎、今东光、横光利一、佐佐木味津三等也被列为同人（至 1924 年
8 月号止）。

② 中河与一（1897—1994）：日本现代小说家，著有《中河与一全集》（12 卷，角川
书店）。主要作品有《海路历程》《悲剧的季节》《探美之夜》等。

③ 佐佐木茂索（1894—1966）：日本现代小说家、编辑家，著有《佐佐木茂索小说
集》（文艺春秋社）。主要作品有短篇小说《旷日》等。

④ 佐佐木味津三（1896—1934）：日本现代小说家。主要作品有长篇小说《右门捕犯
记》《旗本寂寞人》等。

⑤ 伊藤贵麻吕（1893—1967）日本现代小说家、儿童文学家、翻译家。主要作品有
《蛋糕》《兄弟》等。

⑥ 加宫贵一（1901—1986）：日本现代小说家。主要作品有《一斤面包》《屏风物
语》等。

⑦ 十一谷义三郎（1897—1937）：日本现代小说家。主要作品有长篇小说《神风
连》等。

⑧ 诹访三郎（1896—1974）：日本现代小说家、编辑家。主要作品有《经验派》《灵魂
的轨道》等。

⑨ 犬养健（1896—1961）：日本现代小说家。主要作品有短篇小说集《一个时代》等。

⑩ 金子洋文（1894—1985）：日本现代小说家、剧作家。主要作品有剧本《洗衣店和
诗人》《狐》，短篇小说《地狱》等。

⑪ 牧野信一（1896—1936）：日本现代小说家，著有《牧野信一全集》（3 卷，第一书
房）。主要作品有短篇小说《鬼泪村》等。

同人队伍又有变化，从第二号起岸田国士①、南幸夫②、酒井真人③加入，第二年今东光退出，第三年稻垣足穗④、三宅几三郎⑤加入。刊物编辑采取同人轮流负责（每期两人）的办法，创刊号由川端康成和片冈铁兵负责编辑。据川端康成回忆，他在邀请这些同人方面起了很大作用。因为他与这些同人在创办《文艺时代》以前就差不多都认识了，这些同人之间互相不认识的也很少。关于《文艺时代》创刊时大受欢迎的情况，我们可以从川端康成在该刊第二号《后记》里的一段话看出来。其中写道："所有报纸的文艺栏和文学杂志都谈到了本刊。创刊号不仅在东京和大阪，在其他地方似乎也被抢购一空。祝贺和鼓励的信函使编辑室热闹起来……本刊应运而生，我等应运而聚，无论对人对己，其意义尚有待于不久之将来阐明。不阅读本刊者，大约将不再拥有谈论新文艺之权利吧。"⑥

《文艺时代》与《文艺春秋》有密切的关系，所以这里需要简要地介绍一下《文艺春秋》。《文艺春秋》是文艺杂志和综合杂志，1923 年 1 月创

---

① 岸田国士(1890—1954)：日本现代剧作家、小说家、评论家、翻译家，著有《岸田国士全集》(10 卷，新潮社)、《岸田国士长篇小说全集》(12 卷，鳟书房)。主要作品有剧本《牛山饭店》，长篇小说《双面神》等。

② 南幸夫(1896—1964)：日本现代小说家。主要作品都发表在《文艺时代》上，如《通向地狱》《简易房》等，《文艺时代》停刊后几乎不再发表作品。

③ 酒井真人(1898—?)：日本现代小说家、剧作家。主要作品有剧本《电报》，评论《银幕上的独裁者》等。

④ 稻垣足穗(1900—1977)：日本现代小说家，著有《多保留集》(9 卷，潮出版社)。主要作品有短篇小说《天体嗜好症》，中篇小说《弥勒》等。

⑤ 三宅几三郎(1897—1941)：日本现代小说家、英语文学研究家。主要作品有《音乐会》《山灵》等。

⑥ ［日］川端康成：《川端康成全集》(日文版)，第 33 卷，435 页。

刊，由文艺春秋社发行。发行、编辑兼印刷人菊池宽在该刊创刊词里表示，他希望不顾忌编辑和读者，自由地写出自己的意见，他的朋友也有许多人和他有同感，他所认识的年轻人也有不少人怀着这种急迫的要求，因此决定出版这个小杂志。他所说的"朋友"，主要是指芥川龙之介、久米正雄、小岛政二郎①、冈荣一郎②、佐佐木茂索、山本有三③等。他所说的"年轻人"，主要是指石滨金作、川端康成、酒井真人、铃木彦次郎、今东光、中河与一、横光利一、佐佐木味津三等（这些人后来都成了《文艺时代》的同人）。《文艺春秋》这个名称是借用菊池宽1922年由金星堂出版的一本随笔集的名字。从倾向上看，该刊既有综合杂志的特点，又有文艺杂志的味道。除此之外，它也显示出某种反无产阶级文学的倾向。

不过，尽管《文艺春秋》被认为是文艺青年自由发表作品和意见的阵地，而且川端康成、横光利一等人也确实在这个刊物上面发表了不少的作品和文章（在《文艺时代》创刊以前，如《文艺春秋》1923年5月号，作为第一部创作特集——"新进作家号"，刊载了横光利一的《苍蝇》和川端康成的《参加葬礼的名人》等作品。在《文艺时代》创刊以后，如《文艺春秋》1925年11月号和1926年4月号，先后刊载了川端康成的手掌小说集——"第三短篇集"和"第四短篇集"），可是这些文学青年仍然感到不

---

① 小岛政二郎（1894—1994）：日本现代小说家，著有《小岛政二郎全集》（12卷，鹤书房）。主要作品有长篇小说《眼中人》等。

② 冈荣一郎（1890—1960）：日本现代剧作家。主要作品有剧本《复仇》等。

③ 山本有三（1887—1974）：日本现代剧作家、小说家，著有《山本有三全集》（10卷，岩波书店）。主要作品有剧本《杀婴》，长篇小说《女人的一生》等。

满足，因为主持《文艺春秋》的毕竟是比他们年长十几岁并且已在文坛上站稳脚跟的菊池宽。所以，这些文学青年想要建立完全属于自己的阵地，创办完全属于自己的刊物，也是可以理解的。

《文艺时代》的主要同人是从《文艺春秋》转过来的，而《文艺春秋》又在《文艺时代》创刊前一个月(1924 年 9 月)取消了编辑同人制，所以当时文坛上和社会上便出现了许多传言，猜测《文艺时代》和《文艺春秋》之间发生了什么矛盾。为了澄清事实，川端康成特地写了《〈文艺时代〉与〈文艺春秋〉》一文，在《读卖新闻》上发表。其中说道：

> 一是菊池氏的洁癖，因为我们另外成了《文艺时代》的同人；二是菊池氏的好意，当《文艺时代》招致与现有文坛对立形势时，允许我们言论行动自由。当初邀我们加入《文艺春秋》的同人行列，是菊池氏的好意，即让我们出世；这次解散同人的精神之一，仍然是好意。社会人士似乎不知其详。①

又说道：

> 对于我们创办《文艺时代》，菊池氏连一言半语的反对话也没有说便答应了。但是，认为其中多少有些寂寞之感，大约不是我们的骄傲自大吧。想到这种寂寞之感，我们不知道说什么才好；而社会上一部分人却要为之拍手叫好。我们在内心发誓：为了不加深这种

---

① ［日］川端康成：《川端康成全集》(日文版)，第 30 卷，153 页。

寂寞之感，为了拭去它的阴影，要做些力所能及的事。①

在《文艺时代》创刊号的《发刊词——新生活与新文艺》中，横光利一、川端康成、今东光、中河与一等同人代表表明了自己的抱负；但多数人并没有提出什么新的文学理念，只有川端康成表示出革新文艺的坚定决心。《文艺时代》创刊不久，文艺评论家和新闻工作者千叶龟雄便在《世纪》②第二号（1924 年 11 月）上发表文艺时评，题为《新感觉派的诞生》，指出《文艺时代》青年作家的倾向是重视技巧和感觉，他们喜欢站在特殊视野的绝顶，从那里透视、展望和具体形象地表现隐蔽的人生全貌，通过小孔窥视人生内部全面的存在和意义；他们比迄今所出现的任何艺术家都具有更新的词汇、诗情和节奏感，在如今令人窒息的文坛空气中，作为某种新嫩芽的萌发期，他们的活动不能不令人关切，他们的出现意味着新感觉派的诞生。从此以后，《文艺时代》的同人便获得了"新感觉派"的称号。对于"新感觉派"这个称号，《文艺时代》同人的反应各不相同。有人表示，为了清楚地显示与既成作家的对立，甘心接受千叶龟雄的命名；有人表示，《文艺时代》大多发表新感觉派式的作品和主张，所以认为它是新感觉派的机关刊物并非没有道理；但也有人（如岸田国士、佐佐木茂索、佐佐木味津三、诹访三郎等）表示为难，他们觉得《文艺时代》同人并不全是新感觉主义者，这个称号仅仅适用于几个人。也许由于这个称号在一定程度上打乱了新感觉派的统一步调，所以

①　［日］川端康成：《川端康成全集》（日文版），第 30 卷，152 页。

②　《世纪》：综合杂志。1924 年 10 月创刊，同年 12 月停刊，世纪社发行。片冈铁兵负责文艺栏编辑工作。

当生田长江①于 1925 年 1 月在《读卖新闻》上发表批判文章——《所谓"新感觉派"与横光氏近作》，再次发起对新感觉派的批判时，新感觉派成员竟然没有能够进行像样的反批判。但客观地说，这个称号的确抓住了《文艺时代》同人作家的主要特点，指出了他们的发展方向。值得注意的是，到这时为止，横光利一所发表的作品只有《太阳》（1923 年 5 月）、《苍蝇》（1923 年 5 月）、《碑文》（1923 年 6 月）、《被丢弃的恩人》（1923 年 11 月）、《头与腹》（1924 年 10 月）等屈指可数的几篇，体现了这种风格；川端康成虽发表了《招魂节一景》（1921 年 4 月）、《参加葬礼的名人》（1923 年 5 月）等作品，却未必适合千叶龟雄的评语，至于体现出这种风格的手掌小说则从 1924 年 12 月以后才大量陆续问世；其他如中河与一、片冈铁兵、今东光等人的情况，也与川端康成大体相近。因之，在这个意义上可以说，千叶龟雄敏锐地发现了他们的潜在特征，鼓舞了他们的初步探索，强化了他们的未来倾向。

作为一个新兴文学流派，新感觉派在文坛上一出现，便引起强烈反响，有的嘲笑攻击，有的热情支持；前者主要是原有文坛的代表人物，后者主要是欢迎变革的青年读者。由于横光利一的作品最鲜明地体现了新感觉派的风格，所以反对者和赞同者都围绕他的作品展开评论。宇野浩二②首先发起进攻，他在一个座谈会上批评横光利一发表在《文艺时代》创刊号上的小说《头与腹》，认为它的开头——特别快车满载旅客全

---

① 生田长江（1882—1936）：日本现代评论家、小说家、戏剧家、翻译家，著有《生田长江全集》（12 卷，大东出版社）。主要著作有评论集《最近的小说家》等。

② 宇野浩二（1891—1961）：日本现代小说家，著有《宇野浩二全集》（12 卷，中央公论社）。主要作品有长篇小说《痛苦的世界》，短篇小说《艺妓》，中篇小说《山恋》等。

速奔驰，沿线的小站像石头一般被弃置不顾——故意炫耀新奇，企图以奇特的表现自夸进入了新时代。针对这些言论，片冈铁兵立即在《文艺时代》第三号上发表《告青年读者》（1924 年 12 月）一文，对于"某既成作家"（指宇野浩二）抓住"某新作家"（指横光利一）一篇作品中的一行文字加以非难的行为表示抗议，认为后者旨在通过十几个字生动地、有力地描写出快车、小站与作者自我感觉的关系；作者的生命活在物质之中，作者的生命活在状态之中，这种关系最直接、最现实的"电源"是感觉，不是任何其他东西；并且指出新进作家与既成作家在创作方法上是存在着根本性的差异的。继之，广津和郎①发表《关于新感觉主义》（1924 年12 月）一文，副标题是"答片冈铁兵"，其中写道：为了提倡、鼓吹享乐的、刺激感官的人生观，必须更深入地考察关于人生的种种活动；否则，享乐的、刺激感官的人生观便不会产生力量，集合在其主张之下的，只有怠惰者、生活意志薄弱而不能直面人生的人，只有懒散的庸人；不要为了替骑墙的、享乐的、刺激感官的辩护而使用你的雄辩。在广津和郎之后，对新感觉派的攻击势头仍然不减，生田长江的《致文坛的新时代》（《新潮》1925 年 4 月号）可以作为代表。这篇文章对法国作家保罗·莫朗②的小说《夜开门》予以否定性的批评，而《夜开门》则是对新感觉派影响很大的作品，其中不少奇异的表现方法经常为新感觉派的作家所用。生田长江认为，对《夜开门》的表现方法感到惊异，是因为不懂

---

① 广津和郎（1891—1968）：日本现代小说家、评论家，著有《广津和郎全集》（13卷，中央公论社）。主要作品有短篇小说《神经病时代》，评论《松川审判》等。

② 保罗·莫朗（1888—1976）：法国作家。主要作品有《夜开门》《夜关门》《威尼斯》等。

得俳句式的表现，其实这部小说并没有什么新感觉；保罗·莫朗的感觉虽然不新，但尚属由其自身生活产生的实际感觉，不是伪装的，不是借来的；而新感觉派既没有什么新感觉，也没有什么实际感觉。

在赞成与反对交织的呼声中，新感觉派的主要阵地——《文艺时代》支撑了不足四年，于 1927 年 5 月停刊，共计出版了 32 号。这个杂志的停刊是由多种因素造成的。

第一，据出版《文艺时代》的金星堂老板福冈益雄日后回忆，当时加入流行作家行列而忙碌起来的《文艺时代》同人们，被大杂志和大报纸不断催稿，给《文艺时代》的稿子或者被拖延下来，或者干脆不写，杂志的精彩部分逐渐消失，仿佛丧失了创刊时的锐气；作为同人杂志，同人不写稿子，继续出版便会完全没有意义。菊池宽早在 1925 年 10 月就说过：《文艺时代》创作不振是怎么回事？因为同人过多，多数同人仍等于非同人；金星堂不断努力奋斗，同人也得加把劲儿。川端康成也曾说过：同人杂志的生命，与文艺上的新运动一样，是早衰的。他在《独影自命》里还具体写道："今日见到金星堂老板，据他说创刊号印了 5000 册，约有三成退货。最后一号退货达到七成。金星堂每月亏损 1000 元左右。/同人渐渐不再写稿，泄气了，金星堂也不得不停刊了。"[1]这是《文艺时代》本身的原因。

第二，与《文艺春秋》《新潮》[2]《不同调》[3]等刊物的摩擦，也使《文艺

---

[1] ［日］川端康成：《川端康成全集》（日文版），第 33 卷，455 页。

[2] 《新潮》：文艺杂志。1904 年 5 月创刊，新潮社发行。其前身为《新声》。

[3] 《不同调》：文艺杂志。1925 年 7 月创刊，1929 年 2 月停刊，共出版 44 期。该刊标榜不偏不倚的"一人一党主义"，被视为"新人生派"。

时代》面临困境。1925年4月，《文艺春秋》登出一个《文坛诸家价值调查表》①，对当时在文坛活动的作家的学识、天分、修养、胆量、风度、人缘、资产、腕力、性欲、喜欢的女人、未来等项一一评分（50分至60分准及格，60分以上及格，80分以上优等），其中对《文艺时代》同人的评定有些不利之处。例如，川端康成的学识78分，天分67分，修养85分，胆量70分，风度60分，人缘39分，资产是"文学士"，腕力61分，性欲88分，喜欢的女人是"不论什么"，未来72分；片冈铁兵的学识69分，天分74分，修养76分，胆量73分，风度86分，人缘68分，资产是"月评"，腕力52分，性欲66分，喜欢的女人是"妻子（别人的）"，未来79分；今东光的学识81分，天分60分，修养52分，胆量87分，风度92分，人缘48分，资产是"不良性"，腕力100分，性欲92分，喜欢的女人是"女演员"，未来77分；伊藤贵麻吕的学识73分，天分86分，修养42分，胆量31分，风度87分，人缘35分，资产是"父亲"，腕力78分，性欲96分，喜欢的女人是"姑娘"，未来82分；佐佐木味津三的学识73分，天分68分，修养67分，胆量96分，风度63分，人缘62分，资产是"苦乐与直木"，腕力72分，性欲72分，喜欢的女人是"省钱的女人"，未来76分；佐佐木茂索的学识69分，天分78分，修养78分，胆量86分，风度95分，人缘79分，资产是"美貌"，腕力72分，性欲89分，喜欢的女人是"妾（别人的）"，未来87分；等等（以上均照原文翻译，但原文可能有印刷错误）。据说这个表可能是直木三十五的恶作剧，但激怒了今东光和横光利一。今东光认为这大概是菊池宽在背后捣鬼，简直欺人太甚，号召受到损害的作家为恢复名誉而奋起。为了

---

① ［日］进藤纯孝：《川端康成传记》（日文版），233页。

不给川端康成等人带来麻烦，他决定退出《文艺时代》。横光利一也很生气，他在 1925 年 11 月 4 日给川端康成的信里写道：别的不说，偏把《文艺时代》的人拿来评比，而且若无其事地评比，奉承权威，这种做法真让我们不愿正面去看他们的脸。我不是自己一人生气。《文艺春秋》若无其事地干这种勾当，首先把你和我的面子糟蹋得乱七八糟不像样子了。他甚至表示：即使所有的家伙都沉默不语，我也要一个人与文坛角力，胜也好，败也好，不惜战死。① 在这种情况下，川端康成的态度似乎稍微冷静一些。他虽然也对调查表表示不满，也觉得仿佛是在嘲弄新作家们；但并不认为对《文艺时代》怀有特别深的恶意，"对于这个评分表本身，我没有产生像横光君那种清高的义愤，也没有那么昂奋"(《独影自命》)。②

此外，由中村武罗夫③主持的《新潮》和《不同调》历来敌视《文艺时代》，公开排斥该刊同人投寄的作品，起了落井下石的作用。如横光利一 1925 年 12 月 11 日在致川端康成的信里就曾写道：总之，明年《文艺时代》要尽快下一个大决心，抵抗《新潮》。④ 在这种内外交困的情况下，《文艺时代》越来越不景气，最后只好偃旗息鼓了。

---

① ［日］进藤纯孝：《川端康成传记》(日文版)，234 页。
② ［日］川端康成：《川端康成全集》(日文版)，第 33 卷，449 页。
③ 中村武罗夫(1886—1949)：日本现代编辑家、小说家、评论家。编辑《新潮》，创办《不同调》和《近代生活》，成为对抗马克思主义文艺的新兴艺术派的中心人物，牵头组织十三人俱乐部，出版攻击马克思主义文艺的评论集《谁使花园荒芜?》。
④ ［日］进藤纯孝：《川端康成传记》(日文版)，235 页。

第二节　新感觉派文学运动的起因和评价

从历史演进的角度来考察，我们不难发现，新感觉派文学运动于
20 世纪 20 年代中期出现在日本文坛上，并不是偶然事件，而是与当时
世界和日本的社会环境有密切关联。就世界范围来说，欧洲大陆在 20
世纪第二个十年爆发了第一次世界大战。这场大战不仅给欧洲各国的人
民带来了深重灾难，而且使欧洲各国的文艺思潮发生了深刻变革，使欧
洲各国的文艺全面更新。欧洲文坛的变化迅速波及日本文坛。大约从
20 世纪 20 年代初起，以法、英、德为主的欧洲现代主义文艺便相继被
介绍到日本。如 1920 年永井荷风①在《小说作法》里介绍了法国作家安德
烈·纪德②的创作；1921 年立体主义、未来主义等欧洲现代主义思潮在
日本的绘画、诗歌领域传播开来；1924 年接受德国表现主义影响的村
山知义③回到日本，组织前卫艺术派团体，创办前卫艺术派刊物，开展
旨在"否定旧物和颠倒价值"的活动；与此同时，法国作家保罗·莫朗的

---

① 永井荷风(1879—1959)：日本现代小说家、随笔家，著有《荷风全集》(29 卷，
岩波书店)。主要作品有中篇小说《地狱之花》，长篇小说《较力》《墨东绮谭》等。

② 安德列·纪德(1869—1951)：法国作家。主要作品有《人间食粮》《田园交响乐》
《伪币犯》《忒修斯》等。

③ 村山知义(1901—1977)：日本现代戏剧家，著有《村山知义戏曲集》(3 卷，新日
本出版社)。主要作品有剧本《志村夏江》等。

《夜开门》、德国作家格奥尔格·凯泽①的《从清晨到午夜》《瓦斯》等被译成日文出版和上演；而堀口大学②最初介绍爱尔兰意识流小说作家詹姆斯·乔伊斯③则是 1925 年的事；等等。这些都为新感觉派文学运动的产生提供了必要的条件。就日本国内来说，首先应当看到关东大地震及其影响。1923 年 9 月 1 日，东京、横滨、神奈川一带发生里氏 7.9 级强烈地震。由于恰逢中午，人们正在烧火做饭，加上房屋多为木制，所以立即引起大火，当地变成一片火海，许多房屋被烧毁，大批群众流离失所。据不完全统计，共有九万余户房屋倒塌，三万余人失踪，五万余人受伤，九万余人死亡，受灾群众多达三百余万人。横光利一在《备忘录》里写道：1923 年的关东大地震使日本国民所受的巨大影响，可与世界大战匹敌，这似乎是大家公认的；但是这次地震对于日本文学的影响，似乎谁都没有考虑，这是文学研究者不能允许的失误。如果说地震对日本全国的影响可与第一次世界大战对欧洲国家的影响匹敌，也许有些夸张；但对东京市民以及集中于东京的日本文化和文学艺术者来说，的确是可与世界大战匹敌的重大事件。正因为如此，我们可以说，不幸的大地震使日本文坛受到强烈震动，给既成文坛以沉重打击，为日本追踪战后在欧洲兴起的新文艺提供了契机。欧洲战后文艺被移植到地震后的日本并不是没有道理的。当时，新感觉派文学曾被嘲笑为"震灾文学"。其

---

① 格奥尔格·凯泽(1878—1945)：德国剧作家。主要作品有《加来市的居民》《从清晨到午夜》《珊瑚》《并存》等。

② 堀口大学(1892—1981)：日本现代诗人。主要作品有诗集《人间之歌》等。

③ 詹姆斯·乔伊斯(1882—1941)：爱尔兰作家。主要作品有中篇小说《青年艺术家的肖像》，长篇小说《尤利西斯》《为芬尼根守灵》等。

实也可以说，正是由于大地震才给欧洲现代主义文学的移植提供了地盘，欧洲现代主义文学则成为新感觉派文学运动的武库；也正是大地震才使新感觉派文学运动产生否定既成文学、全面革新文坛的勇气和信心。川端康成在《文艺时代》第三号（1924 年 12 月）上所写的如下一段话表明了他们当时的态度：总之，说既成文坛的一切权威都丧失了，似乎是确实的。大杂志也失去了它的权威。留下来的只有我们的新创造。明年必须完成这个创造，更新的时日正在迫近。①

　　新感觉派文学与日本现代文学本身的继承关系，也是值得我们关注的问题。据日本学者研究，新感觉派作家是可以从日本文坛找到前辈的，芥川龙之介、菊池宽、宇野浩二、佐藤春夫②等中年作家的一部分创作，为新感觉派作家的创作提供了可以效仿的先例。从这个意义上或许可以说，新感觉派作家的创作是芥川龙之介、菊池宽、宇野浩二、佐藤春夫等人某些创作特点的扩大、夸张和扭曲。如芥川龙之介的《鼻子》写的是为自己鼻子丑陋外形所苦恼的和尚的愚蠢表演，《虱子》写的是两个武士因为一只虱子进行决斗的滑稽故事，菊池宽的《一个复仇故事》写的是为复仇的封建道德所操纵而浪费青春的愚昧行为，三篇文章属于同一系列，都是批评人们被微不足道的小事或毫无价值的观念所捉弄的。类似的思想可以很容易地在新感觉派作家的创作，特别是横光利一的创作中找到。如横光利一的《拿破仑与顽癣》，描写拿破仑相继征服邻近诸

---

①　［日］川端康成：《川端康成全集》（日文版），第 33 卷，89 页。
②　佐藤春夫（1892—1964）：日本现代诗人、小说家、评论家，著有《佐藤春夫全集》（12 卷，讲谈社）。主要作品有短篇小说《田园的忧郁》，中篇小说《都会的忧郁》，诗集《殉情诗集》等。

国之后，又策划远征俄国的无谋行动，据说这也是由于他肚子上顽癣瘙痒所引起的愤怒。盖世英雄拿破仑为顽癣所左右，终于毁其一生。这个奇特的思想构成小说的中心，可以说进一步发展了芥川龙之介和菊池宽的创作思想。

新感觉派文学运动在日本现代文学史上的功过问题，也引起了日本学者的广泛讨论。有人认为，新感觉派文学运动是一种不得要领的文坛流行现象，是青年作家文学技巧的失败尝试。它的确具有这样的一面。这既表现在新感觉派文学运动本身的短命上，又表现在新感觉派文学运动没有在文学史上留下多少经久不衰的作品上。新感觉派作家本来就不算多，其中多数人又由于沉溺在欧洲新文学思想和方法之中而失掉自我，因此终于在新感觉派文学运动消亡时结束了自己的作家生涯。在新感觉派文学运动期间所产生的作品中，只有横光利一和川端康成的若干小说堪称不朽名篇，其他人没有能够写出这样的小说；而在新感觉派文学运动过去以后，继续活跃于文坛并取得显著成绩的作家也只有横光利一和川端康成。此外，如倡导形式主义文学的中河与一、留下《落叶日记》等小说和《蒂罗尔之秋》等剧本的岸田国士、以通俗小说在战后复活的今东光、写作科幻小说的稻垣足穗等，只能说是勉强保存了作家生命，而其他很多人则从文坛上销声匿迹了。但这只是事情的一面。另外一面是，新感觉派文学运动在日本现代文坛上掀起轩然大波，公开宣告旧文学时代的结束和新文学时代的开始，并且赢得了许多青年读者的心；尽管新感觉派文学运动没有真正完成这个划时代的任务，可是它冲击了以"私小说"为代表的旧传统，引进了欧洲现代主义文学的新潮流，从而促进了 20 世纪 20 年代日本文学的发展，是不可否认的事实。与这个问题有关，我们还有必要谈谈新感觉派文学运动与无产阶级文学运动的微妙关系。起初，属于新感觉派文学运动的大部分成员与无产阶级文学运动是对立的，至少是存有戒心的；但后来随着形势的急剧变化，新感觉派文学运动的一些成员，如片冈铁兵、今东光等人纷纷向左转，另外有些人的观念也发生了不同程度的变化。这固然是一种思想的转变和信仰的变化，但同时也可以看出新感觉派文学和无产阶级文学在反对旧文学传统上具有某种一致性，新感觉派文学运动和无产阶级文学运动都是以时代大变动为背景的青年作家改革运动。正是在它们的夹击下，旧文学营垒很快就溃不成军了。

关于新感觉派文学运动的功过问题，伊藤整的意见是值得注意的。他在《〈文艺时代〉复刻版别册解说》一文中，作出了比较全面的评价。他一方面指出，当《文艺时代》发起新感觉派文学运动时，日本文学第一次与欧洲现代文学采取同一步调，并解释道：实际感受到欧洲现代文学于大战（指第一次世界大战）后突然发生了变化，因此我们日本文学家似乎也意识到创作与之相适应的"现在"的文学……我认为这件事非常伟大；另一方面也指出：

　　新感觉派文学由于勉强追随，必然产生许多缺点。这是继新感觉派之后，努力吸收欧洲文学"现在"方法的新兴艺术派和新心理主义系统的所谓"现代主义"作家也继续具有的弱点。

其根本原因是：

据说按照民主主义、社会主义、马克思主义的顺序，撼动了日本知识分子的思想之波，使日本人依据这些称呼而开始认识近代的社会构造和生活意识；因此，作为其崩溃意识之反映的欧洲战后文学方法，与处于上升时期的日本社会现实没有完全适应。①

另外，高见顺②在《昭和文学盛衰史》一书里回顾《文艺时代》被既成作家和旧文坛御用月评家不分青红皂白地乱批一通的情况时，一面说道：我们，当时年青一代的读者，断然支持《文艺时代》；一面指出：

但是，这并不意味着当时的新感觉派作品在文坛作品中特别出色。去年腊月，因为某种需要读了一下横光利一的作品，大失所望。对于当年受过这种作品的感动颇为吃惊。假使重读堀木克三③等人当时的痛骂，也许不得不认为痛骂的方面是正确的。

他随后又补充道：

即使如此，我并不认为当时我支持新感觉派是幼稚的愚蠢行为。不能转而支持痛骂。这并非固执己见，而是我们当时的年青一

---

① ［日］进藤纯孝：《川端康成传记》(日文版)，237 页。

② 高见顺(1907—1965)：日本现代小说家，著有《高见顺全集》(21 卷，劲草书房)。主要作品有长篇小说《讨厌的感觉》，文学史《昭和文学盛衰史》等。

③ 堀木克三(1892—1971)：日本评论家。主要著作有《横光利一氏的描写——〈无礼的街〉解剖》《何谓外在批评》等。

代翘首盼望新文学。当时出现的新文学，不管在今天看来如何没有价值，可是支持它，就是对新文学勃兴感到高兴。①

这些话是令人颇有兴味的。

第三节　川端康成在新感觉派运动以前的理论研究成果

由于新感觉派的主要阵地《文艺时代》没有提出明确的理论和主义，所以新感觉派曾经被认为是没有理论指导的文学运动。川端康成后来承认，在《文艺时代》时期，自己曾经写过文章论述新感觉派，不过那些东西不能称为系统的文学理论，不能成为文学运动的一翼。其实不仅是川端康成，新感觉派其他成员也未能提出系统的理论主张。有人认为，西方当时流行的许多现代主义文学流派都对新感觉派文学产生了影响，新感觉派文学乃是西方多种现代主义文学流派混合影响下的产物。这当然并不是说新感觉派成员完全没有阐述自己的文学理论，完全没有努力建立自己的理论体系。他们在这方面取得了一定的成绩。当时发表的重要文章有横光利一的《感觉活动》（后改名为《新感觉论》），片冈铁兵的《告青年读者》和《新感觉派的主张》等。横光利一在《文艺时代》1925 年 2 月号的《感觉活动》一文中指出，新感觉派的感觉表现是"剥夺自然的外形，跃入事物自身之中的主观的、直感的触发物"；新感觉派所主张的不是

---

① ［日］进藤纯孝：《川端康成传记》（日文版），238 页。

单纯的以官能为中心的享乐主义，而是基于认识的内在直感；未来派、立体派、表现派、达达主义、象征派、构成派、如实派的一部分都属于新感觉派。片冈铁兵在《文艺时代》1924 年 12 月号的《告青年读者》一文中相当清楚地解释了横光利一的态度，认为横光利一对"事实"感到厌倦，力图在"感觉"中寻找一条冲杀出去的血路，表现"在事物'动'的形态之上的活跃而生动"的感觉；在横光利一来说，"人的魄与心"也是"感觉之后出现的第二生活"，所以"私小说"不是文学家的正道，"事实的报告"等于放弃表现。根据横光利一和片冈铁兵的上述说法以及新感觉派作家的创作实践，有的评论家认为，由于他们追求的乃是瞬间的感受，所以他们的作品大多是短篇，是当时的青年作家对混乱城市生活印象的罗列，并不具备打破日本明治维新以来写实主义文学传统的实力；之所以被认为承担起文学未来之重任，重要原因之一是他们与欧洲新文学的密切联系。

川端康成在理论上对新感觉派文学运动所作出的贡献，似乎要比横光利一和片冈铁兵更大。早在新感觉派正式诞生之前两年，即 1922 年，他便以批评家和理论家的身份登上文坛，并且开始为改造旧文艺、建立新文艺摇旗呐喊。这年 1 月，川端康成应《时事新报》之请，着手为该报撰写《创作月评》，成为此后持续 20 年之久的旺盛的批评活动和理论活动之契机，同时也成为鼓吹新文艺之开端。这一年他发表的重要文章计有：

《本月创作界》(《时事新报晚刊》，1922 年 2 月)

《论现代作家的文章》(《文章俱乐部》，1922 年 11 月)

在《论现代作家的文章》一文里，他评论了菊池宽和志贺直哉①等名家的创作之后指出：

> 我对历来的文字表现和方法甚为不满。我认为，从语言文字的发生、发展和与人的关系，精神生活、心理活动的种种表现，官能感觉、客观主观与语言文字之间的关系，束缚被束缚、征服被征服的状态来考虑，通过文字的自我怀疑乃至自我否定的炼狱，便是应该发现新表现的时候。这并非头脑发热随便说说的豪言壮语，而是悲叹现在的新作家（也包括工人出身的诸氏在内）没有志气，所以想对诸氏说：为了新精神，要有新表现；为了新内容，要有新文章。②

这显然是对新文艺的呼唤。其中所含的奋发精神，仿佛可以使人感到日后《文艺时代》创刊时的气势，表现出 20 多岁青年的昂奋。

进入 1923 年以后，川端康成在文学理论和批评方面显得更加活跃。这一年他发表的评论文章几乎都贯穿着改造文艺的精神。兹将其篇目列下：

《新春创作评》（《新潮》，1923 年 2 月）

《新春新人创作评》（《文艺春秋》，1923 年 2 月）

---

① 志贺直哉（1883—1971）：日本现代小说家，著有《志贺直哉全集》（15 卷，岩波书店）。主要作品有短篇小说《在城崎》，中篇小说《和解》，长篇小说《暗夜行路》等。

② ［日］川端康成：《川端康成全集》（日文版），第 32 卷，18、19 页。

《3 月文坛创作评》(《时事新报》，1923 年 3 月)

《7 月的小说》(《国民新闻》，1923 年 7 月)

《文艺春秋的作家》(《文艺春秋》，1923 年 8 月)

《最近的批评与创作》(《新潮》，1923 年 8 月)

《余烬文学作品》(《时事新报》，1923 年 10 月)

《致评论会诸氏——文艺时评》(《新潮》，1923 年 11 月)

《新文章论》(《文章俱乐部》，1923 年 11 月)

《遗产与恶魔》(《时事新报》，1923 年 12 月)

他在《新文章论》里指出，今天的创作界必须转向新的方向。他表示：我对新进作家比对既成作家更有兴趣，因为新进作家多少具有一些新意。他以金子洋文、十一谷义三郎和横光利一三个新进作家为例，认为他们的作品（如金子洋文的《地狱》中的几篇、十一谷义三郎的《六月的话》和《花束》、横光利一的《碑文》和《苍蝇》）在文体上深受西方作家的影响，从语言的排列、修饰到段落之间的联系都近似于西方作家的作品，甚至当作译文发表也没有什么不可以，而这些正是新文艺的要素之一。当然，川端康成并不满足于这三个作家的现在，而是寄希望于他们的未来。所以，他在文章最后提出自己的希望：十一谷义三郎活动起来，金子洋文深入下去，横光利一产生变化。[①] 值得注意的是，川端康成在这里所举出的三个新进作家中，除金子洋文日后投身于无产阶级文学运动外，其余两人日后都成为新感觉派的重要成员，这就足见川端康成的目光是十分敏锐的。在《遗产与恶魔》里，他认为语言既给予

---

① ［日］川端康成：《川端康成全集》(日文版)，第 32 卷，20～28 页。

人以个性，同时也剥夺人的个性；语言是文艺的表现，是前人留下的遗产之一；新文艺产生于表现形式（语言）最具革命性的时代，新文艺与新表现形式（新语言）同步出现。遗产（语言）既能拯救文艺，也能扼杀文艺。任何一个国家一个时代的文艺都要继承遗产，但是人们必须事先调查清楚自己的遗产是什么，不要盲目继承遗产。他进而提出，新进作家的作品必须富有朝气，必须充满清新和热情，必须具有生命的活力，犹如年轻姑娘的舞蹈。文章写道：一个作家或一群作家如果支配了新表现形式的话，同时就会支配新题材。新文艺是人生的新支配。新进作家不是戴老花眼镜看月亮的消极视力者，必须是望远镜的发明者。望远镜发明者看月亮的喜悦和惊奇，是使艺术创造发生作用的巨大恶魔之一。①

川端康成在 1924 年的理论宣传和批评工作达到了紧锣密鼓的地步。从 1 月至 9 月，他连续发表了 10 余篇文章，并且终于迎来了当年 10 月新感觉派文学运动的诞生和《文艺时代》的创刊。其中比较重要的文章如下：

《新春文坛的收获》（《都新闻》，1924 年 1 月）

《冒险的未来》（《时事新报》，1924 年 1 月）

《月评家气焰》（《文艺春秋》，1924 年 3 月）

《关于日本小说史研究》（《艺术解放》，1924 年 3 月）

《创作批评 12 月》（《文艺年鉴》，1924 年版）

《对大正 12 年文坛所感》（同上）

---

① ［日］川端康成：《川端康成全集》（日文版），第 30 卷，82 页。

《人物随笔——最近的菊池宽氏》(《新潮》,1924 年 4 月)

《创刊二杂志批判——〈不二〉和〈世界文学〉》(《读卖新闻》,
1924 年 4 月)

《不是敌人——我们怎样看既成文坛》(《新潮》,1924 年 7 月)

《创刊以后》(《东京朝日新闻》,1924 年 7 月)

《乡土艺术问题概观》(《青年》,1924 年 8 月)

《现代文艺的人生及其描写方法》(《都新闻》,1924 年 9 月)

"在未来的文坛上,不仅每个作家要革新,而且我们的艺术意识要从根本上革新。/文艺在人生中的位置必须革新。我们的工作必须是革新文艺,同时革新人生。现有的文艺缺乏使现代精神活动的力量。而且,加速运转的现代社会人生,要从文艺获得许多应答。盖文艺的未来既多难,又多幸。因而,既充满希望,又感觉到冒险性。我们不屑于充当现有文坛简单回声式的批评家,岂不是也要探索这个文学的冒险性的未来吗?"① ——这是他在《冒险的未来》里提出的文艺必须革新的主张。尽管他当时曾经慨叹"现今文艺批评的言论不被重视,不能达到广大的范围",可是他的批评文章仍然充满朝气和锐气,似乎颇为引人注目。他甚至被人嘲笑为"破坏既成文坛的勇士",他的观点则被指责为"《新思潮》意识""《文艺春秋》意识""资产阶级文坛意识"。

总而言之,在新感觉派文学运动形成以前的这段时期,与其说川端康成的主要成绩是在创作方面,不如说是在理论和批评方面;与其说他主要是以作家的文笔促进了新感觉派文学的诞生,不如说主要是以理论

---

① ［日］川端康成:《川端康成全集》(日文版),第 30 卷,96、97 页。

家和批评家的文笔促进了新感觉派文学的诞生。

第四节　川端康成在新感觉派运动期间的理论研究成果

在新感觉派文学运动期间，川端康成既在创作实践上取得了可观的成绩，又在理论研究上获得了丰硕的成果。后者可以举出以下三点。

第一，在创办《文艺时代》这个刊物时，川端康成是主力之一。"文艺时代"这个名称据说是由川端康成提出的。因为他后来曾经说过：它（指"文艺时代"）是偶然出现在我唇边的，这是我的骄傲。①《文艺时代》的创刊号是由川端康成和片冈铁兵负责编辑的。但据片冈铁兵说，他当时常偷懒，由川端康成一个人去奋斗。由此可以想见川端康成独当一面的姿态。在创刊号上，川端康成发表了《创刊词——新生活与新文艺》一文，一是表示革新文艺的决心——

抛掉昨日，舍弃今日，是思念明日者的命运。对文艺界的年轻人来说，尤其如此。若不能如此，而在昨日与今日文艺之荫下开放枯萎的花朵，与其是新作家，不如脱胎为吃前一时代文艺书籍的蠹鱼更好。任何时代，任何国家，存在过不背叛前一时代文艺或不从那里飞跃的新文艺吗？②

---

① ［日］川端康成：《川端康成全集》（日文版），第32卷，414页。
② 同上书，412页。

　　我们的任务必须是从根本上革新文坛上的文艺，并更进一步从根本上革新人生中的文艺或艺术意识。"文艺时代"这个名字是偶然的，又未必是偶然的。"从宗教时代向文艺时代"——这句话朝夕不离我的念头。往昔宗教在人生及民众中所占的位置，在即将到来的时代，将为文艺所取代。①

二是阐述新生活和新文艺的关系——"不以新生活为依据的新文艺，只不过是末梢神经的痉挛。假若不是新文艺的创造即新生活的创造，新生活的创造即新文艺的创造，那么每一项工作对我们几乎都没有意义"。②文章结尾写道："所谓新生活是什么？所谓新文艺是什么？我们今后就在这个刊物上予以回答。"③ 事实正如日本评论者所指出的那样，恐怕在写《创刊词》的 7 人之中，川端康成是显得最热情、最有朝气的一个。

　　第二，在如何对待"新感觉派"这个名称问题上，川端康成的方法很巧妙。如上所述，《文艺时代》创刊的第二个月，千叶龟雄便发表《新感觉派的诞生》一文，于是《文艺时代》同人便获得了"新感觉派"的称号。不过，《文艺时代》同人对于这个称号的反应各不相同。关于这个问题，川端康成采取了异常灵活的态度。他一方面指出，"将片冈铁兵、横光利一、中河与一、佐佐木茂索、十一谷义三郎以及其他诸氏的风格所具有的共同特征，用'新感觉'一词概括，是机敏的看法；可

---

① ［日］川端康成：《川端康成全集》（日文版），第 32 卷，413、414 页。
② 同上书，413 页。
③ 同上书，414 页。

是'新感觉派'这个名称并不很光荣，也不想为诸位友人高兴地接受下来"，因为这个称呼不仅容易被理解为"具有短命倾向的文学"，而且"不是本质性的"①；另一方面又采取既不断然拒绝、也不随声附和的态度，而是巧妙地把"新感觉"一词加以解释，并在许多地方使用它，如"没有新表现则没有新文艺，没有新表现则没有新内容，没有新感觉则没有新表现"② 等，使之具有确切的、符合实际的内涵，从而为我所用。这就是说，川端康成既要把自己以及同人的创作从暧昧的、狭窄的所谓"新感觉派"框架中解放出来；又要利用这个称号，牢牢地把握住新感觉派文学运动的方向，在风云变幻的文坛上站住脚。这种良苦用心和巧妙手段的确令人钦佩。

第三，在"新感觉派是非论"这场争论中，川端康成扮演了重要角色。上文已经提及，新感觉派一出世，便在文坛上引起一场轩然大波，有的嘲笑攻击，有的热情支持。在这场论战中，川端康成发表了一系列文章。诸如：

《新进作家的新倾向解说》（《文艺时代》，1925 年 1 月）

《文坛的文学论》（《新潮》，1925 年 1 月）

《文学论者》（《时事新报》，1925 年 1 月）

《新感觉派之辩》（《新潮》，1925 年 3 月）

《短言三篇》（《文艺时代》，1925 年 3 月）

《3 月诸杂志创作评》（《文艺时代》，1925 年 4 月）

---

① ［日］川端康成：《川端康成全集》（日文版），第 30 卷，169、170 页。
② 同上书，174 页。

《答诸家之诡辩——小论新感觉主义》（《万朝报》，1925 年 4 月、5 月）

《论现代作家的文章》（《文艺讲座》第 13 号，1925 年 4 月）

《4 月诸杂志创作评》（《文艺时代》，1925 年 5 月）

《5 月诸杂志创作评》（《文艺时代》，1925 年 6 月）

《文坛的文学论》（《万朝报》，1925 年 11 月）

《关于表现》（《文艺时代》，1926 年 3 月）

这些文章或多或少、或直接或间接地涉及新感觉主义的是非问题，有的是针锋相对的辩论，有的则是基本理论的阐发，后者尤其令人瞩目。如在《文坛的文学论》中，他论述了新感觉派运动是否已经过去的问题。尽管新感觉派是非论在文坛上仅仅热闹了半年多便沉默下去，尽管川端康成早已感觉到文坛上的新运动往往早衰，尽管在新感觉派是非论热烈展开期间就预见到"节日之后"的情景，可是他并不认为新感觉派的时代业已过去。他在这篇文章里写道：

> 说新感觉派的时代过去了的人们啊，应当考虑考虑。岂止新感觉派的时代，在文坛上自然主义的时代也还没有过去。无产阶级文学论之类，现在似乎从宣传报道机关的表面略微减少了，但是仍然遗留下来，问题尚未解决。新感觉派的问题也是如此，宣传报道机关近一年间对于以它为流行题目也许有些倦怠，出现各式各样的反对意见也是很自然的；可是其实尚未达到结束讨论的阶段。所谓新

感觉派被某些论难者推翻了文学根据之类，是连梦想也不可能的。①

文章接着指出：新感觉派的主张还没有得到充分阐释，有的理论文章才刚刚发表；新感觉派的作家都很年轻，他们的思想和风格正在向前发展；新感觉派在表现方面的丰富、自由和新鲜应当得到肯定，更何况他们的功绩还不限于表现方面；大多数青年作家依然将新感觉派文学视为楷模，这种汹涌澎湃的趋势不能视而不见。② 在《关于表现》中，他进一步论证了新感觉派存在的合理性。他首先提出"人过分信赖语言，就产生不了新的表现"③，因为人的精神活动范围不受语言的局限，哲学或者宗教要想对精神进行深入一些的探索，就会越出语言的范围，杰出的文学家也应该感受到语言表达不出来的东西，感受到前人的语言尚未表现出来的东西。

他接着写道：

> 过分轻易信赖现实的形式、现实的界限的人，不能创造深刻的艺术。人是生活在现实世界的。再进一步说，所谓人生就是现实世界。这种认识形成了颇难动摇的现实主义艺术，往往有招致沉沦的危险。实际上若再仔细观察一下，所谓现实是无止境的。越是更敏锐地把握现实的精神，对现实状况就会陷入更多的怀疑。其证据，可以考虑一下哲学家和宗教家如何苦于认识论。作为文学家，目不

---

① ［日］川端康成：《川端康成全集》（日文版），第 30 卷，217 页。
② 同上书，217、218 页。
③ ［日］川端康成：《川端康成全集》（日文版），第 32 卷，501 页。

转睛地注视现实的人，也达到了现实的彼方，即窥见了灵魂的深渊。这种人的直观和表现完全是感觉式的。现实作为汇入更大宇宙潮流的缥缈神灵世界，没有高度的感觉便不能感知，不能表现。①

随后，他举出日本和其他国家的一些作家，认为他们都是凭着高度的感觉去感知和表现的，都是离不开高度的感觉的。最后，他谈到新感觉派作家横光利一等人的创作，指出从他们的感觉式的表现中，可以看到力图窥视这个灵魂深渊的努力。

第五节 《新进作家的新倾向解说》
——新感觉派文学理论的代表作

作为新感觉派理论家的川端康成，在 1925 年发表的主要文章当推《新进作家的新倾向解说》。这篇文章理论色彩比较浓厚，阐述问题比较深入，可以说较为全面地、系统地论述了新感觉派的感觉方法、认识方法和表达方法，堪称新感觉派文学理论的代表。仔细研读这篇文章，有助于我们认识新感觉派文学的独特性质。

《新进作家的新倾向解说》分为四个部分：一、新文艺勃兴；二、新感觉；三、表现主义的认识论；四、达达主义的思想表达法。兹概要评介如下：

----

① ［日］川端康成：《川端康成全集》（日文版），第 32 卷，502 页。

在"新文艺勃兴"里，川端康成极力鼓吹新文艺和新进作家的重要性，认为凡对文艺有兴趣的人，首先必须注意新文艺的勃兴和新进作家的崛起，理解他们的"新"，否则便不能进入新时代的文艺王国，既不能成为创作者，也不能成为欣赏者，因为创造未来的新文艺的人，就是今天的新进作家，对新进作家理解太迟，不久便会感到后悔。川端康成希望人们不要留恋昨日之花，因为昨日之花无论如何美丽也早已为人所知，唯有今日之花才是新鲜的、有生命力的。如果生在今日，却总是留恋昨日之花，岂不如同已经死亡？传统作家总是和已知握手，而新进作家则和未知握手，未知是具有无穷魅力的。总之，不能认识新文艺的动向便无法谈论文艺。①

在"新感觉"里，川端康成首先强调新感觉举足轻重的地位，指出新文艺、新进作家是和新感觉分不开的，无论是属于《文艺时代》的新感觉派，还是属于《文艺战线》的无产阶级派，因为"没有新表现则没有新文艺，没有新表现则没有新内容，没有新感觉则没有新表现"。②这种常识早已为历史所证明。其次举例说明新感觉派作家的感觉方法和思考方法与传统作家的感觉方法和思考方法之不同。他写道：

譬如，糖是甜的。历来的文艺是从舌头把这个甜传到大脑，用大脑写上"甜"；但现在是用舌头直接写上"甜"。又如，以往是把眼睛和蔷薇当成两个东西，写上"我的眼睛看见了红蔷薇"；新进

---

① ［日］川端康成：《川端康成全集》（日文版），第 30 卷，174 页。
② 同上书，174 页。

作家则把眼睛和蔷薇当成一个东西，写上"我的眼睛是红蔷薇"。或许不从理论上加以说明就不明白，但这种表现精神成为我们感受事物的方法和生活的方法。①

再次针对有人攻击新感觉派文艺是"没有新感情的文艺""没有新内容的文艺"，川端康成指出感觉和感情是不可分割的，没有感情的感觉和没有感觉的感情是不存在的，犹如不存在没有色彩的形状和没有形状的色彩一样。因此，新感觉派的文艺归根结底是新感情的文艺和新内容的文艺，而绝不是"没有新感情的文艺"和"没有新内容的文艺"。最后提出在感觉的问题上，文学和美术、音乐是不同的，但新感觉派文学的方法和表现更加接近美术和音乐。

在"表现主义的认识论"里，川端康成指出新感觉派的认识论是以表现主义理论，尤其是德国的表现主义理论为基础的。他说：日本现在还没有出现表现主义作家；但我觉得新进作家的新感觉表现，在认识论上是与表现主义的理论相同的。表现主义是 20 世纪初期到 30 年代在欧美一些国家流行的一种文学思想。它最初是在绘画领域，后来逐渐扩展到文学以及戏剧和音乐等领域。表现主义反对自然主义和印象主义的主张。表现主义者认为，自然主义只注意描写事物的表面，印象主义则提倡表现外界印象，二者都是肤浅的；艺术应当完全从自我出发，从主观出发，表现自我的主观现实；艺术不是现实，而是精神；是表现，不是

---

① ［日］川端康成：《川端康成全集》（日文版），第 30 卷，175 页。

再现（"表现主义"这个名称由此而来）。表现主义的思想基础之一是以尼采、柏格森、弗洛伊德等人为代表的反理性主义哲学思想。此外，表现主义还接受了神秘主义和早期存在主义哲学的影响。表现主义者往往把主观世界和客观世界对立起来，用主观世界支配客观世界，用主观世界否定客观世界，最后既否定了客观世界，也否定了主观世界。新感觉派作家接受了表现主义的认识论，作为自己认识世界的指导思想。

川端康成对于新进作家认识世界的方法作了详细说明。他先举出一个例子：野外开了一朵白色的百合花，人们对它可以有三种看法和三种态度——其一认为百合花与我毫不相干，这是自然主义的看法和客观主义的态度，历来的文艺几乎都属于此类；其二认为百合花中有我，其三认为我中有百合花，这两者的结果是一样的，都是新主观主义的看法和态度，新进作家属于后两类，新感觉派文艺属于后两类。他接着对后两类进行解释道：

　　因为自我存在所以天地万物才存在，在自己的主观之内存在天地万物。以这种观点看事物，则强调主观的力量，相信主观的绝对性，其中有新的喜悦。再者，以天地万物之内存在自我之主观的观点看事物，便是主观的扩大，是使主观自由地流动，更进一步则是自他一如，万物一如，天地万物尽皆失去界限，融为一个精神，构成一元世界；另外，在万物之内注入主观，使万物具有灵魂，这就成为多元的万有灵魂说，其中有新的救助。这两者就形成了东方古老的主观主义，形成了客观主义，形成了主客一如主义。①

他认为，这就是新进作家观察事物和表现事物的态度。然后他又举横光利一的作品为例，具体说明新感觉派作家认识方法的特点。有人说横光利一的表现是客观主义的。川端康成认为，这是一种误解。如果说是客观主义，也是新客观主义，是新主观主义式的主客一如的客观主义。横光利一在描写自然时，经常采用拟人化的方法，赋予事物适当的生命，同时自己的主观则分散开来，跃入描写的对象，使对象活跃起来；如果描写百合花，那么百合花必然在自己的主观中开花，自己的主观也必然在百合花中开花，总之是让场景浮现，让人物跃动，使描写的景物立体化和鲜明化。从这个意义来看，横光利一的描写可以说是主观的，也可以说是客观的。

在"达达主义的思想表达法"里，川端康成认为新感觉派的思想表达法是达达主义式的。其实，达达主义并不是一种现代主义的文艺流派，它也从来没有把自己看成是一种文艺流派。它只是表明自己反抗的态度，即反抗一切文学传统，反抗一切价值观念。达达主义采取一种虚无主义的态度。它否定文学，也否定科学、逻辑、宗教、政治、道德、伦理，甚至否定语言和记忆。总之，否定一切已经确定的事物。而它否定一切的态度，最终导致它否定了自身——达达先验地把怀疑放在行动之前，放在一切之上。达达怀疑一切，真正的达达派是反对达达的。由于达达主义只有否定没有肯定，只有破坏没有建设，所以它在产生时便

---

① ［日］川端康成：《川端康成全集》（日文版），第 30 卷，177 页。

宣告了自己的毁灭。事实上，达达主义没有维持多久，到 1924 年达达派就已经不存在了。由此可见，达达主义是没有特定的理论的。川端康成也是这样看的。他在这一部分一开头就说：达达主义是没有理论的，也不知道什么是达达主义。我以下阐述的理论，谁都没有论述过；也许有人论述过，但我不知道。也如上述，这是我的独断。① 既然达达主义没有特定的理论，似乎也就谈不上特定的思想表达法。

围绕这个问题，川端康成对"精神分析学"和"自由联想"提出了自己的见解。他首先从当时流行的"精神分析学"说起。所谓"精神分析学"就是指应用奥地利心理学家弗洛伊德的精神分析理论解释文学艺术的动力、功用和美感起源等问题的学说。它的理论基础是弗洛伊德提出的无意识（潜意识）理论。这个理论认为，人的整个精神活动是由意识和无意识两部分构成的。意识就像冰山浮在水上的一小部分，无意识却像藏在水下的巨大部分。后者虽然是隐藏的，却起着决定性的作用。不过川端康成没有详细介绍"精神分析学"，而是着重阐述"自由联想"，因为后者与达达主义的思想表达法有更直接的关系。众所周知，弗洛伊德的精神分析学是与自由联想有密切关系的。从精神分析学的理论出发，弗洛伊德及其信徒认为文学艺术创作是被抑制的性欲的无意识升华过程，文学艺术家是被过分的性欲需要所驱使的人，文学艺术的想象是文学艺术家在现实中未能满足的性欲的替代。他们的这些论点对现代主义文学的内容和形式都产生了很大的影响。例如，现代主义作家注重表现自我，强调表现主观世界；现代主义作品里，经常出现变态的、

---

① ［日］川端康成：《川端康成全集》（日文版），第 30 卷，179 页。

不正常的人物，经常描写人物的无意识、性欲、梦魇和幻觉，经常使用暗示、象征、自由联想等手法。关于自由联想，川端康成这样写道：

> 精神分析学家在使用分析法时，总是让患者采取一种非常舒服的姿势，让他全身肌肉放松，让他闭上双眼。然后让他叙述梦的片断，如果是梦见蛇，就让他从头到尾叙述梦见蛇的过程，叙述有关蛇的联想。之所以要这样做，是因为在这种情况下，患者的思想才能自由驰骋。但是，即使将浮现在脑海里的东西一五一十地说出来，听者依然觉得是近乎毫无意义的梦呓。不过，精神分析学者却可以从这种不着边际的自由联想中找到洞察心理的钥匙。

川端康成认为，达达主义在这里找到了新的思想表达法。他还解释道：人们脑海里的思绪不是按照一定的规章出现的，而是直观地、杂乱无章地、丰富多彩地浮现出来的，是近乎自由联想的东西。历来的作家都要把这些思绪加以选择、整理，使之秩序化；达达主义者却反其道而行之，把这些思绪原封不动地写出来。所以，川端康成写道：

> 有时达达主义者的诗近似单词的无意义的连续堆砌，不过是断断续续的心像的罗列而已。这是诗人脑海里自由联想的表现，旁人是难以理解的。可以说，这是最主观的，最直观的，同时也是最感觉的。

其实，自由联想不是达达主义所独有的，而是许多现代主义文学流派所共有的。由于现代主义文学普遍注重表现主观世界，所以也就特别重视心理描写，重视使用内心独白和自由联想方法表现人物复杂微妙的心理活动。在新感觉派活动的 20 世纪 20 年代已经出现并且流行的各种现代主义文学思潮和流派中，意识流小说和超现实主义也都是使用自由联想方法的。川端康成在这里之所以对达达主义"情有独钟"，恐怕主要是因为达达主义者反抗一切、否定一切的态度吧。

"我们不是刻意模仿达达主义者晦涩难懂的表现方法，而是力求从中找出主观的、直观的和感觉的新表现之暗示来，而是企图从陈旧的、褪色的和冰冷的思想表达法中解放出来。"① ——这是川端康成关于新感觉派对达达主义所持态度的表述。然后他进一步指出：在文艺史上所出现的一切新运动和新表现形式，从一定的意义上说，都是人类精神要求从语言的束缚中解放出来的愿望的表现，要求从陈旧的构思方式中解放出来的愿望的表现；而达达主义的思想表达法则是实现这种愿望的途径。接着他又引用克罗齐②的学说来证实自己的观点。克罗齐于 20 世纪初提出"直觉即表现"的主观唯心主义学说。在《美学原理》一书中，他将美学定义为研究直觉或表现的科学。他认为人的认识过程如下：当见到一个事物时，感官便受到刺激，于是产生"感受"；"感受"所得到的结果为"印象"；"感受"和"印象"经过心灵的综合和联想作用，获得一定的形式，则构成"直觉"。他以为直觉与表现意思相同，二者"非二物而是一体"，是"此出现彼亦出现的东西"，是同一种性质的心

---

① ［日］川端康成：《川端康成全集》（日文版），第 30 卷，181 页。
② 克罗齐（1866—1952）：意大利哲学家和美学家。

灵活动。根据"直觉即表现"的原理，他还提出艺术也是一种直觉，也是内在情感的表现；作为表现来说，艺术和直觉的区别只是在量上，不是在质上。那些本领比较大，用力比较多，能把内心的复杂状态表现出来的人，就是艺术家；反之，则是一般人。川端康成将克罗齐的学说概括为"心像就是表现，就是艺术"。他解释说：不是用笔写字，不是用刷子涂颜色，而是打算如实地把心像表现在文字上的一种情绪；这种情绪使新进作家的表现变得泼辣、新鲜，并使对象活跃起来。在这一部分的最后，川端康成又联系横光利一、今东光、高桥新吉和石滨金作等新进作家的创作实际来加以说明，指出他们的联想从一个事物迅速地转向另一个事物，他们脑海里的心像仿佛是离奇的、无秩序的、未加整理的；表现在文字上却显得丰富多彩，有时甚至能把心像转换的速度反映出来，使人感到一种音乐的旋律。这种方法很接近精神分析学的自由联想。总而言之，达达主义的思想表达法是有心理依据的。

"《文艺时代》时期，我也多少参加过有关新感觉派的辩论，但是作为文学理论却似乎并不足取，未能成为文学运动之一翼。"——这是川端康成自己后来的回顾，其中不免含有自谦的成分。不过，他并没有因此低估新感觉派文学的意义，以下一段话可资证明："但是，关于新感觉派的意义今后仍要思考，我作为新感觉派的作家尚未消灭，今后或许仍要发展下去。"①

---

① ［日］川端康成：《川端康成全集》（日文版），第 33 卷，434 页。

第六章

新感觉派时期（下）

在新感觉派文学运动期间，川端康成不仅在理论研究方面取得了一定的成果，而且在创作实践方面获得了丰收。他发表和出版的小说主要有一系列手掌小说和短篇小说如《伊豆的舞女》等。这些小说的新感觉派特色或颇为浓厚，或不很浓厚。一部分手掌小说属于前者，《伊豆的舞女》属于后者。

第一节　手掌小说——川端康成在新感觉派时期的创作实践之一（上）

日本有不少小说家是从写作诗歌起步，然后转向创作小说的；而川端康成在创作初期写了为数相当可观的手掌小说，后来才开始写作篇幅较长的小说。从这个意义上说，手掌小说是他文学创作的起点，并且成为他创作的重要组成部分之一。

什么是"手掌小说"（或译为"掌小说""掌篇小说"）呢？"手掌小说"的意思是在一个手掌那么大的地方就能容纳得下的小说，极言其短。大体上相当于我们所说的"小小说""超短篇小说""一分钟小说"或者"微型小说"之类。在日本文坛上，手掌小说之类的极短小说起初流行于 20 世纪 20 年代中期，当时有"小故事"（或译为"短篇小说"）"20 行小说"（冈田三郎①语）、"写在手掌上的小说"（亿良伸语）、"10 行小说"（中河与一语）和"一页小说"（武野藤介语）等名称。"手掌小说"一词似乎是中河与一参照"写在手掌上的小说"创造的。当时，中河与一正在担任《文艺时代》的编辑。该刊于 1925 年 9 月号刊载了久野丰彦等六名新作家的"极短小说"，在目录上标明"手掌小说"，并在《编后记》中说明"'手掌小说'这个名字是临时性的，没有他意"。从此以后，"手掌小说"便在文坛上流行起来。川端康成认为，"小故事""20 行小说""写在手掌上的小说""10 行小说"和"一页小说"等都不是很合适的名称，所以他起初干脆称之为"极短的小说"。待到中河与一提出"手掌小说"这一说法后，他便很乐意地接受了。在当时所写的一些关于"手掌小说"的文章里，川端康成一方面充分肯定了冈田三郎首先提倡"小故事"的功劳，认为使极短的小说在文坛上引人注目，并且促进其创作的，主要是冈田三郎小故事论的成绩；但另一方面

---

① 冈田三郎（1890—1954）：日本现代小说家，著有《冈田三郎小说选集》（3 卷，三和书房）。

又明确地表示了不希望受其拘束的意见，指出法国式的小故事在形式上，即构思和手法等方面都规定一些条件，"我不赞成过多地受定义式的束缚"①，认为与其满足这些条件而受到拘束，不如称为"手掌小说"更方便，而所谓"手掌小说"就是极短的小说，它既不是长篇小说的一部分，又不是小品文，只是短篇小说，此外没有任何条件。

　　川端康成对于手掌小说的意义和价值也有不少论述。他指出，不论是否极短的小说，不论是否合乎"小故事"的狭窄定义，像这种唯理式地表现主观的短篇小说，似乎是最近引人注目的新倾向之一，而这种小说"作为与表现派之类的主观表现方法不同的一种主观表现方法，仍然可以具有作为新文艺倾向之一的意义和价值"②。不但如此，他还以这种小说作者的身份，进一步谈到了自己从事创作的亲身体验。据他说，就自己写过的十五六篇手掌小说的经验来看，几乎没有一篇是勉强写短、以不自然态度产生的。写得好坏是另外的问题，事后看来觉得不能再写得长些的小说也极少。从这个意义上说，甚至于可以认为都失败了。不过，写作期间却始终保持比较自然的态度；而且，写这些小说并没有什么特别的抱负和主张，仅仅认为这样写也可以。"但是，虽说极短却未必只是轻松的、即兴式的态度，也未必只能提供小的暗示。有人称其中某些作品为小故事；但我写时，头脑里并不存在所谓小故事，所以不称其为小故事的当然也很多。"③

　　川端康成当时预言，与历来短篇小说不同的手掌小说繁荣流行的时

----

　　①　［日］川端康成：《川端康成全集》（日文版），第 30 卷，201 页。
　　②　同上书，203 页。
　　③　同上书，200 页。

代即将到来。为了迎接这个时代，他于 1927 年 11 月发表了《关于手掌小说》一文，列举手掌小说作为一种新文学形式的四个长处如下：

一是适合日本人的口味。这只要考虑一下日本文学的传统和日本民族的性格，立刻就会明白。除了平安时代的一些作品外，井原西鹤的创作、江户末期①的小故事、落语②和川柳③等之中都不难找到类似的东西。这说明，它深深地植根于过去的传统之中，如今乃是旧形式的复活。日本人喜爱简明、客观、理智的散文形式，善于幽默、讽刺和直截了当地批评现实，所以自然会欢迎手掌小说。日本人在和歌和俳句上创造了最短的诗歌形式，在小说上也能创造出最短的手掌小说形式，他们具有这种特质。

二是现代性。现代文学最发达的形式就是短篇小说。短篇小说是现代文学开出的花，结出的果。短篇小说是现代生活的必然产儿。而手掌小说乃是短篇小说的精髓和顶峰，所以必然更加具有现代的因素。现代生活使人们的感觉和心理越发敏锐化、纤细化和片断化，手掌小说将成为其火花。现在的短篇小说，在形式上过长，在内容上过少，这已是人们的共同感觉。

三是创作喜悦的群众化。如今是小说的时代。然而，欣赏小说的人很多，写作小说的人却很少。这是因为小说太长，所以创作小说需要很多时间和精力，发表小说需要很多版面和费用，写作小说需要很多专门技术。要想解决这些困难，只有提倡手掌小说。作为自由的、亲切的、

---

① 江户末期：1845—1867。指江户幕府统治时期（1603—1867）的末期。

② 落语：日本曲艺形式之一，类似我国的单口相声。

③ 川柳：日本文体之一，由 17 个假名组成的诙谐、讽刺短诗。

简易的表现形式，小说比各种诗歌更为现代人所喜爱，如同以前的和歌和俳句那样；而把小说变为一般市井人们的东西，最好是采取手掌小说的方法。人们坐电车上班，在会客室等人，在午睡的枕边，在家庭饭桌上，听路人谈话时，都可以进行构思。

四是单纯性。短篇小说比长篇小说更单纯，诗歌比短篇小说更单纯，这是众所周知的。既然如此，在小说之中形式最短的手掌小说必定是最艺术、最单纯的。心灵的迅速闪动，瞬间的纯真感情，这些犹如即兴诗歌一般，都可以原封不动地移入手掌小说的形式之中。①

不过，同时他也指出，手掌小说再短也是小说，而不是小品文，不能满足于把平凡的材料加以平凡地罗列，必须努力避免由于形式短小而使内容变得贫乏，思想变得浅薄。"感染力差，不允许用短小来辩解。17个字的俳句比花费千言万语的风景描写力量更强，这是人所共知的。"② 他写道。

川端康成不仅是手掌小说最热心的倡导者和鼓吹者，先后发表过一系列文章阐述自己对手掌小说的见解和主张，为手掌小说的发展鸣锣开道；而且是手掌小说最勇敢的创作实践者，似乎可以说是日本现代文坛上写作手掌小说数量最多、成就最高的作家之一。手掌小说的创作几乎贯穿他的整个创作生涯。据统计，他一生共计写了127篇手掌小说，其中1923年到1927年，即新感觉派文学运动以前和新感觉派文学运动期间，是他手掌小说创作的第一个高潮。这时的篇目如下：

---

① ［日］川端康成：《川端康成全集》（日文版），第32卷，544～546页。
② 同上书，547页。

《男人、女人和板车》(《文章俱乐部》,1923 年 4 月号)

《向阳》(《文艺春秋》,1923 年 11 月号)

《脆弱的器皿》(《现代文艺》,1924 年 9 月号)

《她走向火海》(同上)

《锯与分娩》(同上)

《蝗虫和铃虫》(《文章俱乐部》,1924 年 10 月号)

《戒指》(《文坛》,1924 年 10 月号)

《手表》(同上)

《头发》(《文艺时代》,1924 年 12 月号)

《金丝雀》(同上)

《港口》(同上)

《照片》(同上)

《白色的花》(同上)

《敌人》(同上)

《月亮》(同上)(以上七篇合称"短篇集")

《落日》(《文艺时代》,1925 年 2 月号)

《遗容事件》(《金星》,1925 年 4 月号)

《屋顶下的贞操》(《文艺日本》,1925 年创刊号)

《人的脚步声》(《女性》,1925 年 6 月号)

《海》(《文艺时代》,1925 年 11 月号)

《20 年》(同上)

《玻璃》(同上)

《阿信地藏菩萨》(同上)

《滑岩》（同上）（以上五篇合称"第二短篇集"）

《谢谢》（《文艺春秋》1925 年 12 月号）

《万岁》（同上）

《偷茱萸的人》（同上）

《球台》（同上）（以上四篇合称"第三短篇集"）

《夏天的鞋》（《文章往来》，1926 年 3 月号）

《麻雀媒妁》（《街头马车》，1926 年 4 月号）

《儿子的立场》（《文艺春秋》，1926 年 4 月号）

《殉情》（同上）

《龙宫仙女》（同上）

《处女的祈祷》（同上）

《冬日临近》（同上）（以上五篇合称"第四短篇集"）

《灵车》（《战车》，1926 年 4 月号）

《一个人的幸福》（《嫩草》，1926 年 7 月号）

《神在》（同上）

《帽子事件》（《文章俱乐部》，1926 年 7 月号）

《合掌》（《妇女画报》，1926 年 8 月号）

《屋顶金鱼》（《文艺时代》，1926 年 8 月号）

《母亲》（最初刊载刊物不详）

《早晨的脚趾》（最初刊载刊物不详）

《女人》（《文艺时代》，1927 年 1 月号）

《可怕的爱》（同上）

《历史》（同上）（以上三篇合称"怪谈集"）

《处女作之崇》（《文艺春秋》，1927 年 5 月号）

《马美人》（同上）

《百合花》（同上）

《红色的丧服》（同上）（以上四篇合称"第五短篇集"）

《骏河少女》（《嫩草》，1927 年 5 月号）

《神骨》（《文艺公论》，1927 年 8 月号）

在这期间，1926 年 6 月金星堂出版了川端康成的手掌小说集《感情装饰》，共计收入 35 篇作品。这部书受到当时文坛的重视和好评。如横光利一在《文艺春秋》8 月号上发表书评指出：灵的深度与肉的深度，主观的深度与客观的深度，这种交流在他的身上形成诗歌而永不停息吗？多么不可思议的感情装饰，犹如用剃刀的刃所雕成的花朵一般。

这些小说所选取的题材十分广泛。有的描写作者孤独而不幸的童年生活，如《向阳》《合掌》《母亲》等；有的描写他学生时代以失败而告终的恋爱，如《脆弱的器皿》《她走向火海》《锯与分娩》《照片》《处女作之崇》等；有的描写他前往伊豆半岛旅行时的所见所闻所感，如《戒指》《头发》《阿信地藏菩萨》《滑岩》《球台》《夏天的鞋》《处女的祈祷》《冬日临近》《神在》《马美人》等；有的描写社会下层人物的不幸命运，如《敌人》《遗容事件》《海》《玻璃》《谢谢》《偷茱萸的人》《早晨的脚趾》等；有的描写男女之间的爱情故事，如《蝗虫和铃虫》《金丝雀》《殉情》等。

第二节　手掌小说——川端康成在新感觉派时期的创作实践之一（下）

不过，我们在这里想要着重探讨的还是川端康成手掌小说的创作方法问题。关于这个方面，我们可以说其中许多作品比较充分地具备了新感觉派文学的特点，诸如简洁的语言、奇特的形容、新奇的文体、特异的构思和锐利的开掘等。

语言简洁，尽量省去一切能够省略的字、词、句、段，力求达到"惜墨如金"的地步，力求产生"意在言外"的效果，引人深思，发人深省——这是手掌小说的特点之一。正如川端康成所说的那样："17 个字的俳句比花费千言万语的风景描写力量更强，这是人所共知的。"他的手掌小说也要努力达到这种境界。如《海》，写一个旅居日本的朝鲜姑娘和一群朝鲜筑路工人的故事。当工人迁徙时，姑娘也跟着迁徙。但是走到中途，姑娘因为肚子疼走不动了，便蹲在地上。首先有 10 个左右的工人从她面前走过，双方的问答如下："喂，怎么了？""后边还会有人来吗？""会有人来的。"接着又有三五成群的工人从她面前走过，双方的问答仍然是上面的几句话。当最后一个工人从她面前走过时，双方的问答略有变化："喂，为什么哭了？""后边还会有人来吗？""不会有人来了。我特意留在最后，跟那个女人惜别之后才来的。""真的不会再有人来了？""不会再有人来了。"于是，姑娘不得不跟这个工人一起走了；因为她爸爸曾经对她说过，不能在他被杀的国家——日本结婚，不能和日本人结婚。① 这篇小说不过千把字，之所以能够写出这么丰富的内容，是与它的语言简洁密切相关的。所有的问答都十分简短，甚至连谁问的和谁答的也都被省略了。

喜欢使用奇妙、华丽的辞藻对事物进行描绘和形容，特别注意色彩的对比和配合，借以渲染气氛；经常运用比拟的手法，以便强化力量——这是手掌小说的特点之二。如《滑岩》，写一处以有助于妇女怀孕而闻名的温泉。这个温泉浴场的中央立着一块闪闪发光的黑色岩石，据说不孕的妇女从岩石上面滑落下来就会怀孕。其中有如下一段描写：

> 滑岩吸住白蛙。她俯卧着撒开手，抬起脚后跟，滑溜溜地落下来。泉水哈哈大笑，泛起黄色泡沫。②

在这里，黑色的岩石、白色的女人和黄色的泡沫构成一幅色彩鲜艳的图画，表明作者对于色彩的感觉极其敏锐。另外，作者还巧妙地运用了比拟的手法，"白蛙"是将人拟作物，"泉水……大笑"是将物拟作人，"滑溜溜地"是主观感觉的移入，"哈哈"是拟声，而从"泉水哈哈大笑"到"泛起黄色泡沫"则是从听觉形象到视觉形象的急剧变化。这种形容方法是新鲜的、奇特的，同时也是形象的、生动的。

在文体上力图追求新奇，不落俗套，采用罕见的反复句式，多次反复同一句子，以便加深读者的印象，突出所要表达的思想——这是手掌

---

① ［日］川端康成：《川端康成全集》（日文版），第 1 卷，72 页。

② 同上书，92 页。

小说的特点之三。如《屋顶下的贞操》是这样开篇的：

> 下午四点在公园山冈等候。
>
> 下午四点在公园山冈等候。
>
> 下午四点在公园山冈等候。
>
> 她给三个男人发出了同样内容的快信。一封信给拿手杖走路的男人，一封信给戴眼镜的男人，一封信给既不拿手杖也不戴眼镜的男人。①

这里的反复显然是为了突出表现女主人公的无贞操，她每天都要给几个男人邮寄快信，而最早来的男人就是当天跟她过夜的男人。这类的例子举不胜举。

在艺术构思上力求标新立异，不同凡响。爱写梦境，爱写幻想，往往具有神秘的色彩和奇异的因素等，令人耳目一新——这是手掌小说的特点之四。如《她走向火海》以主人公"我"的一个梦境开篇——远处的湖水闪着微弱的光亮，犹如月夜笼罩下旧庭院里浑浊的泉水一般。湖水对岸的山林在燃烧，但是静静的没有声音。火势迅速蔓延开来。在岸上奔驰的消防车好像玩具一样，鲜明地倒映在水面上。黑压压的人群往高坡上爬，一望无际。高坡下的街市已经成为一片火海。这时，"我"看见"她"分开拥挤的人群，独自一人走下高坡。"她"径直向火海走去，"我"感到无法忍受。于是，"我"的心灵和"她"交谈起来——

---

① ［日］川端康成：《川端康成全集》（日文版），第1卷，64页。

"你为什么一个人走下高坡？是想烧死吗？""我不想死。但你家在西边，所以我要向东走。"之后，"她"逐渐走远，终于在"我"的视野中变成一个黑点。"我"从梦中惊醒过来，眼角还流着泪水。以上是小说第一段的大致内容。那么，这个奇特的梦境意味着什么呢？这可以从小说第二段开头的一句话得到答案："我早知道她会说，她不愿意朝我家的方向走。"① 这篇小说发表于1924年9月，距离作者和伊藤初代的恋爱事件已有整整三年，但是他仍然难以忘怀，足见那件事对他的打击是多么沉重了（原来小说中的"她"就是伊藤初代的化身）。

极力从更新鲜的角度，更锐利地解剖现实，以便发现前所未有的意义，深入开掘人性的本质，揭示人们内心的矛盾，展示人们内心的秘密——这是手掌小说的特点之五。如《金丝雀》通过一封信的形式，描写一个穷画家的婚外恋故事。他与一个有夫之妇产生恋情。两人临分手时，夫人送给他一对金丝雀作为纪念。他把金丝雀交给妻子饲养。妻子死后，他既不能将金丝雀放回自然界，也不能自己饲养，又不能交还夫人，更不愿卖给鸟店，于是决定让金丝雀为他的妻子殉葬。这是为什么呢？因为他终于明白了这样一个道理：他之所以爱恋夫人，正是因为有妻子在；妻子使他忘掉生活的艰难，他才行有余力去谈恋爱。作者采取这样一个独特的角度，巧妙地表现出画家对于自己不轨行为的愧疚心理。

由于川端康成的许多手掌小说具有鲜明的新感觉派文学特色，所以川端康成才被视为新感觉派文学的代表作家之一，他的手掌小说集《感

① ［日］川端康成：《川端康成全集》（日文版），第1卷，64页。

情装饰》才被视为新感觉派文学的代表作品之一。不过，需要注意的是，川端康成的手掌小说并非清一色的新感觉派式，还有自然的、朴实的写实式作品，后者可以举出《男人、女人和板车》等不少例子。

川端康成的创作实践证明，手掌小说篇幅虽然短，规模虽然小，可是并不意味着内容简单、平凡、贫乏，更不是用小说创作的残渣拼凑起来的。从这个意义上说，手掌小说犹如诗歌中的俳句。尽管俳句短小到了极点，仅有 17 个假名，但是一首优秀的俳句可以构成一个世界，其内容有时甚至能与长诗匹敌。一篇优秀的手掌小说在所表现内容之丰富、人物心理之复杂以及对读者之感染力等方面，有时甚至也不劣于普通的小说。川端康成的不少作品便达到了这种高度。

早在川端康成的第一批手掌小说发表不久，伊藤永之介[①]便在《文艺时代》1925 年 10 月号上对《头发》《港口》《照片》《敌人》《遗容事件》《向阳》等作品发表评论道：在这些作品里所不可忽视的，不仅是作者的感觉方法生气勃勃，而且有某种愉快和喜悦进入创作冲动。再有一点，其感觉方法不仅敏锐，而且具有非神经质的圆满性。他还写道：有的新作家写了新感觉，还有的作家用新感觉写了。通过新感觉的眼镜，人生便成了新的、"诗"的世界。可是，谁也没有打算忘记，通过感觉而感觉，通过感觉而写出的本体，即是人生。这些话可以认为是对川端康成新感觉派时期创作的手掌小说的确切评价。其后，表示特别欣

---

① 伊藤永之介（1903—1959）：日本现代小说家，著有《伊藤永之介作品集》（3卷，尼特利亚书房）。主要作品有短篇小说《莺》《令人眷恋的山河》。

赏这些手掌小说的作家和评论家也大有人在。例如，岛木健作[1]在 1938
年由改造社出版的《川端康成选集》第一卷（手掌小说卷）的《月报》
上写道：所用稿纸不足 10 页，而在使人感到深广的人生上，又与长篇
巨著具有不同味道。这不同于世间所谓的小故事之类。在以对人的亲切
感情直接触及读者心灵之点上，也与后来川端氏的作品很不相同。在身
心如洗一般的清爽之中，亲身感受到美好的、令人留恋的、愉快的、悲
哀的人生。何等富有诗情！比起川端氏的其他作品来，我更喜欢这些短
篇。它们恐怕具有最长的文学生命吧。每读一次都是新鲜的。他并且表
示：自己作为一个作家，每读一次这些短篇，都会被刺激起创作欲望，
都会希望自己也能写出这样简短而深刻的作品；虽然觉得写过长篇小说
之后，很难再写这样的短篇小说，但什么时候要写一写这种手掌小说，
乃是自己的愉快梦想。

对于川端康成本人来说，这些手掌小说也是很有价值的。正如他在
改造社版《川端康成选集》第一卷的"后记"里所写的那样：

> 我的处女作集《感情装饰》（金星堂版）是这种手掌小说的结
> 集。新潮社出版当时的青年作家丛书时，我首先选的也是手掌小
> 说，题为《我的标本室》。这些都受到读者的欢迎。而这次选集的
> 第一卷，也还是"手掌小说"。在旧作之中，我最怀恋、最喜爱、
> 至今仍想赠给很多人的，其实是这些手掌小说。

---

[1] 岛木健作（1903—1945）：日本现代小说家，著有《岛木健作全集》（16 卷，国
书刊行会）。主要作品有中篇小说《癞》，长篇小说《再建》《生活的探求》等。

这一卷的作品，大多写于 20 多岁。许多文学家青年时代写诗，我却没写诗而写手掌小说。有些作品虽是硬逼出来的，但自然而然地产生的佳作也不少。①

第三节　《伊豆的舞女》——川端康成在新感觉派时期的创作实践之二

如第一编所述，短篇小说《伊豆的舞女》是川端康成根据自己 1918 年赴伊豆半岛旅行的实际经历和体验写成的。也就是说，它基本上采用的是如实记录的方法。不过，既然它是在新感觉派文学运动兴盛时期产生，又是在新感觉派文学运动的主要阵地——《文艺时代》上发表的，那么它在一定程度上体现出新感觉派文学的特色，也就是理所当然的了。这种特色主要表现在以下两个方面。

第一，在人物描写上，它采用第一人称写法，设置"我"这个人物；而"我"并非被描写的主体，乃是感觉的主体，即通过"我"的眼光和感觉去写被描写的主体——舞女，这在很大程度上其实就是通过作者的眼光和感觉去写舞女，以便使舞女的形象更加活跃起来。关于这种描写方法，川端康成自己在谈到这篇小说的创作意图时曾经说得很明白。他在《〈伊豆的舞女〉的作者》一文里写道：

---

① ［日］川端康成：《川端康成全集》（日文版），第 33 卷，567 页。

《伊豆的舞女》全部按"我"的所见所闻方式写成，连舞女的心理和感情也不是直接描写的，而是通过她外在的举止、言谈和表情来写的，丝毫没有从舞女的角度去写。[①]

譬如，当他们刚结伴同行时，在汤野的小客店里，舞女从楼下端上茶来，一在"我"面前跪坐下来，脸就臊红了，手也抖个不停，茶碗差一点儿从茶碟上掉下来，只好顺势放在了铺席上。结果，茶碗虽然没摔，茶却洒出来了。"看着她那羞羞答答的神情，我感到惊愕不已。"[②]——小说写道。这个细节把少女的羞怯心理和慌张神态描绘得惟妙惟肖，同时也准确地传达出了"我"的主观感受。再如，当他们逐渐熟悉后，有一次"我"和舞女的哥哥到浴池去洗澡，忽然发现一个一丝不挂的女人从昏暗的浴池里跑了出来。仔细一看，原来是舞女。小说写道：

> 我眺望着她那雪白的裸体，那像小桐树一般伸展开来的双腿，仿佛有一股清泉沁入心脾，深深地吐出一口气，嗤嗤地笑起来。她还是个孩子哪！她发现了我们，心里一高兴，就赤身裸体地跑到太阳地里，踮起了脚尖，伸直了身子，简直是个孩子呀！我笑得越发起劲了，头脑清爽得很，犹如被清洗过一般，笑容久久不退。[③]

这个细节把少女的天真无邪表现得淋漓尽致，同时也把"我"的主观感

---

① ［日］川端康成：《川端康成全集》（日文版），第 33 卷，225 页。
② ［日］川端康成：《川端康成全集》（日文版），第 2 卷，301 页。
③ 同上书，304、305 页。

受充分地描述出来了。

第二，在叙事状物上，它也往往注重表现人物（"我"）的主观感受，不太注重具体的、实在的描绘。如第二节的开头一句是："从隧道的出口起，一侧被涂白的栅栏护住山道，犹如闪电一般延伸下去。"①这里是"我"的感觉的移入。当他刚从长长的、黑洞洞的隧道里钻出来时，眼前豁然开朗，由于眼睛还不适应，所以白色的栅栏显得分外耀眼，犹如闪电一般。又如小说是这样结尾的：

> 船舱里的煤油灯熄灭了。船上的生鱼味和潮水味越发浓重起来。在黑暗中，我一面感受到少年的体温，一面任凭泪水流淌。我的头脑仿佛化为一泓清水，滴滴答答地流个不停。之后似乎什么也没有留下，只觉得甜美和愉快。②

这里写的是"我"在码头上和舞女分手后乘船返回东京时的处境和心情。因离别而伤怀，因伤怀而流泪。但是白天当着别人的面尚有所顾忌，如今四周一片黑暗则可以尽情洒泪了。其中有关头脑化为一泓清水并滴滴答答顺着眼睛流出的描写方法是新鲜的，留给读者的印象是深刻的。这不能不说是"我"的独特感受，不能不说是作者的独特感受。

---

① ［日］川端康成：《川端康成全集》（日文版），第 2 卷，299 页。
② 同上书，324 页。

　　关于这种写法的巧妙之处，日本评论家中村光夫①曾经作过透彻的评析。他指出，《伊豆的舞女》是川端康成学会用与私小说作家不同的手法来表现"我"的第一篇小说，在这里登场的"我"半分是有意识地非个性化的故事叙述者，恰如"能"的舞台配角那样，引导舞女登场，并起陪衬她的作用。于是，"我"成为被抽象化的一个青年，谁都会把他的感情活动用在自己身上，产生代替他去旅行的感觉，其中含有这篇小说作为受众人欢迎的青春故事而获得成功的原因。中村光夫还进而从小说作法的角度探讨这个问题，认为像这样不直接表现自己，而使自己感兴趣的对象直接接触读者的手法，不仅是描写技巧，而且来源于川端康成的小说美学。②

　　然而，与上引部分手掌小说有所不同的是，《伊豆的舞女》不能说是完全用新感觉派方法创作的，不能称为纯粹的新感觉派文学作品。这是因为，它几乎没有使用新感觉派作品所常见的那类奇特的形容、新奇的文体和特异的构思，一般来说它的语言是朴素的，笔法是自然的，风格是淳厚的，而它的美也就寓于其中了。川端康成曾经在《答诸家诡辩》一文中说过："从我的立场来说，我的作品新感觉的成分不浓。"③他还在《新感觉派》一文中指出：新感觉派时代是横光利一的时代，没有横光利一的存在和作品，就不会有新感觉派这个名称，也不会有新感

　　①　中村光夫（1911—1988）：日本现代评论家、剧作家、小说家，著有《中村光夫全集》（16 卷，筑摩书房）。主要著作有《志贺直哉论》《川端康成论考》《二叶亭四迷传》等。

　　②　[日]进藤纯孝：《川端康成传记》（日文版），187 页。

　　③　[日]川端康成：《川端康成全集》（日文版），第 32 卷，495 页。

觉派这个文学运动，横光利一是该派的核心，是该派力量的源泉；我也是新感觉派作家之一，这几乎是由于横光利一的诱发；我没有露骨地模仿横光利一，也没有露骨地追随横光利一，这并非因为有心要避开，而是因为天生的差异，无法勉强追随其后。① 他还认为：别人仅仅是或者要模仿，或者不模仿横光君而已。他很了不起，这是今天难以想象的。通常把横光、川端并提，其实不是那样。横光君死后，才勉强算是我的时代吧。② 此外，还有很多材料都可以证明他并不以新感觉派代表作家自居，也不以为自己的创作是最典型的新感觉派作品。《伊豆的舞女》则恰好说明，这似乎不仅是他的谦虚谨慎，也是客观事实。

---

① 〗［日］川端康成：《川端康成全集》（日文版），第 32 卷，631 页。
② ［日］进藤纯孝：《川端康成传记》（日文版），180 页。

第七章 | 模仿意识流小说时期

20 世纪 20 年代末到 30 年代初，可以说是川端康成的创作从新感觉派文学转向模仿意识流小说的时期。他的创作道路之所以发生这样的转折，他的创作方法之所以发生这样的变化，是与 1927 年 5 月《文艺时代》停刊和新感觉派文学运动高潮已过紧密联系在一起的。

第一节　日本意识流小说之来源

要研究川端康成的创作方法从新感觉派文学向模仿意识流小说转变的问题，首先要了解一下日本的意识流小说。日本的意识流小说来源于西方。西方的意识流小说是继象征主义之后，于 20 世纪初产生的一个现代主义文学流派。它流行于 20 世纪 20 年代到 40 年代，并对第二次世界大战以后的世界文学产生了深远的影响。在意识流小说刚产生的时候，它还不能构成一个流派，而只能算是一种创作原则，或者说是一种写作方法和写作技巧。因为当时使用意识流方法写作小说的作家没有共同的组织和纲领，也没有发表共同的宣言。后来随着法国普鲁斯特、爱尔兰乔伊斯、英国伍尔芙和美国福克纳等人创作的意识流小说的广泛流传，它的队伍越来越大，影响越来越广，终于在事实上形成了一个文学流派，而且是一个重要的文学流派。与西方传统文学比较起来，意识流小说的特点是：在内容上注重客观地、真实地表现人物的意识活动，不以描写社会现实生活为己任，而以描写社会现实生活在人物心灵中的反映为己任；在结构上以意识流动为依据，不以故事情节为依据；在方法上采用"内心独白"和"自由联想"，放弃传统的叙事和描写。西方的意识流小说传入日本后，它的这些鲜明特点都对日本当时文坛上的传统文学构成了强烈的冲击。

在西方意识流小说理论和创作的影响下，日本的意识流小说产生。20 世纪 20 年代末和 30 年代初，在日本翻译出版的并对日本作家包括川端康成产生影响的西方意识流小说，主要是普鲁斯特的《追忆逝水年华》和乔伊斯的《尤利西斯》。普鲁斯特的《追忆逝水年华》长达 7 部 15 卷，采用意识流的方法，通过主人公回忆往事的形式，表现 19 世纪末 20 世纪初的法国社会生活。它的艺术特点主要表现在结构布局和人物描写两方面。在结构布局方面，全书没有一个完整的、连续的故事情节，而仿佛是许多不完整的、不连续的回忆的汇编。在人物描写方面，作家根据弗洛伊德的精神分析学说和柏格森的"心理时间"理论，采用精细的笔法展示主人公的意识活动，并在描写大"我"的同时，也描写其中所包含的小"我"。如果说普鲁斯特的《追忆逝水年华》是意识流小说的奠基之作，那么乔伊斯的《尤利西斯》则是意识流小说的巅峰之作。《尤利西斯》的突出特点，一是结构既庞大又复杂，既错综又严密。作家把整部小说的时间局限在 18 个多小时内，并且处处与希腊史诗《奥德赛》相对照，显示了驾驭作品的能力。二是广泛运用内心独白的方法，大量使用插叙、倒叙、时空错乱、蒙太奇、重复交错、平行对比、一语双关等手法，表现人物的意识活动，其中包括大量的潜意识活动。

意识流小说在日本又有心理小说、新心理主义文学等名称。1929年 2 月，土居光知在《改造》上发表《乔伊斯的〈尤利西斯〉》一文，对这部意识流小说的代表作品进行了全面的介绍。1930 年 9 月，伊藤整等人在《诗·现实》上发表《尤利西斯》的一部分译文。其后，1931年 6 月，土户久夫在《一桥文艺》上发表《新心理主义的构成》一文，首次采用新心理主义的名称。1932 年 3 月，伊藤整在《改造》上发表《新心理主义文学》一文，并于同年 4 月出版同名评论集，使新心理主义的名称得到推广。当时不少文学界作家竞相使用这种方法，如伊藤整的《M 百货店》、横光利一的《机械》等，此外，堀辰雄[①]、正宗白

---

① 堀辰雄（1904—1953）：日本现代小说家，著有《堀辰雄全集》（10 卷，角川书店）。主要作品有中篇小说《菜穗子》等。

鸟①、室生犀星②、长与善郎③等人也纷纷发表类似的作品。1933 年以后，作为一个文学流派的意识流小说在日本文学界逐渐衰退，但像在西方一样，这种创作方法的影响也逐渐深入日本各种文学流派的创作之中。

意识流小说在日本文坛上出现不久，便引起了文学界各方面人士的注意，并且展开了热烈的讨论，众说纷纭，莫衷一是。如有人认为意识流小说方法是小说的童话化，是通过清算自然主义文学并扬弃其方法论的过程而向拟浪漫主义的复归；有人认为意识流小说方法是小资产阶级个人主义文学末期的一种形态；……在这种情况下，川端康成和横光利一等人先后发表文章从创作理论上支持意识流小说。他们认为意识流小说善于抓住下意识本能感觉的实体，所以能够揭示出非伦理性和病态的异常性，还可以表现处于社会和自我矛盾状态中的现代人的特性。与此同时，他们还在创作实践上尝试采用这种方法：横光利一在《机械》里采用意识流方法描写人物的内心冲突并获得成功；川端康成则相继发表了《针、玻璃与雾》和《水晶幻想》等意识流小说模仿作品。

---

① 正宗白鸟（1879—1962）：日本现代小说家、剧作家、文艺评论家，著有《正宗白鸟全集》（13 卷，新潮社）。主要作品有短篇小说《向何处去》《今年秋天》，评论《内村鉴三》等。

② 室生犀星（1889—1962）：日本现代诗人、小说家，著有《室生犀星全集》（14 卷，新潮社）。主要作品有诗集《抒情小曲集》，长篇小说《杏子》等。

③ 长与善郎（1888—1961）：日本现代小说家、戏曲家。主要作品有戏曲《项羽与刘邦》，短篇小说《青铜基督》，长篇小说《竹泽先生其人》等。

第二节　川端康成与意识流小说

川端康成从 20 世纪 20 年代中期参加新感觉派文学运动和采用新感觉主义方法创作《感情装饰》等作品，到 20 年代末期 30 年代初期声援意识流小说和采用意识流小说方法创作《针、玻璃与雾》和《水晶幻想》等作品，这是他文学创作过程中的一个重要变化。虽然川端康成本人在《观察 1932 年文艺界动向》的座谈会上说过，"至于所谓新心理主义文学，也有人把它看成一种方法，因为新心理主义文学家决不限必须具有怎样的社会观，怎样的人生观"①。似乎认为新心理主义文学（意识流小说）并不涉及社会观和人生观问题；可是，作为一种创作方法的新心理主义，实际上仍然不可避免地受到作家社会观和人生观的某种制约。

那么，川端康成的创作为什么会发生这样的重要变化呢？究其原因，大概不外两个方面。从客观条件来说，1927 年《文艺时代》停刊和新感觉派运动高潮过去以后，川端康成于 1929 年 4 月参加《近代生

---

① 林武志：《川端康成作品研究史》（日文版），110 页，东京，教育出版中心，1984。

活》① 杂志成为同人，同年 10 月又参加《文学》② 杂志成为同人，这些都对他的创作道路和创作方法发生了影响。《近代生活》起初包括川端康成在内共有 18 个同人。该刊大力地、有意识地宣传西方现代主义文学，并且后来成为新兴艺术派③的机关刊物。《文学》起初包括川端康成在内共有七个同人。该刊的性质也与《近代生活》相近，从创刊号起就连载意识流小说代表作品之一——普鲁斯特的《追忆逝水年华》和法国诗人兰波（1854—1891）的象征主义长诗《在地狱中的一季》，从而显示了崇尚西方现代主义文学的倾向，其后也成为新兴艺术派的重要阵地之一。除此之外，如伊藤整等人于 1929 年 3 月创办同人杂志《文艺评论》④，该刊以发表意识流小说为己任，其中《感情细胞的断面》还曾受到川端康成的推重，在《文艺时评》中加以评论；又如伊藤整等人于 1931 年至 1934 年共同翻译出版了意识流小说另一部代表作品——乔

---

① 《近代生活》：文艺杂志。1929 年 4 月创刊，1932 年 7 月停刊，共出版 39 期，近代生活社发行。有人认为是《不同调》的后续杂志，但具有更浓厚的现代主义文学气氛。

② 《文学》：文艺同人杂志。1929 年 1 月创刊，1930 年 5 月停刊，共出版 6 期，第一书房发行。同人有犬养健、川端康成、横光利一、永井龙男、深田久弥、堀辰雄、吉村铁太郎等。该刊从第一期起就刊载西方现代主义文学作品，以新鲜的面目引人注目。虽然该刊生命不长，但却大量地刊登了所谓新兴艺术派的作品，促进了新兴艺术派的形成。

③ 新兴艺术派：日本现代文学流派之一。萌芽于《新潮》杂志 1926 年 10 月的"新人特集号"。当时登场的作家有林房雄、舟桥圣一、尾崎一雄等 11 人。有的文学史家认为，这个流派是与马克思主义文学对抗的，但也有人持不同看法。其后，新潮社出版《新兴艺术派丛书》16 卷，而龙胆寺雄则被认为是该派首领。继之，改造社也推出《新锐文学丛书》16 卷，以与新潮社对抗。1930 年 4 月，组成新兴艺术派俱乐部，标志着该派青年作家的大团结。1930 年读卖新闻社主办"新兴艺术派宣言及批判讲演会"。太平洋战争爆发后，这个流派便销声匿迹了。

④ 《文艺评论》：文艺杂志。1929 年 3 月创刊，1931 年 1 月停刊，共出版 20 期，文艺评论社发行。

伊斯的《尤利西斯》。据日本文学史家研究，这些翻译介绍工作给当时那些不断摸索新方法的作家以强烈的刺激和巨大的影响。伊藤整后来也曾回忆道：从那时起到1931年，许多作家的关心都集中于这种心理描写的倾向。川端康成也不例外，据他自己说，正是在这个时候，他买来乔伊斯等人的原作，和原文加以对照，并且试图进行一些模仿。①

从主观根源来说，川端康成原来作为新感觉派文学运动之一员，热心倡导东方式的"主客一如主义"和"多元的万有灵魂说"②，力图从传统的现实主义方法中解放出来，即便曾经在评论文章中使用过"真实""现实"之类的词，也未曾亲自直接去了解它们或者接近它们，而是要"在虚幻的梦中遨游直到死去"③。他一贯重视的是表现自己的主观感受，表现人物的主观感受，表现人物的内心活动。而意识流小说恰好符合他从传统现实主义创作方法中解放主观的愿望，恰好为他表现自己和人物的主观感受，为他展示人物的内心世界提供了适宜的手段。所以，从这个意义上说，他的意识流小说《针、玻璃与雾》和《水晶幻想》乃是新感觉主义小说集《感情装饰》的延长和发展。事实上，也可以认为新感觉主义和新心理主义具有某种亲缘关系，前者是未来主义、表现主义、达达主义、象征主义等多种西方现代主义流派之混合，后者也广泛地融合了这些西方的现代主义文学流派。

为了进一步说明这个问题，我们以《新进作家的新倾向解说》为例。在这篇文章里，川端康成把新感觉派的认识论概括为"表现主义的

---

① ［日］川端康成：《川端康成全集》（日文版），第33卷，558页。

② 同上书，177页。

③ 同上书，87页。

认识论"①。其实，所谓"表现主义"就与其他现代主义文学思潮和流派有着难分难解的关系。英国学者 R. S. 弗内斯在《表现主义》一书的开头便写道："表现主义是一个描述性术语，由于它不得不包罗许多完全不同的文化现象，以至于实际上已没有任何意义可言。在文学艺术的所有'主义'中，似乎它最难定义。部分原因是它既能笼统使用，又能具体使用；部分原因是它在很大程度上与人们称之为现代主义的东西相重叠，同时又在巴罗克式的唯力论和哥特式的变形中有先例。"② 正因为如此，所以表现主义很容易对其他现代主义文学流派的作家产生影响。在该书的第五章中，作者具体地阐述了表现主义对意识流小说作家乔伊斯的影响：

　　一个甚至在战争期间都住在欧洲中心，并且敏锐地感觉到这种新发展的人是詹姆斯·乔伊斯。1915 年 6 月他到达苏黎世，表现主义对他部分作品的影响是不可否认的。他认识了阿尔萨斯作家勒内·席克尔。席克尔当了六年《白天花》杂志编辑，希望乔伊斯翻译他的剧本《施纳肯洛赫的汉斯》。他观看韦德金德以及弗兰齐丝卡的剧作演出（他对韦德金德很感兴趣，他的藏书中就有后者的《审查》）；他也看由马克斯·赖因哈特剧院演的比希纳的《丹东之死》和斯特林堡的《死之舞》。但首先是《尤利西斯》里"夜城"那一节证明了这一研究有正当的理由涉及乔伊斯，因为在这一章里

① ［日］川端康成：《川端康成全集》（日文版），第 30 卷，176 页。
② ［英］弗内斯：《表现主义》，樊高月译、冯川校，1 页，石家庄，花山文艺出版社，1989。

他的散文呈现出一种这部小说中其他任何地方都不能比拟的表现力和强烈感。

瓦尔特·索科尔写道："乔伊斯……抛弃用词语表达的意识流而转向接近表现主义的象征技巧。"他注意到：像斯特林堡在《到大马士革去》中做的那样，乔伊斯让布卢姆和斯蒂芬的下意识恐惧和愿望作为幽灵和幻象出现：戏剧形象化非常明显。在"夜城"那段情节中，有些章节其实就是表现主义戏剧的一部分（"夜城"实际上已被改编成剧本）：幻象场景投射这两个人内心全神贯注的东西和紧张。"夜城"的梦魇和怪诞成分与20年代的德国电影是相称的……父子关系——德国表现主义的中心问题——也赫然出现在《尤利西斯》中。①

同样是在这篇文章里，川端康成还把新感觉派的表达法概括为"达达主义的思想表达法"②，并在其中特别强调了自由联想。其实，自由联想也正是意识流小说的主要表达方法之一。关于这一点，前文已经说过，此处不再重复。

总之，正是在意识流小说理论的影响下，在普鲁斯特《追忆逝水年华》和乔伊斯《尤利西斯》等意识流小说的影响下，川端康成进入了他创作的新时期——模仿意识流小说的时期。《针、玻璃与雾》是他第一篇模仿意识流小说的作品。这个短篇发表在1930年10月号的《文学时

---

① ［英］弗内斯：《表现主义》，樊高月译、冯川校，123～125页。
② ［日］川端康成：《川端康成全集》（日文版），第30卷，179页。

代》上。小说的女主人公是一个精神不大正常的女人,名叫朝子。她无缘无故地憎恨丈夫,莫名其妙地恋慕弟弟。小说最后写道:作者认为似乎没有再写下去的必要了,因为朝子真要发疯了。在她的身上,恐怖症越来越厉害了。[1] 在这篇小说里,作者用了相当多的篇幅描写女主人公的潜意识活动。大约为了读者阅读的方便吧,所有这些意识活动都用括弧括了起来。不过,从全篇来看,人物的对话描写和行动描写仍然占了大部分篇幅,意识活动描写还是处于次要地位,所以还不能称为典型的意识流小说。

第三节 《水晶幻想》——川端康成意识流小说的模仿作(上)

短篇小说《水晶幻想》是更加接近《追忆逝水年华》和《尤利西斯》的意识流小说,是更加典型的意识流小说模仿作品。

这篇小说最初分两次刊载于 1931 年 1 月号和 7 月号的《改造》(后一次的标题为《镜》)杂志上,后来收入 1938 年改造社出版的《川端康成选集》(共九卷)第四卷中。"《水晶幻想》其实没有写完,是中途辍笔的。但是,现在续写已不可能,而且由现有部分也可以推想其发展前景,所以决定暂且合为一篇。这篇作品所用的手法,显然是对当时流行的模仿,但也并非不假思索的产物,今后还打算在长篇之类的小说里试

---

[1] [日]川端康成:《川端康成全集》(日文版),第 3 卷,275～298 页。

用这种手法。"① ——这是作者在改造社版《川端康成选集》第四卷
"后记"里所写的一段话。

　　《水晶幻想》是怎样模仿《追忆逝水年华》和《尤利西斯》的呢?
笔者以为主要表现在情节结构布局和人物意识活动描写两个方面。在情
节结构布局方面,这篇小说比《针、玻璃与雾》更进一步淡化故事情
节,更进一步减少对于人物行动和言论的具体描写,更进一步把重点放
在女主人公的自由联想和内心独白上。小说的登场人物不多,故事情节
也很简单。主要人物是女主人公——一个不怀孕的夫人、她的丈夫——
一个从事生育学研究的学者、来访的客人——一个小姐和一个犬商,此
外还有两只狗。主要故事是夫人和她的丈夫围绕生育问题的谈话,中间
插入另外一家的小姐为了给自己的牝犬配种,由犬商陪同,前来夫人家
拜访的情节。尽管作为一个短篇小说,《水晶幻想》的结构不像《追忆
逝水年华》和《尤利西斯》那样复杂,但在淡化故事情节和减少对于人
物行动和言论的具体描写方面,却与它们更加接近。另外,《水晶幻想》
的故事发生在一天之内,这一点也与《尤利西斯》很接近。在人物意识
活动描写方面,这篇小说对于夫人的自由联想和内心独白描写,即文中
括弧以内的部分,约占全文篇幅的一半。夫人在和丈夫、小姐、犬商的
谈话以及交往过程中,在观察两只狗举止神态的过程中,随时随地引发
出一系列的意识活动,其中既有理性的、自觉的意识,又有非理性的、
非自觉的意识;既有对现在的感想,又有对过去的回忆。

　　若将以上两个方面(情节结构布局和人物意识活动描写)加以比

---

① ［日］川端康成:《川端康成全集》(日文版),第 33 卷,572 页。

较，后一方面似乎更加重要。因此，为了进一步考察后一方面，即为了进一步考察这篇小说是怎样具体运用意识流手法描写夫人的自由联想和内心独白的，下面举出两个有代表性的例子，参照日本学者长谷川泉等人的研究成果，加以必要的解释。

例一：在小说开始时，夫人坐在装有三面镜的梳妆台前化妆，同时和她的丈夫谈起恋爱、婚姻和生育问题，谈起人工妊娠问题。随后写道：

> 夫人面对正面的镜子，望着她那美丽的蔷薇色面颊。（雪白的理发店，清洁又宽敞。店里的修指甲台。让皮肤光洁的姑娘给修指甲的妇科医生，姑娘的皮肤犹如动物闪光的牙齿一般。）夫人想到这种情景，脸上露出温和的、幸福的表情。（漂亮少年的屁股漂浮在清澈见底的水里。少年像青蛙一样游泳。）丈夫走出房间。（学校老师从河边走过时说道：诸位，太不懂礼貌了，女孩子和男孩子一块儿光着身子游泳！漂亮的少年游到岸边，站在草地上，阳光照得屁股发亮，说道：老师，由于我们没有穿衣服，您根本分不清谁是男谁是女。）夫人看见她在镜中少女般的腼腆样子。她曾经是少女。那个少女想到：（让老师微笑的少年真是个好孩子啊。她父亲是妇科医生。这是她父亲的诊疗室。手术台的白搪瓷。向上翻着肚子的巨大青蛙。诊疗室的门。白搪瓷的把手。在装有白搪瓷把手门扉的房间里有秘密。即使现在我也这样感觉。搪瓷洗脸盆。刚要用手去摸白搪瓷的把手，她又忽然踌躇起来。那边这边几个房间的门。白窗帘。女子学校修学旅行的早晨，看见用白搪瓷洗脸盆洗脸

的同班同学时，我忽然想像男人似的爱她。理发师。她年幼时一面躺在椅子上让理发师给刮脸，一面向上注视着他的白衣服。毛巾。老师从我们游泳的河边上走过去了吗？没有啊。一定是在什么书上写着这类事吧。东京好像也出现了虹。这面镜子里也有吗？她是个孩子，站在虹下小河岸边。河里银针似的小鱼。秋风。她觉得那条鱼一定很寂寞。从前的人认为，老鼠是从尼罗河产生的，在草叶上结的露珠是昆虫之母，太阳照射河里的泥则成为青蛙，等等。雪。蜡。火。腐烂的土。希腊的亚里士多德早已知道单性生殖了。据说雄蜂是从不受精的卵里产生的。结婚飞翔。结婚典礼——花烛之喜。结婚歌曲——洞房诗。结婚的床。被她的赤脚踩破了的丈夫的近视眼镜。结婚的床——新枕。结婚飞行——求婚飞翔。仙女的羽衣。天使的纯洁。圣母玛利亚啊，由于先生的研究，耶稣的诞生也得到了科学的证明，圣母玛利亚啊。拜访卡尔·冯·吉博尔特教授的天主教大主教。天主教的纯洁。在她故乡海港的古老教堂里，玛利亚——天真可爱的我打算忏悔什么，全忘光了。重力、杠杆、秤、惯性、摩擦、摆和钟、泵。哎呀，这是普通五年制中学第三学期理科的目录哇。西格蒙特·弗洛伊德和十字架。可是，蜂王一生只交尾一次呀。只一次，在巢外。在家庭以外，一个巢里有一只蜂王。大约一百只雄蜂，两万多只工蜂。春天里蜜蜂的振翅声。火车车轮的响动，听起来好像是吸液管，吸液管。饭店里的白蚊帐。不是春天，是夏天。蜜月旅行。如银色的飞石一般从天空飞落的小鸟。远古人相信天空的颜色映照大海。潜水员说海底世界没有红色和黄色，白色的海贝看似淡蓝，红色的动物看似黑色。蓝色的光在法国的尼斯港能射进 400 米，在意大利的那不勒斯湾能射进 550 米，在东地中海能射进 600 米的深度。深海里寂寞的感光板的感觉啊。为了测量透明度，沉入海底的直径一尺的白色感光板。沉浸在淡蓝色月光里的包搪瓷的手术台。如月光降落一般倾泻在海底的球形虫尸骸之雨。即使洒落在空中，人们也无法感觉出来的那种雪白的、轻飘飘的尸骸之雨，无声无息、昼夜不停地降落海底。海底电线上的白色尸骸告诉我们，每一百年沉积一尺。昔日的海底，如今是白垩质的山。英国南方的粉笔悬崖。遥远的时光之河。粉笔。女子学校黑板上画的花。短命的少女。水平线的白帆。饭店里油炸鱼的眼睛的水晶体。可怜哪，鱼是严重的近视眼。与西餐叉子同样形状的妇产科手术器械。白蚊帐般、睡帽般发射虫骨骼扩大图的美丽网眼。像鱼的嘴和唇那样毫无滋味的新婚之日。结婚飞翔。就是这样。我怀着新婚之日偶然出现的寂寞感觉，漫步在与意大利那不勒斯湾相似的海岸线小丘上，在蜜蜂的振翅声中醒来。结婚飞翔。蜂王在春日的晴空里进行求婚飞翔。一群雄蜂伴随着。这一群中，只有一只雄蜂被蜂王爱上一次，只有一次。蜂王的受精囊。她随心所欲地生雌的或雄的。雄或雌由她的产房决定。在蜂王房和工蜂房产下受精卵，是雌的。在雄蜂房产下不受精卵，是雄的。不把受精囊的精子送入输卵管，是单性生殖。雄的居住在雌的消化器里，到生殖时移入输卵管，裂蚓。可爱的小丈夫。一生都在交尾的日本血吸虫。身体的一半是雄性一半是雌性，或者三分之一是雄性三分之二是雌性，或者由雄性变雌性、由雌性变雄性的毒蛾。幼小时是雄性，长大了变雌性的萨尔帕和盲鳗。哎呀，记这些是想在谈话时打比喻，可是全都忘了。打什么比喻？中河与一的小说用优美的文笔描写信鸽传递种马的精子。结婚飞翔。在空中飞翔结婚。百米自由泳，58秒6，1922年，瓦兹缪拉的世界纪录，1分25秒4，1924年，永井花子，日本女子纪录。令人怀念的少女时代呀！3600微米，一分钟。啊，这是人的精子的游泳速度。从身体大小的比例来说，据说可以同世界一流游泳运动员媲美。银色的鱼。矛。蝌蚪。带着线的气球。十字架和弗洛伊德。打什么比喻？所谓象征是多么可悲呀！近视眼的鱼眼睛的水晶体。水晶球。玻璃。注视着大水晶球的是印度，是土耳其，是埃及，是东方的预言家？在水晶球中像小模型一般浮现出过去和未来形象的电影画面。水晶幻想。玻璃幻想。秋风。天空。大海。镜子。啊，从这面镜子里听得见无声的声音。无声的、像雪一般沉入海底的白色死骸之雨。沉入人们心里的死亡本能之音。海里的感光板之感觉。这面镜子一面像银板一样闪烁，一面沉入海底。看得见这面镜子沉入我的心海。在雾夜苍白的月光下，远处有小小的银色的东西。我爱这面镜子。我，变成可怜的镜子了吗？）夫人用口红涂着上唇，却没有发觉由于这种牡丹色，她的脸色变得苍白了。假如这面新镜子改变了夫人化妆方法的话，那是因为她想到（在生育学上也存在有利于生产不贞之子的女人的学说）。但夫人产生这种想法，其实还有一个可怕的念头藏在内心深处。（吸液管，吸液管。只有丈夫才知道从那里注入的液体是什么。假使是其他动物的呢？这样受侮辱的女人，在这个世界上自古以来有两个人吗？）夫人好像关冰门一般，紧紧地闭上了左侧那面映着温室式玻璃房顶的镜子。①

这一大段文字长达两三页，其中绝大部分属于夫人的自由联想，即括弧以内的部分。我们要想大致理清夫人自由联想的内容，那就必须逐一进行研究。

夫人由自己美丽的蔷薇色的面颊想到化妆；由化妆想到清洁又宽敞的理发店和它的修指甲台；由修指甲台想到让皮肤光洁的姑娘给修理指甲的妇科医生。夫人又由于听了丈夫的话，心情变得愉快起来，于是想到自己少女时代的往事——想到在清澈见底的水里游泳的少年和他漂浮在水里的屁股；由少年的游泳想到学校老师对他们（少年和少女）光着身子游泳的批评；由老师的批评想到少年的有趣回答，少年之所以说"老师，由于我们没有穿衣服，您根本分不清谁是男谁是女"，是出于一种天真的想法，即只知道用穿衣服来区分男女，不知道用性器官来区分男女；由少年的回答想到老师的微笑，老师之所以微笑，是由于对少年的天真产生好感；然后又由前面提到的妇科医生想到她自己当妇科医生的父亲；由父亲想到父亲的诊疗室，想到与性有关的一系列鲜明的印象；由手术台的白搪瓷想到躺在手术台上的妇女；由手术台的白搪瓷（颜色）和妇女的肚子（形态）想到向上翻着肚子的青蛙；由诊疗室的内部秘密想到掩盖这些秘密的诊疗室的门和门上的白搪瓷把手；由诊疗室的门和门把手想到诊疗室里面的秘密；由诊疗室里面的秘密想到搪瓷洗脸盆；由白搪瓷把手想到她要摸它的踌躇心理；由她的踌躇心理想到

① ［日］川端康成：《川端康成全集》（日文版），第 3 卷，345～353 页。

诊疗室的门和白窗帘，因为门和白窗帘都是为了掩盖妇女的秘密的；又由白窗帘想到女子学校修学旅行时同班同学使用的白洗脸盆；由白洗脸盆想到自己对使用这个洗脸盆的同学所产生的同性恋心理；由白色想到理发师，因为理发师也穿白衣服，而且理发师虽不是情人却可以触摸女人的肌肤；由理发师给自己刮脸想到当时萌生的性意识；由理发师穿的白衣服想到理发师用的白毛巾，想到又软又热的白毛巾贴在脸上时的舒服感觉；由用毛巾擦脸想到少年游泳时用毛巾擦身子，但可惜自己没有这样的体验，所以说"老师从我们游泳的河边上走过去了吗？没有啊。一定是在什么书上写着这类事吧"，表现一种怅然若失的感受；由这种怅然若失的感受想到"东京好像也出现了虹"，这是对大自然美景的向往；由"东京好像也出现了虹"想到自己面前这面镜子里会不会映出彩虹来，但结果恐怕是失望吧；由这种对城市现实生活的失望引起对城市以外自然风光的向往，于是想到自己孩提时代站在虹下小河岸边的情景，想到河里的小鱼，想到微微吹拂的秋风，想到那条鱼一定很寂寞，这是她自己的寂寞感受的移入；由眼前的景物想到老鼠是从尼罗河产生的，在草叶上结的露珠是昆虫之母，太阳照射河里的泥则成为青蛙，等等，这些既是孩子的空想，又是前人的认识，二者有相似之处，所以联系起来。由秋风想到季节的推移，想到冬天的到来，想到冬天的象征——雪；由雪想到与之相似的白色固体——蜡；由蜡想到点燃蜡的火；由火想到与之颜色相近的腐烂的土，想到由于尼罗河泛滥而形成的腐烂的沃土；由尼罗河产生老鼠、露珠产生昆虫、河泥产生青蛙想到希腊哲学家和生物学家亚里士多德的单性生殖，即雌生殖细胞单独生殖的学说；由单性生殖想到雄蜂是从不受精的卵里产生的（即蜜蜂的卵经过减数分裂，在不受精时产生雄蜂，在受精时产生雌蜂）。

夫人接着由动物的生殖想到人类的生殖，想到与人类生殖有关的结婚飞翔、结婚典礼、结婚歌曲、结婚的床和枕头，想到新婚之夜被她的赤脚踩破了的丈夫的近视眼镜，想到结婚飞翔和求婚飞翔；由结婚飞翔和求婚飞翔想到天女的羽衣；由天女的羽衣想到天使的纯洁（因为天使离开地上升入天空舍弃世俗，所以自然也就保持了性的纯洁）；由天使的纯洁想到圣母玛利亚，想到玛利亚以处女之身因圣灵而怀孕，想到天主教大主教（罗马教皇）拜访德国动物学家卡尔·冯·西博尔德教授；由于先生的研究，耶稣的诞生也得到了科学的证明，由此想到天主教的纯洁；由天主教的纯洁想到夫人自己的纯洁，想到在故乡海港古老的教堂里夫人当时准备忏悔些什么，但具体内容却忘记了；由忘记了忏悔的内容想到重力、杠杆、秤、惯性、摩擦、摆、钟、泵等当时在中学学习的理科课程目录，但具体内容也忘记了；由忘记了忏悔的具体内容和学习的具体内容想到弗洛伊德和十字架，弗洛伊德是精神分析学派的创立者，把他和十字架联系起来，是因为他以性欲解释宗教。

夫人接着由弗洛伊德和十字架又想到蜂王一生只交尾一次，而这一次还不是在蜂房里进行的，而是在蜂房外进行的，即蜂王在一群雄蜂的陪伴下进行结婚飞翔，在空中交尾，然后回到蜂房里产卵；由蜂王在蜂房外交尾想到人们在家庭外发生情事；由蜂王交尾产卵想到蜂房的情景——一个蜂房有一只蜂王，一百多只雄蜂，两万多只工蜂；由蜂房的情景想到春天蜜蜂繁殖期进行结婚飞翔时的振翅声音；由蜜蜂的结婚飞翔想到受精，由受精想到人工授精的吸液管，想到火车车轮的声音；由火车的车轮想到旅行，想到旅行中住宿的旅馆和旅馆里的白蚊帐；由一般旅行想到蜜月旅行；由蜜月旅行想到如银色的飞石一般从天空飞落的小鸟；由小鸟从天空飞落想到天空的颜色，想到远古人天真地认为天空的颜色映照在海里，形成海底的色彩世界（其实这种说法是不科学的，科学研究证明，颜色是由光反射或透过物体时该物体所特有的光谱决定的，海底由于吸收红色和黄色的电磁波，所以没有红色和黄色的感觉），想到潜水员所说的海底没有红色和黄色，白色的海贝看似淡蓝，红色的动物看似黑色；由海底的色彩世界想到蓝光在法国的尼斯湾、意大利的那不勒斯湾和东地中海能射进的不同深度，想到为计算透明度而沉入海底的白色感光板，想到这个寂寞的感光板的感觉；由白色的、沉入海底的感光板想到白色的、沉浸在月光里的手术台，想到海底由球形虫尸骸构成的软泥，想到这种尸骸之雨倾泻在海底的状态，想到它们所堆积成的白垩质的山，想到英国南方的白垩层地带——粉笔悬崖，想到形成这一切的悠久岁月；由白垩层想到粉笔；由粉笔想到女子学校黑板上用粉笔画的花，想到当时日本的流行歌曲——《游览船之歌》（吉井勇词，中山晋平曲，松井须磨子演唱），其中有"生命短暂，爱吧少女"之类的词句；由少女的短命想到瞬间消失的水平线上的白帆；由帆的白色想到饭店油炸鱼眼睛的白色水晶体；由鱼眼球的突出想到近视眼；由在饭店就餐用的叉子想到形状类似的妇产科手术器械；由在饭店用的白蚊帐和睡帽想到发射虫骨骼扩大图的网眼；由发射虫毫无滋味地从鱼的嘴进入体内想到新娘还没有性体验和产生性快感，想到蜜蜂的结婚飞翔，想到自己在新婚之日出现的空虚寂寞情绪，想到在蜜蜂的振翅声中醒来；由蜜蜂的振翅声想到蜂王在春天发情期进行的求婚飞翔，想到陪伴它的一群雄蜂，想到其中只有一只雄蜂能够跟蜂王交尾一次；由蜂王交尾想到蜂王的受精囊，想到它随心所欲地产雌的或是产雄的，产雌的或是产雄的因蜂房而异，想到单性生殖，想到裂螠雌虫和雄虫的大小不同，雌虫比雄虫长 20 倍，雄虫寄生在雌虫的消化器里，雄虫的精子通过卵管使雌虫的卵子受精，想到这种与众不同的雌雄大小比例，想到一辈子都在交尾的日本血吸虫（一般血吸虫是雌雄同体的，而日本血吸虫是雌雄异体的）；由日本血吸虫想到毒蛾，它的身体一半是雄性另一半是雌性，或者三分之二是雄性三分之一是雌性，或者由雄性变雌性，或者由雌性变雄性；由毒蛾想到萨尔帕和盲鳗，它们小时候是雄性，长大后变雌性。夫人想到自己当初拼命想要记住这些东西，本来是想在谈话时打比喻，可是如今全忘记了。

夫人接着想到当时的新感觉派作家中河与一发表的小说《阿根廷女人》，其中对信鸽传递种马精子的描写颇为精彩；由信鸽传递精子想到结婚飞翔，想到在空中飞翔结婚；由空中飞翔结婚想到当时美国著名游泳运动员瓦兹缪拉创造的百米自由泳世界纪录和日本著名游泳运动员永井花子创造的日本纪录，想到令人留恋的少女时代；由运动员的游泳速度想到人的精子的游泳速度，据说人的精子在精液中的游泳速度约为每分钟 1200 微米至 3600 微米，精子的长度约为 55 微米至 60 微米，所以按身体比例来说，其游泳速度几乎与世界一流运动员相同；由精子的游泳速度想到银色的鱼，想到矛；由精子的形状想到相似的蝌蚪、拖着线的气球。夫人随后又想到十字架和弗洛伊德，想到所谓象征，想到鱼的眼睛；由鱼眼睛的水晶体想到水晶球，想到水晶球中浮现出来的电影画面；由水晶球的电影画面想到水晶幻想，想到玻璃幻想，而水晶幻想则是这篇小说的名字；由水晶幻想到秋风、天空、大海、镜子，因为这些东西特别容易引起人们的幻想；由镜子的怪异想到听见的怪异的声音，即无声的声音；由在镜子里听见的无声的声音想到无声的、像雪一般沉入海底的白色死骸之雨；由海底和死骸想到沉入人们心里的死亡本能之音；由沉入海底的镜子的幻想想到沉入心海的镜子；由镜子想到自己变成了可怜的镜子；最后这个思想使夫人一度脱离幻想，转向现实行动。夫人用口红涂着上唇，却没有发觉由于这种牡丹色特别鲜艳，相比之下她的脸变得更加苍白了。假若这面镜子改变了夫人化妆方法的话，那是因为她想到在生育学上也存在有利于生产不贞之子的女人的学说，即生育学上有单性生殖和人工妊娠的学说，认为没有异性也能生殖，所以生殖与不贞没有联系。但是，夫人产生这种想法，其实还有一个可怕的念头藏在内心深处，即通过吸液管注入自己子宫里的精液究竟是什么人的呢？假使不是什么人的，而是其他动物的精液呢？若果真如此，那像自己这样受侮辱的女人，在这个世上还有第二个吗？想到这里，夫人感到又恐惧又愤怒，于是紧紧地闭上了左侧的镜子。

第四节 《水晶幻想》——川端康成意识流小说的模仿作（中）

例二：当天晚上，丈夫回来以后，夫妇二人走进卧室。在卧室里，夫人又有两段自由联想：

> 丈夫一面打着哈欠，一面拖着掉下来的袜子走进卧室。夫人这时才发现自己原来一直对着镜子跟丈夫说话，根本没有回过头来看

他一眼。于是，她对着镜子微微一笑，站了起来。丈夫还穿着衬衫，坐在床上吸烟。夫人一边微笑着看丈夫，一边解开和服腰带。钞票和名片掉在脚下。她赶紧转身坐着折叠腰带，对自己感到吃惊，心里嘀咕一句（坏女人）。由于承认自己是一个坏女人，她感到生气勃勃的喜悦的前兆，犹如听见远处狂风呼啸，而身边却寂静无声时的感受一般。（看丈夫发呆的傻样子。所谓柯其尤的脸，大约就是这副样子。斯其帕的《巴黎小夜曲》。卡鲁索的"不必当小丑了"。快乐的寡妇。故乡教堂的圣歌。海顿。巴赫。门德尔松。古诺。贝多芬。我喜欢天主教堂的音乐。唱片盒里收集齐全的天主教徒作曲家的唱片。人无论犯什么罪，都不影响自己的身体；唯有犯淫乱罪的，是害了自己的身体。未婚的女子结婚，也没有什么不对。可是，我宁愿你们不必像这样的人，在日常生活上遭受种种的拖累。与其欲火中烧，不如有嫁有娶。克莱采奏鸣曲。）《哥林多前书》的语言和蒂博的小提琴、科尔托的钢琴演奏《克莱采奏鸣曲》一齐涌上夫人的心头，荡漾波动。每当夫人听这首乐曲的唱片，就会发现自己总是用托尔斯泰小说《克莱采奏鸣曲》的感情解释乐曲，回想起在故乡教堂里合唱圣歌时，随着歌曲旋律的流淌陶醉于恋爱美梦里的少女时代。可是，浮现在正折叠和服腰带的她的脑海里的美梦是（小姐后天来。会客室。两只狗。狗喜欢舔耳朵。在小姐面前显得尴尬的丈夫的脸。那副嘴脸。你看不像柯其尤的模样吗？她在小姐耳边低语。天芥菜的味道。面红耳赤的小姐。啊，我已经出卖了丈夫。犹大。生下犹大的孩子的她玛。犹大的儿子——珥的妻子她玛。珥的弟弟示拉认为她玛是石女，拒绝跟她结婚。她脱下寡妇的衣服，用帕子蒙脸，坐在通往亭拿的伊拿印城门口。示拉虽然已经长大成人，却没有娶她为妻。她玛已经怀有身孕，她非常高兴。犹大看见她时，她蒙着脸，所以犹大以为她是妓女。精神阳痿。女人不会有的。那只是有机体的本能。这就使女人变成母亲。这就使女人变成妓女。从良的妓女玛利亚。维列利娅·米萨丽娜。当女人初次在别处感受到从丈夫身上无法获得的喜悦时，那种幸福是多么美好啊！精神阳痿。女人该叫它什么呢？婚床。吸液管。处女。性高潮。啊，圣母玛利亚，根据圣灵的旨意，和约瑟只是订婚情人，尚未成婚。啊，我渴望邪灵。圣灵，是美丽的象征啊！①)

夫人这两段联想涉及许多内容。第一段联想由夫人解腰带时把钞票和名片掉在脚下引起。钞票是狗配种得到的，名片是小姐的哥哥的。因此，夫人怕丈夫看见这些东西生气，她等待着丈夫发脾气，等待着丈夫骂自己不贞洁，甚至等待着丈夫的拳打脚踢。在这种心情下，她产生了一连串的联想：由丈夫发呆的脸想到柯其尤的脸，"柯其尤"是法语的译音，意思是淫妇的丈夫；由柯其尤的脸想到意大利男高音歌手斯其帕在歌剧《小丑》中所唱的情歌《巴黎小夜曲》，想到意大利男高音歌手卡鲁索在歌剧《小丑》中担任小丑杀死情人时所说的话"不必当小丑了"；由《小丑》想到喜歌剧《快乐的寡妇》；由《小丑》和《快乐的寡妇》想到故乡教堂的圣歌；由故乡教堂的圣歌想到奥地利作曲家海顿、

---

① ［日］川端康成：《川端康成全集》（日文版），第 3 卷，372、373 页。

德国作曲家巴赫、德国作曲家门德尔松、法国作曲家古诺和德国作曲家贝多芬；由这些作曲家想到自己所喜欢的天主教的音乐，想到唱片盒里收集齐全的天主教徒作曲家的唱片；由音乐和唱片想到《圣经·新约·哥林多前书》里的话。《哥林多前书》是保罗（耶稣的使徒）论述关于基督教徒生活和信仰问题的书信。其中所涉及的问题发生在他所建立的哥林多教会。当时哥林多是希腊的一个大城市，该城号称有繁荣的商业和高度的文明；但风气不良，道德败坏，人们信仰多种宗教。保罗最关心的是教会的分裂和教会内部的不道德问题。此外，他也谈到淫乱、婚姻、良心、教会组织、圣灵恩赐以及复活等问题。这里引用了《哥林多前书》里的三段话。

第一段话是"人无论犯什么罪，都不影响自己的身体；唯有犯淫乱罪的，是害了自己的身体"。这一段出自第 6 章第 18 节。第 6 章谈的是"用你们的身体荣耀上帝"的问题。夫人想到这段话，可以说是对自己品行的反省，对自己思想和行为的警告。

第二段话是"未婚的女子结婚，也没有什么不对。可是，我宁愿你们不必像这样的人，在日常生活上遭受种种的拖累"。这一段出自第 7 章第 28 节。第 7 章这一部分谈的是"独身和寡居的问题"。这段话虽然说到结婚不算犯罪，未婚女子结婚也没有什么不对；但还是指出结婚会引起种种的麻烦，人最好还是不结婚。夫人由此想到自己的婚姻，恐怕也不会感到完全满意吧？恐怕也多少有些后悔吧？

第三段话是"与其欲火中烧，不如有嫁有娶"。这一段出自第 7 章第 9 节。第 7 章这一部分谈的是"婚姻问题"。这段话一面劝导人们尽量过独身生活，一面指出人们如果不能抑制欲念那就结婚，因为结婚总比淫乱好。夫人想到这些话，大约也只好忍耐下去了吧？

在这段联想的最后，夫人又想起了由法国小提琴家蒂博和法国钢琴家科尔托共同演奏的《克莱采奏鸣曲》（这首小提琴和钢琴奏鸣曲是贝多芬的作品，因献给法国音乐家克莱采而得名），又由蒂博和科尔托共同演奏的《克莱采奏鸣曲》联系到俄罗斯作家托尔斯泰的同名小说《克莱采奏鸣曲》。这篇小说写的是男主人公出于嫉妒心理杀死不贞洁的妻子的故事，表现的是性欲问题和婚姻问题，与夫人的处境有相同之处。夫人用这篇小说的感情来解释这首乐曲，大约就是把小说里的故事和自身的生活联系起来吧。

第二段联想是夫人在折叠腰带时，浮现在脑海里的美梦。这个美梦是从想到小姐后天来开始的。由小姐后天来，想到那时会客室的情景，想到两只狗，想到两只狗舔耳朵的样子；又由小姐后天来，想到丈夫在小姐面前显得尴尬的脸色，想到丈夫那副像柯其尤的脸，想到她在小姐耳边低语的样子，想到天芥菜的味道，想到小姐面红耳赤的样子，想到自己出卖了丈夫。再由自己出卖了丈夫，想到《圣经·旧约·创世记》里的一个故事——"犹大。生下犹大的孩子的她玛。犹大的儿子——珥的妻子她玛。珥的弟弟示拉认为她玛是石女，拒绝跟她结婚。她脱下寡妇的衣服，用帕子蒙着脸，坐在通往亭拿的伊拿印城门口。示拉虽已长大成人，却没有娶她为妻。她玛已经怀有身孕，她非常高兴。犹大看见她的时候，她蒙着脸，所以犹大以为她是妓女"。这个故事出自第38章。夫人之所以联想到她玛的故事，显然是用她玛的命运和自己的命运作比较，赞美她玛不顾一切怀孕生子的行为，同时表达自己迫切希望怀孕生子的愿望。不过，若将夫人联想的内容和《圣经》原文加以比较，我们可以看出，二者大体上是一致的，但在细微的地方有出入。例如，关于示拉不娶她玛的原因，《创世记》上说，是"因为（犹大）怕示拉跟他两个哥哥一样死了"，夫人的联想却是"示拉认为她玛是石女，拒绝跟她结婚"。作者为什么要作这样的改动呢？这恐怕与夫人自己的心情有关。上面已经说过，丈夫一直以为夫人不怀孕的原因完全是在夫人方面，以为夫人是石女；可是夫人以为不是自己的问题，而是丈夫的问题。这正像她玛一样，她玛本来不是石女，却被人误认为是石女。

大约正因为如此，所以夫人在联想起她玛的故事以后，接着想起只有男人才有而女人没有的"精神阳痿"，想起有机体的本能使女人变成母亲和妓女，想起从良的妓女玛利亚。据《圣经·新约》记载，耶稣从她身上赶出七个邪灵，使她成了耶稣的忠实信徒。这个从良妓女玛利亚在《圣经·新约》里多次出现。

夫人接着由从良妓女玛利亚想到维列利娅·米萨丽娜，后者是罗马王妃，以行为放荡闻名于世；由行为放荡的罗马王妃想到"当女人初次在别处感受到从丈夫身上无法获得的喜悦时，那种幸福是多么美好啊"；由这种喜悦和幸福想到"啊，圣母玛利亚，根据圣灵的旨意，和约瑟只是订婚情人，尚未成婚"。夫人这个联想出自《圣经·新约·马太福音》第1章第18节。玛利亚只是订婚并未同房就已怀孕，这是夫人非常羡慕的。她没有玛利亚那样幸运，她渴望邪灵；对她来说，圣灵只能是美丽的象征，是可望而不可即的东西。正因为如此，小说最后的一句话是："人？果然是死刑犯吗？"这是无可奈何的疑问和感叹。

第五节 《水晶幻想》——川端康成意识流小说的模仿作(下)

从以上举出的两个例子，我们可以将《水晶幻想》所使用的意识流小说方法的特点归纳为以下三点：第一，夫人的自由联想约占全篇的一半，成为小说内容的重要组成部分，成为表现小说思想的重要手段。因此，我们可以说，这篇小说里的自由联想不仅是一种表现方法，而且成为情节的有机组成部分，成为结构的有机组成部分。第二，夫人的自由联想不能说是完全漫无边际的，因为这些联想或多或少有些联系，而且所有这些联想又大体上围绕全篇的中心问题——生育问题展开。然而，她的自由联想可以说是海阔天空、自由驰骋的，谈天论地，说古道今，从有意识到无意识，从明意识到潜意识，引经据典，旁征博引，并且不加说明，不加解释，令人难以理解。从这个意义上说，这篇小说也许可以说是川端康成全部创作中最难理解的作品之一。第三，在表现女主人公自由联想的部分，作者使用了许多从表面看来完全孤立的单词、短语和句子，这些单词、短语和句子一律用句号隔开，几乎没有通常使用的其他必要的标点符号，如引号和冒号等，所以读者很难厘清上下文的关系，这就进一步增加了理解的难度。

如果我们将上面引用的川端康成《水晶幻想》的意识流小说方法与下面引用的乔伊斯《尤利西斯》的意识流小说方法放在一起加以比

较，便不难发现二者的写法是相近的，前者对后者的模仿是明显的：

　　　　Frauenzimmer（德文。原指上流社会妇女，现常有"邋遢女
　　人"等贬义）：她们小心翼翼地从莱希高台街走下来了，下完台
　　阶又挪着八字脚下坡，一脚脚地陷在带淤泥的沙中。她们和我、
　　和阿尔杰一样，来看我们的强大的母亲来了。第一位沉甸甸地晃
　　着她的收生婆提包，另一位用一把粗大的雨伞捅着沙滩。自由区
　　（都柏林南部一个贫民窟的别名）来的，出来干她们一天的营生
　　来了。弗洛伦丝·麦凯布太太，布莱德街深受悼念的已故派特克·
　　麦凯布的未亡人。正是她那帮子中的一个把我拽出来的，哇哇地
　　叫着开始了生命。从无到有的创造。她的提包里是什么东西？流
　　产儿，拖着脐带，闷在红色的毛绒里头。人的脐带全都是连着上
　　代的，天下众生一条肉缆。正是因此，才有一些神秘教派的僧
　　侣。你愿学神仙吗？那就凝视自己的昂发楼斯吧。喂！我是唁
　　奇。请接伊甸园。甲子零零一号。
　　　　原人亚当的配偶和伴侣：希娃，赤裸裸的夏娃。她没有肚脐
　　眼（希娃是希伯来语，即夏娃；她不应有肚脐眼，因为她并不由
　　娘肚出生）。凝视吧。光洁无瑕的肚皮，胀大了，像一块绷着精
　　制皮面的圆盾。不对，是洁白成堆的粮食（《圣经·旧约·雅歌》
　　第七章中曾赞美女人的腰如"一堆麦子，周围有百合花"），光彩
　　夺目的不朽庄稼，从永恒长到永恒（英国诗人特拉赫恩在其遗著
　　《沉思的篇章》中描绘童年时期心目中的乐园时说："庄稼是光彩

夺目的不朽的小麦，不用收割也不用播种。我认为是从永恒长到永恒的。"）。罪孽孕育处。

在罪孽的黑暗中孕育，我也是。是制成而不是生成的（4世纪基督教宗教会议论证三位一体时，说耶稣与万物不同，"是生成而不是制成的"）。由他们俩，一个是嗓音与眼睛和我相同的男人，另一个是呼吸中带有灰烬气味的女鬼。他们互相拥抱，一合一分，完成了主宰配对者的意愿。这主宰在人世开始之前已经有了要我存在的意愿，现在不会要我不存在，永远不会。他的法则是永恒的。那么，这就是圣父圣子一体性所在的神圣实体了？可怜的好阿里乌，他能到什么地方去验证他的结论呢？不幸的异端创导者，毕其一生都在为这个同体变体宏伟犹太人大新闻问题斗争。背时的异端创始人！他是在一个希腊厕所里断气的：无疾而终。头戴镶珠主教冠冕，手持主教权杖，端坐在宝座上不再动弹，一个失去了主教的主教区的原主教，主教饰带已经僵硬翻起，下身已经凝块（阿里乌宣称耶稣为上帝所创造，就不可能与上帝一体。阿里乌实际上并未担任主教，但其他在三位一体问题上持异说者有任主教的。阿里乌在厕所里突然死亡一事曾被渲染为上帝对他的惩罚）。

风在他四周欢跳，凉丝丝、活泼泼地扑在身上。来了，海浪。大群大群抖着白色鬃毛的海马，嚼着亮晶晶的风驭马勒，曼纳南（爱尔兰神话中的海神，和希腊神话中的普勒透斯一样善变）的战马群。①

作为一篇意识流小说模仿作品，《水晶幻想》无论是在川端康成个人创作史上还是在日本现代文学发展史上，都具有一定的价值和意义。从川端康成个人创作历史来说，《水晶幻想》虽然不能算是很成功的作品，却足以代表他在这个时期的创作倾向，成为他由新感觉主义转向意识流小说的重要标志。从日本现代文学发展历史来说，《水晶幻想》常常被文学批评家和文学史家列为新心理主义这个寿命不算很长的文学流派的代表作品之一。如伊藤整认为，实际上《机械》《神圣家族》《水晶幻想》乃是这种倾向（指新心理主义）的结果②；山室静③也认为，伊藤整所指出的上述三部作品是新心理主义文学出色的收获④；平山城儿则在仔细研究日本接受乔伊斯、弗洛伊德和普鲁斯特的影响之后指出，与伊藤整、永松定⑤、野久宪⑥和旗窗一郎等人的作品比较起来，《水晶幻想》最为出色，它比这个时期的任何作品在吸收乔伊斯的方法方面都

---

① ［爱尔兰］乔伊斯：《尤利西斯》，金隄译，60～62页，北京，人民文学出版社，1994。

② ［日］伊藤整：《昭和文学12讲·第5讲 新兴艺术派与新心理主义文学》（日文版），东京，改造社，1950。

③ 山室静（1906—2000）：日本现代评论家，著有《山室静著作集》（6卷，冬树社）。主要著作有评论集《现在文学的立场》等。

④ ［日］山室静：《昭和文学史（上卷）·第4章 现代主义潮流》（日文版），东京，角川文库，1956。

⑤ 永松定（1904—1985）：日本现代小说家、英语文学研究家，著有《永松定作品集》（五月书房）。

⑥ 野久宪（1909—1937）：日本现代翻译家、评论家。

更加成功①；羽鸟一英也对《水晶幻想》的地位加以肯定，认为在《针、玻璃与雾》里，川端康成对弗洛伊德的压抑和反抗等心理概念掌握得不够灵活，而在其后的《水晶幻想》里，他已经相当充分地掌握了意识流小说方法②；中村真一郎③同样表示赞赏，他也认为川端康成的这篇小说在把乔伊斯和伍尔芙的新方法移植到日本文学领域中取得了成功④。

尽管如此，《水晶幻想》也只能算作模仿性和尝试性的作品，不能算作很成熟的作品，只能代表川端康成一个时期的创作倾向（而这个时期在川端康成的全部创作生涯中又是一个不很长的、过渡性的时期）。事实上，川端康成并没有在这个领域逗留多久，便踏上新的道路了。关于这一点，吉村贞司⑤有恰当的评论。他在《川端康成·美与传统》中写道：自由联想在我国文学史上登场，是由于模仿詹姆斯·乔伊斯的意识流方法。川端康成也留下了《水晶幻想》之类的实验小说。其中有近乎超现实主义无意识行为的联想的泛滥……然而，川端康成随即离开了

---

① ［日］平山城儿：《〈水晶幻想〉前后——关于昭和初年日本接受乔伊斯、弗洛伊德和普鲁斯特影响的一考察》，载《英美文学》，1971（31）。

② ［日］羽鸟一英：《30年代的川端康成——从〈浅草红团〉到〈雪国〉》（日文版），载《国语与国文学》，1967（8，9）。

③ 中村真一郎（1918—1997）：日本现代小说家，著有《中村真一郎长篇全集》（3卷，河出书房新社）、《中村真一郎短篇全集》（1卷，河出书房新社）、《中村真一郎评论全集》（1卷，河出书房新社）。主要作品有长篇小说《在死亡的阴影下》《空中庭园》等。

④ ［日］中村真一郎：《川端文学与西欧》（日文版），载《川端康成全集·月报9》，1961（8）。

⑤ 吉村贞司（1908—1986）：日本现代评论家，主要著作有作家论《三岛由纪夫》《川端康成·美与传统》，美术论《日本美术的构造》等。

意识流。不难想象极力夸张联想、想象力的倾向，对于像他那样的作家来说多么具有诱惑力。可是，由于委身于无意识行为，又能得到什么呢……自由联想语言泛滥，令人感到的是生命的虚幻和实在的欠缺。即使以其作为现代化式的虚无，也没有追求虚幻的形而上学的意识。川端迅速离开意识流，大约是因为看清了他所探求的东西不在其中吧。[①] 这是概括的评价。然后又进一步指出，科学性的报应是人性的欠缺。因为科学本身是非人性的，所以越是科学性的，人性便不得不变得稀薄起来[②]；这篇小说里所描述的正是如此——父亲和母亲怎么都只不过是非人性的观念吗？无论怎样巧妙地、细致地把科学和人类镶嵌起来，也不可能征服人性的未知领域。[③] 由此可见，吉村贞司一方面以为《水晶幻想》不过是川端康成"一时的实验"[④]，另一方面又认定这篇小说表明川端康成所追求的是日本的传统美。

---

① ［日］林武志：《川端康成作品研究史》（日文版），111 页。
② 同上。
③ 同上。
④ 同上。

第八章

走自己道路时期（上）

在 20 世纪 30 年代初期，川端康成曾经对自己的
生活和创作进行了一番整顿。经过这番整顿之后，他
的创作从模仿意识流小说时期进入一个崭新的时期
——走自己道路时期。

第一节　整顿：从生活到艺术

为了分析川端康成进行整顿的原因和实质，我们
有必要简要地回顾一下当时日本的社会状况和文坛状
况。1931 年是日本社会状态不稳定的一年。这里所
说的不稳定，包括很多内容。例如，这一年的 9 月 18
日，日本法西斯势力制造了侵略中国的"九一八"事

变；同年，日本国内社会形势也越来越紧张，无产阶级和资产阶级的阶
级矛盾更加尖锐，法西斯势力气焰日益嚣张，反法西斯势力受到严重压
迫等。这一年也正是川端康成进行整顿和过渡的开端。其实，这时不仅
川端康成本人在进行整顿，日本文坛也在进行整顿，至少川端康成是这
样看的。他在1931年12月发表题为《一个整顿时期》一文，其中分别
论述了当时日本文艺界左右两翼的状况。对于无产阶级派①，他指出：
在无产阶级派中，文艺战线派②的分裂成了问题，战旗派③的"墙头小
说"④尝试归于失败，几乎没有出现新的作家，许多作家蒙受当局压
迫，只有小林多喜二⑤氏、德永直⑥氏等人的奋斗成绩显著。也可以说

---

①　无产阶级派：指无产阶级文学派。日本现代文学流派之一。一般认为，开始于
1921年10月创刊的《播种人》，终结于1937年"七七事变"前后。在十余年的发展过
程中，先后经历了创立、发展、分化、挫折等阶段，涌现出叶山嘉树的《生活在海上的
人们》、小林多喜二的《1928年3月15日》《蟹工船》和《为党生活的人》、德永直的
《没有太阳的街》、中野重治的《初春的风》、宫本百合子的小说等一系列优秀的作家
作品。

②　文艺战线派：指以《文艺战线》杂志为主要阵地的一派作家和理论家。日本无
产阶级文学运动分裂以后，文艺战线派与战旗派形成尖锐对立局面。

③　战旗派：指以《战旗》为主要阵地的一派作家和理论家。《战旗》是文艺杂志、
政治启蒙杂志，创刊于1928年5月，停刊于1931年12月，共出41期。该刊是日本无
产阶级文学运动中全日本无产者艺术联盟（简称"纳普"）系统的机关刊物，与劳农艺术
家联盟系统的机关刊物《文艺战线》形成对立。战旗派的主要作家有小林多喜二、德永
直等，主要理论家有藏原惟人、中野重治等。

④　墙头小说：指《战旗》倡导的一种贴在墙头的小小说。

⑤　小林多喜二（1903—1933）：日本现代小说家，著有《小林多喜二全集》（15
卷，新日本出版社）。主要作品有中篇小说《1928年3月15日》《蟹工船》《为党生活的
人》等。

⑥　德永直（1899—1958）：日本现代小说家。主要作品有中篇小说《没有太阳的
街》，短篇小说《最初的记忆》，长篇小说《妻啊，安息吧》《静静的群山》等。

没有与艺术派①进行表面上的斗争，而是一面研究自己的方针路线，一面在进行新飞跃的准备。但是，由于近来世态极不稳定，1932 年的活动将会受到外力更多的限制，面临更大的困难吧。② 对于艺术派，他指出：所谓现代主义文学的带有爵士音乐华丽味道但较为浮华的节日气氛，使作家和读者都感到空虚。新兴艺术派的年轻作家们难以从各自的朴实个性出发，而且新的翅膀尚不得力。另外，随着稍新的古典式倾向和对普鲁斯特、乔伊斯以及其他外国作家的研究，由伊藤整氏等人所提倡的新心理倾向，则有理论先行作品没有随后产生之憾。在 1932 年，这些新作家群的作品大约将给文坛带来新风吧。③ 总之，他认为 1931 年的创作界，"艺术派和无产阶级左右两翼都没有出现特别明显的新倾向，在一个整顿时期踏步"。④ 大约由于看到文坛"在一个整顿时期踏步"吧，所以他自己也着手进行整顿了。他的整顿分为两个方面，一个是生活方面，另一个是创作方面。

川端康成在生活方面进行整顿的表现之一，是 1931 年 12 月与夫人秀子共同办理结婚申请手续。据说他们两人早在五年前就已经开始共同生活（川端香南里在《定本图谱 川端康成》一书的"1926 年"项内记载："这一年与秀子夫人的结婚生活开始。"⑤ 当时川端康成 27 岁，秀子 19 岁）。这一方面可能与初恋而失败的女子——伊藤初代于当年秋天

---

① 艺术派：指新兴艺术派。

② ［日］川端康成：《川端康成全集》（日文版），第 30 卷，558 页。

③ 同上书，557 页。

④ 同上。

⑤ ［日］进藤纯孝：《川端康成传记》（日文版），211 页。

再访川端康成而引起秀子不满有关。伊藤初代和川端康成分手后，先与一家咖啡馆经理中林结婚，但中林不久因患肺病死去；后又与从美国归来的樱井结婚，并生下七个孩子，但樱井在事业上屡遭失败，长期处于失业状态。在这种情况下，伊藤初代再访川端康成寻求帮助，也是可以理解的。据川岛至推算，伊藤初代这次访问，当在 1931 年间。关于这次访问，川端康成在《文学自传》里写道：

> 我是个可怜的人，对任何人都不会怀有憎恶和敌意。也许有人认为我今日同昨日的敌人同舟共济，但我本来就没有什么敌人。纵令我向一个女子吐露恋情而遭到拒绝，次日仍然若无其事地同她交游。那个以前拒绝我的爱情离我而去的女子，10 年之后一来访，我就兴冲冲地去见她。妻子一面哭泣一面生气地埋怨我太没有志气。这时我才觉得，妻子说得也对，但也仅仅如此。听了这个女子向我诉说她如今身心衰败丧失体面的遭遇之后，便觉得自己仿佛被她视为成功者的作家外表不过虚饰而已。①

另一方面则是川端康成对于自己以前生活加以思考和清理的结果：

> 不仅是我，许多日本作家的生活都高尚清白，规规矩矩，岂止没有染上颓废和恶习，连我这样游荡的力量也不具备；甚至不能使一个妻子获得幸福或者不幸，只能让她徒然成为一个空虚、绝望的

---

① ［日］川端康成：《川端康成全集》（日文版），第 33 卷，94、95 页。

女人，失去生活的能力。①

这是他在《文学自传》里对夫妻关系所发的感慨。大约正是由于这些原因，川端康成才下决心要用"结婚申请书"的形式，把与夫人的关系确定下来吧。

川端康成在创作方面所进行的整顿则更加值得注意。关于自己以前的创作，他在一篇文章里写道：

> 有人将我的作品分类，称为伊豆作品、浅草作品等。我在伊豆的汤岛温泉，大约总共住过三年。尽管如此，我的伊豆作品，不过是一个旅行者的印象记；浅草作品，也仅止于观光客的杂记而已。②

这段话表明，他认为这些作品的思想内容不够深刻，其原因是自己没有深入生活。他还承认自己的作品往往是"有头无尾"的，而这"不仅是由于我喜欢追随联想的流动所致，而且因为懒惰，其原因自不待言，我动手写第一行，乃是被逼得走投无路的结果。也就是说，我灰心失望，只好放弃写好作品的打算"。③ 从这段话也可以看出，他对自己过去的创作是不满意的，是希望今后写出"好作品"的；而所谓"好作品"，

---

① ［日］川端康成：《川端康成全集》（日文版），第33卷，90页。
② 同上。
③ 同上书，91页。

就是"具有强烈的本来面目"① 的作品。他感到"在一个整顿时期踏步"，同时也是充实自己的最好时机。虽然他为寻求"具有强烈的本来面目"的文笔而迷惘彷徨，但不是焦躁地追随时代潮流，而是耐心地探索适合自己的道路。另外，还有一些文章也表明川端康成当时正在反复考虑各种百思不得其解的难题。其中一篇写道：

> 我一面观看舞蹈，一面怀疑舞蹈家们到底在想些什么，同时联想到现今的文坛也在想些什么，经常感到心情郁闷。这样一来，以前觉得毫无兴趣的舞蹈，现在反而如同某种幸福的象征一般，映入我的眼帘。作家们不是没想，而是想不清，想腻了，想累了，结果好像什么也没想的样子。但是，现在的舞蹈和文学，对于一般社会几乎是无力的表现方式，这一点总之是共同的吧。②

不过，川端康成一面思考问题，一面也在试着写作，应运而生的除一系列手掌小说外，还有《致父母的信》和《抒情歌》两篇短篇小说特别应当提及。

《致父母的信》于 1932 年 1 月至 1934 年 1 月发表在几个不同的刊物上。全文由五封信组成，每封信都是这样结尾的："连唯一的儿子也想不起你们来了。死去的父母啊，安息吧！"③ 这是儿子写给早已死去

---

① ［日］川端康成：《川端康成全集》（日文版），第 5 卷，284 页。
② ［日］川端康成：《川端康成全集》（日文版），第 31 卷，79 页。
③ ［日］川端康成：《川端康成全集》（日文版），第 5 卷，190、201、210、217、231 页。

的父母的信，在很大程度上可以理解为川端康成写给自己早已死去多年的父母的信。川端康成似乎没有感到死亡的恐怖，反而相信自己能与灵界交通，甚至认为有好多亡灵一直在帮助自己。对于川端康成的这种想法，今东光解释说：他的祖父母、父母、姐姐至少把心留在世上守护着他。这五位亲人在保护和帮助川端康成。①

发表在 1932 年 2 月号的《中央公论》上的《抒情歌》，曾被川端康成列为自己最喜爱的作品之一。"跟死者谈话，这是人们多么可悲的习惯哪！"② ——作品开头写道。关于这篇作品，山本健吉③有一段恰当的评语：灵魂的透明世界，无偿美的抒情诗世界，成为川端康成氏的作品一以贯之的主题；而《抒情歌》则是最纯粹的表现，至少是在想要纯粹表现的意图之下写成的。④

以上两篇作品是川端康成对神秘主义表示关心，对灵界通信怀有兴趣的表现；而之所以有这种表现，又是由于"仔细听了"日本稀有的神智学者——今武平（今东光之父）的话，觉得"有根据"。关于这点，今东光说明如下：总部设于印度孟加拉邦阿德依亚的神智学协会，由名叫克里什那·姆鲁特的稀有神人主持，因为伯纳·肖的友人、爱尔兰独立运动的战士安尼·贝山特夫人参加，得以在世界各地设立支部。英国诗人叶芝、比利时的马帝尔林等人也是会员。父亲在自己家里设立了日

---

① ［日］进藤纯孝：《川端康成传记》（日文版），317 页。

② ［日］川端康成：《川端康成全集》（日文版），第 3 卷，473 页。

③ 山本健吉（1907—1988）：日本现代评论家。主要著作有评论《古典与现代文学》《芭蕉——其鉴赏与批评——》《柿本人麻吕》等。

④ 《现代文豪名作全集》第 24 卷《川端康成集·解说》（日文版），河出书房，1954。

本唯一的修养小屋，并与外务省顾问德库顿·别帝依等人往来。川端特别感兴趣的，不是其独特的神秘性吗?① 或许出于这种兴趣，川端康成才在《致父母的信》里采取对死去的父母谈话的形式，在《抒情歌》里采取对死去的男人谈话的形式。正如办理结婚申请手续并非什么决心而是一个"整顿"那样，《致父母的信》和《抒情歌》也是"整顿"的产物，这表明他确确实实是"想不清，想腻了，想累了"。

1933 年曾被某些文学史家和评论家称为日本的所谓"文艺复兴"时期。川端康成也在当年 10 月所发表的《文学界》② 创刊号"编后记"里写道：本刊发刊计划进展顺利，同人立即同心协力聚集起来，经营者田中直树氏也表示全力以赴。时值文艺复兴萌芽，文学杂志丛生之际，本刊越发成为注视之目标。我们欢迎这个时代潮流，本刊将要使之正确发展，同时又要保卫我们与时代潮流有别的立场。③ 其中所说的"文艺复兴萌芽"，看来是与"文学杂志丛生"有直接联系的；而所说的"文学杂志丛生"，除了《文学界》外，似乎还包括《行动》④《文艺》⑤ 等

---

① ［日］进藤纯孝：《川端康成传记》（日文版），316 页。

② 《文学界》：文艺杂志。1933 年 10 月创刊。当时恰逢所谓文艺复兴，武田麟太郎和林房雄邀请小林彦雄、川端康成、深田久弥、广津和郎、宇野浩二等七人为编辑同人，由文化公论社发行。执笔者包括艺术派、转向派和无产阶级派，力图对抗法西斯主义，保卫文学艺术。

③ ［日］川端康成：《川端康成全集》（日文版），第 32 卷，425 页。

④ 《行动》：文艺杂志，1933 年 10 月创刊，1935 年 9 月停刊，共出版 24 期。该刊是在所谓文艺复兴的口号下与《文学界》同时创办的，由纪伊国书出版部发行，倡导行动主义文学，被视为行动主义文学运动的代表刊物。

⑤ 《文艺》：文艺杂志，1933 年 11 月创刊，1954 年 7 月停刊，共出版 129 期，由改造社发行。在所谓文艺复兴的呼声中诞生，比《文学界》和《行动》迟一个月。该刊着重介绍外国文学。

杂志的创刊吧。不过，正如有的评论家所指出的那样，在无产阶级文学运动遭到严厉镇压，其他进步文学也受到严格限制之际，由出版业资本家所创造的"文艺复兴"只是一种假繁荣，不会有什么真作为。川端康成对于这点并非没有认识，所以他在 1933 年 11 月号的《文学界》上又写了如下一段话（题为《代同人杂志评》）：关于《文学界》的使命和意义，我在创刊前多少有些怀疑。年龄、文学观点都不同的七八个作家凑在一起，不管今日文学界情况如何，即使创办文学杂志，也不容易直接形成文学运动。何况该杂志要能够具有一种权威，还需要走很长的道路。①

川端康成之所以写《文学界》创刊号"编后记"，大概不外乎是考虑到"在争论文艺是否复兴之前，作家首先应当扪心自问是否委靡衰退，以至需要复兴自己的文学精神"②，而且认为"不实现自己文学精神复兴的人，无论相信不相信文艺复兴，都不能推进或阻止文学的步伐"。③ 可见川端康成热心关注自己的"文艺复兴"，希望通过实现自己的"文艺复兴"去推动日本文坛的"文艺复兴"。

第二节 《禽兽》——川端康成创作的新尝试

短篇小说《禽兽》（《改造》1933 年 7 月号）应当说是川端康成

---

① ［日］川端康成：《川端康成全集》（日文版），第 32 卷，563、564 页。
② ［日］川端康成：《川端康成全集》（日文版），第 31 卷，154、155 页。
③ 同上书，157 页。

1933 年在创作方面最引人注目的成果。日本评论界似乎很重视这篇小说。如横光利一以为它是 1933 年日本文学创作的最高峰之一[①]；古谷纲武[②]认为它不仅是川端康成的代表作，而且是日本文学的杰作之一[③]。这当然是仁者见仁、智者见智的批评。但不管怎样，由于这篇小说，川端康成自己的文艺复兴了，他的整顿和过渡也告一段落了。

这篇小说的写作，无疑是基于川端康成当时大量饲养鸟和狗的实际生活体验。据说川端康成从 1929 年迁居上野樱木町以后就开始大量养鸟养狗，到 1933 年逐渐达到极盛阶段。为什么热衷于养鸟养狗呢？他认为，自己出生在一个没落家族，是这个即将灭亡的血统所开放的最后的花朵，犹如苍白的月光，因此不想留下子孙，与其养子，不如养狗。正是这种没落情绪驱使他养起宠物来。关于养狗的记载，最早出现在从大森到上野的迁居日记里，其中写有用卡车运载狗的情况。这似乎是他养狗的开始，更准确地说是他家养狗的开始。因为不仅是他一个人养狗，他的妻子、妻子的妹妹和女用人也一起养狗。他所养的第一条狗是一个杂种，名叫黑牡丹。到 1932 年写《我犬记》时，他家已经有六条狗，并且预计如果春天产仔顺利的话，将会增加到十五六条。他讨厌一般人过年时讲究的烦琐礼节。于是，过年时便换上新的床单和枕巾，在枕边摆上鸟笼，让小型的狗爬到床上，让小鸟仰卧在被褥上，就这样稀里糊涂地度过这几天。据说那时川端康成家里有好多条大大小小的狗在

---

① ［日］林武志：《川端康成作品研究史》（日文版），139 页。

② 古谷纲武（1908—1984）：日本现代评论家。主要著作有《横光利一》《川端康成》《川端康成评传》《人生随笔》等。

③ ［日］林武志：《川端康成作品研究史》（日文版），143、144 页。

客厅里东奔西跑。早晨起来，他经常带着几条狗，或者说被几条狗带着，到上野公园去散步。另外，他家的二楼总是并排摆着好多鸟笼子。"爱犬也是书斋的一部分"——这是时人对川端康成养狗生活的概括。所以，有的日本学者认为，这篇作品是一个饲养鸟和狗的人的心理记录，是通过小动物表现主题的心境小说①。从这一点来说，它与志贺直哉、泷井孝作②、尾崎一雄③、上林晓④等人所写的心境小说⑤相似。不过，它所表现的心境比较抽象，缺乏具体的、翔实的生活记录，所以又与上述心境小说有着根本差异。山本健吉对这个问题的阐释是正确的。他在《近代文学鉴赏讲座·13——川端康成》的"作品鉴赏"里写道：这篇小说是依据川端氏的经验创作的，但不是经验本身；况且作品中的"我"，不是作者本人；也就是说它虽说是"一种心境小说"，但它的所谓心境过于抽象化，它的所谓生活记录没有实体，所以与其他心境小说性质不同。⑥ 因此，我们必须看到，《禽兽》的主人公并不等于川端康

----

① 心境小说：侧重描写作者心境的小说。有人认为心境小说就是私小说；有人认为心境小说是私小说的一部分；也有人认为破灭型的是私小说，调和型的是心境小说。一般认为，志贺直哉、泷井孝作、尾崎一雄、上林晓等是心境小说的代表作家。

② 泷井孝作（1894—1984）：日本现代小说家、诗人。主要作品有短篇小说《父亲》，长篇小说《无限拥抱》，随笔集《野草之花》等。

③ 尾崎一雄（1899—1983）：日本现代小说家，著有《尾崎一雄作品集》（10 卷，池田书店）。主要作品有短篇小说《二月的蜜蜂》《瘦了的新娘》《虫子二三事》，回忆录《彼日此日》等。

④ 上林晓（1902—1980）：日本现代小说家，著有《上林晓全集》（15 卷，筑摩书房）。主要作品有短篇小说《父母记》《在圣约翰医院》《吟咏诗人》等。

⑤ 心境小说：侧重描写作者心境的小说。有人认为心境小说就是私小说；有人认为心境小说是私小说的一部分；也有人认为破灭型的是私小说，调和型的是心境小说。一般认为，志贺直哉、泷井孝作、尾崎一雄、上林晓等是心境小说的代表作家。

⑥ ［日］林武志：《川端康成作品研究史》（日文版），149 页。

成本人。恐怕正是由于当时许多批评文章在二者之间画了等号，所以才引起川端康成的不快吧。例如，他在岩波文库《禽兽》的"后记"里写道：

　　《禽兽》似乎被视为我的代表作之一。批评家在批评我时，必然会提到它，并且把它作为关键。对于这一点，我不能接受。《禽兽》中的"他"不是我。《禽兽》莫如说是从我的反感出发的作品。这种反感也不是我的自我反感。①

他又在《文学自传》里写道："《尸体介绍人》和《禽兽》尽量写些让人讨厌的东西，是掺杂点儿坏心眼的作品。仍然被评为美，实在可叹。"②这些话不容忽视。它们既是对批评界不正之风的批评，也是引导读者正确理解这篇小说的钥匙。在《禽兽》里，以下一段话经常为评论者所引用：

　　他把动物的生命或生态当作玩物，以一种理想的模式为目标，人为地、畸形地培育起来。这是一种可怜的纯洁，令人感到神仙一般快活。他把那些拼命追求良种、虐待动物的所谓爱护者们视为这个天地或人间的悲剧象征，一面投以冷笑，一面宽恕他们。③

---

① ［日］川端康成：《川端康成全集》（日文版），第 33 卷，640 页。
② 同上书，87 页。
③ ［日］川端康成：《川端康成全集》（日文版），第 5 卷，164 页。

这个主人公"他"的态度，大概"让人讨厌"吧。

不过，《禽兽》更加值得我们重视的还是在创作方法方面的变化。这篇小说的故事情节很简单，写的是主人公"他"前往剧场观赏千花子舞蹈表演的过程。川端康成没有花费多少笔墨叙述这个过程本身，而是主要描写"他"在前往剧场的路上和见到千花子以后的心理活动和意识活动，即用意识流小说的自由联想方法，处处将"他"对禽兽的态度和对女舞蹈家千花子的态度加以联系和对比；而这些心理活动和意识活动都打破了时间、空间的界限，使故事情节在自由联想之中层层展开，使思想内容在自由联想之中层层深化。这表明，"他"对禽兽的态度和对千花子的态度是属于同样性质的。在"他"的心目中，二者都是人工培育的美，都是供自己取乐的玩物，都是满足自己占有欲的对象。例如，坐在前往观赏千花子舞蹈表演的汽车里，"他"刚从回忆千花子的"白日梦"里醒来，又猛然想起菊戴莺的尸骸，便立即吩咐身边的女佣把它扔掉；当"他"看到家里的波士顿猎狗初次生产不知所措时，便想起千花子当年卖身给"他"时脸上的表情也像这条狗的样子；当"他"目睹这条狗生下的崽子全部死掉而它却高高兴兴地四处乱窜时，忽然又想起千花子从未把心思放在孩子身上的情景；等等。这里我们以小说最后一部分为例予以说明。在这部分里，"他"由自己和伯劳鸟的关系联想到自己和女人的关系，由自己和女人的关系联想到自己和千花子的关系，由自己看千花子的化妆联想到自己和千花子的殉情，由千花子正在化妆的脸联想到少女尸体化妆之后的脸。这一系列联想互相联系在一起，构成一个相对独立的整体。请看小说的具体描写：

"唧唧，唧唧。"他呼唤旁边的伯劳鸟。

"唧唧唧唧唧唧唧唧。"伯劳鸟高声回答，好像要吹散周围的一切似的。

伯劳鸟和猫头鹰虽然同属猛禽，但这只伯劳鸟对喂食者却很亲热，犹如撒娇的小姑娘一样依恋他。每逢他外出归来，一听见他的脚步声或者咳嗽声，就鸣叫不止。它一出鸟笼，便飞到他的肩膀上或者膝盖上，喜滋滋地抖动翅膀。

他把伯劳鸟放在枕头旁边，用以代替闹钟。早晨天一亮，不管是他翻翻身、动动手，还是整理一下枕头，它都会发出"喊喊喊喊"的撒娇声，就连他咽唾沫的声音，它也"唧唧唧唧唧唧"地回应。不久，它便发出凶猛的叫声把他唤醒。这声音如同划破晨空的闪电一般，令他为之一爽。它和他呼应多次，当他完全清醒后，它便轻声鸣啭起来，模仿各种各样鸟叫的声音。

首先是伯劳鸟的鸣啭，随后是各种各样鸟的啼鸣，会使他预感到"今天也是顺利的日子"。他穿着睡衣用手指蘸上碎食去喂伯劳鸟，空腹的伯劳鸟用力咬住他的手指。即便如此，他也认为这是爱情的表示而予以接受。

即使在外只住一夜的旅行，他也会梦见动物并在半夜里惊醒过来。因此，他几乎不在外面住宿。这似乎是一种怪癖，有时他独自访朋友或者买东西，走到半路觉得无聊，就返回来。没有女伴时，只好带上小女佣出去。

去看千花子的舞蹈时，既然让小女佣拿着花篮，也就不能说一句"算了，回去吧"而返回。

当晚的舞蹈会由某报社主办，有十四五名女舞蹈家参加，仿佛具有一些竞赛的性质。他已经有两年没看千花子在舞台上表演了，他不愿意看她那堕落的舞姿。残存的野性力量已经变成了庸俗的媚态。舞蹈的基本形态和她的肉体力量已经完全崩溃了。

虽然司机那么说了，他仍然以碰上送殡行列和家里有菊戴莺的尸体不吉利为理由，叫小女佣把花篮送到后台去。据说千花子表示一定要见见他，但他看过刚才的舞蹈，觉得不好跟她细谈，于是便趁休息时间向后台溜去。刚走到入口处，他便呆住了，赶紧藏在门后头。

当时，千花子正让一个年轻的男人给化妆。

她安静地闭上眼睛，伸长脖子，微微抬起，做出一种任凭对方摆布的样子。那张洁白的脸一动不动，嘴唇、眉毛和眼皮尚未描画，看来好像没有生命的玩偶，好像死人的脸一般。

大约 10 年前，他曾经打算和千花子双双殉情。那时，他整天念叨"想死，想死"，可是没有非死不可的理由。那种想法不过是在独身不娶而与动物共同生活中产生的漂浮的泡沫之花。对于千花子来说，这个世界的希望仿佛是谁从别处给拿来的。她模模糊糊地任人摆布，甚至很难说她还活着。他感到这样的千花子或许可以作为寻死的伙伴吧。千花子果然露出不知自己所作所为意义的表情，天真地点点头，仅仅提出了一个要求：

"听说衣服下摆会吧嗒吧嗒地响，把我的腿绑结实点儿吧。"

他用细绳给她绑腿时，才突然发现她的腿竟然这么美。他想：

"大概人们会议论：这家伙也配跟这么漂亮的女人一块儿死！"

她背朝他躺下，天真地闭上眼睛，稍微伸长脖子，然后双手合十。一种虚无的感激之情，闪电般地打动了他。

"唉，不该死啊！"

他当然既不想杀人，也不想死去。千花子是真想殉情呢，还是开玩笑呢？他不知道。从她的面部表情来看，似乎两方面都不是。那件事发生在盛夏的一个下午。

可是，不知为什么，他感到十分震惊。从此以后，他连做梦也没想过自杀，也不再提"自杀"这个词了。他在内心深处产生一个念头：无论发生怎样的情况，我都要感激这个女人。

正在让年轻男人化妆的千花子，使他想起了她昔日双手合十的样子。他刚才一坐上汽车就做起的白日梦，便是这个内容。即使是在夜里想起千花子，他也会产生一种错觉，仿佛被盛夏白昼的光辉所笼罩，令人目眩。

"既然如此，那一刹那自己为什么又要躲到门后边呢？"他一面自言自语，一面沿着走廊往回走。这时，一个男人亲切地向他问好。他一时没有想起对方是谁，可是对方却十分兴奋地说道：

"还是那么好！好多人一块跳，就显出了千花子跳得最好啊！"

"啊！"他想起来了，此人是千花子的丈夫，是她的伴奏。

"最近好吗？"

"啊，早想到府上拜访。去年年底我们就离婚了。不过，还是千花子的舞蹈出类拔萃，真出色呀！"

他觉得自己也应当说点儿好听的，可是不知为什么却感到心里慌乱、郁闷。于是，脑海里浮现出一句话。

他怀里正好揣着一个 16 岁死去的少女的遗稿集。阅读少男少女的文章，是他近来最大的乐趣。16 岁少女的母亲好像给女儿的脸化过妆，所以女儿去世当天日记的结束语是：

"有生以来第一次化妆的脸，好像新娘子。"①

尽管这些心理活动和意识活动都打破了时间、空间的界限，使故事情节在自由联想之中层层展开，使思想内容在自由联想之中层层深化，然而与《水晶幻想》比较起来，就可以看出川端康成在意识流方法的运用方面出现了新的变化，取得了新的进展。这种新变化和新进展主要表现在自由联想的分量有所减少，引经据典、旁征博引、海阔天空的内容有所减少，令人杂乱无章的感觉有所减少，而波澜起伏的效果却有所增强。一言以蔽之，这表明川端康成从此开始摆脱单纯模仿意识流小说的状态，从此开始步入创造性地运用意识流方法的阶段，他的文学创作确实逐渐复兴，他的整顿和过渡确实告一段落了。

第三节　继承日本文学传统创作方法

为了进一步探究川端康成在新时期的创作方法问题，我们在这里有必要集中讨论一下他在创作方法上究竟与日本民族文学传统有什么联系。换言之，他从日本民族文学传统中主要继承了哪些创作方法？

---

① ［日］川端康成：《川端康成全集》（日文版），第 5 卷，177～181 页。

如上所述，在日本众多古典文学作品中，他最推崇的是紫式部的《源氏物语》，认为直到现在，也没有人能够写出可以和《源氏物语》媲美的小说，认为《源氏物语》可以说是日本自古至今最优秀的小说，即使现在也没有一部小说能够跟它媲美。在 10 世纪就能写出这样一部近代化的长篇小说，这实在是国际公认的世界奇迹。既然如此，为了方便起见，我们下面在论述日本文学传统创作方法的演进时，不妨重点研究一下《源氏物语》的创作方法，研究一下《源氏物语》的创作方法与川端康成小说创作方法的关系。

《源氏物语》所采用的创作方法是什么呢？笔者以为，就总体而言，可以说是古典现实主义和古典浪漫主义的结合。尽管古典现实主义和古典浪漫主义是两种不同的创作方法，可是二者的区别应当说是相对的而不是绝对的，其间没有不可逾越的鸿沟。事实上，在古今中外的许多文学作品中，现实主义和浪漫主义往往是互相结合在一起的，只是在不同作品中二者的分量有所不同，结合的程度有所不同而已。这是因为作家创作一部文学作品时，常常既要反映现实，又要抒发理想，并使二者结合起来。《源氏物语》也不例外。

据日本学者久松潜一和我国学者叶渭渠等人研究，日本的古典现实主义文学传统由来已久。这种传统是以表现"真"和"真实"为核心的。最初的"真"和"真实"思想，可以在日本古代人土生土长的原始信仰中找到，即在古代绳文时代土著宗教思想基础上逐渐形成的原始神道思想中找到，这种本土思想在 6 世纪以后又和从中国传入的佛教思想渐渐融合起来，构成一种朴素的"现世"观念。它们不是将"彼世"作为理想世界，而是将"现世"作为理想世界。而这种"现世"观念就是和"真实"观念联系在一起的。作为文学思想的最初的"真实"观念，则可以在《古事记》①《日本书纪》② 和《万叶集》③ 等日本古代文化文学典籍中找到。以第一部古代文献《古事记》为例。据说天武天皇之所以下令编写《古事记》，就是由于当时存在的史料有许多违背事实、虚伪不真之处，因此他在《诏书》里明确要求这次编写必须贯彻"削伪定实"的精神，即删除虚假材料，记录真实事件；因为这是国家之根本，天子之基业。《古事记》是以汉字表意和标音的方法写成的，由稗田阿礼口授，安万侣编纂，内容包括"帝纪"和"本辞"两部分。前者记载历代天皇的概况，如御名、皇居、业绩、后妃、子女等；后者则是神话、传说、故事和歌谣的汇编，具有较高的文学价值。全书分为上、中、下三卷。上卷是神代故事，以神灵活动为线索，利用神话（包括高天原神话、出云神话和筑紫神话等）描写天地创造和国土产生的过程；中卷是历史传说，记述 15 代天皇（从神武到应神）的事迹及其更迭变迁；下卷也是历史传说，记述 18 代天皇（从仁德到推古）的事迹及其更迭变迁。全书大致按时间顺序叙述了日本的古代历史概况，除了若干虚构成分外，基本上是符合史实的。可见《古事记》所遵循的"真实"，

---

① 《古事记》：日本最早出现的历史著作和文学作品，成书于 712 年。该书分为 3 卷，有序文一篇。

② 《日本书纪》：又称《日本纪》，为编年体历史书，成书于 720 年。该书分为 30 卷，与《古事记》并称为"记纪"。

③ 《万叶集》：日本第一部和歌集，781—783 年左右编成。全书 20 卷，收入 4500 余首和歌，分为杂歌、闻问、挽歌三大类别。杂歌指四季风物感怀和旅行感怀之歌，闻问和挽歌以外的歌；闻问指互相问答之歌，主要是恋歌；挽歌指哀悼人死之歌。该书风格质朴、自然。

主要是指事实的"真实"。再以第一部和歌总集《万叶集》为例。《万叶集》中的和歌，就内容来说，大体上可分为相闻、挽歌、杂歌三类。相闻是互相闻问的意思，是表现男女相爱、长幼相亲等的作品。挽歌是哀悼死者的作品。杂歌包括范围很广，凡不属于上述两类的作品都属此类。就形式来说，分为短歌、长歌、旋头歌、佛足石歌四类（此外还收入少数连歌、汉诗和汉文）。作为抒情文学作品，它的"真实"思想有一个嬗变过程，即从反映国家精神（表现为热爱国家和民族，歌颂天皇业绩，有时甚至将天皇神化；如舒明天皇、天智天皇、有间皇子、天武天皇、额田王、高市皇子、但马皇女等人的作品，柿本人麻吕的很多作品也与天皇、皇子、皇女有关），到产生个人自觉意识（如柿本人麻吕的《从石见国别妻上京时歌二首并短歌》、大伴旅人的《赞酒歌13首》等），最后到思考自然现象和人们生活问题（如以"社会诗人"著称的山上忆良的代表作《贫穷问答歌一首并短歌》，通过两个穷人的互相问答，诉说饥寒交迫的可怜处境，哀叹充满忧患的人生之苦。这首长歌分为两节。第一节是"问"。在一个"风兼雨""雨加雪"的凄寒夜晚，一个贫苦的文士无法抵御寒冷，只好边嚼黑盐粒，边饮糟汤酒。可贵的是，他不独感到自身的痛苦，而且能够想到比自己更为穷苦的人们——"较我更贫者，父母饥且寒，妻儿求且泣。试问此时节，如何维生计？"第二节是"答"。这个贫苦文士尚有黑盐粒和糟汤酒聊以充饥御寒，比他更加贫苦的劳动者就简直难以维持生计了，不但衣服褴褛不堪，住所低矮狭窄，而且早已灭火断炊，饥饿难当——"灶上无火气，甑中蛛网罩。炊事似已忘，呻吟如哀鸟。"然而，祸不单行，在这样饥寒交迫的情况下，又有里长前来讨租派差，逼得这个劳动者走投无路，终于发出了"无术竟如斯，此系何世道"的惨痛呼声）。因之可以说《万叶集》所体现的"真实"，不仅包括事实的"真实"，还扩展为感情的"真实"，即抒发真情实感，这就使这部歌集具有了朴素美和自然美的风格。进入平安时代以后，日本文学取得了长足的进步，古典现实主义的文学思想和创作方法也逐步形成，并且达到自觉的阶段。从藤原道纲母①到清少纳言②再到紫式部，她们的认识越来越明确。藤原道纲母在她的日记文学《蜻蛉日记》里，对华而不实的旧物语提出批评，认为其中许多内容纯属空谈，不着边际，不可轻信；而她的作品则以自己的实际生活为依据，描写的是真事，抒发的是真情。清少纳言也遵循着这种写真实的精神完成了自己的随笔文学作品《枕草子》。作者出身于中等贵族家庭，青年时代曾经在一条天皇后宫侍奉过皇后定子。这部作品就是对这段生活的记录。全书共计 12 卷，一般将其分为日记、类聚、随想三个部分。日记部分记述各种各样后宫生活的实际情景；类聚部分包括山、川、树木、着急的事、羡慕的事、可爱的东西、可怕的东西、高兴的东西等内容，采用分类列举叙述的方法；随想部分主要表述作者自己关于自然和人生的种种感受。作者感觉敏锐，表述自然，文笔细腻，语言优美，自成一格。有的学者常把这部作品与紫式部的《源氏物语》相提并论，认为二者可以并列为日本散文史上的双璧。正如作者所说的那样，其中写的都是自己眼里看到的和心里想到的，都是事实的记录，并没有打算给

---

① 藤原道纲母（约 937—995）：日本古代作家、歌人。主要作品有《蜻蛉日记》等。

② 清少纳言（约 966—1025）：日本古代作家、歌人。主要作品有《枕草子》《清少纳言集》等。

别人看，只不过为了给自己解闷而已。

但是，物语文学毕竟不同于日记文学和随笔文学。简言之，物语文学不能满足于写真人真事，还需要进行艺术的概括和典型的概括。所以，在紫式部写《源氏物语》时，情况就不能不发生重大的变化。正因为如此，在《源氏物语》里，作者多次通过作品中人物之口阐述自己的新文学创作观点。从她的话里我们不难看出，她不仅主张写生活的"真实"，而且主张写更高层面的艺术的"真实"，即典型概括。在第 25 卷"萤"里，她通过人物之口表达过这种思想：故事小说虽然不是如实记载某一个人的事迹，但是无论好坏都是真人真事。要写一个好人，则专门选择好事，突出他好的方面；要写一个坏人，则专门选择坏事，突出他坏的方面，使两者构成鲜明对照。这些都是真情实事，并非无稽之谈。由此可见，在紫式部看来，小说里所写的环境、人物和事件虽然不是完全忠实于现实生活的记录，而是有所取有所不取，即含有虚构的成分；可是由于在虚构时没有脱离现实生活，而是依据现实生活进行虚构的，所以更能够集中表现现实生活的真实面貌，甚至比直接记载现实生活的历史典籍还要全面、深入和真实。《源氏物语》中所写的环境、人物和事件等便是这种观点付诸实践的产物。例如，这部小说写的主要是贵族社会的男女爱情故事，它的主要思想也是通过这些爱情故事展示出来的。在当时的贵族社会里，男女不平等，男性处于支配地位，妇女地位则极为低下，她们不被认为是和男性具有同等地位的人，她们的命运是受男人支配的。小说所塑造的众多妇女形象真实地反映了这种社会状况。这些妇女虽然身份不同，性格有别，遭遇各异，可是人人都有一段悲惨的经历，个个怀着满腹的辛酸，或是成为双方家庭谋求政治经济利益的工具，或是变为替丈夫生儿育女的工具，或是充当男人发泄情欲的工具，或是兼而备之。总之，真正的爱情和幸福是与她们无缘的，她们无一不是男性贵族玩弄的对象，无一不是男尊女卑观念和一夫多妻制度的牺牲品。作者既赞美她们的才华，又深切同情她们的命运。又如，小说还广泛地描写了贵族社会其他各个领域的状况——首先它真实地反映了平安时期的政治面貌，尤其是宫廷内外的夺权斗争。宫廷内部的斗争，往往是和后宫妃嫔的争宠、朝廷大臣的争权互相交织在一起的。在桐壶天皇和朱雀天皇时期，朝廷显然分为两派：一派是桐壶天皇和他的宠臣左大臣，源氏也属于这派；另一派是朱雀天皇、弘徽殿女御和她的父亲右大臣。桐壶天皇在世时，前者处于优势；桐壶天皇去世后，后者独揽朝纲。两派斗争愈演愈烈，终于酿成源氏的须磨流放。这次流放的导火线是源氏和胧月夜的私通，根本原因则是源氏一派的失势。源氏流放结束后，他们这派又大权在握，而其对立面则溃不成军。其次它真实地表现了皇室贵族的生活、习俗、思想和感情，描写了他们的生老病死、婚丧嫁娶、行乐游猎，反映了他们对文学、绘画、音乐等的观点。从小说里可以看到，自天皇皇族至高官显宦，在政治上无所作为，却终日沉溺于享乐。宫廷经常举办宴饮、舞会、行幸、赛画、游猎等活动，规模盛大，挥霍浪费。源氏的六条院也是尽情取乐的场所，宴游玩乐花样翻新，管弦之声不绝于耳。最后是它真实地描绘了地方贵族追名逐利的丑态，刻画了一些地方贵族的艺术形象，其中以明石道人和常陆介等较为突出，他们既是不择手段搜刮民脂民膏的地方官，又是挖空心思靠女儿发迹的钻营者。这些地方贵族的艺术形象，作为宫廷贵族形象的补充，使小说在更广阔的范围内暴露了贵族阶级的丑恶方面。总的来说，

《源氏物语》好像一幅色彩斑斓的长幅画卷，它通过源氏和薰君同周围妇女悲欢离合的故事，真实地展示了皇室贵族的生活状况和精神面貌，对男性贵族的好色行为加以批评，对女性人物的不幸命运表示同情；同时它还生动地反映了皇室贵族社会其他方面的情况。从源氏本人由盛而衰的变迁过程，从源氏到薰君一代一代逐步衰微的趋势，从紫姬到浮舟一代一代愈加深重的苦难，读者不难具体地感受到平安时期皇室贵族不断衰败的命运。

不仅如此，我们从紫式部创作《源氏物语》的过程，还可以清楚地看出这部小说与现实生活的密切联系。据史料记载，这部小说是以作者自己的实际生活体验为基础写成的。紫式部出身于中等贵族家庭，1006年进入天皇后宫，担任女官，直到1013年左右。这段后宫生活对于她写作《源氏物语》无疑具有决定性的影响。她由此了解到后宫的底细，体会到后宫是一个勾心斗角的所在。天皇的各个嫔妃周围，都聚集着许多名门才女，争妍斗艳，以邀君宠。在这种环境中生活，使她格外敏锐地感受到皇室贵族的复杂矛盾和腐化堕落。虽然由于缺乏具体材料，如今很难确定紫式部究竟是在什么时候写作《源氏物语》的，但许多日本学者经过长期研究考证认为，她在入宫之后积累了大量有关资料，并且写出了《源氏物语》的一部分，出宫之后才完成其他部分。

大体上说，在日本的古典现实主义文学传统产生和发展的同时，古典浪漫主义文学传统也产生和发展起来，可以说二者都具有久远的历史。如果说日本的古典现实主义文学传统是从"真"和"真实"演变而来的，那么日本的古典浪漫主义文学传统则是从"哀"和"物哀"演变而来的。早在日本古代人的原始信仰中，在《古事记》《日本书纪》《万叶集》的时代，"哀"就作为感动的一种形式出现了。如果说《古事记》和《日本书纪》里用"哀"所表示的感动还具有国家的性质和原始的色彩，那么到《万叶集》里用"哀"所表示的感动则逐步由国家的性质向个人的性质演化，即用以抒发个人的感怀。也就是说，这些典籍开始抒发"哀"的感情，开始产生"哀"的意识。正因为如此，研究者可以从这些典籍里找出许多使用"哀"的实例。如在《万叶集》中，既用"哀"表示对人的感动（如面临生离死别时的种种不同表现），也用"哀"表示对物的感动（如面临自然景物变化时的种种不同反应）。而从"哀"向"物哀"的转化经历了一个很长的过程。在其中起过一定推动作用的有藤原道纲母和清少纳言等人。藤原道纲母的《蜻蛉日记》虽然强调写真实，写真事和真情，但在其真情中自然融入了自己的主观体验。清少纳言的《枕草子》虽然都是事实的记录，但这些事实也都是经过自己选择的，都是自己感兴趣的；而其中的"随想"部分，就是表述作者关于自然和人生种种感受的。这就是说，在她们的作品中，已经包含了"真实"和"物哀"两个方面，已经表现出"真实"和"物哀"两种倾向，只不过她们强调的是前者而不是后者罢了。而最终使"哀"向"物哀"转化的完成者是紫式部。在《源氏物语》里，她将内容比较简单、浅显的"哀"转化为内容比较复杂、深刻的"物哀"，并且由此大大地丰富和深化了自己作品的内容。这无疑是一个重要的贡献，同时也标志着以"物哀"为核心的古典浪漫主义作为一种创作方法趋向成熟。这时"物哀"的内容更加丰富，不再限于感叹、悲哀、同情、共鸣，还可以包括快乐、怜悯等感情，并且产生感动的对象也更加多样化了，既有人，也有自然景物，还有社会状况等。

这里有一点需要说明："物哀"是一个日语词，是一个颇为复杂的概念，很难用一个汉语词翻译它。大意是指微妙而深沉的感触、细微而复杂的感情、无名的伤感情绪、感人的幽深情趣以及因物生情、感物兴叹、多愁善感等意思。具体地说，"物哀"中的"物"是指客观对象，包括人、自然景物和社会状况等方面；"哀"是指主观感情，包括悲哀、同情、快乐和怜悯等方面；"物哀"是指二者调和一致时所产生的情趣境界。作为日本民族独特的审美观念，"物哀"具有十分深厚的历史根基。

《源氏物语》被公认为表现"物哀"最充分、最出色的小说。研究者发现，这部小说多次直接使用"物哀"这个词，场合各有不同，对象也各有不同。如有的是对人的感动，其中最多的是对异性的感情，是男女恋爱关系方面的感情；有的是对自然景物的感动，其中有对自然美景的赞叹，有对季节轮换的感怀；还有的是对社会生活的感动，其中有对世态炎凉的感触，有对人世无常的慨叹等。具体说来，这部小说所使用的以"物哀"为核心的古典浪漫主义创作方法，表现在很多方面。兹举以下两个方面予以说明。第一，表现在小说在很大程度上把源氏这个主人公理想化，把他写成一个美的化身。例如，在外貌、才能等方面对他极力加以赞美，甚至达到无以复加的地步。如说他相貌之美举世无双，才华横溢无与伦比。甚至说，他的才能如果一个一个列举出来，简直令人难以相信。总之，他是作者心目中的理想人物，是作者心目中的理想贵族。第二，表现在作者往往使用出家遁世的办法来解决在现实生活中难以处理的矛盾。源氏从很小的时候起，每次在现实生活中遇到挫折，就会想到出家；但每次想到出家，又会对现实生活感到留恋。可以说他

的一生始终徘徊于二者之间。第三，在他 52 岁这一年年末，即第 40 卷
"虚幻"临近结尾处，作者一再暗示他终于下定决心，明年即将出家遁
世。例如，年末举行佛法会时，他就想这是自己今生最后一次参加这个
活动了，所以听见僧人锡杖的声音也感慨不已。而接下来的一卷则只有
"云隐"这两个字的标题，却没有正文。根据下文提到源氏的隐遁和去
世来推测，这一卷应该是写他的隐遁和去世的。

综上所述，《源氏物语》既是一部写实的小说，也是一部浪漫的小
说；既是一部以"真实"为核心的古典现实主义小说，也是一部以"物
哀"为核心的古典浪漫主义小说。二者在这部小说里互相融合在一起，
同时也存在着一定的矛盾。从这个意义上说，这部小说是一个矛盾的统
一体。

最后还有两点需要说明：一点是在日本古典文学史上占有重要地位
的两种创作方法——古典现实主义方法和古典浪漫主义方法，在平安时
代和《源氏物语》之后，又经过数百年的演进，越来越走向成熟；但是
由于川端康成接受《源氏物语》的影响最为明显，所以我们的阐述到此
为止，没有继续进行下去。另一点是一个民族文学传统所包括的创作方
法往往是多种多样的，拥有悠久历史的日本民族文学传统所包括的创作
方法也是多种多样的，除了现实主义和浪漫主义外，还包括象征主义
等。但是川端康成所接受的日本文学传统创作方法的影响主要是在现实
主义和浪漫主义这两个方面，所以其他创作方法在这里略而不论。

第四节 《雪国》——川端康成步入新时期的代表作(上)

在川端康成的创作史上，1934 年是具有重要意义的一年。在这一年，他写作并发表了《文学自传》；也在这一年，他着手写作并发表了《雪国》的一部分。前者可以称为他步入新时期的理论宣言，后者可以称为他步入新时期的创作实绩。下面我们分别谈谈《雪国》与新感觉派、《雪国》与意识流小说和《雪国》与民族文学传统的关系。

我们说《雪国》是川端康成的创作步入新时期和采用新方法的标志，但是这并不意味着它与新感觉派方法彻底断绝了联系。事实上，《雪国》与新感觉派方法仍然有许多联系，既有所吸收，又有所扬弃；吸收的是强调主观的感觉，扬弃的是奇特的形容、新奇的文体和特异的构思等。

如上所述，在新感觉派文学运动时期，川端康成曾经极力强调作家进行创作时的主观感觉，明确表示反对自然主义的方法和客观主义的态度，倡导主客一如主义，即不是客观性地、说明性地叙述事物，而是主观性地、感觉性地表现事物，让自己的主观感觉跃入被描写的对象之中，从而达到立体化和鲜明化的效果。在《雪国》里，他依然采用这种主观性的、感觉性的方法。这主要体现在设置岛村这个人物身上。那么，作者为什么要设置岛村这个人物呢？岛村在小说里究竟起什么作用呢？这是值得我们探讨的问题。

在《雪国》里，处于中心地位的人物无疑是女主人公驹子，而不是

男主人公岛村。这不仅可以由作品本身看出来，而且可以用川端康成的
话得到证明。例如：

> 我认为与其说以岛村为中心把驹子和叶子放在两边，仿佛不如
> 说以驹子为中心把岛村和叶子放在两边好。对于处在两边的岛村和
> 叶子，我采用了不同的写法，但哪个都没有写得很明白。①

又如：

> 作者深深进入作品人物——驹子之中，对岛村则仅仅是稍予理
> 睬。在这个意义上，与其说我是岛村，不如说我是驹子吧。我有意
> 识地尽可能把岛村和自己分开来写。②

再如：

> 特别是在感情上，驹子的悲哀也就是我的悲哀，因而才有打动
> 人心的力量吧。③

这些话表明川端康成非但在驹子身上花费了自己的主要精力，而且在驹
子身上倾注了自己几乎全部的感情。那么岛村在小说里又起什么作用

---

① ［日］川端康成：《川端康成全集》（日文版），第 33 卷，390、391 页。
② 同上书，388 页。
③ 同上。

呢？关于这个问题，川端康成写道：

> 岛村当然不是我，归根结底不过是衬托驹子的道具而已。这是
> 这篇作品的失败之处，但或许又是成功之处。①

又写道：

> 岛村并不是我。他甚至仿佛不是作为男人而存在，只是映照驹
> 子的镜子吧。②

这话说得很含蓄，很委婉。岛村虽然是衬托驹子的道具，却是不可缺少的道具；岛村虽然远远不如驹子富有魅力，却是不可忽视的存在；甚至可以说，岛村的形象是作者成功的创造。这一方面是因为，岛村虽然不是描写的主体，却是感觉的主体。他是美的追求者和欣赏者，只有通过他的感觉，雪国美的世界才得以成立，驹子以及叶子身上所体现出来的美的世界才得以成立。如他在"暮景镜"里对叶子美貌的欣赏和在"朝雪镜"里对驹子美貌的欣赏，便是对雪国洁净世界的追求，便是对女性肉体美和心灵美的追求。另一方面是因为，他在许多地方起着反衬驹子的作用，尤其是在对待爱情的态度上，由于他不能热情、真诚、持久地去爱驹子，所以才使得驹子热情、真诚、持久的感情显得格外突出。正

---

① ［日］川端康成：《川端康成全集》（日文版），第33卷，388页。
② 同上书，195页。

如作者在《独影自命》里所写的那样："岛村把不能爱的悲哀和悔恨沉入心底，其空虚不是反而使作品中的驹子更痛苦地浮现出来了吗?"[1]需要注意的是，岛村的性格是有特点的，其中最突出的特点就是对生活采取冷漠和旁观的态度。他虽然一而再再而三地前往雪国会见驹子，对驹子却不能有什么帮助。当叶子求他好好照顾驹子时，他明白表示自己力不从心，使得叶子大失所望。当他夸驹子是一个"好女人"，反而惹得驹子大发脾气时，他只是"闭目沉默"[2]，既不去安慰驹子，又不肯加以解释，充其量只能在自己心里对她表示怜悯。他对驹子的兴趣也只能够保持很短一段时间，过后便会感到厌倦。所以他第一次和第二次到雪国待的时间都不长，第三次虽然长些，"但这并非同驹子难分难舍，而是习惯性地等待驹子频频来会"。[3] 在他看来，驹子在现实生活中所做的一切努力，如坚持记日记、喜欢读小说和刻苦练三弦，都是空虚的、徒劳的。他从来不让自己置身于人生矛盾的旋涡之中，就连和他关系密切的驹子、叶子和行男之间是否存在三角恋爱关系问题也只能引起他一点儿好奇，未能使他产生更多的兴趣。

这就是说，川端康成主要描写的是驹子，可是并不直接地、客观地描写驹子，而是通过岛村的眼光和感觉间接地、主观地描写驹子。这在一定程度上其实就是通过川端康成自己的眼光和感觉间接地、主观地描写驹子。而且不限于驹子，小说里的其他人物以及所有内容，包括叶子在内，也都是通过岛村的眼光和感觉来描写的。兹举两例，以资证明：

---

① ［日］川端康成：《川端康成全集》（日文版），第 33 卷，390 页。
② ［日］川端康成：《川端康成全集》（日文版），第 10 卷，120 页。
③ 同上书，124 页。

川端康成往往不大喜欢具体地描绘小说中主要人物的面貌，而是注重表现他人对其面貌的感受；但在《雪国》里，他的处理方式略有不同，即比较具体地描绘了驹子的面貌。例如，细高的鼻子虽然显得单薄一些，可是下面的嘴唇颇为秀气，犹如美丽的蛭轮一般伸缩自如光滑细腻；沉默不语时仿佛仍在翕动，所以若起皱纹或者颜色不佳便会显得不干净，然而事实并不如此，依然润泽发亮；眼角既不上吊也不下垂，似乎特意描成直的，看起来有点可笑，但配上两道弯弯的浓眉又颇为匀称；颧骨稍高的圆脸，轮廓较为平常，可皮肤白里透红，好像白瓷上了浅红色；脖子上的肉尚未丰满；与其说她是美人，不如说她长得特别干净。[①] 不过，这里有两点应当引起我们注意：一是上述所有描写都是通过岛村的细致观察表现出来的，也都融入了岛村的主观感觉，并非客观的写实；二是上述描写可以说是细腻入微的，但每个细部留给读者的印象似乎并不十分鲜明，而岛村的总感觉——干净，则深深地刻在了读者的脑海里。

> 姑娘给人的印象是出乎意外的干净。让人觉得她恐怕连脚趾缝儿都是一尘不染的。岛村甚至怀疑，这大概是由于自己的眼睛刚刚看过群山的初夏景色吧？[②]

——这是小说对于岛村初次见到驹子时大吃一惊情景的描写，这种描写

---

① ［日］川端康成：《川端康成全集》（日文版），第 10 卷，29、30 页。
② 同上书，19 页。

留给读者的印象无疑是深刻的。这是例证之一。

川端康成需要表现小说中主要人物复杂、细致的心理，但是有时不采用直接描写其心理活动的方式，而是通过描写其语言、表情、动作，再通过描写他人对其语言、表情、动作的观察和感受这种间接方式表现出来。《雪国》也是这样。如有一次岛村夸驹子是个好女人，驹子不解其意，又问不出个所以然，于是她面孔涨得通红，肩膀哆嗦不止，随后脸色变成铁青，热泪滚滚而下，嘴里喊道："窝心，哎，真窝心！"[①] 过了一会儿，大概是哭够了，便拿着银簪子扑哧扑哧地扎席子，之后突然走出了房间。小说接着写道：

> 驹子的皮肤像刚洗过一样干净，想不到她竟会因岛村偶然说出的一句话而产生那么大的误解，这反而使人觉得她心里有难以压抑的悲哀。[②]

这段描写所费笔墨不多，却能使读者具体地感受到驹子的内心痛苦和好胜性情。她被迫沦为艺妓，心里藏着无限悲哀；她最怕别人蔑视自己，最怕别人耻笑自己。所以，她才对岛村的话做出了那么强烈的反应。这是例证之二。

《雪国》一面吸收新感觉派文学的强调主观感觉，一面又扬弃了新感觉派文学的一系列表现手法。比如，它不像手掌小说集《感情装饰》

---

① ［日］川端康成：《川端康成全集》（日文版），第 10 卷，120 页。
② 同上书，122 页。

里有些作品那样大量使用华丽、奇特的辞藻对事物进行描绘和形容（如特别注意色彩的对比和配合，借以渲染气氛；经常运用比拟的手法，以便强化力量等），也不像《感情装饰》里有些作品那样在表现形式上追求新奇（如采用罕见的反复句式，多次反复同一句子，以便加深读者印象等），又不像《感情装饰》里有些作品那样在艺术构思上标新立异（如往往具有神秘的色彩和奇异的因素等）。一般说来，它的语言是朴素的，笔法是自然的，风格是淳朴的。

第五节　《雪国》——川端康成步入新时期的代表作(下)

当川端康成的创作步入新时期和采用新方法后，他也没有与意识流小说方法彻底断绝关系。《雪国》对意识流小说方法也是既有所吸收，又有所扬弃。它吸收的是适当利用意识流小说和自由联想方式表现人物的主观感觉和作者的主观感觉，扬弃的是过分的、漫无边际的意识流小说和自由联想方式。从这个意义上说，《雪国》与意识流小说的关系同《雪国》与新感觉派文学的关系有些类似。

《雪国》对于意识流小说方法的运用，主要集中在开头和结尾两段。以开头一段为例。这段描写岛村坐在开往雪国的火车上，凭窗眺望窗外景色。这时由于暮色降临大地，车外一片苍茫，车内亮起电灯，所以车窗玻璃变成一面似透明非透明的镜子。在这个镜面上，车外的苍茫景色和车内一个姑娘——叶子的美丽面影奇妙地重合在一起，前者成为背景，后者浮现在它的上面，构成一幅美妙无比的图画，引起岛村的无边遐想和无限美感。小说写道：

> 在镜子的底面，傍晚的景色流动着，也就是说镜子和它所映现的东西像双重电影画面似的流动着。登场人物和背景是没有什么关系的。而且人物是透明的虚幻，风景则在朦胧、昏暗中流动，二者互相融合，构成并非现世的象征世界。尤其是当姑娘的脸上燃起山野的灯火时，岛村感到一种难以形容的美，以至心灵为之颤动起来。①

在这一段里，叶子的美貌不是通过直接描写表现出来的，而是通过火车车窗这面镜子间接地反映出来的，又是通过岛村的眼睛、感觉和意识活动再间接地描绘出来的。这样的描写使得叶子的美貌笼罩上一层朦胧的、虚幻的色彩，也为小说增添了无限的、美妙的诗意。

此外，通过意识流小说方法将驹子和叶子联系起来加以描写，也是值得注意的。如岛村一面心里想着驹子，一面用手指头在玻璃窗上画了一条线，上面分明照见一个女人的眼睛。岛村吃了一惊。因为他误以为这是"即将前去相会的那个女人"（驹子）②的眼睛；再定睛一看，才弄清楚原来是"对面座位上姑娘"（叶子）③的眼睛。其实，这不仅是瞬间的错觉，而且暗示出贯串这篇小说的两个女人的关系。当岛村下了火车见到驹子时，他再一次感觉到这种带有某些神秘意味的关系——

---

① ［日］川端康成：《川端康成全集》（日文版），第 10 卷，13 页。
② 同上书，11 页。
③ 同上书，12 页。

凭手指所记得的女人（指驹子——引者注）和眼睛里亮着灯火的女人（指叶子——引者注）之间，仿佛存在什么关系，或者就要发生什么事情似的。不知为什么，岛村内心深处总有这样一种预感。难道自己还没有从暮景之镜的幻梦中完全清醒过来吗？①

在此之后，岛村也不断由驹子联想到叶子，或由叶子联想到驹子。在小说结尾的地方，川端康成又描写驹子怀里抱着不省人事的叶子，发狂似的叫着。这大约想要说明，以前联系密切而又充满矛盾的两个女人，如今终于合为一体了，作为现实美之化身和作为虚幻美之化身的两个女人，如今终于合为一体了。

不过，《雪国》虽然使用了意识流小说的方法，可是并不让人产生杂乱的感觉，也不让人产生费解的感觉。这是因为，川端康成在《雪国》里所使用的意识流小说方法是有节制的和有限度的，不像《水晶幻想》那样任凭意识随意流动，联想自由产生。就《雪国》全篇而论，使用意识流小说的方法主要集中在开头和结尾这两个部分，其余大部分篇幅基本上采用平铺直叙的方式，大体上保持客观事物发展的自然顺序（包括时间顺序和空间顺序）。就开头和结尾这两部分而论，岛村的意识流动和自由联想始终紧紧围绕驹子和叶子这两个女性形象展开，并且将二者交织在一起，没有无限制地扩展开去。正因为如此，《雪国》在结构上既避免了由于意识随意活动和联想自由产生而显得杂乱无章的毛病，又避免了由于从头到尾平铺直叙而显得呆板死气的毛病，做到了既

---

① ［日］川端康成：《川端康成全集》（日文版），第 10 卷，17 页。

灵活又清晰。

川端康成在写作《雪国》时，既吸收新感觉派方法，同时又有所扬弃；既吸收意识流小说方法，同时也有所扬弃。大体说来，他在扬弃新感觉派方法和意识流小说方法某些因素的同时，吸收了日本民族文学传统的某些因素。这些因素是什么呢？概括起来说，是现实主义和浪漫主义两个方面。

从第一个方面来说，《雪国》不是川端康成凭空想象出来的，而是在进行大量实地取材的基础上创作出来的，小说中的自然景物和人物形象等都是在这种大量实地取材的基础上写成的。从这个意义上说，这篇小说已经具有了一定的现实生活基础，构成了其中的现实主义成分，吸收了民族文学传统中的现实主义因素。这种吸收主要表现在自然景物描写和人物形象刻画上面。

《雪国》在自然景物描写上的特点是注重真实准确。川端康成自己说过，他对《雪国》故事发生的舞台——越后①汤泽温泉的自然环境进行过多次实地考察，仔细地观察过当地的自然景色，《雪国》所描写的自然景物都是根据实地考察所得到的印象，即使有些看来好像是空想的地方，其实也是以实地写生为依据的。因此，这篇小说的自然景物描写达到了真实、准确、细致的程度，尤其是对当地初夏、初秋、初冬自然景物变化的描绘，非常传神，充分地表现出了地方的特色。例如，

①　越后：指越后国。1871 年废藩置县以前，日本全国分为若干个国（藩国），越后是其中之一，其范围大致相当于现在的新潟县（除佐渡外）。

远山红叶的颜色渐趋暗淡，由于这场初雪才又恢复生机，显得分外鲜艳。杉树林覆盖着白雪，一棵一棵轮廓分明，引人注目。一端伫立在雪地上，另一端则锋利地指向天空。①

——这是对初冬时节雪国景色的生动描绘，由茫茫的白雪、鲜艳的红叶和挺拔的绿杉构成一幅壮美的图画，令人神往。川端康成重视描写自然，与他重视日本民族文学传统密切相关。日本的歌人、诗人和作家历来都非常注重描绘四季的美和自然的美，善于以细腻的笔法如实表现不同色调的美，并且追求情景交融的艺术境界。《源氏物语》也是如此。川端康成深解其中奥义，深得其中三昧，并且将其融汇到《雪国》的创作之中。

《雪国》在人物形象刻画上的特点是以模特儿为参照，并且力求细腻入微。小说女主人公驹子的形象是以现实生活中的人物为模特儿的，这个模特儿就是松荣。松荣是川端康成三次前往越后汤泽时所结识的艺妓（松荣是她的艺名，她的真名是菊，结婚后姓小高）。川端康成在刻画驹子的形象时，显然是以松荣为参照，并且受到松荣的启示。这就使驹子的形象有了一定的现实依据。不过，驹子又不完全是按照松荣的原样写成的，川端康成在刻画驹子的形象时加了若干虚构的成分，以便使之更加真实（即所谓艺术真实）。因此，作者说过：《雪国》说有模特儿是有模特儿，我受到了模特儿的启示；但如果说我写了模特儿本人，那

---

① ［日］川端康成：《川端康成全集》（日文版），第 10 卷，122 页。

反而是一种误解。① 不仅如此,如第一编所述,作者还十分细致地描写了女主人公驹子在日常生活方面的表现和态度,特别着重写她记日记、读小说和练三弦等几个环节,力求达到细节的真实。日本的古典文学作品,特别是《源氏物语》,在刻画人物时也很善于处理真实和虚构的关系,也很注意细节的真实。川端康成充分掌握了这种写法的妙处,而且把它灵活地运用在《雪国》里。

从第二个方面来说,《雪国》又明显地具有理想和想象的成分,具有浪漫主义的成分,吸收了浪漫主义的民族文学传统。这种吸收主要体现在环境描写、人物塑造和故事情节等方面。

在环境描写上,川端康成有意把小说故事发生的舞台描绘成一个世外桃源般的理想社会。实际上当时的日本正处于一场大战即将爆发的前夕,法西斯势力异常猖獗,国内外矛盾十分尖锐;而作者笔下的"雪国"是一个平和、宁静的世界,从小说开篇第一句——穿过长长的国境②隧道就是雪国了③——开始,仿佛一条隧道把"雪国"与日本现实社会彻底分割开来。

在人物塑造上,川端康成在驹子之外,又特意安排了叶子这样一个具有浓厚理想色彩的女性形象。叶子没有模特儿,是作者虚构出来的。而且,作者在描写叶子的形象时,处处表现出理想化和虚幻化的倾向,无论是对她的声音的描写,还是对她的容貌的描写都是如此,都充满浪漫色彩。小说对叶子的描写,有两点应当引起我们的注意:一是处处有

---

① [日]川端康成:《川端康成全集》(日文版),第 33 卷,263 页。

② 国境:指越后国境。

③ [日]川端康成:《川端康成全集》(日文版),第 10 卷,9 页。

意识地将叶子和驹子联系起来，二是处处有意识地将叶子和驹子对照起来。在作者看来，她们两人都是美的化身，但各自所包含的美的内涵有所不同。如果说驹子是肉体的存在，那么叶子则是灵魂的存在；如果说驹子是具有性诱惑力的，那么叶子则几乎是与性无缘的；如果说驹子是热的，那么叶子则是冷的；如果说驹子的美是接近现实的，那么叶子的美则是远离现实的。叶子和驹子之不同，在对待行男的态度上表现得最为明显。行男的形象是模糊不清的。他只露过一次面，没有说过一句话，却影响故事情节的许多方面，并制约着叶子和驹子的关系。他既没有高贵的身份和殷实的家产，也没有漂亮的容貌和健康的身体，却承受着叶子和驹子两个女人的爱情。他仿佛不是主动地追求这种爱情，而是被动地接受这种爱情；后来他又一死了之，连一句感谢的话也没有留下。作者这样安排行男的命运，是为了更加充分地表现叶子和驹子在爱情上的"徒劳"，更加充分地表现她们"无偿的爱"，更加充分地表现她们的心灵美。驹子对行男的态度较为复杂。她原来和行男青梅竹马交往密切，传说两人已经订婚，她还为给行男治病而下决心当艺妓；可是后来却不像叶子那样一心一意照顾行男，甚至在行男临死时也不肯赶去见上一面。这固然可以说明驹子本人前后有所变化，对行男的态度前后有所变化；不过这种表现显然也与对叶子的嫉妒有关，而且她所说的"不愿意看着人死"① 也很难说是真正的冷酷无情，恐怕内心仍怀着爱意吧？否则为什么从行男一死便不再继续记日记了呢（她的日记从行男到车站为她送行时起笔，到行男结束生命时停笔）？相形之下，叶子对行

---

① ［日］川端康成：《川端康成全集》（日文版），第 10 卷，69 页。

男的态度较为单纯，即不顾一切地爱他，他活着时爱他，他死去后仍旧爱他。在他活着时，她对他的照料真可谓无微不至（如在开往雪国的火车上，岛村看见她全神贯注地俯视着躺在自己面前的行男，她的动作小心翼翼，眼睛一眨不眨，态度非常认真；每当行男的围巾松动时，她便在行男的眼神要动未动的瞬间，用温柔的动作把围巾给他重新围好；每当行男的外套下摆耷拉下来，她也会马上发现，给他重新弄好；而且所有这些动作都显得十分自然，使人觉得他们两人似乎忘记了所谓距离，共同走向了漫无边际的远方），以至使岛村觉得他们两人很像夫妇，很像一个年轻的妻子照顾一个比自己年纪大的丈夫；在他临死时，她急急忙忙地跑到车站，非要把驹子拉去跟他见最后一面不可，遭到驹子拒绝以后，她又恳求岛村帮忙说服驹子，口气非常急迫，态度非常认真；在他死后，她始终不忘旧情，每天都去为他扫墓（如有一次岛村和驹子走到一块坟地附近，突然在地藏菩萨后面低矮的树荫里发现了她的上半身，只见她表情严肃，正蹲在行男的坟前，双手合十，顶礼膜拜；还有一次岛村问她以后会不会再给别人上坟，她斩钉截铁地回答"不会的"）。叶子的爱之所以能够达到这个地步，大概是因为她是"非现实世界的幻影"吧。在作者看来，叶子对行男的爱和驹子对岛村的爱都表现出一种只顾自己爱对方，不求对方爱自己的态度，即所谓"无偿的爱"，这种爱正是女性美的最高表现，也是爱的最高境界，甚至比正常的男女双方一对一的爱还要高尚，这显然带有浓厚的浪漫色彩。

在故事情节上，作者也有意使之浪漫化。无论是小说开头描写岛村在火车上透过车窗观察叶子美貌的场景和在旅馆里通过镜子观察驹子美貌的场景，还是小说结尾描写村里发生火灾的场景，都具有浓郁的浪漫色彩。以后者为例。在一般人看来，火灾当然是一个可怕的场面；但在作者笔下，火灾是充满诗情画意的，地上洁白的雪景，天空灿烂的银河，衬托着火花的飞舞，构成一幅美丽的画面；叶子的身体从上面落下来也是充满诗情画意的，又为这幅画面增添了无限的美。

　　总而言之，《雪国》既吸收了新感觉派文学方法，又不是纯粹的新感觉派小说；既吸收了意识流小说方法，又不是纯粹的意识流小说；而是将以现实主义和浪漫主义为主体的日本民族传统文学方法与新感觉派文学方法、意识流小说方法结合起来进行创作的小说，是立足于民族文学传统并汲取外来文学营养加以创作的小说。

第九章

｜ 走自己道路时期（下）

川端康成在 20 世纪 30 年代中期步入新时期和采用新方法之后，在写作《雪国》的同时和其后，还发表了其他许多作品。其中比较重要并且有代表性的作品篇目如下：

中篇小说《虹》（1934—1936）

短篇小说《意大利之歌》（1936）

中篇小说《花的圆舞曲》（1936—1937）

长篇小说《女性开眼》（1936—1937）

短篇小说《母亲的初恋》（1940）

短篇小说《寒风》（1941—1942）

短篇小说《睡脸》（1941）

中篇小说《故园》（1943—1945）

短篇小说《重逢》（1946）

中篇小说《再婚者》（1948—1952）

中篇小说《少年》（1948—1949）

短篇小说《拱桥》（1948）

中篇小说《千只鹤》（1949—1951）

长篇小说《山音》（1949—1954）

长篇小说《几度彩虹》（1950—1951）

长篇小说《舞姬》（1950—1951）

中篇小说《名人》（1951—1954）

长篇小说《日日月月》（1952—1953）

长篇小说《河滨城镇的故事》（1953）

中篇小说《波上白鸼》（1953—1954）

短篇小说《水月》（1953）

中篇小说《湖》（1954）

长篇小说《东京人》（1954—1955）

短篇小说《离合》（1954）

长篇小说《一个人的生存》（1955—1957）

长篇小说《身为女人》（1956）

长篇小说《有风的路》（1957—1958）

中篇小说《睡美人》（1960—1961）

长篇小说《美与悲》（1961—1963）

长篇小说《古都》（1961—1962）

短篇小说《一只胳膊》（1963—1964）

中篇小说《蒲公英》（1964—1968）

这些作品可以说都是沿着《雪国》所开拓的道路前进的，都是采用自己的新创作方法，即将日本民族文学传统方法（往往以现实主义方法为主体，但在许多情况下又与浪漫主义方法结合在一起）与西方现代主义文学方法（含新感觉派文学、意识流小说）结合起来，而以前者为主后者为辅的方法进行创作的；不过具体情况又千差万别，大体上说，有的日本民族文学传统色彩更浓一些，如《名人》《东京人》《古都》等；有的西方现代主义文学色彩更浓一些，如《山音》《睡美人》《一只胳膊》等。下面分别举例加以论述。

第一节 《雪国》以后的创作——《东京人》及其他

日本民族文学传统色彩更浓一些的作品，可以长篇小说《东京人》为例。这部小说于1954年5月20日至1955年10月10日，分500多回在《北海道新闻》《中部日本新闻》《西部日本新闻》三家日本颇有影响的地方报纸上连载，获得好评。1955年1月由新潮社出版《东京人》，4月出版续《东京人》，10月出版再续《东京人》，12月出版全本《东京人》。

《东京人》属于川端康成的报纸连载小说系列，也是他社会影响最大，并且最受读者欢迎的报纸连载小说。这部作品之所以受到广大读者的欢迎，主要是由于其中含有若干易于为当时一般人所接受的要素。它具有生动的故事情节和紧凑的结构，富含故事性、通俗性和趣味性。但是，事情还不仅仅如此。因为当时日本的报纸小说已经流行过一段时间，报纸小说读者已经不满足于感伤的通俗小说，已经达到了更高的欣赏阶段；而川端康成这部小说恰巧具有若干吸引读者的因素，诸如描绘战后社会生活的画面、对于人物进行细致的心理描写等。从创作方法的角度来考察，我们不难发现，无论是在安排故事结构方面，还是在描绘社会画面以及人物心理描写方面，这部小说都很少表现现代主义文学方法的特色，主要是用传统的现实主义方法进行创作的。

这部小说首先值得我们关注的是，作者用传统的写实方法描绘故事发生的社会和时代背景，即战后日本的社会面貌，以便使小说里的故事和人物与当时的社会状况紧密地结合起来。当时日本的国民经济已经濒临崩溃的边缘，工农业生产量大幅度下降，粮食配给数量严重不足，通货膨胀现象无法控制，妻离子散、无家可归者不计其数，伤兵、妓女、流氓、小偷、强盗、失业者、流浪汉、投机走私商人充斥街头。一言以蔽之，这是一个混乱的社会，这是一个动荡的时代，旧的权威和秩序业已彻底崩溃，新的权威和秩序尚未确立起来，人们对于现实感到无所适从，对于未来感到惶惑不安。这部小说不仅具体而生动地描述了这些社会生活现状，而且将其作为小说故事情节发展和人物形象活动的广阔背景。例如，在第 4 章"大事当前"里，有一次，敬子的儿子清喝得酩酊大醉地回到家来，手扶着弓子的床，眼睛注视着天花板，念起一首好像散文诗似的东西，题为《燕子归来》。他越念越难过，后来就带着哭声了。这首诗的大体内容如下：春天来了，燕子飞回日本。它看见进行过氢弹试验的大海上，漂浮着许多大鱼的尸体，白肚皮向上翻着。海鸟成群飞来啄食死鱼。海鸟飞上天空，随即啪嗒啪嗒坠入大海死去。然后，鱼吃了海鸟死去，海鸟吃了鱼也死去。死亡像齿轮一样旋转不停。这是飞越大海回到日本的燕子的叙述。最后，燕子筑巢，但孵化不出小燕，燕子死了。① 这首诗无疑是对进行氢弹试验破坏生态平衡的批判。不但如此，这部小说还把某些社会现状与故事情节和人物性格紧密地结合在一起，使之成为故事情节和人物性格的有机组成部分。小说里的故事不是在平稳的岁月里发生的，而是在战后这个动荡的岁月里发生的，是在生与死的剧烈搏斗里发生的；而这也就使日本读者，特别是当时的日本读者在阅读这部作品时产生一种切身之感，感到这不是发生在过去年代的故事，不是发生在别人身边的故事，而是发生在现在社会的故事，是发生在自己身边的故事。尤其令人感兴味的是，这部小说甚至还写了清这样一个关心政治问题、热心参加政治活动的青年，从而增加了作品的政治色彩。这样的形象在川端康成的小说里是很少出现的。据小说里描写，清是一个大学生，具有充沛的政治热情，喜欢投身于各种学生运动。如在第25章"短外褂"里，有这样一段描写：清向敬子要20万块钱，敬子问他为什么要这么多钱。于是，母子之间有一段对话，这场对话把清的热情洋溢和敬子的胆小怕事描绘得活灵活现。

这部小说其次值得我们关注的是，作者用传统的写实方法刻画个性鲜明的人物形象。有的日本评论者认为，川端康成不善于在一部小说里同时刻画几个个性不同的人物。这种看法是否适用于川端康成的其他小说，我们姑且不论；我们至少可以说，它是不适用于《东京人》的。在这部小说里，不仅女主人公敬子以及其他一些重要人物，如争强好胜的朝子、柔中有刚的弓子等人的个性是鲜明的，给人留下的印象是深刻

---

① ［日］川端康成：《川端康成全集》（日文版），第14卷，85页。

的；而且就连一些次要人物的个性也是鲜明的，也令人难以忘怀。这是因为，作者在刻画这些人物形象时，广泛地使用了心理描写的方法，通过细致地描写他们的心态，来刻画他们的形象，展示他们的性格。这种方法是现实主义作品常用的，是汲取民族传统文学养分的结果。如女主人公敬子是作者着力刻画的人物。对于她复杂矛盾的心态，小说在许多段落多次加以描写，使得这个形象显得格外充实生动，格外有血有肉。以她和弓子的微妙关系为例。一方面，她十分疼爱养女弓子，对弓子的关心甚至超过了对自己亲生女儿朝子的关心；但另一方面，又由于两人同爱一个男人（昭男），她又无意中与弓子处于对立的地位、情敌的地位，而且不能自拔。这常常使得她心事重重，心乱如麻。如在第43章"为何落泪"里，敬子和弓子看完朝子的演出，一同走出剧场时，敬子的心里乱糟糟的。小说有以下一段心理描写：昭男觉得弓子"像仙女一样"，这岂不表明在他和弓子之间迸发出爱情的火花了吗？如果没有自己的中年之恋，两个年轻人的纯真之恋将会发展下去吧。敬子曾经多次责备自己。现在站在电梯门前，仍然苦恼不已。她是他们恋爱的妨碍者，是掠夺者，是破坏者。但又转念想道："不过，我也是有血有肉的人，我也有自己的人生啊！如今生米已经煮成熟饭，不可能再回到和昭男毫无关系的状态呀！"因此，即使自己和昭男彻底分手，即使自己与弓子是假母女，敬子也不觉得昭男和弓子的结合是完美无瑕的了。①

除了《东京人》外，《名人》和《古都》也是日本民族文学传统色彩十分浓厚的重要作品。如上所述，《名人》是根据作者的《观战记》

---

① 　[日] 川端康成：《川端康成全集》（日文版），第15卷，417、418页。

写成的，因此它比一般的小说，包括现实主义小说在内，都具有更多的纪实成分，如环境、情节和人物几乎都是忠实的记录，只有名人的心理活动是作者的想象。《古都》也具有浓厚的现实主义味道，这既表现在对京都当地自然景观、时代变迁和节日活动的细致描写上面，也表现在对登场的主要人物形象（千重子和苗子）的生动刻画上面。

第二节 《雪国》以后的创作——《山音》及其他

西方现代主义色彩更浓一些的作品，可以长篇小说《山音》为例。从创作方法来说，这部小说既有日本民族文学传统的因素，又有西方现代主义文学的因素。前者的表现除了第一编所述十分精细的四季自然景物描写以外，还表现为使用不少笔墨对社会背景和家庭日常生活进行了实实在在的描写。例如，在第 10 章"鸟巢"里，有一段描写美国军用飞机掠过天空的情景如下：

> 菊子把婴儿放在走廊上。婴儿抬起赤脚，两手抓住脚趾。她的脚比手还灵活。
>
> "对对，小宝宝在看山呢。"菊子一面说，一面擦婴儿的胯裆。
>
> 美国军用飞机低低地飞了过来。轰鸣声使婴儿吃了一惊。她向山上望去，看不见飞机，只能看见它的巨大影子映在后山坡上，一掠而过。婴儿也许都看见了吧。
>
> 婴儿那天真的吃惊的眼神猛然打动了信吾的心。

　　"这孩子不知道什么是空袭呀！现在出生的好多孩子都不知道什么是战争啊！"

　　信吾注视着国子的眼睛，那吃惊的目光已经变得柔和了。[①]

我们不难看出，这是精确的写实，它具体地、细致地写出了美国军用飞机在日本国土上到处飞行及其在日本人（从不会说话的婴儿到年过花甲的老人）心目中引起的反应。

　　西方现代主义文学的因素则突出地表现在作者多次使用意识流小说方法，特别是利用描写梦境的方法展示人物内心世界上；而大量描写梦境，显然是受到弗洛伊德学说影响的结果。例如，在这部小说临近结尾的地方，有如下一段关于梦的对话：

　　"爸爸！"这回是菊子先开口，"听妈妈说了关于耳朵的故事以后，我又想起爸爸好像什么时候说过，能不能把脑袋从身体上拿下来，送到医院里清洗清洗修理修理呢？"

　　"对，对。那是我看附近的向日葵花时说的。我越来越觉得有那种必要了。领带都不知道怎么打了，也许以后连把报纸颠倒过来读都若无其事呢！"

　　"我也常常想起您的话，也想把脑袋送到医院里去试试呢。"

　　信吾看了看菊子。

　　"唔。因为每天晚上都把脑袋存在睡眠医院里呀！大概是年龄

---

① ［日］川端康成：《川端康成全集》（日文版），第12卷，426页。

的关系吧，我经常做梦。我好像在什么地方读过一首诗，其中说：心里有痛苦，夜里便做梦，梦是现实的继续。可我的梦也不是什么现实的继续。"①

川端康成正是根据弗洛伊德的梦境学说，根据平常所谓"日有所思，夜有所梦"的说法，在小说里多次描写信吾的梦境的。如第 2 章的蝉翼之梦，第 5 章的松岛之梦，第 8 章的夜声之梦，第 12 章的伤后之梦，第 14 章的蚊群之梦，第 15 章的蛇卵之梦等。这些梦都是信吾下意识（潜意识）的表现。

从内容来说，这些梦大体上可以分为三类：第一类表现的是信吾对死亡的恐怖，第二类表现的是信吾对菊子的恋情，第三类表现的是信吾对家庭矛盾的忧虑。

属于第一类的梦，如第 2 章的蝉翼之梦，写的是信吾两次梦见死人的故事。第一个梦是辰巳屋的大叔请信吾吃荞麦面条的故事。小说写道：

"今天早晨睡醒以前，梦见了两回死人哪！"信吾对保子说，"辰巳屋的大叔请我吃面条了。"

"你吃了吗？"

"啊？什么？不能吃吗？"

信吾心想：好像有这样一种说法，在梦里吃了死人拿出来的东

---

① ［日］川端康成：《川端康成全集》（日文版），第 12 卷，535、536 页。

西就会死的。

"记不清楚了。他拿出一小笼屉的荞麦面条，我觉得好像没吃吧。"

似乎没吃就醒了。

信吾连梦里的荞麦面条的颜色都记得清清楚楚，也记得这些面条放在一个铺着竹算子的方笼屉里，这个笼屉外面涂黑，里面涂红。

到底是梦里就看见了颜色，还是醒了以后才发现了颜色，信吾已经分不清了。不管怎样，现在只有那笼屉荞麦面条是清清楚楚的，其余的都模糊不清了。

一笼屉荞麦面条直接放在铺席上。信吾似乎就站在它前面。辰巳屋大叔和他的家属都坐在铺席上，仿佛谁都没有垫坐垫。信吾一直站着。这有点儿奇怪。但好像是一直站着。他只模模糊糊记得这个，此外都忘记了。

信吾从这场梦里惊醒时，把它的内容记住了。后来又睡着了。今天早晨醒来时，记得更加清楚了。可是到了傍晚，又差不多全忘了。只有那一小笼屉荞麦面条的场面还隐隐约约浮现出来，前后的情节都消失了。

辰巳屋大叔是一个木匠，三四年前年过七旬死去。信吾喜欢古色古香的风格，曾经让他给做过家具。不过，信吾和他的关系并没有亲密到他死去三年后还在梦里见到他的地步。

梦中出现荞麦面条的地方，好像是工作间后面的餐室。信吾站在工作间里，和在餐室里的老人说话，似乎并没有走进餐室。不知道为什么会做荞麦面条的梦。

辰巳屋大叔有六个女儿。

信吾在梦中接触过一个姑娘；但这个姑娘是不是那六个姑娘中的一个，信吾在傍晚时已经想不起来了。

接触过是确实记得的，但一点儿也想不起对方是谁，而且没有什么可供思考的线索。

梦刚醒时，对方是谁，仿佛很清楚。后来又睡着了，到今天早晨好像还知道对方是谁。然而等到傍晚，就再也想不起来了。

因为是在梦见辰巳屋大叔之后，所以信吾想也许是辰巳屋大叔女儿中的一个，但毫无实感。信吾根本想不起辰巳屋大叔女儿们的面影来。

梦肯定是连续的，但和荞麦面条谁先谁后就不清楚了。刚睡醒时，荞麦面条的形象最清晰地出现在脑海里。可是，美梦被对接触姑娘的震惊所打破，岂不是一般规律吗？

不过，并没有什么使他惊醒过来的刺激。①

第二个梦是相田请信吾喝酒。小说写道：

但是，做完这个梦之后，接着又睡着了。不久，又做起了一个梦。

彪形大汉相田提着一升装的酒壶，到信吾家里来了。相田好像

---

① ［日］川端康成：《川端康成全集》（日文版），第 12 卷，270、271 页。

已经喝了不少，满面通红，毛孔张开，露出一副醉态。

信吾只记得这些。梦里的信吾家，是现在的家，还是从前的家，并不很清楚。

相田大约在 10 年前是信吾所在公司的董事。去年年底，因脑溢血死去。近几年，他逐渐消瘦下来。

"后来又做了一个梦，梦见相田提着一升装的酒壶上咱们家来了。"信吾对保子说。

"相田先生？相田先生不是不喝酒吗？真奇怪呀！"

"是啊。相田有气喘病，脑溢血倒下时，一口痰堵住嗓子眼儿就断气了。他不喝酒，常提溜着药瓶走。"

可是，梦里的相田像酒豪似的大踏步走来，清清楚楚地浮现在信吾的脑海中。

"于是，你就跟相田先生一块儿喝起来了？"

"没喝呀！相田朝我坐的地方走过来，还没等他坐下，我就醒了。"

"真讨厌哪！梦见了两个死人。"

"是来接我的吧？"

已经到了这样的年纪，许多亲近的人都死了，梦见死人也许是理所当然的。①

小说通过这两个梦，把年已 62 岁的信吾害怕死期将至的心理描绘得惟

---

① ［日］川端康成：《川端康成全集》（日文版），第 12 卷，273、274 页。

妙惟肖。正如书里在叙述完第二个梦以后，接着说的那样："已经到了这样的年纪，许多亲近的人都死了，梦见死人也许是理所当然的。"但辰巳屋大叔和相田都不是作为死人出现的，而是作为活人出现在信吾梦里的。今早梦中的辰巳屋大叔、相田的面貌和姿态仍然历历在目，甚至比平时的印象还要清楚。相田酒醉涨红的脸实际上并没有出现过，但在梦里连他张开的毛孔都想起来了。在第 1 章"山音"里，小说已有多次预告，如在描写信吾记忆力衰退以后写道："信吾仿佛觉得自己的人生正在消逝。"在描写信吾夜里听见山音以后又写道："声音停止后，信吾陷入恐惧之中。"听见山音，莫不是预示死期来临吗？他感到不寒而栗。这一章的结尾还通过菊子的嘴说道："我记得听妈说过，大姨临死前就听见过山音。"信吾听后又大吃一惊。这些不祥征兆，表明他对死亡的恐惧已经进入内心深处，所以梦见死人也就不难理解了。

属于第二类的梦，如第 5 章的松岛之梦，写的是信吾梦见拥抱姑娘的故事；第 12 章的伤后之梦，写的是信吾梦见年轻女人的故事。这是两个猥亵的梦。关于松岛之梦，小说写道：

> 在松树荫下的草地上，信吾拥抱着一个女人。他们胆怯地躲藏起来，好像是离开了伙伴。女人非常年轻，是个姑娘。自己的年纪不大清楚。从与姑娘在树林里奔跑的情形来看，信吾应该也很年轻。他拥抱着姑娘，仿佛并没有感到年龄的差距，就像年轻人那样做了。但是，既没有觉得变年轻了，也没有觉得是过去的事。信吾仍旧是现在的 62 岁，不过当时却像 20 多岁的样子。这就是梦的不可思议之处。

伙伴的汽艇驶向大海远方。一个女人站在船上，频频挥动手绢。在海色的衬托下，手绢的白色直到梦醒之后仍然历历在目。信吾和姑娘被留在小岛上，却丝毫没有不安的感觉。信吾能看见海上的汽艇，但一直认为从汽艇上是看不见自己隐蔽的地方的。

在梦见白手绢的时候，他醒过来了。①

这个梦似乎既有猥亵的内容，又有年龄的含义。前者表现在和年轻姑娘的拥抱上，后者表现在自己既年老又年轻上。所以，信吾醒后想道：做和姑娘拥抱的梦是很讨厌的，是难以向家里人说的；可是梦见自己变得年轻起来，是合情合理的、自然而然的。关于伤后之梦，小说写道：

信吾抚摸着尖细下垂的乳房。乳房依然柔软松懈，没有鼓起来。女人无意对信吾的手作出反应。哎，没意思！

信吾虽然抚摸着女人的乳房，却不知道她是谁。与其说不知道她是谁，不如说根本没有想到这个问题。这个女人好像既没有面孔也没有身子，只有两个乳房挂在空中。这时信吾才思索她是谁，原来是修——一个朋友的妹妹。但是，信吾既没有受到良心谴责，也没有受到刺激。所谓是那个姑娘的印象很微弱，影像也很模糊。信吾觉得那是没有生育过的女人的乳房，但不是处女的乳房。信吾在手指上看见了纯洁的印记，吃了一惊。他心想"糟了"，可不以为是坏事。

---

① ［日］川端康成：《川端康成全集》（日文版），第12卷，325页。

"打算当运动员吧。"信吾嘟囔道。

信吾对自己的说法感到震惊，梦也断了。①

它清楚地显示了信吾的潜在意识活动，清楚地显示了信吾对儿媳菊子的爱慕之情和非分之想。这可以从信吾醒来以后对这个梦所作的解释得到证明。他想：梦里的姑娘不就是菊子的化身吗？即使是在梦中，道德也在起作用，于是用修一朋友的妹妹来作菊子的替身。而且为了隐瞒乱伦关系，为了掩饰良心不安，又用更乏味、更低下的女人来取代修一朋友的妹妹。假使自己的欲望能够随心所欲地扩展开来，假使自己的生活能够随心所欲地重新安排，自己不是会爱上身为处女的菊子，也就是和修一结婚之前的菊子吗？自己受到压抑、受到扭曲的内心，在梦中赤裸裸地表现了出来。难道自己在梦中也要隐藏自己，也要欺骗自己吗？假托那个女人是修一朋友的妹妹，而且使她的形象也变得模糊不清，这难道不是极端害怕那个女人是菊子吗？事实上，信吾对菊子的爱慕之心早已有之。从菊子进家门的时候起，信吾就把她当作爱慕的对象和理想女性的化身了——菊子刚嫁过来时，信吾发现菊子不耸动肩膀时也有一种动的美感，明显地感觉到一种新鲜的媚态。信吾由身材苗条、皮肤白皙的菊子联想起保子的姐姐。儿媳菊子的到来，在信吾的回忆里现出一道闪电似的亮光。

属于第三类的梦，如第 8 章的夜声之梦，写的是少女打胎的故事；第 14 章的蚊群之梦，写的是信吾在山路上遇见一群蚊子的故事；第 15

---

① ［日］川端康成：《川端康成全集》（日文版），第 12 卷，467、468 页。

章的蛇卵之梦，写的是信吾梦见在沙滩上看见两个卵的故事。关于夜声之梦，小说写道：

> 也许是由于自己心脏的悸动，关于梦的记忆消失了。
>
> 能记住的，只有一个十四五岁少女打胎的事，只有"于是，某某子成了永恒的圣女"这句话。
>
> 信吾正在读物语。这句话是这部物语的结束语。
>
> 一面用语言念物语，一面便在梦中把物语的故事表演出来，犹如戏剧或者电影一般。信吾没有在梦中登场，完全站在旁观者的立场。
>
> 十四五岁打胎，并被称为圣女，这很奇怪；而且还是长篇物语。信吾在梦中阅读这部描写少年少女纯真爱情的名作。读完以后，醒过来时，心里颇为感伤。①

这个梦显然与修一和菊子的事情有关。从信吾醒后的回忆来看，大约暗示的是菊子的事。因为信吾的梦是被修一在情妇那里喝醉酒回家时的叫门声吵醒的，而且其后不久（第10章"鸟巢"）菊子就做了人工流产手术，因为她不愿意在修一有情妇的情况下怀孕生孩子。尽管信吾做打胎梦的直接原因是前一天看到报纸上的报道，但是他真正关心的还是菊子的事情。关于蚊群之梦，小说写道：

---

① ［日］川端康成：《川端康成全集》（日文版），第12卷，382页。

信吾听着保子的鼾声，好容易才睡着，随即做起梦来。

信吾变成年轻的陆军军官，身穿军装，腰挎日本刀，还有三把手枪。刀好像是祖传的，修一出征时曾经用过。

信吾走在夜间的山路上，还带着一个樵夫。

信吾靠右边走，心中感到不安，打开了手电筒。手电筒玻璃镜片周围镶满钻石，闪闪发光，比普通手电筒明亮得多。手电筒一亮，就发现有黑色的东西挡在前面。两三棵大杉树干重叠在一起。但仔细一看，原来是一堆蚊子。蚊子聚在一起，变成大树的形状。信吾心想：怎么办呢？只有砍杀了。于是拔出日本刀，冲着蚊群大砍大杀起来。

猛然回头一看，发现樵夫跌跌撞撞地逃跑了。信吾的军装到处冒火。不可思议的是，信吾忽然变成两个人，一个信吾军装冒火，另一个信吾凝视着他。火焰沿着袖口、肩线和边缘冒出来又消失掉。那不是燃烧，而像是细微的炭火，发出噼噼啪啪的爆裂声。

信吾好容易回到了自己家。似乎是童年时代住过的信州农村的家。也能看见保子漂亮的姐姐了。信吾筋疲力尽，但一点儿也不觉得痒痒。①

这个梦似乎与蚊子叮咬有关系，也与信吾白天到绢子家里去，想要劝说绢子打胎却没有达到目的有关系，还与女儿的丈夫相原和情妇殉情有关系。儿女的麻烦事一起堆到信吾的头上，使他感到头疼，于是化为一个蚊群吧。关于蛇卵之梦，小说写道：

---

① ［日］川端康成：《川端康成全集》（日文版），第12卷，499、500页。

近来梦很多，黎明时分又做了一个长梦。

具体情况记不清了。醒来时好像还看见梦里的两个白色的卵。那是一片沙滩，除了沙子，什么都没有。可是，沙滩上并排摆着两个卵。一个是鸵鸟卵，很大。另一个是蛇卵，很小，卵壳上有一些裂纹，可爱的小蛇探出头来，正往外钻。信吾注视着它，觉得很可爱。

一定是由于惦记菊子和绢子的事才做这种梦的。信吾当然不知道哪个胎儿是鸵鸟卵，哪个胎儿是蛇卵。

"哎呀，蛇是胎生还是卵生呢？"他自言自语地说。①

正如小说里所写的那样，信吾之所以做这样的梦是由于"惦记菊子和绢子的事"。所谓"菊子和绢子的事"，是指修一的妻子菊子和修一的情妇绢子同时怀上修一的孩子的事。这件事使信吾感到很苦恼，甚至很恐怖。他想：两个女人同时怀上一个男人的孩子，这也许不算什么奇怪的事；可是，事情发生在自己儿子身上，就使他产生了奇特的恐怖感。这难道不是什么报应或诅咒吗？这难道不是地狱的景象吗？一般认为，这不过是很自然、很健康的生理现象；但信吾如今不可能有那样豁达的想法了。而且菊子已经是第二次怀孕了。菊子前次堕胎时，绢子已然怀孕。绢子尚未生产，菊子又怀孕了。菊子不知道绢子怀孕。正是这些家庭矛盾使信吾忧心忡忡，使他难以安然入睡，使他入睡以后便做了蛇卵之梦。

---

① ［日］川端康成：《川端康成全集》（日文版），第 12 卷，508、509 页。

总的来说，在《山音》里，这种梦境描写是作为人物心理描写的一种重要手段来使用的，特别是作为人物潜在意识描写的一种重要手段来使用的。它符合一般人的生活规律——日有所思，夜有所梦；也在一定程度上扩展了小说心理描写的广度，加深了小说心理描写的深度。而且，这种梦境描写的数量仍然是有限度、有节制的，不是自由泛滥、无边无际的。

当然，比起《山音》来，中篇小说《睡美人》在创作方法上具有更多的现代主义文学成分，具有更加浓厚的意识流小说色彩。这除了表现在小说环境描写和人物形象描写的非现实性外，还表现在小说大量使用自由联想的方法，描写江口由夫的思想活动，描写他的心理活动，特别是描写他的潜在意识活动。这些思想活动、心理活动和潜在意识活动，包括对临近死亡的恐惧，对失去青春的哀怨，对自己不道德行为的悔恨等。这是因为，小说写的是江口由夫和睡美人之间的故事，而睡美人是不能说话的，是不能产生感情和思想的；所以小说不可能描写他们之间的对话，不可能描写他们交流感情和思想，自然也就只好描写江口由夫自己的思想活动、心理活动和潜在意识活动了。短篇小说《一只胳膊》是《睡美人》的进一步发展。在《睡美人》里显示出来的创作思想和创作方法，到《一只胳膊》里得到了更加充分的展示。这篇小说不仅在环境描写和故事情节安排上是非现实和超现实的，而且作者还有意运用自由联想的方法，运用描写梦境的方法，展示男主人公"我"的意识活动，特别是潜在意识活动。这就更进一步加强了它的非现实性和超现实性。

综上所述，我们可以得出这样的结论：从创作方法来说，在写作《雪国》的同时和以后，川端康成的创作大体上是沿着自己的道路继续前进的。其中《名人》《东京人》和《古都》的民族传统文学色彩更浓一些，这主要体现在他基本上采用的是现实主义的创作方法，注重具体地、真实地、典型化地描写客观现实。《山音》在创作方法上或许可以说是现实主义和现代主义结合的产物，既有相当多的现实主义成分，有相当多的写实因素；也有一定数量的现代主义成分，主要是对梦境的描写，但在篇幅上受到一定限制，并且起了深入表现人物心理的作用。《睡美人》和《一只胳膊》可以算是比较极端的例子。非现实和超现实的内容，自由联想手法的运用，梦境的描写，表明作者采用的主要是现代主义的创作方法；但其自由联想和梦境描写在篇幅上仍受到一定限制，并且也起到了深入揭示人物心理的作用。这就是说川端康成的创作进入第三个时期——走自己道路时期以后，他一面继承日本民族文学传统，一面汲取西方文学营养，从而走上了自己的独特道路，形成了自己的独特方法。那么，二者比较起来，他更加重视和强调哪一方面呢？回答是前者，而不是后者。这不但可以从他的创作实践——《雪国》以及其他一系列作品中得到有力的证明，而且可以从他关于日本民族文学传统和自己所走道路的一系列论述中得到有力的证明。

以上简要地论述了川端康成小说创作方法的嬗变过程，论述了嬗变的三个时期。最后，我们可以归纳出以下两点。

川端康成小说的创作方法之所以不断变化，既有客观方面的原因，也有主观方面的原因。从客观原因来说，川端康成生活在一个社会剧烈动荡、文坛迅速变幻的时代。在这个时代里，日本文坛接连不断地受到来自西方文坛各种现代主义文学思潮、文学流派和创作方法的冲击，日本作家不得不在这些文学思潮、文学流派和创作方法的冲击下寻找自己的道路，不得不在西方现代主义文学和日本民族传统文学之间寻找自己的道路。从主观原因来说，川端康成在他的青年时代积极主张革新文学并热心提倡振兴文学，所以很容易被当时在西方刚刚兴起的各种文学思潮、文学流派和创作方法所吸引，很容易接受它们的影响。到了中年时代，他便越来越不满足于这种单纯模仿别人的办法了，越来越感觉到日本民族传统文学的重要了。

川端康成小说的创作方法虽然大致可以分为三个时期，可是后一时期并不是对前一时期的全面否定，而是既有否定也有肯定，既有扬弃也有吸收。当从新感觉派时期进入模仿意识流小说时期时，他并没有全面否定表现主义和达达主义之类的创作方法，而是更充分地运用了自由联想等方法，甚至可以说将其发展到了极端。当从模仿意识流小说时期进入走自己道路时期时，他也没有全面否定表现主义、达达主义和意识流小说之类的创作方法，而是灵活地运用了其中的一些方法，并使之与日本民族传统的方法巧妙地结合在一起。

第三编 ◎

表现技巧论

上一编谈的是川端康成小说的创作方法，这一编谈的是川端康成小说的表现技巧。创作方法和表现技巧是两个既有一定联系又有明显区别的问题。在小说创作过程中，创作方法是指作家所采用的基本原则和方法，而表现技巧则是指作家所采用的具体方法和技巧。创作方法是不可能抽象地存在的，是具体地体现在作家如何选择材料、刻画艺术形象和反映社会生活之中的，而选择材料、刻画艺术形象和反映社会生活则是通过各种表现技巧显示出来的。因此，创作方法和表现技巧必然有一定联系，一种创作方法总是要求采用能够充分表现其特色的表现技巧，也就是说创作方法对表现技巧有制约作用。但是，创作方法又不能等同于表现技巧，一种表现技巧往往可以为不同的创作方法所使用，只是使用的分量和方式有所区别；创作方法所产生的影响是全局的，表现技巧所产生的影响是部分的。

小说作为叙事文学的一种形式，我们在研究它的表现技巧时，既要考虑到传统叙事文学理论的研究成果，又要考虑到 20 世纪初期以来以俄罗斯的形式主义、捷克和法国的结构主义以及英美的新批评派为代表的新叙事文学理论的研究成果。一般来说，传统叙事文学理论侧重研究叙事文学所表现的生活内容，即以人物、情节、环境三要素为中心的生活内容，新叙事文学理论则侧重研究叙事文学的其他方面，如故事的叙述方式、叙述者的声音特点、叙述者与叙述接受者的关系等。在笔者看来，新叙事文学理论忽视了传统叙事文学理论所重视的重要问题，但也提出了传统叙事文学理论所忽视的若干重要问题。我所采用的研究方法是以传统叙事文学理论为主，同时适当吸收新叙事文学理论的若干合理因素。

　　川端康成一贯重视小说的表现技巧。在《新文章读本》（1949—1950）一文里，他指出：对于艺术来说，表现是至关紧要的；对于小说来说，文章具有生死攸关的意义。今天的作家往往把文章、表现看作技巧，看作雕虫小技，他们更重视思想内容，以为只要思想内容好就行，文章、表现无关紧要。以前的作家并不如此，他们以为思想内容再好，文章、表现也不能粗制滥造。显然这是两种相反的观点，难以轻易断定孰优孰劣；但可以肯定，今天的读者和作家对语言、文章、表现的思考实在太轻率了。① 他还指出：旧瓶装不了新酒。没有新表现、新文章，就没有新文艺。② 与此同时，川端康成在表现方面又是勇于探索的、敢于创新的。他刚踏上文坛时，便对日本文学现状表示不满，积极倡导革新。早在 1922 年，他就明确指出，新精神需要新表现，新内容需要新文章③。到 1925 年则进一步指出，创造未来文艺的乃是新进作家，对于新进作家迟迟不予理解必定会尝尽苦果；没有新表现则没有新文艺④。其后，由于年龄的增长和阅历的加深，他虽然不再如此锋芒毕露，但坚持刻意求新，坚持走自己道路的态度终生未变。正因为如此，他始终重视小说的表现技巧，重视表现技巧方面的革新，所以他的作品达到了相当高的艺术水准，形成了个性鲜

---

　　① ［日］川端康成：《川端康成全集》（日文版），第 32 卷，205、206 页。

　　② 同上书，208 页。

　　③ 同上书，9～19 页。

　　④ ［日］川端康成：《川端康成全集》（日文版），第 30 卷，172～183 页。

明的艺术特征。以下结合他各个阶段有代表性的小说，研究一下他在人物刻画、环境描写、情节结构、语言运用和叙述方式五个方面的表现技巧。

在小说中，作家所描写的对象是很多的，但处于中心地位的无疑是人物，是人物的外貌、命运、心理、情感和性格等，其他的一切（如环境、故事等）都是为描写人物服务的，都是为表现人物服务的。正是在这个意义上，黑格尔说性格是艺术表现的真正中心，高尔基说文学是人学。因此，人物刻画的好坏，是衡量作家艺术水平的关键之一，衡量小说艺术水平的关键之一。

川端康成十分重视小说的描写，尤其是人物形象的描写。他认为描写是将事物具体化和形象化，是用语言架构能够感知的世界，是描绘形象，包括自然形象和人物形象；而人物形象描写（含外貌描写、行动描写和心理描写等）是小说描写的主要部分，作家必须在自己的脑海里将描写的对象变成清晰的意象，并且让这种意象也印在读者的脑海里。这是作家的主要工作。①

川端康成的小说塑造了许多活生生的、有血有肉的人物形象。仔细研读他的小说，我们可以发现，就总体而言，他在刻画人物形象方面有以下两个鲜明特点。

第一节　感受·理想·性格·朦胧

注重主观感受、具有理想色彩、重视性格刻画和以朦胧为手段，是川端康成的小说在刻画人物形象方面的第一个鲜明特点。

川端康成的小说往往以主观感受作为刻画人物形象的基础，往往以主观感受作为从事小说写作和塑造人物形象的起点。主观感受有浅有深，有弱有强。川端康成总是力求深入，即不仅用眼睛、耳朵等感觉器官去感受，更主要的是用自己的心灵去感受；不仅看见过或听见过，而且爱过或恨过，悲愤过或同情过。鲁迅所说的"创作须情感，至少总得发点热"②，列夫·托尔斯泰所说的"必须体验过某种感情"③，大约就包括这个意思在内。

---

① ［日］川端康成：《川端康成全集》（日文版），第 32 卷，41～68 页。
② 鲁迅：《鲁迅全集》，第 3 卷，332 页，北京，人民文学出版社，1961。
③ ［俄］列夫·托尔斯泰：《艺术论》，丰陈宝译，113 页，北京，人民文学出版社，1958。

　　一般认为，主观感受有亲历的、观察的和听说的三种。川端康成特别重视第一种，即亲身经历的，并深有所感的；而以其余两种为辅。所以，他所写的人物形象有深厚的基础。非但如此，川端康成还是在强烈的艺术感受的基础上去创作的，即用自己的心灵去感受自己所塑造的人物形象。正如他一再说过的那样，《雪国》里驹子的感情就是他自己的感情，驹子的悲哀就是他自己的悲哀，驹子的痛苦就是他自己的痛苦，他和驹子一起悲哀和痛苦，他想通过驹子向人们倾诉自己的悲哀和痛苦。从这个意义上说，他的小说往往具有很强的主观色彩和理想色彩。

　　这种主观色彩很强的小说可以举出很多。据川端康成自己说，《帽子事件》是在不忍池观月桥散步乘凉时构思的作品，也许有个人的帽子掉了，但他被人唆使要从池子里把帽子捞起来是作者的主观想象，他对自己这段想象很满意；《男人、女人和板车》《蝗虫和铃虫》《夜店的微笑》都是在街头漫步时得到启示而创作的，三者都用幼稚的感伤给街头小景增添了若干色彩，而这种色彩来自作者自己的主观想象；《脆弱的器皿》《她走向火海》《锯与分娩》都写了与《向阳》中的姑娘有关联的梦，流露出作者心里的感伤，也许作者做过这样的梦，如果能按他梦的原样写将会更好；《头发》《阿信地藏菩萨》《港口》《冬日临近》《偷茱萸的人》《处女的祈祷》《神在》《马美人》《舞女旅行风俗》《滑岩》《球台》《谢谢》《海》《夏天的鞋》等都是取材于伊豆半岛的，是作者长期逗留伊豆半岛的产物，不过这些地方都只是作者抒发自己感伤情怀的背景而已，其实他并没有认真描写其中任何一处；《伊豆的舞女》当然也是取材于伊豆半岛的，是作者第一次前往伊豆半岛旅行的产物，作者认为这篇作品之所以深受读者欢迎，是因为"我是怀着对舞女及其巡回艺人伙伴的感谢之情写的，我的感激成为作品的基调。我觉得那是坦率而单纯的感谢。/那种感谢达到了天真的地步，'我'与舞女分别，从下田回东京时，对同船的少年，即'河津工厂主儿子'都充分地表现了'我'的天真。在船上，那个少年躺在'我'身边。他问'我'：'你是不是碰到了什么不幸？''我'非常坦率地回答道：'没有，我刚和人告别。'别人看我哭泣，我也毫不在意。我仿佛什么也没有想，只是在清爽的满足中静静地睡着了"①；《母亲》也许由于开头和结尾采用了感伤诗的形式，所以有的人很喜欢它，但作者不喜欢，也不觉得好，不过其中隐含着作者对自己父母早亡的怀念之情（为了强调这种怀念之情，作者写道："父亲在我三岁时死于肺结核。母亲受到感染，第二年死去。我在少年时期担心自己也会因肺结核而夭折，心中充满感伤之情。然而自幼产生了免疫力吧，我并没有传染上肺结核。童年时期仿佛得过眼睛结核，但直到 40 岁左右始终没有理会。"②）；《名人》是纪实性很强的作品，但即使这样的作品也不免含有一部分作者主观推测的因素，即名人的心理活动，正如作者所说的那样，"关于棋手的心理，则完全是我的推测，一次也没有问过本人"③。

与此相关，他的小说常常具有浓厚的理想化色彩，即为了充分表达自己的主观感受，有时不惜将现实形象美化。这种理想化色彩，在他刻

---

① ［日］川端康成：《川端康成全集》（日文版），第 33 卷，242 页。

② 同上。

③ 同上书，510 页。

画的年轻女性形象，尤其是下层女性形象身上表现得很突出。《伊豆的舞女》中舞女薰子的形象是一个明显的例证。如上所述，《伊豆的舞女》虽然是以作者的实际生活和实际体验为基础写成的，却并非作者实际生活和实际体验的单纯记录，而是一篇艺术创作，其中省去了若干作者以为不必要写出来的东西。关于这个问题，作者后来在这篇小说拍成电影时说得很明白。他写道：

> 面貌当然不会相似，不过田中绢代的舞女演得好极了，尤其是披着外衣耸起肩膀的背影好极了。十分愉快、亲切的表演态度，也使我感到高兴。若水绢子扮演的嫂子，确实充分表现了早产后旅途劳顿的样子。没有精彩场面，闲得无事可做，反添一层惆怅。可是，比起她本人来，美得有些过分。实际上，这夫妇二人长有讨厌的肿瘤。他们早晨由于腰腿疼痛，不能轻快地从床铺上爬起来。哥哥在温泉浴池里换贴腿上的膏药，我和他在一个浴池里，却不忍心去看。生下水一般透明的孩子，大约也是这个病的关系。当我顺畅地写《伊豆的舞女》时，只有一点犹豫不决，即写不写这个病。如果要写，就会变成感觉稍微不同的作品。可是，仿佛故意与人为难似的，其后一有机会，这个肿瘤的幻影便会跟踪而至，其强度不劣于舞女眼梢的红色。母亲实在有点儿脏。舞女的眼睛、嘴巴、头发以及面部轮廓十分漂亮，甚至显得有些不大自然；只有鼻子小得很，好像恶作剧似的点缀着。但不写这些并没有什么不放心。不知为什么，唯有肿瘤，究竟是写出呢，还是隐瞒呢，在写这篇文章的四五天内，这个难题不断徘徊于心间。现在也该到写它的时候了。在此期间，我曾经停笔三四小时，直到天也亮了，头也疼了，才终

于写完了。写出来会后悔，不写出来又会被肿瘤缠住不放，让我一次又一次头疼。①

其实不仅是《伊豆的舞女》，其他许多小说中也不乏其例，特别是在描写残疾者形象的场合。如长篇小说《女性开眼》（1937）写的是一个盲姑娘初枝的故事。他在谈到这部小说的创作过程时说：关于白内障手术等问题，曾向专业医生咨询过，也看了一些参考书。但是，初枝被理想化了，从医学上不能说正确。首先，初枝那样瞎了的眼睛，就不会像小说里写得那么美。他还谈到另外一部长篇小说《美妙的旅行》（1942）的创作意图：

> 1939年我在《少女之友》上连载以聋盲少女为主人公的《美好的旅行》，也是刚开头就结束了。关于那部作品，我说过：我试图通过聋盲孩子充分表现人生和世界的美。这部作品中的聋盲孩子，既不偏激，也不神秘。这可以说是我观察问题、思考问题的一副眼镜。所谓这个孩子的个性，并不算是什么问题。这个孩子也许并不真正存在。但是，我认为这是一个真实的生命。我希望她作为象征也要生活下去。对于《女性开眼》中的盲少女，我也怀着这样的心情。我打算有时间安静地写完《女性开眼》和《美好的旅行》这类作品。②

---

① ［日］川端康成：《川端康成全集》（日文版），第33卷，81、82页。
② 同上书，408、409页。

川端康成的小说还往往以性格作为刻画人物形象的生命。在现实中，人的生命首先是物质的，其次才是精神的；但在小说中，人的生命却必须以精神——性格为主，只有写出人物性格，人物才能活起来。莱辛甚至认为"一切与性格无关的东西都可以置之不理"①。川端康成深刻理解这一点，总是围绕性格来塑造人物形象。他注意表现人物性格的个别性，即不过多写一般性的东西；注意表现人物性格的内在性，即努力挖掘内心感情，写出深层心理；注意表现人物性格的整体性，即充分照顾到一个人的统一性，正如黑格尔所说的"每个人都是一个整体，本身就是一个世界。"② 川端康成有时还能够达到使人物性格获得独立地位，不再受作者控制的地步，即阿·托尔斯泰所谓创作的最高境界——"当他笔下的人物开始过着独立自主的生活的时候，开始过着活生生的人的生活的时候……这就是创作的最高境界。"③ 如果把小说分为故事型、生活型和心态型三种类型的话，那么川端康成最有代表性的小说（或许不能说是所有的小说）既不属于以紧张、曲折的故事情节取胜的故事型小说，也不属于以具体、细致地描绘现实生活见长的生活型小说，而是属于以表现人物内心状态和意识活动为重心的心态型小说。当然，故事型小说也不是绝对不写人物的心态，有些故事型小说也写人物的心态，只不过分量很少，往往限于纯粹的内心独白；生活型小说更不是不写人物的心态，有些生活型小说广泛使用内心独白和心理分析等方

---

① ［德］莱辛：《汉堡剧评》，张黎译，125 页，上海，上海译文出版社，1981。

② ［德］黑格尔：《美学》第 1 卷，朱光潜译，303 页，北京，商务印书馆，1979。

③ ［俄］阿·托尔斯泰：《论文学》，程代熙译，247 页，北京，人民文学出版社，1980。

式大量描写人物心态，但与对外在生活的描写相比，其比重仍然较小，
而且受到故事情节框架的制约，在作品中还是处于次要地位；而川端康
成的心态型小说则不然，它把描写人物心态的比重进一步扩大了，有时
甚至将其放在了首要的地位。最能充分体现这个特点的小说自然是《水
晶幻想》等纯意识流小说。在这类小说中，人物心态（包括浅层的和深
层的、理性的和非理性的）成为作品压倒一切的中心内容，人物心态描
写的分量比外在生活描写的分量多。除了这种纯意识流小说外，他的其
他许多小说也都程度不同地体现了以表现人物心态为重心的特点。在这
些小说中，故事情节常常比较简单，几乎没有很多吸引人的地方，外在
生活描写也常常比较简单，也几乎没有很多吸引人的地方，而调动各种
艺术手段表现人物心态则成为作者的主要着力点，成为小说表现的重
心，成为小说主要魅力之所在。如上所述，在谈到《雪国》中的人物形
象刻画时，他就明确说过，作者深深地切入驹子这个人物之中。① 关于
重视性格描写，尤其是心理描写的问题，川端康成在《独影自命》里有
明确的表述。他写道：

　　在断断续续发表的时候，就尽可能让一个一个的片段构成相对
独立的短篇，因此将这些片段归纳起来的时候，便显得结构松散，
缺乏起伏跌宕和前后呼应。与事件相比，我更重视心理感受，而戏
剧和电影则难以表现出来。去年八月歌舞伎剧场要由花柳章太郎氏
等新派演员演出，也没有人写脚本。久保田万太郎氏表示，如果没

① ［日］川端康成：《川端康成全集》（日文版），第33卷，388页。

有人写脚本，就由我来写。我去看了戏剧演出，觉得久保田氏的情节和结构的确不错，尤其是在台词方面对我颇有启迪。①

　　川端康成的小说还往往带有朦胧的性质，往往以朦胧作为刻画人物形象的手段。一般来说，与美术等艺术作品中的人物形象相比，文学作品（包括小说在内）中的人物形象都不是直观的而是想象的，不是直接的而是间接的，具有既确定又不确定、既明朗又朦胧的特色。川端康成小说中的人物形象就特别充分地发挥了朦胧的特色，尽量让读者依据自己的生活经验和审美观念去想象和创造，从而使这些人物形象产生了更大的诱惑力，使这些艺术作品产生了更大的感染力。这是因为，川端康成在刻画人物形象（特别是描写人物外貌）时，尽量写得比较简洁和含蓄，尽量保留许多不确定的因素。如《伊豆的舞女》中的舞女和《雪国》中的驹子以及叶子等都是如此，人们觉得她们很美，但又说不清怎么美，可以说是"只可意会，不可言传"。也许正是这个缘故，川端康成的小说很难被改编为戏剧、电影和电视剧，因为一旦被搬上舞台、银幕和银屏，这些人物形象就完全变成确定的和明朗的了，读者对她们的想象和创造就受到限制了，小说原有的不确定性和朦胧性就被破坏了，小说原有的艺术诱惑力也被破坏了。关于这个问题，川端康成曾以《雪国》《千只鹤》《山音》等作品为例加以说明。《雪国》是"地点"朦胧的例子。他在《关于〈雪国〉》里写道：

① ［日］川端康成：《川端康成全集》（日文版），第33卷，536页。

　　"穿过长长的国境隧道就是雪国了"开头这句所说的"隧道"是上越国境的清水隧道，因此"雪国"是越后，温泉浴场在汤泽。但是，我特意隐藏了这些地名。一是为了避免写出地名而剥夺读者自由想象的权利，二是为了不给作为模特儿的女子带来麻烦……我不喜欢解说自己的作品，希望读者自由地阅读，而作品的命运则任凭读者决定。①

《千只鹤》和《山音》是"工作情况"朦胧的例子。他在《独影自命》里写道：

　　我对久保田氏提出的问题，有时候回答不上来。例如，三谷菊治（《千只鹤》的男主人公——引者注）上班的公司是什么公司，我这个作者就不知道。设定为毛织品公司是久保田氏的想法，但是没有在舞台上明确地表现出来。在电影里变成了乐器公司，拍摄的是银座的小野钢琴店。在《山音》里，尾形父子公司的工作，我也不知道。辰巳柳太郎氏早就希望《山音》也以新国剧的形式上演，但是关于在舞台上出现什么样的公司，却和我这个原作者毫不相干。没有写作品中人物的公司，没有写他们的工作情况，一方面是由于我的疏忽，另一方面也是由于担心会损害作品的情趣，所以故意略而不写。此外，还因为菊治和栗本近子等人不过是不可或缺的次要角色。②

---

① ［日］川端康成：《川端康成全集》（日文版），第 33 卷，195 页。
② 同上书，536、537 页。

第二节　模特儿与人物

善于灵活地处理模特儿与人物的关系，是川端康成的小说在刻画人物形象方面的第二个鲜明特点。

据川端康成自己说，他的许多小说在创作时是没有模特儿的。如在《作家访谈》里，他明确指出，除了早年取材于身边琐事的小说外，几乎没有写过真正的模特儿小说；当然，在写作过程中曾经受到过某些人物和事件的启发，但那些不能算是真正的模特儿。

属于这种没有真正模特儿的小说很多，其中有的多少有些现实的依据，有的几乎没有现实的依据。川端康成指出：《金丝雀》是虚构的故事；《港口》是夸张的描写；《偷茱萸的人》是编造的故事；《处女的祈祷》完全是空想的产物；《马美人》里有一个前来帮忙的姑娘的影子，但仍是幻想之作；《滑岩》是因为吉奈温泉东府屋浴池里有一块大岩石，但女人"滑岩"可以怀孕的故事是编造的；《夏天的鞋子》中的马车夫和感化院少女都是想象出来的；《合掌》是虚构的故事；《秋雷》是受孝子传说的启示而编造的故事；《日本人安娜》中的卢波斯基姐弟确有其人，他们曾经在浅草的日本馆演出过，但小说完全是空想的产品；《脸》完全是虚构的；《舞会之夜》是因为观看日本舞蹈协会的演出而受到启发创作的，但人物是想象出来的；《蛇》是听了妻子做的梦而写出来的作品；《再婚者》是从一个名叫《欧罗巴》的杂志上刊登的一句散文诗得到的启迪，但小说里的人物没有模特儿，其中的"我"也不是作者，只有海棠寺的海棠树是作者亲眼所见，不过那棵有名的树在作者写这篇小说时也已经枯死了；《舞姬》中波子的家以蒙古饭馆"好好亭"为原型，但是波子和品子都没有模特儿，佐藤态治所画的插图以小牧芭蕾舞团的日高惇为品子的模特儿，其实两人没有什么关系；《千只鹤》和《山音》没有任何模特儿，是自己想象出来的；《千只鹤》可能是因为看见两位参加茶会的小姐而加以构思的，其中一位小姐手里也许拿着带"千只鹤"图案的包袱皮，但也许根本就没有拿着（以上参见《独影自命》①）。关于《古都》，他也说过类似的话，如"尽管我十分留心，可是也没有找到一个京都姑娘像我在《古都》里所要描写的人物形象那样。我为此感到苦恼，没有能够充分表现出其风采来"。但对读者来说，也许反而可以依据各人的不同爱好进行自由的想象。因此，这部作品没有任何一个模特儿。他还举出一个实例，小说写了一个艺妓在上七轩咬了顾客舌头的故事，这是作者想象出来的，不是实际发生的；作者曾到上七轩去过两三回，但没听说发生过这类事件。② 在同一篇文章里，川端康成还加以概括道："一般来说，我过去的作品几乎都没有模特儿。"③ 这当然只是大致的说法，未必做过精确的统计（这里需要注意的是，川端康成之所以能够通过一些若有若无的线索创造出人物形象来，依靠的是自己的艺术想象力。这种艺术想象力是一种创造性的心理活动。黑格尔称之为真正的创造。这种心理活动颇为复杂和微妙，它包含作者对线索的分析、组合和产生创作灵感等过程，而所有这些过程都

---

① ［日］川端康成：《川端康成全集》（日文版），第 33 卷，265～547 页。

② 同上书，181、182 页。

③ 同上书，181 页。

是以作者丰富的生活阅历和长期的创作经验为依据的）。

关于没有模特儿的原因，川端康成仿佛提到两点：一是别人不让自己把他当模特儿写，自己就坚决不写。这似乎是为了免得引起麻烦。据有些材料记载，《雪国》里驹子的模特儿——松荣就曾对作者表示过不满。当发现自己被当成模特儿后她十分生气，觉得浑身火烧火燎的，连自己都没注意的事情，也被仔仔细细地写了下来，所以表示将来见到川端康成的话，一定要好好说说他。二是自己记性不好，转眼之间就会把具体细节忘得一干二净，而使小说有生气的正是这些细节。这些似乎也是实际情况，因为作者曾经多次说过自己的健忘，尤其是到了晚年。

不过，川端康成也有不少小说在创作时是有模特儿的。属于这种类型的小说至少可以举出如下一些：描写他孤独童年的，如《拾骨》《油》《参加葬礼的名人》《16岁的日记》《祖母》《致父母的信》等，写的是他幼年和少年时代的不幸遭遇，以作者本人（或接近作者本人）为主人公，其他登场人物也大抵是真实存在的；描写他初恋失败的，如《篝火》《非常》《霰》《南方之火》等，写的是他和伊藤初代的恋爱过程，其中的人物大抵是真实存在的；描写他在伊豆半岛的生活和所见所闻的《白色的满月》（1925）、《伊豆的舞女》、《伊豆归来》（1926）和《温泉旅馆》等，其中《伊豆的舞女》是在回忆录的基础上写成的；根据越后汤泽旅行见闻创作的《雪国》，其中的驹子以松荣为模特儿；根据本因坊秀哉名人引退战见闻创作的《名人》，是在《观战记》的基础上写成的；等等。这里需要注意的是，上述作品虽然都可以归入有模特儿的小说范畴，但是仔细研究一下便可发现具体情况仍有千差万别，归纳起来大致可以分为两种类型：其一是有模特儿但并不完全按照模特儿的样子去塑造人物形象，其二是有模特儿并且大体按照模特儿的样子去塑造人物形象。

第一种类型的作品可以举出很多。据川端康成自己说，他在写《白色的满月》和《伊豆归来》的女主人公时，脑海里确实有一个旅馆侍女的影子在活动，那个侍女对他怀有好感，并且关照过他，但是小说里的人物和现实中的侍女相差甚远；他所写的《温泉旅馆》里的姑娘是颇有一些野性的，但实际上旅馆里的侍女并不如此充满野性，而且小说里姑娘们的经历和行为也大多是虚构的。《雪国》的创作过程最能够说明这种类型作品的特点。如上所述，《雪国》中驹子的模特儿是松荣。松荣是川端康成三次前往雪国时所结识的艺妓。据日本学者考证，"松荣"是她的艺名，她的真名是"菊"，结婚后姓"小高"。她1916年生于新潟县三条市一个贫苦的农家，共有兄弟姐妹七人。她是父母的长女，为生计所迫，11岁时便离开家乡到长冈去打工。与川端康成见面时，她年已19岁，属于一个名叫"丰田屋"的艺妓下处。川端康成之所以一次又一次地前往汤泽温泉，显然与松荣有关系，也与写作《雪国》有关系。在川端康成看来，穿过长长隧道的汤泽仿佛是与现实社会隔离的另一世界，汤泽的环境是纯洁无垢的，汤泽的人——松荣也是纯洁无垢的。尽管松荣是驹子的模特儿，但松荣与驹子的关系是相当微妙的。针对当时许多人以为驹子即松荣的误解，作者曾不得不多次出面予以更正。例如，"以《雪国》的驹子来说，如果以为某个女子就是驹子的原型，驹子是一个实际存在的人物，那就大错特错了。我只是受到某个实际存在的女子的启示。"① "在有模特儿这个意义上说，驹子是实在的；但小说中的驹子与模特儿显然不同，所以说不是实在的也许更准确……《雪国》中的故事和感情之类，也是想象多于实际。特别是在感情方面，驹子的悲哀就是我的悲哀，我似乎是想通过她向人们倾诉吧。"② "写《雪国》的驹子等人物时，我在很多地方故意让她与实在的模特儿有所不同。脸形之类也不相似。去看模特儿的人感到意外，乃是理所当然的。"③ "《雪国》中的驹子是有模特儿的，但若称之为模特儿小说我觉得有问题。我并没有如实地写生，比如脸形等就特意写成另外的模样。"④ 由此可见，驹子虽有模特儿，却与模特儿差别很大，是作者根据模特儿的某些特点所进行的大胆创造。这还可以由以下两个事实得到证明：一是1937年年底根据寺崎浩的剧本在新舞剧场上演《雪国》时，饰演驹子的演员花柳章太郎非要去实地看看模特儿不可。他曾给川端康成写过一封信，打听实在的地名，据说是要作为演戏的参考。川端康成在回信中劝他不要去，也没有告诉他地名。可是后来不知道他在什么地方查到了地名，还是跑到汤泽温泉去了。结果他大失所望，垂头丧气地回来了。尽管如此，他仍然在跟别人谈话时说过"叶子比驹子眼睛更明亮"之类的话。川端康成在杂志上看到这段记载以后，表示颇为吃惊。他写道：我奇怪得不得了。花柳氏到底认为谁是叶子呢？连我这个作者也茫无头绪。大概是温泉浴场的人告诉他某某是叶子吧，可我不认识那

① ［日］川端康成：《川端康成全集》（日文版），第33卷，562页。
② 同上书，388页。
③ 同上书，390页。
④ 同上书，195页。

样的姑娘①（关于叶子没有模特儿的事，川端康成在其他一些地方也多次说过，看起来只是有个别场面，他曾经实际看到过，如据《〈伊豆的舞女〉的作者》记载，岛村在开往雪国的火车上，看见车窗外的灯光映照在一个姑娘的脸上时的美景；但那个姑娘究竟长什么样子，他早已记不清了。另外，据说不仅花柳章太郎到汤泽去过，《雪国》剧本的作者寺崎浩也到汤泽去过。他去的目的是想了解一下当地的风物，看看驹子所住的养蚕房间。可是他见到的是一个名叫"松江"的艺妓，根本不是驹子的模特儿"松荣"）。二是据《川端康成的旅愁》载，松荣在一次答记者问时说过：大概是八九年前吧，东京上映电影《雪国》（岸惠子主演）时，公司送来招待券，我去看了。不过，我没有什么作为模特儿的实感，完全像是别人的事。

第二种类型的作品也可以举出很多，兹以《伊豆的舞女》和《16岁的日记》为例。

如上所述，《伊豆的舞女》是川端康成根据自己 1918 年赴伊豆半岛旅行的经历和体验写成的。据年谱记载，这次旅行自 10 月 30 日起，至11 月 7 日止。日程如下：10 月 30 日　从东京第一高等学校出发，在三岛站乘骏豆线火车到终点站大仁下车，步行到修善寺温泉宿一夜。10月 31 日　经下田去汤岛，中途在汤川桥附近迎面碰见三个前往修善寺进行巡回演出的女艺人。他便宿于汤岛，等待巡回艺人再转回来。因为"挎着大鼓的舞女从远处望去引人注目。我一再回头眺望，一种旅情油然而生"。11 月 2 日　离开汤岛，与巡回艺人们在天城山茶馆见面，并

---

① ［日］川端康成：《川端康成全集》（日文版），第 33 卷，387 页。

同行至汤野（小说故事从这里起笔）。11 月 4 日　在汤野留宿两夜之后，早晨准备上路；可是由于舞女一行仍在睡觉，希望延期动身，于是商定再宿一夜。11 月 5 日　与巡回艺人们一起离开汤野，当日抵达下田。11 月 6 日　早晨与巡回艺人们分手，乘船离开下田（小说故事到这里结束）。11 月 7 日　返回学校。《伊豆的舞女》不是一蹴而就的，而是在《在汤岛的回忆》的基础上加工修改的结果。关于二者的关系，据说是这样的：《在汤岛的回忆》用 400 字一页的稿纸写了 107 页，好像没有全部写完。其中从第 6 页至第 43 页是回忆作者与巡回艺人一起越过天城山前往下田的旅行，后来改写成小说《伊豆的舞女》。与舞女同行是在 1918 年，作者 20 岁的时候；写《在汤岛的回忆》是在 1922 年，作者 24 岁的时候；而写《伊豆的舞女》是在 1926 年，作者 28 岁的时候。这就是说，《伊豆的舞女》是《在汤岛的回忆》一部分内容的改写，而《在汤岛的回忆》这一部分则是作者首次伊豆之行的回忆录。据说《在汤岛的回忆》是 1922 年夏天作者在伊豆汤岛动手写的。这篇文章分为两部分，第一部分是对舞女的回忆，第二部分是对清野的回忆。写第一部分时，作者似乎花了三四天的时间。不过，由于作者并未将《在汤岛的回忆》正式发表，而且在日后发表的题为《少年》的小说里声明"我现在写了这篇《少年》，所以把《在汤岛的回忆》、旧日记和清野的旧信件都烧毁了"[①]，所以我们如今已经无从考察《在汤岛的回忆》的原样了（只在《少年》和《独影自命》里保留了一部分）。但有一点是可以肯定的，即川端康成这时仍怀着初恋失败所引起的伤痛，而阅读旧日

① ［日］川端康成：《川端康成全集》（日文版），第 10 卷，255 页。

记、旧信件并写作回忆录是为了治愈这种伤痛，并没有将这份回忆录公开发表或者改写成小说的打算；然而也许正由于没有这种打算，所以才能大胆吐露真情，才能格外感人吧。因此，我们可以得出这样的结论：《伊豆的舞女》中的舞女（薰子）大体上是按照作者伊豆之行遇到的舞女的样子塑造的（当然也有一些不同之处，上文已经说过）。

《16岁的日记》可以说是比《伊豆的舞女》更忠实于模特儿的作品。川端康成在正式发表时曾经声明，这篇作品是1914年5月的日记抄录，只有括弧里的内容才是1925年作者27岁时所加的注释。如果1914年5月的日记原文保留下来，那么只要对照一下便可证明作者所说的是否属实；可是由于作者在1925年抄录后已将原文毁掉，所以后人就无法考察作者所说的是否属实了。正因为如此，在日本学术界曾经出现过两种不同的看法：一种看法承认《16岁的日记》的确是1914年5月的日记抄录；另一种看法则认为《16岁的日记》是1925年的创作，作者之所以发表那种声明，是为了加强小说的效果。前者可以长谷川泉为代表。他在《川端康成作品研究》（八木书店版）中写道："这是16岁时记下的日记，后来到27岁，即作家名声确立之后，才发表出来的特异作品；作为一篇即使想要加工也无法加工的完美作品，仅仅加些补注便发表了，可见作家的资质在16岁时业已开花了"[1]；新感觉派在文坛上取得势力是从1924年左右开始的。在1914年时，一个中学三年级学生便具有了自然而然的与之后兴起的新感觉派手法精神相通的东西，委实

---

[1] ［日］进藤纯孝：《川端康成传记》（日文版），59页。

可惊。① 后者可以川岛至②为代表。他以为《16 岁的日记》实际上很像是 27 岁的日记。他在《川端康成的世界》（讲谈社版）中写道："这篇日记发表于 1925 年，当时川端氏确实已经作为新进作家登上文坛。既然已经成为专业作家，川端氏为什么要把一个外行的，而且是中学生的日记，当作自己的作品发表出来呢？我总觉得像是 27 岁的日记。"③ "原来的日记大约确实存在过。不过，我认为原文归根结底只是个骨架，由 27 岁的专业作家加以充实和润色，才能形成《16 岁的日记》这篇作品。"④ 他还指出，《16 岁的日记》与少年身份相去甚远，作者为了让人作为 16 岁的日记来读，进行了巧妙的安排，取得了出色的成功。⑤ 为了证明自己主张的正确，他又试图作了种种推论。面对这些不同的看法，川端康成在 1970 年 3 月发表的《鸢舞西空》一文里写道：相信《16 岁的日记》是 16 岁执笔的"原样"也好，怀疑掺杂着 27 岁发表时的"创作"也好，对我来说似乎都无不可。然后又补充道：在川岛氏仔细研究我的作品的推论中，有我自己没有注意之点，马虎大意之点。但另一方面，我觉得也有对我的"个人兴趣"过分浓厚，因而过虑和误会之处。⑥ 如果想到这是作者晚年回首四五十年前往事的感想，那么无论 16 岁还是 27 岁都是遥远的青年时代，认为"对我来说似乎都无不可"，也

① ［日］进藤纯孝：《川端康成传记》（日文版），172 页。

② 川岛至（1935—2001）：日本现代评论家。主要著作有《川端康成的世界》《美神的叛逆》等。

③ ［日］进藤纯孝：《川端康成传记》（日文版），172 页。

④ 同上书，59 页。

⑤ 同上书，59、60 页。

⑥ ［日］川端康成：《川端康成全集》（日文版），第 28 卷，445、446 页。

是理所当然的了。

关于川端康成为什么要在 1925 年发表《16 岁的日记》的问题，我们必须联系新感觉派作家当时发表作品的状况，才能予以回答。新感觉派的主要成员横光利一继处女创作集《您》（1924）之后，又出版了《无礼的街》（1925）；此外，其他的新感觉派成员也相继出版了处女创作集，如佐佐木味津三的《令人诅咒的生存》、佐佐木茂索的《春天的外套》、今东光的《瘦了的新娘》等。作为新感觉派之骁将，横光利一已在《文艺时代》创刊号上发表了名篇《头与腹》，其开头的描写已成为新感觉派是非论的重要例证而受到广泛瞩目。但川端康成作为新感觉派的另一员骁将，却主要活跃于理论和批评领域，在创作方面自 1921年发表《招魂节一景》以后，一直没有什么特别引人注目的作品问世，这种形势自然会使他感到某种压力。大约也正是在这种背景下，他才决心采取少有的大胆举动，将 16 岁的日记按照"原样"发表在文坛所瞩目的《文艺春秋》上，以便吸引世人注意。事实证明，他果然取得了很大的成功，达到了预期的目的。后来，当新潮社为他出版 16 卷本的《川端康成全集》时，他便以《16 岁的日记》在所发表的作品中执笔最早为由，将它列在全书的卷首，可见他认为这篇作品是他的处女作。另外，在《写处女作时》一文里，他也承认《16 岁的日记》是名副其实的处女作，并且指出这篇小说是"直率的自传"，是"珍贵的记录"，是"优秀的作品"。[①] 既然如此，我们就应当承认《16 岁的日记》是作者按照生活的原样描写的，其中的"我"和祖父也是作者按照自己和祖父的原样塑造的，无论它是 16 岁的日记也好，还是 27 岁润色过的日记也好。

---

① ［日］川端康成：《川端康成全集》（日文版），第 33 卷，127 页。

第十一章 ｜ 环境描写

　　人物虽然是小说描写的中心，但不能孤立存在，必须生活在一定的环境里。人物和环境密切相关。人物是一定环境里的人物，环境也是与一定人物相联系的环境。离开一定的人物，环境就失去了主体；离开一定的环境，人物也就失去了活动的天地。因此，环境描写在小说中占有重要地位。

第一节　社会·自然

　　川端康成的小说是很重视对环境的描写的，其中包括社会环境和自然环境两方面。

　　在社会环境方面，一般认为由于他是一个不太关注社会问题，特别是社会政治问题的作家，所以他对社会环境，特别是社会政治环境描写较少。这种看法当然不错，但也未必尽然。事实上，作为一个在社会剧烈动荡年代成长起来的作家，特别是经历了第二次世界大战的作家，他是不可能完全不关心自己国家和民族命运的。这种倾向在他战后（特别是在 20 世纪 40 年代后半期和 50 年代）发表的一系列小说里表现得最清楚。他在这个时期所写的小说，对于刚刚过去的那场战争的痛苦回忆，对于现实存在的美国占领军的状况等敏感的问题都有所涉及。之所以出现这样的变化，自然是因为日本的社会现实状况如此，种种尖锐的社会政治问题摆在日本人的面前，触动了他们的灵魂，也摆在川端康成的面前，触动了川端康成的灵魂，迫使川端康成这个本来不大关心社会政治的人也不得不改变态度，不得不去面对这些社会政治问题，不得不去表现这些社会政治问题。当然，在一般情况下，他很少大段大段地描写社会环境，特别是社会政治环境；往往是巧妙地通过多种多样的形式将社会政治环境和故事内容融合在一起显示出来。兹举长篇小说《河滨城镇的故事》为例。这部小说所写的故事发生在日本战败之后不久，因此作者多次提到那场可怕的战争，多次描写战后贫困和混乱的社会，美国飞机轰炸造成的废墟，流落街头的日本残废军人，专门为美国占领军服务的夜总会等。在人们的日常生活谈话中，也回避不了关于战争和原子弹一类的话题，如民子和主任医师谈到过治病和战争的关系。小说甚至还写到女主人公房子在遭到美国占领军骚扰时得到男友达吉的救助，而达吉却被美国占领军的吉普车撞伤，并且为此死于破伤风；房子本人也因为经受不住这个沉重打击，造成精神错乱，房子和男主人公的爱情和幸福也为此遭到彻底破坏。在一部小说中写到如此众多而尖锐的社会政治问题，并且将其与主要故事紧密联系起来，这在川端康成的创作中似乎是不多见的。

当然，我们举出这个例子仅仅是要说明川端康成并不是完全不关心社会政治问题的作家，并不是在小说里完全不描写社会政治环境。但是，我们无论如何也不能说川端康成是特别关注社会政治问题的作家，无论如何也不能说他的小说特别强调描写社会政治环境。与其他许多日本现代作家比较起来，重视对自然环境的描写无疑应该说是川端康成小说环境描写更加突出的特点。

如上所述，川端康成是热心地表现美的作家。既然要表现美，那就离不开自然环境，离不开表现自然环境的美。所以他始终比较重视描写自然环境，对于日本许多现代文学作品忽视描写自然环境的现象表示不满。他在一篇文章里指出：由于近来文学作品只关注人物活动和心理，只关注城市生活情趣，所以自然描写受到极度冷落，善于描写自然景物的作家非常少，有些作家的作品几乎看不到自然景物描写了。① 在写作《雪国》的过程中，他还发表过这样的感慨：

> 我在越后汤泽温泉停留了一个月左右，仔细地观察过秋色渐深的情景；但与其说描写下来很难，不如说深感今天的文学，特别是小说，与自然关系疏远，经常忽视自然，结果明显地感觉遭到了自然的严厉斥责。也就是说，即使想要描绘自然，也只有用惯的套语

---

① ［日］川端康成：《川端康成全集》（日文版），第 32 卷，285、286 页。

浮上心头，而所谓我们今天的语言却几乎找不到。①

然后又写道：

> 无论小说写不写自然，自然都无可辩驳地存在着，仿佛正在斥责我们。②

关于怎样描写自然环境的问题，川端康成首先强调的是如实描写，用他自己的话来说便是"写生"。在谈及《雪国》的创作过程时，他曾反复强调"写生"。例如，"在《雪国》里，照模特儿原样写的是风景。风景按照所见所感的原样写了下来。或许被视为非现实的自然描写，也是我的写生。常见的自然，细微的自然，也按照所见所感的原样写下来，结果反而变成了仿佛虚构的、不存在的东西，这种情况屡见不鲜。"③ 此外，他还曾将自己归入喜欢描写自然环境和季节变化的作家之列，并且表示自己由于经常旅行的关系，所以假如不如实"写生"，心里便总不踏实；假如不以"写生"为基础去描写自然，便会觉得不牢靠。④ 他是这样说的，也是这样做的。据年谱记载，他经常到处旅行，生活长期漂泊不定。旅行的过程同时也是取材的过程，旅行中可实地观察各地自然环境和季节变化，实地描绘各地自然环境和季节变化。如

---

① ［日］川端康成：《川端康成全集》（日文版），第31卷，371页。
② 同上书，372页。
③ ［日］川端康成：《川端康成全集》（日文版），第33卷，263页。
④ ［日］川端康成：《川端康成全集》（日文版），第27卷，272、273页。

《雪国》是以写景见长的作品，《雪国》的写景也是以作者实地旅行取材为基础的。他曾先后三次前往越后汤泽温泉①。这三次旅行是在不同的季节，即初夏、初冬和深秋。上引所谓"我在越后汤泽温泉停留了一个月左右，仔细地观察过秋色渐深的情景"等语，便是指他第三次前往汤泽温泉的事。由此不难看出，为了写好《雪国》中的自然环境，川端康成的确是在取材上下了很大功夫的，而且也在实际写作过程中体现出来了。因此，当作者后来将《伊豆的舞女》和《雪国》的自然描写加以比较时，他便对《伊豆的舞女》感到不满足，而对《雪国》则比较满意。这是因为，《伊豆的舞女》是以《在汤岛的回忆》为基础的，而写《在汤岛的回忆》时并没有打算公开发表，所以没有特意描写自然景物，改写为《伊豆的舞女》时也没有来得及将自然景物描写添加进去。作者后来曾经打算修改，弥补自然景物描写少的不足；但是终于没有动笔，所以一直觉得后悔。而《雪国》则有所不同，在写《雪国》时，作者花费相当大的精力和相当多的笔墨描写这个多雪之乡独特的自然风貌，从"穿过长长的国境②隧道就是雪国了"这个名句开始，就将读者引入一个截然不同的世界。

　　川端康成对自然景物描写的认真态度，很容易使我们想起黑格尔的一段话："总的说来，伟大艺术家都有一个特征，就是在写外在自然环境时都是真实的，完全明确的。因为自然不是泛泛的天和地，人也不是悬在虚空中，而是在小溪、河流、湖海、山峰、平原、森林、峡谷之类

---

　　① 越后汤泽温泉：上越线的一个站（1925 年设立）。位于新潟县南渔沼郡汤泽村。村内有温泉。

　　② 国境：指越后国境。

某一定的地点感觉着和行动着。"①

第二节 "雪月花时最怀友"

"以研究波提·切利尼②而闻名于世的矢代幸雄③博士，对于古今东西美术博学多识。他把'日本美术的特色'之一，简洁地概括为'雪月花时最怀友'的诗句。当看到雪的美、月的美，即四季时令的美而有所感触时，当由于这种美而获得愉悦时，便会热切思念知心友人，愿与他们共享此乐。这就是说，美的感动强烈地诱发出对友人的怀恋之情。这个'友'，也可以广义地理解为'人'。'雪''月''花'这三个字，表现了四季时令变化的美，包括山川草木等大自然的一切以及人间感情的美在内，这是日本的传统。日本的茶道也是以'雪月花时最怀友'为基本精神的，所谓茶会就是'欢会'，是良辰美景亲朋好友的欢聚。"④ ——这段意味深长的话说明，川端康成在描写自然景物方面最突出的特点是致力于表现自然与人物的统一、自然美与人情美的统一，

---

① ［德］黑格尔：《美学》，朱光潜译，第 1 卷，323 页。

② 波提·切利尼（1500—1571）：意大利雕刻家、作家，文艺复兴后期样式主义（风格主义）的代表之一。主要雕刻作品有《俄耳修斯》（青铜雕像）和食盐盒等。他的生平事迹记载在《自传》里。

③ 矢代幸雄（1890—1975）：日本现代美术史家、美术评论家。他专门研究意大利文艺复兴美术，所著《波提·切利尼》（英文版），被认为是研究波提·切利尼的基本文献之一。此外，还著有《日本美术的特质》等书。

④ ［日］川端康成：《川端康成全集》（日文版），第 28 卷，347、348 页。

以便达到寓情于景、情景交融的境界。我们不难发现，他的小说经常以绚丽多彩的自然风光为背景，以丰富多变的季节转换为衬托，使自然的景色与故事情节的推移、人物命运的变化和人物感情的嬗变巧妙地交织在一起。从这个意义上可以说，他不是单独地、孤立地描写自然，不是客观地、无情地描写自然，也不仅是用"笔"去描写自然，用"墨"去描写自然，而是用"心"去描写自然，用"情"去描写自然，用自己的全部感情去理解自然和领会自然，赋予自然浓郁的感情色彩。下面从中篇小说和长篇小说中各选一例予以说明。

《雪国》是"雪月花时最怀友"的成功范例之一。这主要体现在以下两点。第一，作者以自己的独特感受描绘出雪国不同季节景物变化的种种形态。上文已经提到，岛村第一次到雪国来是在初夏，当时雪崩的危险期已过，正是漫山遍野一片新绿的登山季节。岛村第二次到雪国来是在初冬，一场初雪过后，滑雪季节到来之前；远处，山头的积雪犹如乳白色的烟云笼罩山巅；近处，檐头的滴水声清晰可闻，檐下的小冰柱晶莹可爱。岛村第三次到雪国来，则从晚秋住到初冬，从蛾子产卵季节起到大雪飞扬时止；始而满山一片红叶，鲜艳夺目，富有生气；继而薄雪覆盖杉林，棵棵直立，指向天空。第二，作者不仅充分地表现了雪国自然环境本身的种种形态，而且生动地展示了生活在这种环境之中，并与这种环境交织在一起的人物的种种景况。如在小说临近结尾处，描写火灾现场的一段，便是一个很好的例子。这段写村里发生了一场火灾，叶子在这场火灾里被烧坏了身体。这本来是一个非常悲惨的结局，但岛村所感到的却是又美又悲，既美且悲。在岛村的眼里，在作者的笔下，火灾现场似乎并不令人十分恐怖，甚至是充满诗情画意的。岛村首先看到的是美丽的银河——

> 啊,银河!岛村也仰头赞叹,自己的身体仿佛随即飘入银河之
> 中。银河的光亮近在咫尺,好像要把岛村托起来。四处旅行的芭蕉
> (即松尾芭蕉——引者注),在波涛汹涌的海上所见的银河,大约便
> 是如此辽阔和瑰丽吧。明亮的银河沉沉下垂,似乎要用她赤裸的身
> 躯拥抱夜色笼罩下的大地,美得令人惊叹不已。岛村觉得自己的微
> 小身影,反而从地上映入银河。缀满银河的星星一一可见,就连天
> 光云影中点点银沙也历历在目,明亮清澈。而且,银河那无底的深
> 邃把他的视线吸引住了。①

不但银河是美丽的,而且冲天的火光也是美丽的:地上洁白的雪景,天
空灿烂的银河,衬托着火花的飞舞,构成了一幅美丽的图画——

> 火花向银河里边扩散开去,岛村又觉得自己仿佛被银河轻轻托
> 起似的。浓烟冲向银河,银河却倾泻下来。水龙头没有对准屋顶,
> 喷出的水柱摇摇晃晃,形成一股白蒙蒙的烟雾,好像映射着银河的
> 光芒。②

不但火灾现场是充满诗情画意的,而且叶子的身体从二楼跌下来,仿佛

---

① [日]川端康成:《川端康成全集》(日文版),第10卷,132页。
② 同上书,138页。

也是充满诗情画意的，又为这幅画面增添了无限的美——

　　围观的人们突然发出"哎呀"一声，倒抽一口凉气，只见一个女人落了下来。

　　……

　　一条水龙对着火焰的余烬喷出弧形的水柱。但在水柱前面，忽然浮现出一个女人的身体，正往下落。她的身体在空中是水平式的。岛村吃了一惊，可是没有马上感到危险和恐怖，似乎那是一个非现实的幻影。僵直的身体从空中落下仿佛很柔软，但又像木偶一样没有挣扎，没有生命，自由自在，犹如已将生死置之度外。要说在岛村心里闪过不安念头的话，那就是担心这个伸得平平的女人身体的头部，会不会栽下来呢？腰部或膝盖会不会弯曲呢？看样子好像会变成那样，但她平平直直地落了下来。

　　"啊！"

　　驹子尖叫一声，捂住了眼睛。岛村的眼睛却一眨不眨地注视着。

　　掉下来的是叶子——岛村不知什么时候明白了。人们的惊呼和驹子的尖叫似乎发生在同一瞬间。叶子的小腿在地上痉挛也发生在同一瞬间。

　　……

　　叶子的痉挛微乎其微，几乎难以觉察，而且立即停止了。

　　在叶子痉挛之前，岛村先看见了她的脸和红色箭翎花纹布衣。叶子是仰面朝天落下来的。衣服的下摆翻到一条腿的膝盖以上。落到地上时，只有小腿痉挛，整个人依然神志不清。不知道为什么，岛村还是没有感到叶子会死，只是觉得她的内在生命仿佛在变形，在转化。①

要问岛村为什么会把叶子的不幸遭遇看成是既美且悲的，作者为什么会把叶子的不幸遭遇看成是既美且悲的，那原因恐怕就在于他们头脑中所存在的虚无观念吧。在他们看来，叶子是"非现实世界的幻影"，她可能面临的死亡并非真正的、彻底的死亡，而是"内在生命仿佛在变形，在转化"。因之，从思想意识来说，这种描写是与他们的虚无观念密切联系在一起的；而从艺术效果来说，这种描写则使叶子"虚无美"的艺术形象得到最后完成。除此之外，在《雪国》里，为了把自然环境和人物命运更紧密地联系起来，作者还广泛使用象征笔法，通过自然景物描写来表现一定的象征意义。例如，以白雪象征驹子的洁净，以一对黄蝴蝶象征岛村与驹子的相爱，以一群蜻蜓象征驹子与岛村分手前的微妙心情，以芭茅花象征驹子的为人，以挺拔的杉树象征驹子的性情；此外，纺织娘的叫声可能是性冲动的暗示，癞蛤蟆的叫声仿佛是性行为的暗示等。其中有的象征性质比较明确，有的象征性质则不很明确，甚至既可以说有，也可以说无。究竟应当怎样理解，那就是"仁者见仁，智者见智"了。

《古都》是"雪月花时最怀友"的范例之二。在《古都》里，作者特意把千重子和苗子这一对孪生姐妹悲欢离合的故事放在日本的古

① ［日］川端康成：《川端康成全集》（日文版），第 10 卷，139、140 页。

都——京都这个大舞台上来展示，以京都的春夏秋冬、山川草木、名胜古迹和风土民俗作为背景，既充分地表现了当地的自然美，又巧妙地衬托了人物的心灵美。京都堪称日本文化的故乡，至今仍是保留民族文化传统最完整的所在。据说作者在写《古都》时，并没有什么周密的计划，以至于故事情节与原来的设想大相径庭，只有从春天开花时节起笔，写到冬天雨雪交加时为止这一点是按原计划进行的。由此可见作者颇为重视自然景物和时令变化描写，并且特意在自然描写中采用了较为明显的象征笔法，而后者则是体现情景交融、寓情于景精神的重要手段。例证之一是以一棵大树上寄生的两株紫花地丁，象征一对孪生姐妹的命运。

　　　千重子发现老枫树干上的紫花地丁开放了。

　　　"啊，今年又开花了。"千重子感觉到春光的温煦。

　　　在城里狭窄的庭院里，这棵枫树显得很大。树干比千重子的腰还粗。当然，它的树皮又老又糙，上面长满青苔，无法与千重子的婀娜腰肢相比……

　　　枫树的树干在齐千重子腰高的地方，稍微向右弯曲；在高过千重子头部的地方，弯曲得更加厉害。再往上去，枝叶扶疏，覆盖了整个庭院。或许由于树枝过长，有些沉沉下垂。

　　　在树干弯曲的地方，有两个分开的小洞洞，两株紫花地丁就寄生在那里面。每逢春天必然开花。自千重子记事时起，那棵树上就有这两株紫花地丁了。

　　　上边那株和下边那株相距约有一尺。千重子正当妙龄，不免时常寻思：上边和下边的紫花地丁会不会相见，会不会相识呢？而所谓"相见"和"相识"又是怎么回事呢？

尽管紫花地丁最多开出三五朵花来，可是它们逢春必开。千重子时而在廊道上眺望，时而在树干旁仰视，往往被紫花地丁的生命所打动，或者泛起一股孤单的感伤情绪。

"在这种地方寄生，居然也能活下去……"

到店里来的顾客虽然欣赏枫树的英姿，却极少有人留意紫花地丁正在开花。在有树瘤的粗干上，青苔一直长到很高的地方，显得更加威严和雅致。而寄生在它上面的小紫花地丁，自然就不会引人注意了。

但蝴蝶认识它。当千重子发现紫花地丁开花时，在庭院里低低飞舞的成群小白蝴蝶，从枫树干来到紫花地丁附近。枫树枝头正抽出微红的小嫩芽，把翩翩起舞的小白蝴蝶映衬得光彩夺目。两株紫花地丁的枝叶和花朵，在枫树干新长出来的青苔上，投下了淡淡的影子。①

——这是小说的开端。这里所描绘的紫花地丁的形象，在美丽、柔弱、寄生和不受重视等方面，都与千重子的身世、境域和心态有若干相似之处；尤其是"上边那株和下边那株相距约有一尺"，却难得"相见"和"相识"等，与千重子和苗子这对孪生姐妹虽然住在一个城市，却难得一见的情景颇为相似。在此之后，随着季节的变换和故事的发展，作者

---

① ［日］川端康成：《川端康成全集》（日文版），第 18 卷，231、232 页。

又多次提到紫花地丁的变化及其在千重子心里所引发的思绪；当养父母表示希望千重子像大枫树一样长大成材时，千重子则明确表示：那棵枫树多顽强啊，可我最多就像长在枫树干小洞洞里的紫花地丁。啊，紫花地丁不知什么时候已经凋谢了。① 除了紫花地丁外，作者着力描绘的北山杉树也含有明显的象征意义。如在"北山杉"一章里，写千重子和真沙子一同去看北山的杉树，挺拔秀丽的杉树林令她们心旷神怡，使她们流连忘返。在回家的路上，真沙子不禁赞叹道：一个女孩子要是能得到栽培，长得像杉树那样挺拔该有多好。② 回到家以后，千重子也不由得对母亲说道：我觉得杉树又挺拔又好看，人的心地能像杉树那样该有多好。母亲立刻回答：你的心地不就是那样吗？③ 但千重子不同意母亲的说法。在千重子的心目中，也许只有那些在北山劳动的姑娘，包括那个如真沙子所说跟自己长得几乎一模一样的姑娘——苗子的心地才是像杉树那样挺拔的吧。

川端康成之所以如此重视描写自然环境，如此重视表现自然与人物的统一，自然美与人情美的统一，其原因可能是多方面的。大致说来，既有主观的原因，也有客观的原因。主观原因是指他的审美观。如上所述，他是努力探索美和表现美的作家，而他心目中的美主要存在于自然和女性身上。客观原因是指日本民族文学传统的影响。日本文学自古以来特别注重描绘四季的美，特别注重表现自然的美，而且往往把这些自然景色与人物情感密切融合在一起。如在《源氏物语》第二卷"帚木"

---

① ［日］川端康成：《川端康成全集》（日文版），第 18 卷，306 页。
② 同上书，304 页。
③ 同上书，306 页。

中，作者便通过描写光源氏眺望庭院景致时的心境，明确指出自然景色与人物心情的密切关系，人物的心情不同，对于自然景色的感受也就不同，即自然本无成见，只因观者心情不同，有时觉得优美，有时觉得凄凉。

第十二章　｜　情节结构

　　一般来说，情节是指小说中人物关系和人物行动所构成的生活事件演变的整个过程，这个过程往往可以分为序幕、开端、发展、高潮和尾声等若干阶段；而结构是指作者按照自己的创作意图对小说中各部分内容所进行的组织和构造，使之成为一个联系紧密的整体。情节和结构都是为表现主题和刻画人物服务的，二者既有密切关系，又互相制约。情节要通过结构的安排才能体现出来，结构也要通过安排情节才能得以实现。川端康成的小说在情节和结构安排方面有鲜明的特点。

第一节　平淡而和缓

川端康成的小说在故事情节方面的特点之一是平淡而和缓。他的大部分小说没有紧张的气氛、曲折的故事、激烈的矛盾和剧烈的冲突。也可以说，他的小说主要不是依靠这些因素吸引读者，而是依靠细腻入微的抒情感动读者的。所以，我们可以说，他的小说的故事情节虽然是平淡的，但给予读者的感动是持久的；他的小说的故事情节虽然是和缓的，但给予读者的印象是深刻的。

以《伊豆的舞女》为例。大概由于是在回忆录的基础上改写的吧，所以这篇小说在故事情节方面平淡而和缓的特点尤为突出，作者基本上是按照实际旅行的顺序写下来的，几乎没有大的变动。

这篇小说把"我"和舞女在伊豆半岛邂逅的故事分为七个部分来描述：第一部分写"我"在天城山小茶馆初次见到舞女一行的情景。通过舞女给"我"让出自己的坐垫和给"我"拿烟灰缸等，表现舞女对"我"的欢迎。而"我"当时虽然还只是觉得舞女的外貌很美，对她的生活和心地尚未有更多的了解，甚至产生了"今晚就让舞女住在我房间里"①的杂念；但是不管怎样，舞女的态度和美貌毕竟强烈地吸引了"我"，大大地加强了"我"与舞女一行同行的愿望。因此，当舞女一行离开茶馆继续旅行之后，"我"再也坐不下去，随后赶了上去。第二部

① ［日］川端康成：《川端康成全集》（日文版），第 2 卷，298 页。

分写"我"与舞女一行同行抵达汤野当天的情景。通过舞女跟"我"说话时又慌神又脸红的样子，通过舞女给"我"端茶时把水弄洒、羞愧难当的样子，表明舞女已经对"我"产生了更多的好感。而舞女的这种表现也进一步吸引了"我"，使"我"一面对舞女的羞臊表情感到吃惊，对舞女的天真无邪感到亲切，一面断然终止了上述的杂念，转而急切地担心起舞女的命运来了。第三部分写"我"与舞女一行在汤野过第二天的情景。当他们在汤野度过一天后，舞女对"我"更亲近了，她在浴池洗澡时发现"我"走过来，竟然不顾一切赤身裸体地从浴池里跑到太阳地里。这时"我"才明白她还是一个天真无邪的孩子，觉得又好笑又好玩，心情颇为舒畅。这个场面使人感到，他们两人的关系更密切了，同时也更纯洁了。第四部分写"我"与舞女一行在汤野过第三天的情景。当他们又在汤野度过一天后，舞女听"我"读书时，把脸凑得很近，几乎碰到"我"的肩膀，并且异常认真，眼睛放出光彩；跟"我"下棋时，则一心扑在棋盘上，一头秀发几乎触到"我"的胸口。这使"我"更加深了对舞女及其一行的了解和感情，对他们"既不好奇，也不轻视"①，几乎完全忘掉了他们的低贱身份，几乎完全忘掉了他们是巡回卖艺的，在一般人的心目中，他们的社会地位和沿街乞讨的乞丐差不多。第五部分写"我"与舞女一行从汤野到下田去一路上的情景。通过舞女百般照顾"我"，给"我"掸土，给"我"找水喝，给"我"做手杖等，表现她的热心；又通过舞女总是跟在"我"的身后，却保持一定距离，表现她的分寸；尤其是通过舞女和千代子关于"我"的一场谈

---

① ［日］川端康成：《川端康成全集》（日文版），第 2 卷，313 页。

话，表现舞女对"我"的美好印象和美好评价。舞女毫不含糊地称"我"为"好人"。这个非常普通但又非常可贵的评语，使"我"深受感动，也进一步加强了"我"对舞女的感情。第六部分写"我"和舞女一行抵达下田当天的情景。"我"想带舞女去看电影，舞女也非常想跟"我"去看电影，但是由于"母亲"从中阻拦，最终未能如愿。这件事使"我"和舞女都觉得很扫兴。第七部分写次日早晨"我"与舞女在下田码头离别的情景。当"我"启程回东京时，舞女特地前来送行。不过，舞女一方面由于前一天未能实现跟"我"一起去看电影的愿望而感到不快，另一方面则由于与"我"离别而觉得茫然若失，所以心情沮丧，闷闷不乐，虽然前来送行，但一言不发，直到船走远了，才挥舞起一个白色的东西。"我"也大有寂寞之感，全神贯注地凭栏眺望海上大岛，一直等到船驶到伊豆半岛的南端，大岛渐渐消失。"我"进入船舱以后，立即躺了下来，泪水夺眶而出。当身旁的少年问"我"为什么哭时，"我"坦率地答道："我刚刚跟人离别。"① 有趣的是，流完泪之后"似乎什么也没有留下，只觉得甜美和愉快"。② 为什么会觉得甜美和愉快呢？据作者自己后来解释，"我"的内心苦甜参半，是因为既为现在与舞女别离而感到悲伤，又为盼望不久的将来在大岛波浮港与舞女重逢而感到喜悦。

值得注意的是，尽管作者采用这种按部就班的叙述方法，一天接一天地写了下来，可是读者不知不觉地被充溢其中的美妙情趣所打动，久

---

① ［日］川端康成：《川端康成全集》（日文版），第 2 卷，323 页。

② 同上书，324 页。

久难以忘怀。这是因为这篇小说好像一首优美的抒情诗歌或者一篇优美的抒情散文。有的日本学者认为，它可以称为"青春之歌"。如果说夏目漱石的小说《三四郎》（1909）是明治时代的青春之歌，那么川端康成的《伊豆的舞女》则是昭和时代的青春之歌，而这样的青春之歌在日本文学中是越来越难得了。事实诚然如此。这篇小说不以紧张的情节和复杂的结构取胜，而靠美妙的情趣感人。这对男女主人公之间的感情是纯真的、美好的，而他们这种感情的细微变化和渐次深化的过程，则是在上述单纯而自然的情节结构中巧妙地展示出来的。

其实不仅是这个短篇，川端康成的许多小说（包括手掌小说、短篇小说、中篇小说和长篇小说在内），在故事情节方面几乎都具有这种平淡而和缓的特点，有时甚至很难按照一般小说故事情节的发展规律，明确地分为序幕、开端、发展、高潮和尾声等若干阶段。就作者个人而言，这是他崇尚故事情节自然发展的审美观决定的；但就民族精神而言，这仿佛还有更加深刻的根源，即由于日本人在审美观上追求的是"和"，是"和谐"与"调和"，认为只有符合"和""和谐""调和"才是理想的美，才是真正的美。这种精神体现在文学创作上，就是喜欢描写平淡而和缓的故事情节，这或许可以说是日本文学自古以来的特色之一。

第二节　单纯而精巧

川端康成的短篇小说非但数量多，而且不乏名篇佳作，举其要者如《招魂节一景》、《参加葬礼的名人》、《16岁的日记》、《伊豆的舞女》、

《春天的景色》（1927）、《禽兽》、《母亲的初恋》（1940）、《重逢》
（1946）、《水月》（1953）和《离合》（1954）等。这些小说在结构布局
上的特点，可以用"单纯而精巧"来概括。

　　以《离合》为例。如果说《伊豆的舞女》大体上是作者生活经历的
如实记录，那么《离合》则不是作者生活经历的如实记录，具有更多的
"想象"的成分、"加工"的成分、"虚构"的成分。这篇小说虽然故事
情节很简单，结构布局也很单纯，可是作者特意将现实与梦境、真实与
幻觉自然而然地交织在一起，显得摇曳多姿，富有变化。

　　这篇小说的篇幅不长，全文分为三个部分：第一部分写福岛的女儿
久子要结婚了，便让她的未婚夫津田长雄从东京来到大阪附近的一个小
镇上，为的是征得福岛的同意。福岛见到长雄以后，对他的印象很好，
并且决定跟长雄一起到东京去看久子。第二部分写福岛抵达东京见到久
子，父女二人都很高兴。久子又提出让妈妈明子也到东京来的倡议。福
岛虽已和明子离婚多年，但对明子似乎仍不无留恋，所以也就答应了。
第三部分写次日早晨久子上班以后，明子突然出现，福岛感到惊喜，于
是两人重提旧事，再叙旧情，彼此安慰，互相致意，谈得颇为融洽；最
后明子飘然离去。接着，福岛收到一封加急电报，方才恍然大悟，原来
自己与明子早已分处阴阳两界，刚才的所见所闻是一场空梦。令人感到
有兴味的是，尽管小说的前两部分写的是现实和真实，最后一部分写的
是梦境和梦幻，但作者巧妙地将它们联系起来，有意写得扑朔迷离，让
读者读到最后才如梦初醒，大吃一惊，以至久久难以忘怀，从而达到了
强化艺术效果的目的。

　　作者布局构思的巧妙之处，首先是在前两部分里多次提到明子，多

次叙述福岛和明子的特殊关系，多次描写福岛对明子的微妙感情，这一切都为明子在第三部分里的出场埋好了伏笔。如在第一部分里，长雄几次说起想去见明子，福岛先是答曰"不必去"，随后又解释说"去也方便"，再后来则认为"去见见很在理"①了；而当对长雄提起久子和明子的关系时，福岛一面说久子对母亲感情不深，另一面又说久子并没有从母亲身上受到什么坏影响，并且认为久子说明子是好母亲乃"理所当然"；非但如此，在这一部分结尾处，福岛还由于这段谈话觉得明子以异常鲜明的形象浮现在自己的脑海里了，这使他感到惊讶。又如在第二部分里，由于福岛自己脑海里浮现出明子的形象，所以见到久子便几次主动提起明子，这便促使久子说出写信让母亲来并同父亲见面的愿望，福岛也就半推半就，甚至担心明子如果重新结了婚，也许就不来了。而这一部分的这个结尾，则为下一部分明子的出场做好了充分的准备，其中包括故事情节发展上的准备——久子既然写了信，明子当然可能来；也包括福岛在心理上的准备——福岛既然思念明子，明子自然会在福岛梦中显现。作者布局构思的巧妙之处，其次是在第三部分里的精心安排。因为福岛夜间睡眠时间太短，所以早晨才会打起盹儿来；因为处于半睡半醒状态，所以才弄不清明子的出现是真是假；起初怀疑明子到来为何如此之快，随后又自己解释说久子早已让明子到东京来了，于是明子的出现也就"弄假成真"了，以下福岛和明子的大段对话也就"入情入理"了；直到小说结尾处才点明事情的真相——两三小时后，当福岛仍在睡眼蒙眬时，从明子家发来一封加急电报，内容是"感谢好意，明

---

① ［日］川端康成：《川端康成全集》（日文版），第8卷，319页。

子已于五年前去世"①,原来第三部分所写的乃是福岛的一场空梦。细心的读者如果读到这里再回过头去重读一下,便不难发现作者在描述明子的样子和语言时,早已有过多次"暗示",如两次提到她晃悠双肩的奇特样子,多次说过"人死了也不会变成另一个人的"②、"我没有什么欲望了,在这个世界上只留下一个孩子呀"③ 等奇特语言。总之,第三部分可以说是作者所发的奇想,既出乎意料,又在情理之中,令人叹服。最后还有一点应当提及的是,这篇小说紧紧围绕题名"离合"二字展开。先由子辈之"合"(结婚)写到父辈之"离"(离婚),再由父辈已"离"的现实写到父辈想"合"的愿望,但是父辈的愿望终归化为一场空梦,使人感到的只有无法弥补的遗憾。

众所周知,短篇小说由于篇幅短小,所以更加讲究结构布局的技巧。川端康成在这方面堪称高手。他的短篇小说的结构形式是多姿多彩、不拘一格的,有的按部就班,循序渐进,但仍然波澜起伏,并不使人感到呆板单调;有的将正叙和倒叙、插叙交错起来,但仍然有条不紊,并不使人感到杂乱无章;有的将现实和梦境、联想交织起来,但仍然入情入理,并不使人感到荒诞无稽。诸如此类,不一而足。就总体而言,他的优秀短篇作品在结构布局上是单纯而精巧的,看似信笔写来,实则匠心独运,读来毫无斧凿之气,达到了炉火纯青的地步。

---

① [日]川端康成:《川端康成全集》(日文版),第 8 卷,326 页。

② 同上书,322 页。

③ 同上书,323 页。

第三节　自由而灵活

不过，川端康成的小说在情节结构方面最突出的特点还不是表现在短篇小说方面，而是表现在中长篇小说方面。他有代表性的中长篇小说是《雪国》《花的圆舞曲》《千只鹤》《山音》《舞姬》《名人》《湖》《东京人》《睡美人》和《古都》等。这些小说在情节安排和结构布局上的基本特点，可以用"自由而灵活"来概括。

作为川端康成最负盛名的作品，中篇小说《雪国》在情节安排和结构布局上也很有代表性。这篇小说的篇幅虽不算长，但其取材、创作和发表过程是相当长的；而其特殊的情节结构形式正与这种特殊的取材、创作和发表过程密切相关。

根据年谱记载，川端康成曾经三次前往越后汤泽温泉地带进行取材旅行。第一次是在 1934 年 5 月。他先来到利根川上游的一个温泉附近，当地只有一家旅店，由于过分清静，反而难以写稿。单调的流水声使他的心神得到平静，同时也使他困得要命，无法专心工作。于是，他便听从旅店里的人劝告，到清水隧道对面的越后汤泽去了，目的之一仿佛是想看看越后地区女子光滑雪白的皮肤。当时清水隧道刚刚开通不久，所以他觉得这里很土气，也很质朴。他投宿于高半旅馆，旅馆主人是高桥半左卫门。正是在这个旅馆里，他初次结识了一个艺名叫松荣的艺妓，她属于土地庙树林旁边的艺妓下处——丰田屋。他第二次前往汤泽温泉约在同年 11 月末或 12 月初。这次他见到了高半旅馆主人的次子高桥有恒。高桥有恒当时是个中学生，日后曾在《〈雪国〉模特儿考》里写道，他与川端康成初次见面是在"1934年秋季红叶终了的时节"，当时川端康成经常坐在账房的围炉里端，和旅馆主人及其妻子畅谈，打听雪国艺妓的情况及其制度，以及温泉、大雪、风物、习惯、植物之类的情况。① 川端康成再访汤泽温泉似乎与松荣有关系，也与创作《雪国》有关系，而松荣是《雪国》女主人公驹子的模特儿。在高半旅馆，他执笔写了《雪国》开头的两部分——载于《文艺春秋》1935年1月号的《暮景镜》和载于《改造》1935年1月号的《朝雪镜》。不过，《暮景镜》的开端不是现在《雪国》的开端——"穿过长长的国境隧道就是雪国了"这个名句，而是以下内容：手指头碰上了湿头发——这种触感记得最清楚，只有这个记忆犹新。岛村想告诉她这些，于是乘上火车去旅行了。② 《朝雪镜》的开端则是：这个女子以前曾在东京的花柳界呆过，可那是十六七岁时的事，现在住在山区温泉地带三弦师傅家，没有领执照。因为十三四个艺妓都到公路落成典礼的宴会上去了，所以旅馆便把她叫来代替艺妓。在这个不大有常性的男人——岛村的房间里，由于女方过着寂寞无聊的乡村生活，男方在山上呆了一周刚刚来到人群之中，所以彼此都很需要关于城市的谈话对手，于是两人一直谈到深夜仍不满足，临别之际仍然依依难舍。次日下午，女子从村里公共浴池归来，又顺路走进岛村的房间。当她发觉自己呆的时间过长，准备起身告辞的时候，男人却把她叫住，说想请她帮忙找个艺妓。③

---

① 　［日］进藤纯孝：《川端康成传记》（日文版），341页。

② 　［日］川端康成：《川端康成全集》（日文版），第24卷，73页。

③ 　同上书，87页。

　　以下是川端康成"1935 年日记"中"在汤泽期间的简单记事"的一部分，其中记录了他 1935 年 9 月底至 10 月第三次前往汤泽温泉，宿于高半旅馆生活和写作的情景，兹摘录如下：9 月 30 日　写完《少女俱乐部》（稿件）。乘 1 时 55 分火车去汤泽。驹（注：指驹子）来旅馆。10 月 1 日　上午将旅馆孩子叫到房间（注：写在《雪国》里）。3 时过后归去（注：指驹子）。10 月 2 日　晨 7 时左右起床（注：驹子来）。宴会后去车站……10 月 4 日　晚间邮寄给《读卖新闻》的稿件。收到西川博士 X 射线照片结果的信件。夜 11 时（注：驹子来）。10 月 5 日　西川博士寄来小册子。龙子寄来她祖父生病的信件。写完《读卖新闻》的稿件。自 10 时起（注：驹子来）……10 月 11 日　为《日本评论》写《故事》（注：《雪国》的一部分），共 18 页，11 月号即将停止收稿，寄出稿件……10 月 13 日　星期日，与旅馆主人次子登山，从六日町到八笛岭。上午 3 时洗发（注：指驹子，写在《雪国》里）。10 月 14 日　在账房吃为艺妓送行的包子（注：这也写在《雪国》里）……10 月 16 日听三弦（注：驹子的三弦，写在《雪国》里）。① 以上所引的正文是作者 1935 年的记录，括弧里的注解是作者 62 岁时的手笔。根据这些简单记事，可以想见当时松荣经常到川端康成的房间里来，以及川端康成写作《故事》等的情景。在这次汤泽之行以后，《故事》在《日本评论》1935 年 11 月号上发表，《徒劳》在《日本评论》1935 年 12 月号上发表，《火枕》在《文艺春秋》1936 年 10 月号上发表，《拍球歌》在《改造》1937 年 5 月号上发表。以上这几节，连同最早发表的《暮景镜》和

---

　　① 　[日]川端康成：《川端康成全集》（日文版），第 33 卷，172、173 页。

《朝雪镜》在内，由创元社于 1937 年 6 月以《雪国》为名出版单行本，并于第二年获得了第三届文艺恳谈会奖。

但是，当《雪国》出版成书时，《暮景镜》和《朝雪镜》两节有很大改动，其余部分也有所删削，同时增加了若干新写的内容。例如，上引《暮景镜》的开端被断然删去，而代之以"穿过长长的国境隧道就是雪国了"。被删去的部分是具有肉感性质的、官能性质的描写，在《雪国》里有如下一段与之相应：结果，只有这个手指头还能清楚地感觉到现在要去会见的女子。他越是焦急地回忆过去，越是抓不住那已经模糊下去的记忆。在这种情况下，只有这个手指头由于对她的触感，至今还残留着一丝湿润的感觉。① 这里所谓"对她的触感"究竟是什么，就不清楚了。事实正如日本学者长谷川泉在《新编现代名作鉴赏》（至文堂，1957 年）中所指出的那样：在开头被全部删掉的《雪国》里，读者所获得的印象是不同的。《暮景镜》中所表现出来的岛村的不良意图，被开篇突然出现的雪国的洁白景色洗刷掉了，至少在很大程度上表现不出来了，因而岛村雪国之行的意图就变得令人难以捉摸了。② 又如，上引《朝雪镜》的开端也被删掉了，因为这是使读者大致了解岛村和驹子关系的导入部分，所以连成一篇小说时就没有必要存在了；不过更重要的是，还删掉了其他一些露骨的、官能性质的描写，或者将其改为若无其事的描写，因此也使《雪国》比《朝雪镜》初次问世时给人以更清洁的印象。③

---

① ［日］川端康成：《川端康成全集》（日文版），第 10 卷，11、12 页。

② ［日］进藤纯孝：《川端康成传记》（日文版），344、345 页。

③ 同上书，345 页。

不过，1937 年出版的《雪国》是未完之作，其结尾如下：驹子的皮肤像刚洗过一般干净，但不料她竟会把岛村偶然说出的一句话误解到那种地步。这使人感到她心里藏着难以遏制的悲哀。远山红叶的颜色渐趋暗淡，由于这场初雪才又恢复生机，显得分外鲜艳。杉树林覆盖着薄雪，一棵一棵轮廓分明，引人注目，一端伫立在雪地上，另一端则锋利地指向天空。① 在这以后，他又陆续发表了续写的以下几篇：1940 年的《雪中火灾》（《中央公论》12 月号），1941 年的《银河》（《文艺春秋》8 月号），1946 年的《雪国抄》（《银河》的改写，《晓钟》5 月号），1947 年的《续雪国》（《小说新潮》10 月号）。为什么要续写呢？作者在《独影自命》里写道："这是一篇在什么地方结束都可以的作品，首尾照应很差；但关于火灾的场面，从写前半部分时就已经想到了，所以没有写完总是担心。"② 又写道："因为已经过去 10 年，所以显得颇为勉强。或许没有写完反而更好吧。不过这是多年以来的悬案，好容易完结了。"③ 1937 年的未完版《雪国》，加上这些后续部分（从"在雪中缫丝，在雪中纺织，在雪水里漂洗，在雪地上晾晒"④ 起，至结尾止），于 1948 年 12 月由创元社出版的完结版《雪国》，才是我们今天所见到的样子。

　　《雪国》写于 1934 年到 1937 年的四年间。按年龄说，是从 36 岁到 39 岁，属于我 30 后半的作品。

---

① ［日］川端康成：《川端康成全集》（日文版），第 10 卷，122 页。
② ［日］川端康成：《川端康成全集》（日文版），第 33 卷，388 页。
③ 同上书，389 页。
④ ［日］川端康成：《川端康成全集》（日文版），第 10 卷，122 页。

它不是一口气写成的，而是联想式地写下来，断断续续登在杂志上的。因此，可以看出一些不统一、不调和之处。

起初打算为《文艺春秋》1935年1月号写一个40页左右的短篇，按理说应当把材料都容纳在这一个短篇里；但由于到了《文艺春秋》收稿截止日期未能写完，又决定为收稿日期较迟的同月号《改造》续写未完部分。此后随着写作时日的增加，余韵传到后来，终于变成与起初的计划不同的东西了。在我来说，这样产生的作品不少。

为了写《雪国》的开头部分，即发表在《文艺春秋》和《改造》1935年1月号上的部分，我到了"雪国"的温泉旅馆。在那里自然也和《雪国》里的驹子再见了面。可以说写小说开头部分时，后面的材料正在陆续产生出来。也就是说在写开头部分时，结尾的故事实际上还没有发生。①

——关于《雪国》的创作和发表过程，川端康成这样写道。由是可知，《雪国》本来没有写成中篇小说的既定计划，当然也就没有固定的构思。第一个短篇成为写第二个短篇的动机，第二个短篇又带出了新的短篇，这样环环相连，最后变成了现在的样子。从这个意义上说，这个中篇小说是由若干短篇小说连缀而成的。当然，虽说起初没有严密的、固定的构思，可也并非完全没有构思，上引作者所谓"但关于火灾的场面，从写前半部分时就已经想到了"云云，便是一个证明。再者，《雪国》在

---

① 〔日〕川端康成：《川端康成全集》（日文版），第33卷，386、387页。

前后两次出版单行本时，都不是把几个短篇原封不动地连接起来就完了，而是经过了作者的重新加工和修改，上述对《暮景镜》和《朝雪镜》的加工和修改便是很好的例证。总而言之，与一般中篇小说比较起来，《雪国》在情节结构上的确缺乏立体性和统一性，而更多地具有并列性，不过其自由而灵活的特色也正是在这里体现出来的。

事实正如他自己所说的那样，"在我来说，这样产生的作品不少。"在情节安排和结构布局上与《雪国》类似的中长篇小说还可以举出很多，甚至可以说这种情节安排和结构布局形式是川端康成中长篇小说的基本形式。这里再举几部作品为例：

例一是《舞姬》。起初从 1950 年 12 月 12 日至 1951 年 3 月 31 日在《朝日新闻》（东京、大阪、小仓）连载 109 回。中间作者没有生病，没有停载，写完以后也没有感到疲劳；但是一天必须写一回，没有调查的时间，没有思考的余地，总是感觉不大舒服，而且不得不随时更改写作计划。例如，女主人公品子本来应该在小说开始不久的第二三十回就到后伊豆的香山去的，可是小说写到她到伊东站乘公共汽车时就结束了。这是因为作者由于时间紧迫没有到那里去考察，所以品子也就没有办法去了。既然品子没有去，她的主要恋爱故事也就没有写出来。于是，本来属于次要人物的母亲波子反而成了主要人物。用他自己的话说就是："我虽然习惯于漫不经心地工作，但是这种懒散和放纵的毛病在写报纸小说的场合就会特别为难。在《朝日新闻》上连载，是早已说好了的。然而我未能做好准备。这样一来，我也就无法轻松愉快地写作，并且造成了《舞姬》这样的结果。"①

例二是《千只鹤》和《山音》。《千只鹤》起初以六个短篇小说的形式，分别在三个不同的杂志上陆续发表，时间从 1949 年 5 月起至 1951 年 11 月止。这六个短篇是《千只鹤》《森林夕阳》《志野瓷》《母亲的口红》《续母亲的口红》《二重星》。1952 年 2 月，这六个短篇被合在一起出版单行本《千只鹤》。《山音》起初以 17 个短篇小说的形式分别在八个不同的杂志上陆续发表，时间从 1949 年 9 月起至 1954 年 4 月止。这 17 个短篇是《山音》《蝉翼》《云炎》《栗子》《续栗子》《岛梦》《冬樱》《朝水》《夜声》《春钟》《鸟巢》《都苑》《伤后》《雨中》《蚊群》《蛇卵》《秋鱼》。1954 年 4 月，这 17 个短篇被合在一起出版单行本《山音》。关于《千只鹤》和《山音》的发表方法和结构方法，作者进行过自我批评。他写道："这是相当随心所欲的发表方法，是我多年形成的恶习。《雪国》之类也是如此。也可以认为，这种发表方法才产生了这样的作品。/这给刊载杂志和读者造成很多麻烦。事先连招呼都不打，只让看作品的一部分，也可以说近似于欺骗吧。《千只鹤》和《山音》于 1952 年获艺术院奖时，我首先想到的是向处理这些片段的编辑们道歉和致谢。/对于作者自己来说，这样的发表方法当然也是不合适的。因为只是一部分，所以既不能使杂志的读者满意地欣赏，也不能接受每月'文艺时评'完整的评论。"② 又写道："再者，《千只鹤》和《山音》都没有打算写得这样长，应当是一次载完的短篇，只不过由于余韵未尽才延续

---

① ［日］川端康成：《川端康成全集》（日文版），第 33 卷，505 页。

② 同上书，526、527 页。

下来。因此，认为这两部作品在开头一章，即《千只鹤》章和《山音》章业已告终，乃真正的事实。后续部分只是瞎编硬凑而已。《雪国》也是如此。我很希望不久能写出不是这样拉长，而是从一开始就具备长篇结构和主题的小说。《千只鹤》和《山音》都是瞎编硬凑，我感到不快。我愿与全集第 15 卷的作品（指《千只鹤》和《山音》——引者注）诀别。"①

　　例三是《古都》。起初分 107 回在《朝日新闻》上连载，时间从 1961 年 10 月 8 日起至 1962 年 1 月 23 日止。这 107 回的内容可以划分为九个短篇，即《春花》《尼姑庵与格子门》《和服街》《北山杉》《祇园节》《秋色》《翠绿的松林》《深秋的姐妹》《冬花》。1962 年 6 月，这九个短篇被合在一起出版单行本《古都》。据作者自己说，这些其实只是"《古都》序曲"，并没有全部完成；但并不觉得遗憾，因为自己从未想过要写有头有尾的完整作品；其中只有一点是按照预定计划进行的，即从春季百花盛开时节起，到冬季雨雪交加时节止，此外则没有什么框架。比如，原想写一个男女恋爱故事，结果却变成孪生姐妹故事了，这是完全出乎意外的。如果再写下去，说不定会成为更严重的悲剧。② 不仅如此，作者甚至还说过："《古都》是在精神恍惚的状态下写出来的。每天在写作《古都》之前，在写作中间，都要吃安眠药。由于安眠药的关系，神志不清地写下去。大概是安眠药让我写成那个样子吧。怪不得说《古都》是我的异常产物。"③ "写完《古都》10 天左右，我住进了冲

---

① ［日］川端康成：《川端康成全集》（日文版），第 33 卷，538 页。
② 同上书，180～186 页。
③ 同上书，661 页。

中内科（医院）。多年以来连续使用的安眠药，从写《古都》前起，逐渐大量滥用起来。我早想逃避它的毒害，于是就以《古都》写完为机会，有一天一下子停用了安眠药。随即出现了严重的禁药症状，我被送进东京大学医院。住院以后 10 天左右都意识不清。其间，又患了肺炎、肾盂肾炎，但我自己不知道。"①

那么，究竟有哪些因素促使川端康成采取这种独特的情节结构方式呢？笔者认为可以从以下三个方面加以探索。

第一是作者自己的性情和爱好造成的。早在 1934 年他就说过，他所写的作品往往有头无尾，有始有终的作品很少。这是为什么呢？他写道："这不仅是由于我追随意识流，而且无疑是我的懒惰所致。其原因姑且不论。非要到迫不得已的时候，我才动手写第一行。也就是说，我无可奈何，只好放弃创作好作品的打算。"② 1953 年他又写道："但是，这已经成为我的习性，对于我这个天生懒惰、漫无计划的人来说，这种发表方法也许很难得到改正了。或许我一生都难以过上写好长篇之后一次整理发表的宽松日子。也就是说大概一辈子也写不出一部真正想写的作品，而只能随心所欲地写一些暂时敷衍的作品。我始终认为收入全集第 15 卷的作品都是匆匆忙忙、敷衍塞责的。尽管如此，我已经连续写了 30 年的小说，所以我觉得也许今后还会有平心静气地写作的韧性。／总之，到目前为止，每天在报纸上连载的写法，每月在杂志上连载的写法，对我来说似乎都不大合适。按照时间的严格规定连续写作，对我来

---

① ［日］川端康成：《川端康成全集》（日文版），第 33 卷，661 页。

② 同上书，91 页。

说是痛苦和重负。每天勉强写出报纸连载一回的分量，既没有思考的时间，也没有感受的时间。一月一次的月刊杂志，我也觉得时间太短。同时也不是每月都能凑巧涌起灵感。许多与我同年或者比我年轻的杰出作家都已死去，而我这个看起来最虚弱的人却活了下来，或许《千只鹤》和《山音》之类随意而懒散的发表方法，竟然出乎意料地成为我身心的养生法了吧。"[1] 将原因归结为"懒惰"，自然是作者含有自谦之意的说法；不过他似乎也确实不太注意这些问题，正像他在谈《古都》时所说的那样：在《古都》执笔期间发生的各种各样的情况大多已经忘记，令人感到不快。关于《古都》写了什么，也已经不大记得，的确想不起来了。[2] 另外，在谈到《千只鹤》等小说的结构布局问题时，他还说过：自己注重心理，而不太注重情节。[3] 这里所说的注重心理胜过注重情节，恐怕是实际情况。从上下文来看，作者在这里所提及的"情节"，似乎包括结构布局在内。至于追随意识流的问题，恐怕也是不可否认的事实。当然这里所说的"意识流"，不一定是指严格意义上的意识流小说，大约是随心所欲写下去的意思吧。

第二与在报纸或杂志上连载的发表形式有关系。川端康成的中长篇小说几乎都像《雪国》那样先在报刊上连载，之后再汇集起来出版单行本的。"在断断续续发表的时候，就尽可能让一个一个的片段构成相对独立的短篇，因此将这些片段归纳起来的时候，便显得结构松散，缺乏

---

① ［日］川端康成：《川端康成全集》（日文版），第 33 卷，527 页。

② 同上书，661 页。

③ 同上书，536 页。

起伏跌宕和前后呼应。"① ——这是作者的述怀，可见这种形式虽然未必很好，但又由于环境使然，不得不长此继续下去。当这种小说在报纸上或者杂志上连续地或者断断续续地分为若干短篇一篇一篇发表时，为了读者阅读的兴趣和方便起见，作者总要尽量使之独立成章；但等到最后要将这些短篇汇集起来组成一部作品的时候，尽管作者也往往有所添削和修改，可是也就很难改变其情节结构的基本面貌了，更何况作者并不怎么在意这些问题呢！

第三是受日本民族审美情趣和古典文学传统的影响。川端康成的中长篇小说之所以采取自由灵活的情节结构形式，恐怕不仅是由于上述两个方面的原因，更为重要的原因也许是接受日本民族审美情趣和古典文学传统影响的结果。他在谈到日本文学艺术情节结构特点时指出，历来长篇文艺作品（如长篇物语、长幅绘画）的布局结构，往往是把着眼点放在一个一个的局部上，而不太注意整体的框架，所以喜欢采用并列的、平面的方式。事实的确如此。兹以被他推崇备至并且对他影响最深的《源氏物语》为例。就全书而言，这部小说固然也有其立体的、整体的框架，即以男主人公光源氏及其后继者薰君为中心，描述了这两代宫廷贵族的生活，不失为一部完整的作品；但若就局部而言，它基本上采取的是并列的、平面的布局方法，即前半部——描述光源氏与藤壶、空蝉、夕颜、紫姬、末摘花、花散里、明石姬、玉鬘等众多女子的交往和恋情，后半部——描述薰君与大女公子、浮舟等女子的交往和恋情，而整部作品则是由这一系列具有相对独立性的短篇故事串联起来的。这可

---

① ［日］川端康成：《川端康成全集》（日文版），第 33 卷，536 页。

以说是日本民族独特审美情趣的一种体现。川端康成接受了这种传统的审美观点，在自己的中长篇小说里所采用的也是这样一种方式。在外国人看来，这或许是一个缺欠；但在日本人看来，未必如此。

第十三章 ｜ 语言运用

　　文学是语言的艺术，没有语言就没有文学。而在各种文学体裁中，小说又是最典型的叙事文学，它力求更广泛、更细致、更完整地描述生活，包括刻画人物、展示环境和叙述故事情节等，所以它的语言功能是多样化的，熔叙述、描写、对话、分析、推理、议论、抒情于一炉。

　　作为一位杰出的小说家，川端康成极其重视小说的语言和语言运用。早在 1925 年发表的一篇文章里，他在评论日本当时一系列作家的作品时，就用很多篇幅探讨语言问题。文章一开始就提出，文学作品是通过语言表现的，除此之外别无途径。关于文学作品的语言，他提出以下一些主张：语言应当力求简短，力求含蓄、有余韵、有暗示；语言应当有诗意和美，毫无诗意和美的语言不是文学语言；语言应当富于变化，使文章显得丰富多彩，让人读起来不觉得沉闷；语言应当能够举一反三，给读者留下充分的想象空间；现代作家应当共同努力，使日语变得更加丰富，更加美好，更加纯洁等。① 此后，他还在其他很多文章里论述文学语言的各种问题。例如，他认为，人过分信赖已有的语言，就产生不了新的表现和新的思想；因为人的精神是不会受已有语言的限制的，人的精神探索常常超越已有语言的框架；杰出的艺术家应当能够感受到已有语言表达不出来的东西，而那些安于语言现状的人则很难称得上是艺术家。② 他指出，没有语言就没有文章，任何文章都摆脱不了语言的束缚；不同时代的作家有不同的奋斗目标，明治时代作家的目标是创造口语体，现代作家的目标是追求文章和心灵的一致；语言不是作家自己所有的，作家必须了解它，并把它变成自己的东西；语言是社会生活的契约，它束缚着个人的自由。③ 他以为，小说是由语言构成的艺术，语言是作家永远研究的对象；语言简洁明了，深入浅出，才是佳作，不论辞藻多么华丽，如果读者不知所云，那便不如卑俗的拙作，文章首先必须让人看懂，然后还要让人听懂，不要修饰过分，华而不实；选择好单词是写好文章的第一步，优秀的作家都是善于选择单词，并在选择单词时一丝不苟的；句子的长短各有其长处和短处，不能笼统地说孰优孰劣，但句子的长短体现不同的风格。关于他自己的语言，他说：根据别人的评论，他喜欢用的是短句子，但他并不一概反对长句子；他善于使用多种多样的语

---

① ［日］川端康成：《川端康成全集》（日文版），第 32 卷，41～68 页。
② 同上书，501～503 页。
③ 同上书，104～108 页。

言，创造多种多样的风格。①

为了解决这个问题，川端康成时常熔铸新词，创造新语，以适应写作的需要。事实证明，这种办法并不是不可以用的，只要用得合适就好，如果能被更多的人所接受那就更好，它不仅丰富了作者自己的语言，而且丰富了民族的语言。这是因为社会在不断地发展，时代在不断地前进，作为表现社会和时代的文学语言也不能不与时俱进，不能不淘汰一些旧词旧语，增补若干新词新语。川端康成适应了这种要求。

第一节 感觉·抒情

具有明显的感觉性和浓郁的抒情性，是川端康成小说语言的特点之一。

川端康成早年作为一位新感觉派作家，极其重视感觉，而且是新感觉。用他自己的话说就是没有新感觉则没有新表现。因此，在小说里，他不是纯客观地进行描写，而是将自己的主观感受移入描写对象之中，使之具有强烈的主观色彩。若想从他当时所写的一系列手掌小说里寻找这类具有明显感觉性的语言，真可以说是唾手可得。例如，在《戒指》里，写一个大学生在温泉地带突然看见一个裸体少女，"他的眼睛吃了一惊，这种感觉像折扇一般扩展开来"②；在《人的脚步声》里，一个

---

① ［日］川端康成：《川端康成全集》（日文版），第32卷，201～295页。
② ［日］川端康成：《川端康成全集》（日文版），第1卷，41页。

因患膝关节病而被截断右腿的男人，对健康人行走的脚步声特别敏感，觉得"街上行人的脚步声倾注在他的灵魂深处，犹如落在湖水中的雨声一般"①；在《骏河少女》里，写"我"在列车上对一群美丽、活泼的女学生所留下的良好印象——"每逢上午七八点和下午两三点，列车都要满载着花束"② 等。

在新感觉派文学运动高潮过去以后，川端康成所写的小说在语言上依然具有相当明显的重视感觉的特色。《雪国》的语言便具有相当浓厚的主观感觉色彩。以小说对叶子声音的描写为例。如上所述，在这篇小说里，驹子和叶子是对立的存在，驹子是"现实美"的化身，叶子是"虚无美"的化身。作者在刻画叶子的形象时，多次描写她说话和唱歌的声音，多次描写她说话和唱歌的声音里所透露出来的独特味道，而这种独特味道则融入了岛村强烈的主观感受，从而给读者留下了格外鲜明的印象。例如，小说在刚开始时，便写了叶子和站长的一场对话：火车刚一在信号所前停下来，她就冒着寒风，打开车窗玻璃，探出身子，把站长从远处叫过来，请站长照顾她弟弟，因为她弟弟也在这个站上工作。当她对站长说完话后，小说写道："她的声音美到令人感到悲哀的程度，清澈响亮地在雪夜里回荡。"③ 又如，有一次她来到岛村的房间，想让岛村把她带到东京去，岛村对她说："你这样漂泊不定可不行啊。"她笑着答道："哎呀，什么漂泊不漂泊的，我喜欢嘛！"小说接着写道："这笑声听起来清脆、响亮，略带几分悲戚，没有什么痴呆的味道。它

---

① ［日］川端康成：《川端康成全集》（日文版），第 1 卷，68 页。
② 同上书，193 页。
③ ［日］川端康成：《川端康成全集》（日文版），第 10 卷，10 页。

徒然地拨动了岛村的心弦，随即消失了。"① 再如，叶子离开岛村的房间后，带着旅馆的小孩儿到女浴池去洗澡，当她给小孩儿脱衣，跟小孩儿说话的时候，她的声音"非常亲切、甜美，如同带有几分稚气的母亲，令人觉得悦耳动听"。② 还有叶子一面给小孩儿洗澡，一面用悦耳动听的声音为小孩儿唱起歌来——"来到后面看一看，/三棵梨树，/三棵杉树，/一共有六棵。/乌鸦下筑巢，/麻雀上做窝。/林中的蟋蟀，/唧唧叫不停。/阿杉来扫墓，/扫的朋友墓，/一座一座又一座"，小说随后写道："叶子唱着拍球歌，声音活泼欢快，热情澎湃，生气勃勃，以致使岛村觉得方才的叶子犹如梦幻一般了。/叶子不停地跟小孩儿说话，直到她站起身来，离开浴池以后，那声音仍然像笛韵一般，余音袅袅，不绝于耳。在黑亮、陈旧的大门地板上，摆着一个三弦琴桐木盒。这静谧的秋夜，也不由地拨动了岛村的心弦。他正在看盒主艺妓的名字，驹子从响着洗餐具声音的方向走了过来。/'你看什么呢？'/'她在这儿过夜吗？'/'谁？啊，这个呀？你真傻。这东西是不能带来带去的呀。有时候一搁就是好几天哪！'"③ 从以上这些例子我们不难看出，所有对叶子声音的描写，都不是冷静地、客观地表现出来的，都是首先融入岛村的主观感觉，然后再通过岛村的主观感觉折射出来的。正因为如此，才能够最充分地表现出叶子声音的空灵性和虚幻性，才能够最充分地展示出叶子声音的空灵美和虚幻美；而这一切也正是刻画叶子这个"虚无美"化身所必须采取的手段。另外，这种写法还很容易使我们联

---

① ［日］川端康成：《川端康成全集》（日文版），第10卷，111页。

② 同上书，112页。

③ 同上书，113页。

想起作者与《雪国》前几节同时发表的一篇散文，其中写道："我们虽然不是音乐家，可是听了少女的'纯真的声音'，也会闭目冥想，觉得大有隔世之感。这种机会颇为罕见。我上小学时，有位声音优美的少女比我低一年级。她朗读课文的声音委实清脆悦耳。我从她所在教室窗下走过，听到了她的声音。那美妙的声音至今仍在我的耳边回荡。"[1] 在作者的笔下，叶子说话的声音正是这种"纯真的声音"的形象化，叶子的形象正是这位纯真的少女的形象化。

川端康成小说的语言不仅具有明显的感觉性，而且具有浓郁的抒情性。他的小说中包括不少抒情诗歌式或者抒情散文式的作品，有许多诗歌化的语言。这些语言很接近诗歌，具有纯洁、优美、隽永的诗意。其中含有作者对世界和生活的热情，含有一种富于节奏感的韵律；这种韵律虽然往往是难以直接指出来的，却是可以令人感觉得到的。

如手掌小说《偷茱萸的人》就像是一篇抒情散文。它写的是金秋时节，在一个朴实的山村里发生的一个朴实的小故事。女主人公是一个善良、勤劳的姑娘。"烧炭工的女儿背着炭袋子，从山上下来。她像征伐鬼岛归来的桃太郎似的，扛着一大枝茱萸。这枝茱萸简直就像长着绿叶的珊瑚树，上面结着累累红果。"——这是小说对姑娘登场的描写。那么，这枝茱萸是从哪里来的呢？原来是姑娘"偷"来的。姑娘为什么要"偷"茱萸呢？原来是因为她父亲染病在床，必须请医生看病；而要请医生看病，则必须送些礼物。但是她家一贫如洗，除了送些自己烧的木炭之外，还得送些别的东西。她父亲让她到山上"偷"些柿子，但她没

---

① ［日］川端康成：《川端康成全集》（日文版），第 27 卷，106 页。

有"偷"到柿子，只好下到稻田里来。这时田埂上茱萸的鲜红色映入她的眼帘，一下子吹散了她那"偷窃"的忧郁心情。她用手抓住一个枝子，却没有折断。她又用双手抓住一个大枝子，使劲往下拽。不料这个大枝子从主干上裂开了，她摔了一个屁股蹲儿。她一面笑眯眯地吃着茱萸果，一面走到村里来。这就是姑娘"偷"茱萸的原因和经过。由此可见，她"偷茱萸"是情有可原的。她不是贪财忘义，而是救急救穷；不是偷窃别人家里藏的金银财宝，而是偷窃别人地里长的野生茱萸。非但如此，她还是一个有爱心的人，当小学校的女孩子跟她要茱萸果时，她笑眯眯地把茱萸枝伸过去，让她们摘下成串的果实；当一个女子跟她要茱萸果时，她干脆把茱萸枝全都给了她，急忙走开了。这枝茱萸使那个女子大受感动，不由得思念起家乡和母亲来。更令人感动的是，那个大受感动的女子也不是贪得无厌之人，她从腰里掏出好不容易挣到手的一枚银币，用纸包好，安静地坐在那里，等着烧炭工女儿回来时再经过此地；因为她知道烧炭工卧病在床，而烧炭工女儿的茱萸是送给医生的礼物。这是一个动人的小故事。人们看完这样的故事，会自然而然地被充溢其中的美好人情所打动。更何况作者在小说的一头和一尾又加上两段具有浓郁诗情的歌曲呢！开头一段是：

> "风沙沙响，
>
> 吹送秋天。"
>
> ——小学校女孩子一边唱着歌曲，一边踏着山路归去。①

———————————

① 〔日〕川端康成：《川端康成全集》（日文版），第 1 卷，102 页。

结尾一段是：

> 小学校女孩子一边唱着歌曲，一边踏着山路归去——
> "风沙沙响，
> 吹送秋天。"①

这两段词句完全相同，只是次序颠倒了一下。它们使得这篇小说更像一支歌或一首诗了。

其实不仅上引的手掌小说如此，其他许多短篇小说、中篇小说和长篇小说也是如此。在这些篇幅较长的作品里，作者也常常在描写环境时，在叙述故事时，在刻画人物时，抒发自己对美的感受，展示自己的抒情才能。如《春天的景色》对竹林的描写，《雪国》对缫丝和晒丝的描写，《古都》对北山杉的描写等都是。难能可贵的是，这些看来好像纯粹抒情的段落并不游离于小说故事情节之外，而是成为故事情节的有机组成部分，从而使整部作品充满了诗情画意。

那么，川端康成的小说为什么处处充满浓郁的抒情气息，处处充满美呢？这可能是因为他虽然是小说家，却不乏诗人气质，对诗歌有难以割舍的感情，所以他的许多小说和散文都具有浓郁的抒情色彩。而且据他自己说，他早在中学时代就写过俳句，并印刷过两三次，在茨木镇（他的故乡附近）的《京阪新闻》上也曾发表过一些和歌和俳句，还曾

---

① ［日］川端康成：《川端康成全集》（日文版），第 1 卷，106 页。

在笔记本上写过若干和歌式的东西①。不仅如此，他到了晚年似乎更加倾心诗歌，有时写些俳句、和歌作为交友应酬；还有时表示后悔，后悔自己没有写过汉诗，没有读过多少和歌和俳句，没有留下一部诗集或者歌集，没有立志成为诗人或者歌人，因为他认为日本文学的主流是诗歌，是和歌和俳句。为了弥补这个损失，他只好在写小说时不受小说常规方法的约束，充分发挥自己的想象力，以便尽可能地接近日本古典文学的传统，尽可能地接近日本古典诗歌的精神。② 正因为如此，川端康成在晚年所写的许多文章和所作的讲演里，大量引用和歌和俳句，力图从和歌和俳句中发掘日本文学的传统精神。

第二节　比喻·反复

爱用比喻和反复等修辞手法，是川端康成小说语言的另一个特点。

作为一种常见的修辞手法，比喻是指当某一事物（本体）与另一事物（喻体）有相似点时，用另一事物来比方这一事物。一般来说，喻体比本体更具体更形象。比喻的结构特点是包括本体、喻体和比喻词三部分。比喻的运用原则，一是喻体和本体既要有相似之点又在本质上明显不同，二是喻体必须浅显，使人容易理解。为了使自己的语言更加富有感染力，川端康成从新感觉派时期起就喜欢大量使用比喻；其后虽然有

---

① ［日］川端康成：《川端康成全集》（日文版），第 33 卷，84～99 页。
② ［日］川端康成：《川端康成全集》（日文版），第 28 卷，115、116 页。

所变化，在使用的数量上有所减少，但没有根本改变这种习惯，没有彻底放弃这种修辞手法。

在川端康成新感觉派时期的作品中，这种例子可以说俯拾即是。如手掌小说《阿信地藏菩萨》是表现所谓"无贞操之美"的。据说阿信活到 63 岁，死于 1872 年。她 24 岁丧夫，守寡以后不讲贞操，亲近村里所有称得上是青年人的青年人，一视同仁地接待他们。青年们互相之间确立了一个规矩，以便共同分享阿信。每逢少年达到一定的年龄，村里的青年就会把他吸收进来，成为阿信的共有者之一。青年一娶妻子，就要从这个团伙退出。多亏了阿信，山里的青年才不用翻山越岭到海港去找女人。于是，小说写道："犹如这个山谷的所有男人都要跨过溪涧吊桥才能进入自己的村庄一般，这个村的所有男人也都要踏过阿信才能长大成人。"① 这是对如今已经不在人世的阿信的形容。除此之外，这个村里如今又出现一个漂亮的姑娘，她面色红润，眼睛明亮，肌肤润滑，浑身圆乎乎的，显示出一种新鲜的、不知疲倦的魅力，使人觉得大概只有她才能做到不论与多少男人相会也不会疲倦和衰颓，因而令人不由得产生一种"光着脚踩一踩"② 的兴致。小说接着写道："她是一张柔软的、没有良心的床。这个女人仿佛是为了让男人忘掉习俗和良心而生的。"③ 以上是两个巧妙的比喻。前者用人人都要通过的"桥"作为已经不在人世的阿信的比喻，后者用人人都要踩踩的"床"作为仍在人世的"阿信"的比喻，这种修辞手法是新鲜的、奇特的，同时也是形象

① ［日］川端康成：《川端康成全集》（日文版），第 1 卷，85 页。
② 同上书，86 页。
③ 同上。

的、生动的。类似的情况在川端康成新感觉派时期之后的作品中也不乏其例。

反复也是一种常见的修辞手法，即用同一个语句或词语，反复加以描写或叙述，以便强化语言的表现力量，增加语言的感情色彩。爱用反复的修辞手法，也是川端康成在新感觉派时期养成的习惯，在当时的作品中屡见不鲜。这显然是为了在表现形式上追求新奇，力图不落俗套。

比如手掌小说《谢谢》，全篇只有千余字，却13次出现"谢谢"这个词，而且每次出现都是独立成行。作者如此安排，目的在于强调表现那个公共汽车司机彬彬有礼的态度。请看中间一段描写，出现了八次"谢谢"：

> 汽车赶上公共马车，马车躲到路边。
>
> "谢谢！"
>
> 司机一边用清脆的声音致谢，一边像啄木鸟似的诚恳地低头敬礼。
>
> 迎面驶来装载木材的马车，马车躲到路边。
>
> "谢谢！"
>
> 排子车。
>
> "谢谢！"
>
> 人力车。
>
> "谢谢！"
>
> 马。
>
> "谢谢！"

即使 10 分钟内超过 30 辆车，也绝不失礼。

就是疾驰百里，也要保持端庄的态度，那样子犹如一棵笔直的杉树，朴素而又自然。

三点多钟从海港出发的汽车，中途把车灯打开。每次司机遇见马，都要把前灯关闭，并且说：

"谢谢!"

"谢谢!"

"谢谢!"

在 15 里的公路上，他最受马车、大板车和马的好评。

再看最后一段描写，又出现了五次"谢谢"：

头班火车给汽车放下三个乘客就开走了。

司机整理了一下驾驶座的坐垫。姑娘的目光落在面前温暖的肩膀上。秋天的晨风从肩膀两边吹拂过来。

汽车赶上公共马车，马车躲到路边。

"谢谢!"

大板车。

"谢谢!"

马。

"谢谢!"

"谢谢!"

"谢谢!"

他对 15 里的山野满怀感激之情，回到了半岛南端的海港。

今年是柿子的丰收年，山里的秋色美极了。①

如果说《谢谢》是词语反复的代表，那么《母亲》则是段落反复的代表。这篇手掌小说写的是一对夫妻饱受疾病折磨的故事。全文分为四段：一、丈夫的日记；二、丈夫的疾病；三、妻子的疾病；四、丈夫的日记。其中，二、三两段用散文叙述故事情节；一、四两段则用诗体语言抒发感情，而且文字基本相同。第一段是：

今宵不娶我妻

抱吧，柔嫩的女人之身

我母亲也是女人哪

热泪盈眶，难对新妻言

当个好母亲吧

当个好母亲吧

如果我不了解我母亲②

第四段是：

今宵我女不眠

---

① ［日］川端康成：《川端康成全集》（日文版），第 1 卷，95、96 页。

② 同上书，121 页。

　　　　抱吧，柔嫩的女人之身

　　　　我母亲也是女人哪

　　　　热泪盈眶，难对幼儿言

　　　　当个好母亲吧

　　　　当个好母亲吧

　　　　如果我也不了解我母亲①

　　两相比较，只有第一行的差异较大，第四行只是把第一段的"新妻"换成了第四段的"幼儿"，第七行只是在第四段增加了一个"也"字，其余的地方则完全相同。

第三节　叙述语言与人物口语

　　从一个特定的角度来看，小说的语言可以大致分为叙述语言（作者叙述故事所使用的语言）和人物口语（小说人物说话所使用的语言）两类。川端康成不仅在叙述语言方面显示了自己的鲜明特点，在人物口语方面也显示了自己的鲜明特点。

　　在叙述语言方面，以上两节所引用的例子大多属于此类。它们生动地表现了作者在运用叙述语言方面的高超技巧，充分地展示出感觉性强、抒情味浓、善于使用比喻和反复修辞手法等特点。在人物口语方

---

　　① ［日］川端康成：《川端康成全集》（日文版），第 1 卷，125 页。

面，作者驾驭语言的能力也得到了充分的发挥。因为人物口语是直接展示人物性格和心灵的重要手段，所以人物口语写得好不好，人物口语是否符合人物的特定身份，是否能够表现人物的特定性格和心灵，与人物形象刻画的成功与否有密切的关系。

为了通过人物的口语展示人物的性格和心灵，为了把人物的口语写得鲜活生动，为了使人物的口语尽量贴近现实生活中人物的语言，川端康成在取材和写作过程中下了很大功夫，而时常采用方言土语则是他的着力点之一。不同地区的人物说不同地区的方言土语，无疑是使人物形象鲜活起来，使人物语言特点凸显出来的最有效、最重要的手段之一。川端康成当然绝不滥用方言土语，但是有时为了显示小说所表现的特定环境，显示人物的特定身份，则适当使用方言土语。作者对于方言土语的态度是慎重的，往往要经过反复调查核实之后才肯使用，而这也正是他一生无数次进行取材旅行，有些地方还要多次前往的原因之一吧。有的时候即使进行过取材旅行，他也感到不放心，于是只好采取其他的补救措施。如《古都》是以京都为舞台的，人物自然是京都腔。作者的故乡属大阪府，离京都不远；再加上他早在中学时代就曾多次跑到京都去游玩，对京都不可谓不熟悉，对京都话也不可谓不熟悉。尽管如此，他在写好这部小说后，仍然觉得不放心，又特地请人加以订正，以便使人物对话部分显得更准确，更生动，更有京都味。

《雪国》是作者巧妙使用方言土语的一个绝好例证。这篇小说以汤泽温泉为舞台，这一带在古代属于越后国。由于山川阻隔等原因，这里始终保留着浓厚的方音。小说女主人公驹子作为当地出身的艺妓，自然也要说这种方言土语。作者对于这些是不熟悉的。为了进行取材，也为

了调查驹子使用的方言，他三次前往越后汤泽温泉。据说出生在越后的
女人，从艺妓主要产地新潟市以及平原农业地带三条、长冈方面开始，
都很少像其他地方的女人那样使用敬语，有时即使心里想说，也由于没
有相当的词语，又没有这种习惯，所以也表达不出来。另外，越后人也
不大使用表示"是"或"不"的应答词，而是直接说出自己要说的意
思。因此种种，可以说越后方言以直截了当为特色。作者经过反复调
查，在驹子的语言中原封不动地使用了越后方言，因而显得颇为生动传
神；但若不了解这种情况，也许就会产生生硬之感。如按一般习惯，驹
子对岛村说话应当使用敬语，称岛村为"您"；可是在小说里，驹子不
使用敬语，称岛村为"你"。高桥有恒在《〈雪国〉模特儿考》里写道：
这种直截了当的对话，在小说里简单明了，显得很美；但在电影和舞台
上由演员们演出时，便会变成十分激烈的口气，驹子便会给人以厉害的
印象。①

　　除了适当采用方言土语外，川端康成写人物口语还有力求生活化和
个性化的特点，即力求使小说的语言更接近生活的语言，力求使人物的
口语更接近生活的口语，力求自然、通俗、生动、富于表现力，力求使
人物的口语符合人物的年龄、身份、地位、经历和教养，力求符合人物
的个性，力求达到什么人说什么话，一个人说一个人的话，从而取得
"闻其声如见其人"的效果。例如，《16 岁的日记》中写了几个不同人
物的口语：主人公"我"是一个 16 岁的中学生，"我"的口语与当时同
龄少年的口语几乎没有什么差别；祖父的口语体现出一个 75 岁危重病

① ［日］进藤纯孝：《川端康成传记》（日文版），352 页。

人的特点；美代的口语体现出一个 50 岁左右农村妇女的特点，而狐仙的口语则体现出其职业的特点。如美代管附体妖魔叫"灾星"，管饭团叫"团子"等，便是其例（当然，这种口语是很难译成外语的，笔者的译文只是一种尝试）。

第十四章 | 叙述方法

按照现代叙事学理论，我们除了关注小说的叙述内容（包括上述人物、环境、情节、结构和语言等）外，还应当关注小说的叙述方法，如叙述话语（如叙述时间和叙述视角等）和叙述动作（如叙述声音等）。研究川端康成小说的表现技巧，也不能忽视这些方面。

第一节 时间

作为叙事文学的一种形式，小说是通过一定的阅读顺序逐渐显示出来的。因此，时间在它的话语结构中占有重要地位。在小说中，所谓时间，一是指本文时间，即读者阅读小说本文所需要的实际时间；二是指故事时间，即小说故事所经历的时间。在一般情况下，这两个时间是不同的，性质不同，长短不同，顺序也不同。二者的不同表现在时间序列、时间长度和叙述频率上，而这种种的不同则体现了小说的节奏性，表现出小说的节奏美。

所谓小说的时间序列，是指本文时间序列和故事时间序列的对照关系。当本文时间序列和故事时间序列一致时，这种叙述方式称为"顺叙"，也就是认为这种叙述方式是合乎事物发展的自然顺序的；当本文时间序列和故事时间序列不一致时，这种叙述方式称为"逆叙"，其中又可分为"插叙"和"倒叙"。不言而喻，一个作家的所有小说如果千篇一律地采用一种叙述方式也许就会显得呆板。川端康成深知其中奥秘。他固然有不少小说采用的是"顺叙"的叙述方式，但是也有不少小说采用"插叙"或者"倒叙"的叙述方式；而他最常采用的是将这几种叙述方式交错起来，即在基本上采用"顺叙"的基础上适当地穿插进若干段落的"插叙"或者"倒叙"，不同作品的区别在于，有的"插叙"或者"倒叙"分量多些，有的"插叙"或者"倒叙"分量少些。这就不仅使得他的每一篇（或一部）作品都显得灵活多变，摇曳多姿；而且使得他的全部作品放在一起显得更加灵活多变，摇曳多姿。

在川端康成的小说中，属于"顺叙"的作品很多，如《伊豆的舞女》《温泉旅馆》《东京人》《古都》等都是，而且这种情况一般比较常见，所以这里不再举例说明。属于"插叙"或者"倒叙"的作品也不少，如《名人》从秀哉名人之死和名人失败起笔，这是故事的结局，而不是故事的开端；《睡美人》虽然就总体而言是按照五个夜晚的顺序一一写下来的，但是几乎在每夜之中都通过江口回忆、联想和做梦等形式进行插叙或者倒叙等。这里以《雪国》为例。这篇小说写岛村三次从东京前往雪国会见驹子，但不是按第一次、第二次、第三次这样的顺序写下来的，而是从第二次起笔，在第二次和第三次之间"插叙"了第一次。在第二节的结尾，驹子问岛村："东京还没下雪吗？"岛村说："虽然那个时候你是那么说了，但我总觉得那不是真的。不然的话，年底下的时候谁会到这么冷的地方来呢？"① 而在第三节的开头则写道："那个时候——已经过了雪崩危险期，进入到处一片新绿的登山季节了。"② 这两个"那个时候"都是指岛村第一次从东京到雪国会见驹子的时候，第三节所写的正是岛村第一次从东京到雪国会见驹子的过程。从艺术效果来看，这段插叙，不仅避免了全篇的平铺直叙，而且给第一、二节的叙述增加若干波澜，使读者产生若干悬念。如第一节所说的"已经是三个钟头以前的事了。岛村闲得无聊，呆呆地凝视着自己不停活动的左手食指。因为只有这个手指，才能使他清清楚楚地感觉到就要见面的那位女子"③ 中的"那位女子"究竟是谁呢？在第二节里，岛村刚一下火车就迫不及待地跟旅店掌柜打听的"那位师傅和那位姑娘"中的"那位姑娘"又是谁呢？"那位女子"和"那位姑娘"是不是同一个人呢？岛村又是怎样认识她的呢？所有这些问题都只有看完第三节后才能得到解答。

所谓小说的时间长度，是指本文时间长度和故事时间长度的对照关

① ［日］川端康成：《川端康成全集》（日文版），第 10 卷，18 页。
② 同上书，19 页。
③ 同上书，10 页。

系。本文时间长度也就是读者阅读本文的时间长度，不过这个时间长度是因人而异的，是很难确定的；故事时间长度有时是可以确定的，但有时也是难以确定的，甚至是模糊不清的。造成难以确定和模糊不清的原因很多，如省略和概括就是作家经常使用的方法。既然如此，小说的时间长度，即本文时间长度和故事时间长度的对照关系也就难以看清了（为了解决这个难题，有人提出可以假设一种"匀速叙事"，即假设本文时间长度和故事时间长度始终保持均衡状态，然后再根据这个假设去考察每个作品的实际情况）。川端康成在小说创作中，也常常巧妙地使用省略和概括的方法。

如《温泉旅馆》共有三章，分别刊登在三个不同的刊物上：第一章"夏逝"，发表在《改造》1929 年 10 月号；第二章"秋深"，发表在《文艺春秋》1930 年 1 月号；第三章"冬至"，发表在《近代生活》1930 年 3 月号。第一章从刚入秋起笔，写到 9 月初一场暴风雨之后；第二章写的是进入深秋时节的景象——秋风渐紧，落叶满地，山里披上红叶，人们缝制棉衣；第三章一开始就写道："水车的冰柱在月色下闪着寒光。马蹄踏在冰冻的桥板上，发出金属般的响声。群山的漆黑轮廓，犹如利剑一般。这是一个寒冷的冬天。"① 这三章使用的笔墨也是不同的，第一章最多，第二章较多，第三章最少。另外，这三章之间的故事都被省略了。在省略的状态下，可以说本文时间长度是零，故事时间长度虽然难以明确断定，但是大概也有几个月吧，所以叙述速度是无限大。这种由本文时间长度和故事时间长度形成的对照关系的变化，由省略形成的

① ［日］川端康成：《川端康成全集》（日文版），第 3 卷，165 页。

叙述速度的变化，使小说显得有疏有密，疏密相间，有节奏感。

所谓小说的叙述频率，是指本文话语和故事内容的重复关系。在小说中，如果不适当地讲述重复的话语和重复的事件，那是一种毛病；但是如果适当地讲述重复的话语和重复的事件，则是一种艺术技巧。这里所说的适当和不适当的区别在于，话语的重复和事件的重复能否显示出一定的独特的效果，能否显示出一定的独特的意义。

《睡美人》是一个巧妙利用这种重复关系的实例。小说连续写主人公江口老人先后五次到"睡美人之家"与六个睡美人睡在一起的经过。关于"睡美人之家"的情况，小说在江口第一次来到时写道：这里算不上是一家旅馆，没有挂出什么招牌。一楼似乎没有客厅，二楼也只有两间客房。房子里面静悄悄的，只有一个中年女人出来招待客人，不知道她是主人还是用人，此外再也看不到别的人。这个中年女人不喜欢江口老人多提问题，只是向他做了必要的交代，就把他引进了睡觉的房间。① 在这个房间里，江口老人和一个睡美人睡了一夜，次日早晨离开。这就是江口老人第一次来到"睡美人之家"的大致情况。半个月之后，江口老人又一次来到"睡美人之家"。据说他本来没有再来的打算，可是由于第一次来访给他留下的印象是清新的、甜美的，而不是污浊的、丑陋的，所以他又一次来到了这里。江口老人第三次来到"睡美人之家"是在第二次之后的第八天。之所以进一步缩短了间隔的时间，是因为他已经被睡美人的魅力吸引住了。在第三次之后，江口老人又到"睡美人之家"来了两次，最后一次和两个睡美人睡了一夜。其实小说

---

① ［日］川端康成：《川端康成全集》（日文版），第18卷，135、136页。

对这五次的描写都是大同小异的，不外乎一次又一次地与中年女人打交道，一次又一次地与睡美人睡在一起，一次又一次地想方设法玩弄睡美人，一次又一次地做各式各样的梦，一次又一次地回忆自己一生与女人交往的各种往事，一次又一次地感叹自己如今的年迈力衰。而作者之所以反复进行这样的描写，正是为了突出表现江口老人（恐怕也包括作者自己吧）对人生易老的感叹，对时光流逝的感叹。

第二节　视角

所谓小说的叙述视角，是指作者观察故事进程和叙述故事进程的角度。叙述视角是由叙述人称决定的。叙述人称大体上可以分为四类：第一人称叙述，第二人称叙述，第三人称叙述，变换人称叙述。川端康成的小说也常常采用这些方式，兹以他最常用的第一人称叙述和第三人称叙述为例。

采用第一人称叙述方式的小说，叙述者是作品中的一个人物，他兼有双重身份，既是故事的叙述者，又是故事的参与者。这种情况有利的一面，是由于叙述者身临其境，容易使读者产生身临其境的逼真感，从而达到其他人称叙述方式难以达到的艺术效果；不利的一面，是叙述者只能叙述自己所见、所闻的东西，不能叙述自己未见、未闻的东西。作家在想要表现主观心理活动的场合，往往喜欢使用这种方式。川端康成的不少小说也使用这种方式。从叙事学的观点来看，在第一人称的小说中，尤其是在具有自传性质的小说中，作为小说的主人公，叙述故事过程的"我"和亲身经历故事的"我"是同一个人，不过往往是处于不同时间的同一个人。川端康成有时在小说中明确地显示出不同时间的"我"的差异，有时则不明确地显示出不同时间的"我"的差异。后者的情况比较普遍，也比较容易理解，这里不再举例说明；前者的情况比较少见，也比较难以理解，兹举《参加葬礼的名人》说明如下。

　　从我四五岁时起，姐姐就寄养在亲戚家里。我十一二岁时，她就死了。我不了解姐姐，就和不了解父母一样。祖父对姐姐之死感到悲伤，也硬要我感到悲伤。我搜索枯肠，也不知道应该将怎样的感情寄托在什么东西上面。只有老弱祖父悲痛欲绝的样子穿透了我的心。我的感情只能达到祖父身上，却不能越过祖父，进而达到姐姐身上。祖父通晓易学，擅长占卜，因患眼病，晚年几乎双目失明。一听说姐姐病危，他便悄悄地数起竹签，占卜孙女的命运。老人视力衰弱，我一面帮助他排列占卜用具，一面目不转睛地盯着他那日益暗淡无光的脸。过了两三天，便传来姐姐的噩耗。我不忍心立即告诉祖父，将信压了两三小时，最后才下决心念给他听。当时，我能够看懂一般的汉字；碰到不认识的草体字，我就握住祖父的手，用自己的手指在祖父的手心上反复描画那些字的形状，我再试着念给他听。这已经成为一种习惯。我现在想起当时念信和握祖父手的情景，仿佛觉得自己的左手还是冷冰冰的。[1]

---

[1]　［日］川端康成：《川端康成全集》（日文版），第 2 卷，77、78 页。

这是小说里的一段描写。在这段里，我们可以明显地感觉到存在着两个"我"：一个是当时的"我"，即亲身经历故事的"我"；一个是现在的"我"，即叙述故事过程的"我"。小说通过一系列的语言信号，如"当时，我能够看懂一般的汉字……"，"我现在想起当时念信和握祖父手的情景……"等，使读者清楚地感觉到当时的"我"和现在的"我"，已经发生了相当大的变化。这种变化是通过叙述自然而然地表现出来的，并不是特别强调指出的。但如果采用第三人称方式叙述，就只能说明当时的"我"的行动和感受，不能表现现在的"我"的心理活动，不能揭示两个"我"之间的微妙关系。

不过，无论是否明确地显示出不同时间的"我"的差异，川端康成采用第一人称叙述方式的小说都直接地表现出他迫切的、发自内心的叙述动机和表现欲望。当他从少年时期进入青年时期时，当他回首自己经历过的事件时，当他回忆自己接触过的人物时，那些在他的脑海中留下深刻印象的事件和人物，便一一浮现出来；而当他通过第一人称叙述的方式将那些事件和人物描述出来时，他也就回顾了自己的生活道路，探寻了自己的生活意义。在这个意义上，我们可以说，他的创作活动和叙述行为是同他的生活经历和生活经验联系在一起的。

采用第三人称叙述方式的小说，叙述者不是从故事参与者的立场，而是从故事旁观者的立场去进行叙述的。川端康成采用第三人称叙述方式的小说可以大致分为两类：第一类与传统小说相似，其中的叙述者犹如无所不在、无所不知的"上帝"，他不仅了解现在，而且能够知道过去，预见未来；不仅听得到人物的话语，看得到人物的行动，而且能够深入人物的内心世界，洞察到人物的思想活动。这种叙述方式使得作者获得了最充分的自由，想写什么就写什么，几乎不受任何限制。第二类则与传统小说不同。这类小说的叙述者不是无所不在、无所不知的"上帝"，而是小说里一个固定的人物；也就是说，叙述者放弃了无所不在、无所不知的自由，而选择了一个固定的视角。不少现代作家喜欢采用这种方式，川端康成也很喜欢采用这种方式。

第一类小说有很多，这里以《东京人》为例。从这部小说对于人物内心活动的描写部分，我们可以清楚地看出叙述者无所不在、无所不知的特点。如敬子的养女——弓子作为一个十八九岁的姑娘，正处在爱情萌发的青春时期。但她这时的处境，使她感到十分为难。她与清青梅竹马，可对清没有恋人之情。她一心爱着昭男，但昭男又与养母敬子有着不明不白的关系。她今后怎样处理自己的爱情呢？又怎样在敬子的家里生活下去呢？这使她感到困惑。大约也正因为如此吧，有一次她直截了当地问清道："你说人和人之间为什么这么难处？"这句话可以说是弓子对人生的感叹。第21章"结婚之前"有一段对弓子日夜不宁心态的具体描绘：

　　这些日子弓子有时梦见清冰凉嘴唇的接触。

　　她好像犯了大罪似的惊醒过来，心里觉得又羞耻，又害怕。

　　那都是两小无猜时的往事。从新宿归来后，却梦见过一次最近的接吻。

　　这似乎也是造成弓子洁癖的原因之一。

　　敬子不在身边，就难以安眠。

　　夜里突然醒来，听到落叶之声，也会误以为是下雨了，或者人来了，感到心神不安。

她自己也想，这样惊惶不安，是不是这场病引起的呢？

……

翻译小说里的有些东西，弓子还理解不了。那些对恋爱和情欲千姿百态的描写，却使她逐渐感觉到这个世界是由复杂的男女关系构成的。

或许在这个世界上根本就没有弓子痴心地、茫然地等待的那种"爱"。

随着朝子婚礼的临近，家里显得越来越热闹。敬子精力充沛地操办一切。

只有弓子一个人感到孤独。

弓子自己也不明白，为什么不能衷心祝贺朝子新婚。

是因为不是真正的亲姐妹吗？是自己心眼不好吗？

弓子一点儿也不羡慕朝子新婚。她认为，爱情应当是更加美好的。父亲和敬子虽然不是正式结婚，但他们共同生活的开头几年是有爱情的。弓子也得以在和睦的环境中成长。

可是，父亲突然消失之后，敬子也不能不发生变化，弓子颇有弃儿之感。

弓子明白敬子仍然关心自己。但是近来敬子与昭男关系密切，这就使弓子觉得难以依靠了。弓子不能长期怀疑或者憎恨别人。这由于她的性格，同时也由于她在家里的地位。

弓子在街头募捐时，看见敬子和昭男在街上走，受到很大打击，终于病倒。在病床上，她极力加以否定，将其解释为自己的误会。但这个阴影始终留在心里。

弓子心惊肉跳。但一想起昭男，便觉得眼前亮起来。然而敬子的巨大身影又横在二人之间，使弓子觉得难受极了。

朝子出嫁以后，自己要在敬子和清之间生活下去，那就比现在更加难过。还是朝子不出嫁好。

"怎么办呢？真让我为难哪！"弓子木然呆坐。①

又如美祢子，虽然在小说里不占重要地位，可是叙述者对她的心理活动也有具体的描写，如在第 37 章"没有生活的生活"里写道：

美祢子早年失去父母，当个女工，苦熬岁月。后来得到俊三救助，在他的公司工作，仍然像"猫"一样躲在暗处无声无息地活着。但暗中对俊三的思慕，成了支撑她活下去的力量。

俊三彻底破产以后，好不容易才理解了美祢子这份苦心。这时美祢子热情满怀，俊三却变得软弱无力，只能慵懒悲哀地抱着她，却不能彻底将她据为己有了。

这反而使美祢子感到经久不退的、不可思议的遗憾。

"我愿意成为他的人，哪怕一次也好！"——这是美祢子发自内心的呼声。不过，这与女儿担心父亲的心情迥然不同。

美祢子对俊三别无所求，只是希望他占有自己的一切。假使俊三需要，她将无偿地献出自己的全部。

---

① ［日］川端康成：《川端康成全集》（日文版），第 14 卷，532～534 页。

> 但是，俊三像一个冷冰冰的影子，美祢子怎么也抓不住他，她只有继续忍受思念之苦。①

我们不难看出，美祢子对俊三的爱恋有一点变态。她的欲望是强烈的，但这种强烈的欲望又很难得到满足，所以内心饱受折磨之苦。这种描写也使美祢子的性格特征突现了出来。

第二类小说也有不少，如《伊豆的舞女》从"我"的视角来写，《千只鹤》从菊治的视角来写，《睡美人》从江口的视角来写，等等。兹以《雪国》为例。在这篇小说里，叙述者从岛村的固定视角观察事物，其中所写的全部内容都是通过岛村的所见、所闻、所感表现出来的，几乎没有超出这个范围的东西。最能说明这一点的是：尽管这篇小说主要写的是驹子，可是没有写驹子的内心世界，没有写驹子的思想活动；因为岛村不是驹子，岛村不可能了解驹子的内心世界，不可能了解驹子的思想活动。如小说的第七节写岛村第二次离开雪国时，驹子到车站去送他。这时，忽然看见叶子急急忙忙地跑来，告诉驹子行男生命垂危的消息，让她赶紧回去见上一面。驹子听了，"强忍内心疼痛似的闭上眼睛，脸色也唰地一下变白了；不料却果断地摇摇头说：'我在送客人，我不能回去。'"随后，岛村也使劲地劝驹子回去，让她不必等到车来；但驹子断然回答："不行，我不知道你还来不来！"叶子又着急地往回拉驹子；但驹子用力地将叶子的手甩掉，"摇摇晃晃地走了两三步，'哇哇'几声想要呕吐，可是什么也没有吐出来，眼睛湿润，脸上起了鸡皮疙

---

① ［日］川端康成：《川端康成全集》（日文版），第15卷，261、262页。

瘩"。叶子走后，驹子对岛村说："不，我不愿意看见人死。"小说接着写道："这话听起来好像冷酷无情，但又好像过分多情。岛村感到迷惑不解。"① 从驹子的种种表现，我们不难看出，她的内心显然经历了一番剧烈的思想斗争：她和行男的关系非同一般，她被卖到东京去的时候，只有行男前来送行；她心爱的日记是从记行男开始的，又是到行男死结束的；如今行男即将离开人世，她怎么能不感到痛心呢？她不愿意看见行男死，并不是对行男无情，而是对行男多情啊！在这一段里，叙述者虽然只是写了驹子的语言和行动，没有用一个字描写驹子剧烈的内心风暴，但分明使读者充分地感受到了她那剧烈的内心风暴。这大约正是川端康成的高明之处吧。

若问川端康成为什么采取这种限制自己自由的叙述方式（与第一类第三人称小说相比），那么我们可以回答说：他在有所失的同时也有所得。失去的是一定的描写自由，得到的是逼真的艺术效果。因为越来越多的现代读者，在阅读第一类第三人称小说时感觉到，叙述者完全控制了作品中人物的命运，读者只能被动地接受既成事实，无论这种既成事实是否合理，从而丧失了自己主动地探索和解释的权利；而第二类第三人称小说则在一定程度上限制了作者的自由，同时也就恢复了读者的自由，使读者可以主动地去探索和解释。

---

① ［日］川端康成：《川端康成全集》（日文版），第 10 卷，69 页。

第三节　声音

所谓小说的叙述声音，是指叙述者的声音。在川端康成的小说中，叙述者介入作品的程度有所不同，有的作品叙述者介入的程度比较深，那么叙述者的声音就比较强；有的作品叙述者介入的程度比较浅，那么叙述者的声音就比较弱。从这个意义上，我们可以把川端康成的小说分为两类：前者称为公开叙述者的声音，即叙述者的身份是公开的，叙述者的声音在小说中能够清楚地听见；后者称为隐蔽叙述者的声音，即叙述者的身份是隐蔽的，叙述者的声音在小说中不能清楚地听见。这种叙述者声音的强弱差异造成了川端康成小说的格调差异。

属于公开叙述者声音的小说可以举《致父母的信》为例。小说开头的两段是这样写的：

我要给以年轻姑娘为对象的杂志写一篇短篇小说，可是脑海里无论如何也想象不出年轻姑娘喜欢的故事。好歹总算试着写出了《致父母的信》这个题目。以《致父母的信》作为小说篇名，未免过于平淡无奇。但是，我有生以来还从未给父母写过信，今后恐怕也不会写。这是我终生连一封也不能写的信。因为对我来说，所谓"致父母的信"，其实是致已故父母的信。这一点大概会多少牵动一下年轻姑娘的心吧。少女们对描写孤儿悲愁的作品恐怕是很容易动心的。不过据我所知，这些作品中的优美感情，往往是空幻的。姑娘们在这种空幻中培养了自己的感情，那么她们会不会喜欢我的信呢？这还是一个疑问。

新年伊始，我将迎来第 34 个春天。这个年龄与你们——我无论如何也不能把你们叫作"父母"——去世时的岁数是否还有一些距离？这种问法似乎很奇怪，但我确实不知道你们是多大岁数去世的。我也不知道我是你们多大岁数时出生的。你们是正式结婚，我由你们的父母兄弟抚养；他们多次告诉我你们的年龄，但我怎么也记不住。我并非特意忘记，也许我的内心怀有某种恐惧，不让我记住它。我从幼年时代起，就害怕自己大概也只能活到你们去世时的岁数。①

这两段话可以说是评论。评论也是小说中的一种话语形式，它比描写和叙述等话语形式能够更清楚、更公开地表现出叙述者的声音。有的学者把小说中的评论分为阐释性评论（叙述者对故事内容进行阐释性的评论）、判断性评论（叙述者对故事和人物进行判断性的评论）和自我意识性评论（叙述者对叙述话语本身的评论）。按照这种分法，这段评论似乎可以归入自我意识评论，它对本文所包括的五封信进行了总体解说和评论，说明这些信的特殊性质——永远无法寄出的信，致已故父母的信，表现自己孤儿感情的信；其目的显然在于更有力地吸引年轻姑娘的注意，震撼年轻姑娘的心灵。

属于隐蔽叙述者声音的小说可以举《16 岁的日记》为例。在这篇

---

① ［日］川端康成：《川端康成全集》（日文版），第 5 卷，183、184 页。

小说里，实际上也存在着两个"我"：一个是 16 岁的"我"，即作为当事人的"我"，亲身经历故事的"我"；另一个是 27 岁的"我"，即作为叙述者的"我"，叙述故事过程的"我"。但在小说正文中，我们只能见到作为当事人的"我"，看到这个"我"的行动，听到这个"我"的话语，知道这个"我"的内心活动；几乎很难发现作为叙述者的"我"，很难发现作为叙述者的声音。以 5 月 10 日的日记为例：

> 早晨。
>
> "和尚还没来吗？"
>
> "啊。"
>
> "自乐师父最近一次也没来过吧？原先不是天天都来吗？我想让自乐师父给我看看相。"
>
> "人的相貌不会有多大变化，不可能很快改变的。"
>
> "先让和尚看看相，再跟他商量商量，看看应该不应该继续努力实现自己的愿望。"
>
> 祖父用坚定的语调说，表明了自己的决心。
>
> "我想见一次自乐师父。"
>
> "像自乐师父那样的人，能有什么用？"
>
> 我自言自语似的嘟囔了一句。①

这可以看作当时祖孙两人对话的实录，叙述者只是把两人的对话直接记

---

① ［日］川端康成：《川端康成全集》（日文版），第 2 卷，28、29 页。

录下来，有的地方甚至连"祖父说""我说"之类的简单陈述也省略掉了，很少留下叙述的痕迹。在这种情况下，作为叙述者的"我"，只是一个旧日记的发现者、收集者和整理者，他的工作只是把旧日记抄录下来并且印刷出版。不过，作为叙述者的"我"的存在，在小说正文中的括弧里和正文外的后记里却明显地表现出来（作者已经声明，括弧里的话和后记是发表前加上去的）。例如，在 5 月 4 日和 5 日的日记里，以下几段括弧内的话都是叙述者的声音：

> 五点半左右，我从中学回到家里。我家大门紧闭，谢绝客人来访，因为只有祖父一人躺在床上，无法接待客人（祖父因患白内障，那时已经双目失明）。①

> "这样……（七个字不清楚）"②

> "你给津江（姑祖母住的村庄）那边寄明信片了吗？"③

> 啊，祖父是不是也意识到"什么事情"了呢？那是不是一种预感呢（我担心祖父让我给他平时很少通信的妹妹寄明信片，请她来一次，恐怕是预感到自己快要死了吧）？我盯着祖父苍白的脸，直

---

① ［日］川端康成：《川端康成全集》（日文版），第 2 卷，9 页。
② 同上书，10 页。
③ 同上书，11 页。

到自己的眼睛模糊起来。①

我心中忽然产生一阵强烈的不安，从桌子那边转过身来（那时我把一张大桌子放在客厅里。那个叫美代的，是一个 50 岁左右的农村妇女。她每天一早一晚从自己家到我家来帮忙，做饭和干杂务）。②

两个人深深地叹了口气。美代继续说道：

"'挺能吃，可大便不通，那是肚子里的怪物（怪兽）在吃食哪。'是这么说的。'以后还要比现在吃得更多，咽喉会更通畅。'——虽然没这么说，可是说'那个怪物爱喝酒'。我问：那可怎么办呢？'去给病人求妙见菩萨，拿珍贵的线香熏熏整个屋子。'听说是怪物缠身，弄错了时间，也没有什么太大的变化吧。虽然这样，原来一片干松鱼也咽不下去，可最近连团子（饭团）都能一口咽下去。唉，每咽一口，喉结就动一下，看着真不舒服……"③

"我回到家说：'到五日市（村名）请人给看了。'家里人问：'是说要死了吗？'我说：'不，不会马上死，说这是衰老病，是魔难。30 天大便不通，所以想请人家有空来看看。'"④

---

① ［日］川端康成：《川端康成全集》（日文版），第 2 卷，11 页。
② 同上。
③ 同上。
④ 同上书，12 页。

"于是我又跑回来，立马（立刻）点线香熏屋子。'从前这家是名门，按理说是不会有那种东西（怪物）的。再说了，干吗无缘无故地害人呢。想要茶想要饭就说一声，我们会供奉的。请快出去吧，快出去吧!'我（想）说明道理，请它离开。从明天起，我在西北方（犄角）供奉茶和饭。为了辟邪，得从仓房拿出一把刀来，拔出刀鞘，放在卧铺底下。然后，我明天再去问问狐仙。"①

我趴在祖父的枕边问道：

"爷爷，小野原（村名）有一个叫狩野的人来信了，您什么时候跟他借过钱吗?"

"啊，借了。"

"什么时候?"

"七八年前。"

"是吗?"

又出来一笔债!（之所以这样说，是因为我发现祖父到处借钱，那时已经负债累累）

"要是这样，我可受不了。"美代说。（当时跟美代也说过金钱上的事)②

"哎呀"，我本来以为那双再也睁不开的眼睛又睁开了，顿时觉

① ［日］川端康成：《川端康成全集》（日文版），第2卷，13页。
② 同上。

得好像一道亮光射进漆黑的世界，高兴极了（我并非希望祖父的眼睛复明，而是对他双眼紧闭感到不安，害怕他就这样死去）。①

清晨，麻雀刚开始鸣叫，美代就来了。

"是吗？两回？12点跟3点起来，你帮他接的吧？年轻轻儿的，真可怜哪！就当是给祖父报恩吧……我家有人生孩子，我不能住在这儿。阿菊就会生，不会养。（阿菊是美代的儿媳妇，当时生的是第一胎）"②

傍晚六点左右，美代来了。

"啊，我去参拜了，还是那一套，真怪。虽然没说什么怪物，可说是灾星（附体妖魔）呢。还说它不是不讲道理的东西，'不那么折腾也会走的'。又说：'虽然不会突然变化，可是身体还是会越来越衰弱的吧。'"③

狐仙能够说准病人的情况，我觉得不可思议。他说的灾星（附体妖魔）是真的吗？我又开始迷惑了。④

啊，等我写完这100页稿纸时，不知道祖父的身体，祖父不幸的身体，会变成什么样子呢。（我准备了100页稿纸，打算把这样

---

① ［日］川端康成：《川端康成全集》（日文版），第2卷，14、15页。

② 同上书，16页。

③ 同上书，17页。

④ 同上。

的日记连续写到 100 页。我感到不安的是，祖父会不会在我还没有写到 100 页时，就离开人世了。我的日记写到 100 页，祖父就会得救——不知为什么，我怀着这样的希望。另外，我又想至少要在祖父临终之际，用这样的日记把他的容貌记录下来。）①

在这些段落里，括弧内的话语虽然不算很多，但这些叙述者的声音对读者理解作品是有益的。至于"后记"（含"后记之二"）里的话，则几乎完全是叙述者的声音了。总之，在这篇小说里，作者在正文里将叙述者的身份和叙述者的声音隐蔽起来，而在括弧里和"后记"里则将叙述者的身份和叙述者的声音公开出来，并使二者巧妙地配合，确实收到了良好的艺术效果。

---

① ［日］川端康成：《川端康成全集》（日文版），第 2 卷，18 页。

第四编 ◎

艺术风格论

艺术风格是在文学创作过程中，特别是在文学作品中表现出来的总体特点。一个作家形成了特定的风格，说明他的文学创作活动已经达到成熟阶段。研究一个作家的特定风格，是研究作家文学创作特点的重要内容之一。

在文学中，风格是指作家在作品中所表现出的创作个性。关于文学的艺术风格，有人偏重于艺术形式方面，特别强调语言文字的因素，而忽视思想内容方面；有人则既重视思想内容也重视艺术形式，主张"风格即人"和"文如其人"。笔者以为，后一种看法比较全面。

"风格即人"最初是由法国学者布封①在1753年明确地提出来的，他指出："只有写得好的作品才是能够传世的：作品里面所包含的知识之多，事实之奇，乃至发现之新颖，都不能成为不朽的确实保证；如果包含这些知识、事实与发现的作品只谈论些琐屑对象，如果他们写得无风致，无天才，毫不高雅，那么，它们就会是湮没无闻的。因为，知识、事实与发现都很容易脱离作品而转入别人手里，它们经更巧妙的手笔一写，甚至于会比原作还要出色些哩。这些东西都是身外物，风格却就是本人。"② 马克思在《评普鲁士最近的书报检查令》一文里也肯定了布封"风格即人"的说法，他写道："其次，真理是普遍的，它不属于我一个人，而为大家所有；真理占有我，而不是我占

---

① 布封（1707—1788）：法国博物学家、作家。1753年被法兰西学士院接受为院士。主要著作是36册的《自然史》。

② ［法］布封：《论风格——在法兰西学士院为他举行的入院典礼上的演说》，范希衡译，载《译文》，1957（9）。

有真理。我只有构成我的精神个体性的形式。'风格就是人'。"①

　　"文如其人"是中国传统的说法。西汉扬雄在《法言》中写道："言，心声也。书，心画也。"钱锺书对此作出了比较合理的解释："'心声心画'，本为成事之说，实鲜先见之明。然所言之物，可以饰伪：巨奸为忧国语，热中人作冰雪文，是也。其言之格调，则往往流露本相；狷急人之作风，不能尽变为澄澹，豪迈人之笔性，不能尽变为谨严。文如其人，在此不在彼也。"② 他认为，"文如其人"的"文"，不是指"所言之物"，而是指"其言之格调"；因为"所言之物"可以"饰伪"，而"其言之格调"则往往流露"本相"，显示出其人格。

　　我们在接受"风格即人"和"文如其人"这些说法的时候，应当特别强调客观对象和作家主体的统一、思想内容和艺术形式的统一。也就是说，风格是在客观对象和作家主体的统一中、在思想内容和艺术形式的统一中显示出来的基本特点。

　　风格与作家的创作个性是分不开的。创作个性是作家的生活经历等物质因素和性格、气质、思想意识、审美观点、艺术趣味等精神因素的总和。虽然每个作家都具有自己独特的创作个性，但并不是每个作家都具有自己独特的艺术风格；只有那些优秀的作家才能真正在创作上独树一帜，才能真正在艺术的百花园中显示出自己的独特面貌。川端康成显然属于具有独特面貌的作家之列。此外，一个作家，特别

---

① 《马克思恩格斯全集》，第 1 卷，7 页，北京，人民出版社，1956。
② 钱锺书：《谈艺录》，163 页，北京，中华书局，1984。

是一个优秀的作家，在自己一生各个不同的时期，往往会创作出许多作品，表现出不同风格，即风格的多样化。可是，在他的大多数作品中，尤其是在他那些各个时期具有代表性的作品中，一定会显示出某种基本的、稳定的、经常出现的、能够代表他创作个性的思想艺术特点，这种思想艺术特点就是他多样化风格中的主导风格。我们研究一个作家的风格，既要看到他的多样风格，更要关注他的主导风格。研究川端康成的风格，也应当注意这些问题，即既要看到他的多样风格，更要关注他的主导风格。下面我们主要探究他的主导风格。

第十五章 | 美而悲——川端康成小说的主导艺术风格

川端康成一向重视作家的艺术风格，曾就这个问题多次发表过看法。在 1925 年所写的一篇文章里，他首先从各个国家、各个时代、各个流派和各个作家都有不同的风格谈起，指出法国有法国的风格，德国有德国的风格，英国有英国的风格，日本有日本的风格；平安时代有平安时代的风格，元禄时代（1688—1703）有元禄时代的风格，现代有现代的风格；自然主义有自然主义的风格，新感觉派有新感觉派的风格；志贺直哉有志贺直哉的风格，横光利一有横光利一的风格。他然后写道：文坛的现状表明，越是优秀的作家，越具有独特的风格。因为作家所表现出来的鲜明特色，是他体现自我价值的支柱。"文如其人"

这句话是放之四海而皆准的真理，犹如说"母亲是女人"一样。作家获得成功的重要条件之一，就是必须形成自己的独特风格。① 在1949年所写的一篇文章里，他又指出：没有独特的文章和文体，就成不了优秀的作家。作家都有个性，其个性便在文章和文体中形成独特的风格。② 名留史册的作家的杰作，都有新鲜的、富有个性的文体和文章。现代作家能够保留下来的作品，也都是具有出色个性的。③ 可以认为，能够永载史册的，总是新鲜的、有个性的作品。④

研究川端康成各个时期的作品，特别是其中最具有代表性的作品，笔者以为，可以用"美而悲"三个字来概括他的小说的主导艺术风格。当然，川端康成小说的艺术风格是多样化的：有轻松的，有欢快的，有活泼的，有喜庆的，有幽默的，有美满的，所以我们不能绝对化；但是可以说这样的小说不占主导地位，这样的风格不是主导风格（为了避免语言的重复，以下所说的"艺术风格"都是指川端康成小说中主导的艺术风格）。

上文已经说过，川端康成的小说主要描写普通人的日常生活，特别是男女之间的爱情故事，通过形形色色的故事抒发男男女女悲欢离合的感情，特别是女性悲欢离合的感情。为了更充分地描写这些故事和抒发这些感情，他还常常描绘与之配合的风花雪月等自然环境，常常选用与之调和的细腻缠绵的语言文字。在小说里，川端康成热心地探求美。他

---

① ［日］川端康成：《川端康成全集》（日文版），第32卷，45页。
② 同上书，207、208页。
③ 同上书，246页。
④ 同上。

的故事往往以绚丽多彩的大自然为背景，以自然界的季节变化为衬托，使自然的景色和人物的感情结合起来，达到水乳交融的地步。他以美丽纯洁的年轻女子为中心，以她们的命运为内容，以她们对生活、爱情和艺术的不懈追求为主题：这些大约都与他对美的探求有关。川端康成又热心地表现悲。他所写的故事往往充满失意、孤独、感伤等悲哀感情，结局往往具有或浓或淡的悲剧色彩。小说女主人公的命运往往是坎坷的，她们对生活、爱情和艺术的不懈追求常常达不到预期的目的，而以失败告终。这就使他的小说充满悲哀的色调。因此，在他的许多小说里，美和悲往往是紧密结合在一起的，是既美且悲的。

之所以出现这种情况，显然与川端康成对美和悲的看法有关。在他看来，美与悲是密不可分、相辅相成的。他在不少文章里论述过二者的关系。兹举例说明如下：在《我和美丽的日本》里，他详细地阐述了日本文学艺术所表现出来的形形色色的美。当谈到平安时代的文学成就时，他指出：产生紫式部的《源氏物语》和清少纳言的《枕草子》的时期，在极端繁荣的背后已经透露出衰落悲哀的迹象。随后，他谈到王朝衰落以后的文学，研究从《古今和歌集》到《新古今和歌集》的变化，并且特别举出镰仓末期女歌人永福门院①的两首充满悲哀美的和歌，然后写道：这些和歌"象征着日本纤细的哀愁，我觉得同我的心境颇为相近"。② 在《日本美的展开》里，他一一列举日本美的各种表现，如大自然的美、建筑物的美和文学作品的美等，最后指出平安时代的"风

---

① 永福门院（1271—1342）：日本古代女歌人。主要作品收入《玉叶集》49 首，《风雅集》68 首。

② ［日］川端康成：《川端康成全集》（日文版），第 28 卷，357 页。

雅"和"物哀"成为其后日本美的源流,这个源流经过镰仓时代的苍劲,室町时代(1333—1573)的深沉,桃山时代(1573—1603)和元禄时代的华丽,一直发展到近百年来的今日。① 可见川端康成在这里仍然认为日本的美是与悲哀分不开的。在《不灭的美》里,他首先引用诗人高村光太郎②的一句话,其大意是:美在不断变化,但以前的美不会消灭;之后写道:"这句话渗透了我的心。"为什么他对高村光太郎这句话感触如此深刻呢?因为高村光太郎这句话写于日本战败以后的 1953 年,他相信日本虽然战败,甚至几乎亡国,可是日本的美不会消灭。川端康成颇有同感。他在战后不久曾经表示,自己今后只能吟咏日本的悲哀了;而在日语里,"悲哀"一词是与"美"相通的。他也认为:国家和民族有时兴有时亡,不论国家和民族是兴是亡,美却依然保存下来;而且美有时是和战乱、失败甚至亡国联系在一起的,越是这种美越有感人的力量。他举例说,比起修建金阁寺的足利义满将军时期,其后修建银阁寺的足利义政将军时期的文学艺术更有吸引力,因为后者在京都处于长期战乱状态时,仍然保存着美并创造着美。类似的例子还有室町时代歌人饭尾宗祇的连歌和画家雪舟③的绘画等。他觉得这和自己在战争期间阅读《源氏物语》并欣赏其美的心理有相同之处。④ 正因为如此,他总是把美与悲联系在一起加以表现,构成一种既美且悲、越美越悲、越

---

① 〔日〕川端康成:《川端康成全集》(日文版),第 28 卷,433 页。

② 高村光太郎(1883—1956):日本现代雕刻家、诗人。主要诗集有《路程》《智惠子抄》《典型》等。

③ 雪舟(1420—1506):日本古代画家,日本水墨画——汉画的代表人物。代表作有《四季山水长卷》《天桥立图》等。

④ 〔日〕川端康成:《川端康成全集》(日文版),第 28 卷,380 页。

悲越美、因美方悲、因悲方美的独特格调，抒情味浓，感染力强。在这个意义上说，川端康成的小说堪称悲哀美的颂歌。

毋庸赘言，研究川端康成小说的艺术风格，不仅要看他是怎样论述的，而且要看他在实际创作中是如何体现的。既然艺术风格是通过文学作品内容和形式的各种因素（有的主要通过题材和主题的因素，有的主要通过人物的因素，有的主要通过人物、环境、情节、结构、语言等的综合因素）表现出来的，既然文学作品内容和形式的所有因素都可以表现艺术风格，既然艺术风格在文学作品中是无所不在的，既然许多作家的艺术风格往往是在不同历史时期不断变化的，那么我们就有必要比较全面地考察一下川端康成在战前和战后两个历史时期各种类型代表作品的艺术风格特点。

　　　美而悲风格的具体表现和核心内容

第一节　战前小说风格

　　上文说过，从题材来说，川端康成战前的小说大致可以归为两类。第一类小说有的描写他自己的孤儿生活和孤独感情，《拾骨》《油》《参加葬礼的名人》《16岁的日记》《祖母》《致父母的信》《父亲的名字》和《故园》等是这些作品的代表。这类小说或者写他与亲人的死别，或者写他为亲人举行的葬礼，或者写他对亲人的痛苦回忆，总之无不充满悲哀的感情，无不充满悲哀的情调。如《参加葬礼的名人》由川端康成多次参加亲人的葬礼而得名。正像小说里所写的那样："在祖父的葬礼之后，姑祖母的葬礼、伯父的葬礼、恩师的葬礼以及其他亲人的葬礼使我悲伤不已。父亲留下的礼服，我只在表兄可喜可贺的婚礼上穿过一次；而在数不清的葬礼的日子里，却把我送到了墓地上，终于使我成为参加葬礼的名人。"① 有的描写他自己的失恋过程和痛苦感受，《篝火》《非常》《霰》《处女作之祟》和《南方之火》等是这些作品的代表。这类小说写的是他和伊藤初代的恋爱及其失败，既写了具体过程，也抒发了他的痛苦体验。事实正像他自己所说的那样，它既不能说是恋爱，也不能说是事件。自《篝火》所写的 10 月 8 日在岐阜订婚，至接到《非常》的信，前后仅有一个月，便简简单单地、不明不白地破裂了。他的心产生了强烈的波动，其影响长达数年之久。由于他没有和其他女人发生过这种关系，所以他很珍惜这个材料。也正是由于这个事件对他的打击很大，正是由于他怀着"破罐破摔"的心情来写这些小说，所以这些小说的基调是悲哀的。

　　川端康成战前的第二类小说描写社会下层人们（尤其是妇女）的不幸生活，《招魂节一景》《伊豆的舞女》《穷人的情侣》《温泉旅馆》《浅草红团》《虹》《花的圆舞曲》《雪国》和《女性开眼》等是这类小说的代表。这类小说一方面相当充分地表现了卑贱女性的美，另一方面也相当充分地表现了卑贱女性的悲。兹以《温泉旅馆》为例。

　　关于《温泉旅馆》，川端康成日后在《独影自命》里回忆道："当时

---

　　① ［日］川端康成：《川端康成全集》（日文版），第 2 卷，80 页。

《中央公论》^① 和《改造》^② 两杂志是作家的大舞台。我首先登上这个舞台的是《温泉旅馆》（第一章"夏逝"），那时我 31 岁，比朋友们迟多了。月评之类随便写了不少，有分量的作品却没有产生。"^③ 从这段话里既可以看出他对这篇小说的重视，也可以看出他对自己的责备（事实也的确如此。他的朋友，如横光利一，早在 1924 年就在《改造》上发表作品，1926 年又在《中央公论》上发表作品，时间要比川端康成早好几年）。

这篇小说写的是伊豆半岛一家温泉旅馆女用人们的生活。这些正当妙龄的少女本来应当拥有无限远大的前程，本来应当过着幸福美满的日子；然而摆在她们面前的现实是残酷无情的，摆在她们眼前的生活是凄凄惨惨的。作品一开篇便呈现出这样一幅奇妙的图画：

> 她们像一群动物，赤裸着白色的躯体爬来爬去。
>
> 圆滑而朦胧的裸体，在昏暗的热气腾腾中，用膝盖在地上爬行，活像一群光滑而黏糊的动物。唯有肩部的肌肉有力地颤动着，仿佛在干农活一般。黑发的光泽又使人觉得她们是人——既高贵又可悲，水灵灵的，这是多么鲜艳的人间图像啊。^④

---

① 《中央公论》：综合杂志。1899 年 1 月由其前身《反省杂志》改名创刊，中央公论社发行。该刊内容涉及政治、文学、教育、宗教、经济等各个领域。在文学方面，许多新作家都是在该刊创作栏刊载作品而一举成名的。

② 《改造》：综合杂志。1919 年 4 月创刊，改造社发行。长期与《中央公论》并列为日本综合杂志之两翼。

③ ［日］川端康成：《川端康成全集》（日文版），第 33 卷，429 页。

④ ［日］川端康成：《川端康成全集》（日文版），第 3 卷，131 页。

这里写的是女服务员们打扫浴池的情景，但作者使用了非同一般的比拟，把她们比作白色的、赤身裸体的、爬来爬去的动物，因而便将她们境域之悲惨描绘得淋漓尽致，同时也在字里行间表露了对她们的同情和怜悯。这些十几岁的姑娘，尽管经历不同，性格也不一样，但都是为生活所迫，才从自己家乡来到温泉旅馆这种供男人玩乐的地方，从事肮脏下贱的工作，不仅起早贪黑辛勤劳作，而且精神受到严重刺激和损害，身心两伤，苦不堪言。小说从夏末写到冬至。在这短短半年左右的时间里，她们断送了自己最宝贵的青春年华，有的被男人糟蹋了洁净的身体，有的被男人卖到了遥远的他乡，有的甚至在男人的迫害下丧失了年轻的生命。

以阿清的遭遇为例。阿清是一个性情温和、心地善良的女孩子。她本来也像一般花季少女一样憧憬着美好的生活和光明的未来，然而严酷的现实给予她的却是再沉重不过的打击。作为一个无所依靠的弱女子，阿清既缺乏维持生计的能力，也没有保护自己的办法。她十六七岁时流落到这个深山里来，不久就被一些男人糟蹋，弄坏了身体。那些男人抱着她，仿佛抱着一个苍白的幻影。虽然如此，他们还是不肯放过她。她瘦得皮包骨，像一条黄瓜（她的外号就是"黄瓜"），脊背微驼，面色苍白，经常卧病不起。她成了那些男人的玩物，成了他们满足性欲的牺牲品。然而，为了活下去，她又不得不找那些男人。不过，她严格遵守这样一个共同决定：不找当地的男客，只找外来的男客。因此，深秋时节从外面来的建筑工人（有的是朝鲜建筑工人，有的是日本建筑工人）成了她主要的寻找目标。可是，才不到五天，她又一次病倒了。这件事很快就在村里传扬开来。她不能在这些男人中找到知音，便把自己的全部感情寄托在孩子们身上。于是，孩子成了她生活的唯一乐趣。她不是替附近人家照顾婴儿，就是带几个孩子在温泉洗澡。从今年夏天起，她差不多每天都在背上背着一个婴儿，手上拉着一个四岁小女孩儿，身边还围着三四个孩子，从山谷来到村庄的街道。村里人一见到她，总是先跟她打招呼。她沉默寡言，可是孩子们亲近她。人们都觉得纳闷：孩子们为什么喜欢她呢？她又跟孩子们说什么呢？更加令人感到凄惨的是，即使到了这个地步，她仍然不得不忍住病痛，装出一副风骚之态，接待那些好色男人。入冬之后，当她看见又有一群筑路工人来到这里，再次听见岩石爆破的轰鸣声时，她就预感到：路一修好，自己也就完了。事实果然如此，路刚修好不到五天，她就病倒了。也许是托孩子们的福吧，由于艺妓馆一个四岁的女孩和一个吃奶的婴儿总是离不开她，总是围在她的枕边，所以她才没有被艺妓馆轰走。她知道自己的生命维持不了多久了。她下决心自杀，其实所谓"自杀"并非马上结果自己的生命，而是继续接待男人，因为在这种情况下还接待男人就等于自杀。但是，她的真正伙伴——孩子们当然不能理解她的死和那些男人有什么关系。她想，自己既然是在这个村子把身体搞坏的，就要死在这个村子里。她没有任何奢望，只有一个小小的心愿：当她死时，那些可爱的孩子能够在她的灵柩后面排成长长的行列，为她送殡。一天夜里，阿清终于结束了自己年轻的生命，然而没有一个男人为她守灵，尽管他们是阿清生命的断送者；也没有一个孩子为她送行，因为他们已经进入梦乡。关于前者，小说通过阿泷和一个男人问答的形式写道：

　　　　阿泷独自坐在澡堂边上。她一看见阿笑，就拿湿毛巾擦擦眼睛，问那个男人道：

"你知道不知道昨儿晚上邻村的阿清死了？"

"听说了……我还以为你们早就睡了呢，也没打招呼就来洗温泉了。"那个男人不好意思似的回答。

"今儿晚上是为阿清守灵啊！男人都是窝囊废，没有一个人来，真是欺人太甚！"

"自己在她生前受过她的照顾，可也不好公开露面吧？虽说暗地里挺可怜她的。"

"实在是可怜哪！拿你来说，不也是断送阿清生命的参加者吗？"

"要是建筑工人不来就好了，因为阿清在村子里经常照顾孩子，人们都会可怜她的。"

"算了吧，瞧这守灵冷冷清清的……再说了，阿清的鬼魂怎么不到竹林里来转悠转悠呢？你听着，不许那帮人到我们的澡堂子里来，我们的温泉可不是洗脏身子的地方！"①

关于后者，小说通过阿笑和另一个男人所见所闻的形式写道：

说是送葬，其实只有两个男人抬着一口盖着漂白布的棺材。大概一个是艺妓馆的老板，一个是管事人吧。棺材上面放着两把铁锹，可能是装饰品。这个村庄是实行土葬的。

---

① ［日］川端康成：《川端康成全集》（日文版），第 3 卷，170 页。

可是，孩子们到底是怎么回事呢？阿清不是一直希望村里那些可爱的孩子跟在她的灵柩后面排成长长的行列，把她送到山上的墓地吗？这种幻想难道不是阿清生的乐趣，也是她死的乐趣吗？

那些孩子们正在睡梦之中。

阿清被抬到竹林旁边，再被抬到山上的墓地。

"这不是太残酷了吗？"

"是啊！"

"好像是想趁天没亮，悄悄地埋掉吧。"①

这就是阿清的悲惨结局，也是这篇小说的悲惨结局。

第二节　战后小说风格

川端康成战后的小说有很多是以男女恋情为主要题材的。属于这类的小说，如《重逢》《再婚者》《千只鹤》《竹叶舟》《舞姬》《日日月月》《河滨城镇的故事》《水月》《湖》《身为女人》《有风的路》《睡美人》和《一只胳膊》等。这些小说也几乎无不具有既美且悲的格调。正像《湖》的主人公银平对澡堂女服务员所说的那样："我的话好像很奇怪，其实是真的。你有过这样的体验吗？过路人迎面错过，又觉得可惜……我经常碰到这种事。多理想的人，多漂亮的女子，这样牵动我心的人再没有

---

① ［日］川端康成：《川端康成全集》（日文版），第3卷，175页。

第二个，跟这样的人在马路上擦身而过，在剧场里比邻而坐，并肩走下音乐会会场的台阶，就此分别，一生不能再见面。但是，叫住不认识的人，跟不认识的人说话，是不可能的。所谓人生不就是这样吗？在这种时候，我寂寞得要死，恍恍惚惚，连神志都不清了。我想一直跟踪下去，直到世界边沿，而那又不可能。因为要想一直跟踪下去，直到世界边沿，就只有把她杀掉啊！"① 这正是银平对于人生无常的哀叹，对于"一直跟踪下去，直到世界边沿，而那又不可能"的哀叹，对于美好东西难以获得的哀叹，对于美好愿望难以实现的哀叹。

兹以《睡美人》为例。这篇小说是以一种独特的形式表现女性美，尤其是女性肉体美的。它写的是江口老人对体现在"睡美人"身上的女性美的执着追求，可是这种追求也被染上浓重的悲哀色彩，而且越到后来越浓重，到小说的最后一节，即第五节（也就是江口老人第五次来到"睡美人之家"）时，则达到了最浓重的地步。这一节一开头，江口老人在和"睡美人之家"的女人交谈的过程中，就不断地提到"猝死""鬼魂"之类的不祥字眼，原来他已经听说日前有一个名叫福良的老人在这里死于心绞痛的消息。这一夜，或许由于被夹在两个睡美人（一个肤色较白，一个肤色较黑）中间的缘故吧，江口老人不断地做噩梦，不断地考虑自己的死亡问题，总是觉得非常危险。究竟有什么危险呢？小说写道："可是，所谓'危险'是不是指熟睡着死过去呢？江口虽然仅仅是个普通的老人，但毕竟是一个人，所以有时不免会觉得孤独空虚，堕入

---

① ［日］川端康成：《川端康成全集》（日文版），第18卷，35页。

寂寞厌世的深渊。那么，这种地方不就是难得的场所吗？与其引起人们的好奇，遭受世人的轻蔑，还不如来个光荣的死呢！这样死去，认识的人一定会大吃一惊的。虽然不知会给家属带来多么大的伤害，可是像今晚这样夹在两个年轻姑娘中间睡死过去，难道不正是老残之身的本愿吗？不，这样不行。我的尸体一定会像福良老人那样，从这里运到寒酸的温泉旅馆去，我就会被当作吃安眠药自杀的人了。没有留下遗嘱，也不知道死因，人们准会认为老人是因为承受不住晚年的凄凉迷茫而自行解决的。于是，这家女人的那副冷笑面孔又浮现在他的面前。"① 后来，果然发生了令江口老人震惊的意外事件——那个皮肤较黑的睡美人竟然在半夜死去，停止了呼吸，心脏也不再跳动了。小说是这样描写的：

> 江口老人惊醒过来。他摇摇头，但是安眠药使他觉得昏沉沉的。他翻了个身，面向黑姑娘。姑娘的身体是冰凉的。老人不禁毛骨悚然。姑娘没有了呼吸。他把手贴在她的心脏上，心脏也停止了跳动。江口跳起身来，但脚跟一滑，又倒了下去。他颤颤巍巍地走到隔壁房间，环视一下周围，发现壁龛旁边有一个呼叫铃。他用手使劲摁了很长时间，才听见楼梯上传来了脚步声。
>
> "是不是我在熟睡的时候无意中卡住了姑娘的脖子？"
>
> 老人像爬似的回到了房间，看着姑娘的脖子。
>
> "出了什么事？"这家女人一面说着，一面走进来。

---

① ［日］川端康成：《川端康成全集》（日文版），第18卷，221、222页。

"这个姑娘死了！"江口老人吓得牙齿打颤。女人却很沉着镇定，一面揉揉眼睛，一面说道：

"死了吗？不可能。"

"是死了，呼吸没有了，脉搏也停止了。"

女人听他这样一说，脸色也变了。她在黑姑娘枕头旁边跪坐下来。

"是死了吗？"

"……"她掀起棉被，看了看姑娘，"客人，您对姑娘干了什么吗？"

"什么也没干呢！"

"姑娘没有死，您不用担心……"女人说，尽量显得冷静而镇定。

"她已经死了，快叫大夫来吧！"

"……"

"你到底给她喝什么了？她也可能是特异体质。"

"请客人不要太张扬了，我们不会给您添麻烦的……也不会说出您的名字……"

"她死了呀！"

"她不会死的。"

"现在几点了？"

"四点多钟。"

女人摇摇晃晃地把赤身裸体的黑姑娘抱起来。

"我来帮帮你。"

"不用了，楼下还有男人帮忙……"

"这姑娘挺沉吧？"

"客人不用瞎操心了，好好休息吧。不是还有另一个姑娘吗？"

再也没有比"不是还有另一个姑娘吗"这句话更刺激江口老人的了。不错，隔壁房间的卧铺上还剩下一个白姑娘。

"我哪还能睡得着啊。"江口老人的声音里，既带有愤怒，又带有胆怯和恐惧，"我这就回去了。"

"那可不成。这个时候从这儿回去，更会让人疑惑。那样可就不好了……"

"可我怎么还能睡得着呢？"

"我再拿点药来。"

从楼梯上传来女人将黑姑娘连拉带拽地拖下楼的声音。老人只穿一件浴衣，开始觉得寒气袭人。女人把白药片送上楼来。

"给您，您吃了就能舒舒服服睡到明儿天亮。"

"是吗？"老人推开隔壁房间的门，发现刚才慌乱中蹬开的棉被还原封未动，白姑娘赤裸裸地躺在那里，闪现出美丽的光彩。

"啊！"江口凝视着她。

忽然听见一种声音，似乎是运载黑姑娘的车子走远了。也许是将她送到那个可疑的安置福良老人尸体的温泉旅馆去吧。①

---

① ［日］川端康成：《川端康成全集》（日文版），第18卷，226～228页。

这个结局当然也是不圆满的，它说明江口老人对美的追求是不可能获得好结果的，最后必然以失败而告终。

川端康成战后的小说当然也不都是表现男女爱情的，还有其他方面的内容，但这些小说也往往离不开悲哀美的基调。如《名人》写的是围棋棋手秀哉名人引退战的故事。这个故事本身就是又美又悲的，而作者主观感情的介入又大大地强化了其美和悲的力量。川端康成在文艺春秋社版《名人·后记》中写道："我的勤奋执着的一面，在《观战记》和这篇《名人》中都有所表现。之所以能够如此，不仅由于当时爱好棋艺，而且依靠我对名人的尊敬。"① 从这段话可以看出，作者敬佩名人的高尚品格，而小说所赞颂的也正是这种高尚品格。但是，名人毕竟年事已高，加之体弱多病，参加比赛自然颇感吃力；尽管他拼尽全力，最后仍以失败告终。事实上，这场对局不仅是个人之争，还意味着两个时代的交替。名人是明治草创时期以来老一代棋手的代表，而他的对手大竹则是新时代的选手；名人的失败表明他赖以生存的旧世界的灭亡，他所代表的旧时代的结束；大竹的胜利则表明新世界的诞生和新时代的到来。因之，尽管名人品格高尚，技艺超群，但是仍然无可挽回地失败了，甚至连生命也为之失去了。这就使小说带有一种悲壮的色调；而这种带有悲壮色调的小说，在作者的创作中似乎是别具一格的，具有震撼人心的强大力量。

---

① ［日］川端康成：《川端康成全集》（日文版），第 33 卷，652 页。

第三节　美而悲风格的核心内容

综上所述，从川端康成关于自己小说艺术风格的论述来看，从他各个历史时期、各种题材有代表性的小说创作来看，我们不难得出这样的结论：美而悲是他的主导的艺术风格，或者说美而悲是他的艺术风格的基本特点。

那么，体现这种美而悲风格的核心内容是什么呢？笔者认为是小说中的女性形象，或者说是女性形象的美和悲。之所以这样说，是因为他的小说主要是写人的，特别是女性的；主要是写人物命运的，特别是女性命运的；主要是写人物性格的，特别是女性性格的。因此，他的小说的美而悲风格，也主要体现在人的方面，特别是女性方面；主要体现在人物命运方面，特别是女性命运方面；主要体现在人物性格方面，特别是女性性格方面。在他的小说中，主要的女性形象几乎都是美的，但她们的命运又几乎都是悲的，她们的结局也几乎都是悲的。换言之，他的小说美而悲的艺术风格，主要是由女性形象的美和悲体现出来的。《雪国》是他一生的代表作。在这篇小说里，作者主要想表现的是作为现实美之化身的驹子的美和悲，而"徒劳"则是她的美和悲的具体体现——她对行男的爱是"徒劳"的，对岛村的爱是"徒劳"的，对其他所有人的爱也必然以"徒劳"为结局。这种"徒劳"既是她只顾自己爱别人、不图对方回报的"无偿的爱"——最高的美的具体体现，又是她到头来落得一场空——最高的悲的具体体现。此外，作为虚无美之化身的叶子也是既美且悲的，她的美和悲也是由"徒劳"具体体现出来的，她对行男的关怀和热情是"徒劳"的，没有得到任何报偿，甚至连她自己的生命似乎也要以悲哀的形式结束。她也同样以"徒劳"具体体现了自己的"无偿的爱"，又以"徒劳"具体体现了自己的一无所获。

当然，川端康成的有些小说也表现男人的悲哀，尤其是老人的悲哀。如《山音》是从男主人公信吾的角度描写的，在间接地表现菊子的悲哀的同时，也直接地表现了信吾的悲哀，他没有能够得到保子姐姐的爱，也没有能够得到菊子的爱，只能够凑合凑合和保子继续生活下去。在这部小说里，菊子的悲哀虽然没有得到直接的、充分的表现，可是留在读者脑海中的印象仍然是深刻的，引起读者的同情仍然是强烈的，可以说远远地超过了信吾的悲哀。从这个意义上说，菊子依然是美而悲风格的主要体现者。《睡美人》也是从男主人公江口的角度描写的，在间接地表现睡美人的悲哀的同时，也直接地表现了江口年老体衰的悲哀，他虽然躺在睡美人的身边，却无法满足自己的全部愿望。这部小说和《山音》的情况类似。在这部小说里，睡美人的悲哀虽然也没有得到直接的、充分的表现，可是留在读者脑海中的印象仍然比江口深刻得多，引起读者的同情仍然比江口强烈得多。从这个意义上说，睡美人是美而悲风格的主要体现者。

川端康成的小说所表现的悲哀，有的几乎与社会的特定时代没有什么紧密的联系，似乎只是一般男女交往和男女关系中人物的悲哀、女性的悲哀，没有反映出特定时代的社会问题（如《千只鹤》中菊治和太田夫人及其女儿文子的关系，就给人留下这样的印象，《一只胳膊》中"我"和这只胳膊及其主人——那个姑娘——的关系也是如此）；也有的与特定时代有或多或少的联系，即在特定社会条件制约下的人物的悲哀、女性的悲哀，因而或多或少地反映了一些问题——主要是普遍存在的贫富差距问题、战后出现的战争遗留问题等（如《伊豆的舞女》《温泉旅馆》《浅草红团》《雪国》《山音》《睡美人》等）。不过，他虽然实际上写了这些方面的问题，可是并没有特别加以强调，所以并不显得很突出。有时只是作为故事的背景出现，有时虽然进入故事本身，成为故事的组成部分，成为造成悲哀的原因，但是没有被提到很重要的地位。这是由作者的观念决定的。

第十七章 ｜ 美而悲风格的形成原因

　　既然一个作家艺术风格的形成是与他所处的客观环境（如时代因素、民族因素和阶级因素等）和作家本人的主观条件（如家庭出身、生活道路、心理素质和审美情趣等）密切相关的，那么研究一个作家艺术风格形成的原因，自然就要考察这些方面。对于川端康成来说，其美而悲艺术风格的形成原因也不外这些方面。当然，一一考察这些方面并非易事，具体情况相当复杂，而且需要花费许多笔墨。笔者以为，没落世家、孤独童年、战争祸害、佛教观念、文化渊源、文学传统以及主观意识恐怕是其中最重要的七个方面，所以下文便从这七个方面加以探讨。

第一节　没落世家

没落世家所造成的影响，是川端康成小说形成美而悲艺术风格的重要原因之一。

据川端康成自己回忆，他出生在一个没落世家，他家在历史上曾与以镰仓幕府第三代执政官北条泰时①为首的北条氏一族有联系。在一份"宗谱抄件"上记有"北条泰时之九子，骏河五郎道时之三子，川端舍人助道政，乃川端家之先祖也"②等字样，并且列出第 29 代户主是川端康成的祖父，第 30 代户主是川端康成的父亲。川端康成的祖父曾经对别人自豪地说过：我们这个家族从北条泰时起已经延续了 700 年，今后还会继续下去，并且很快就会恢复往昔的盛况。川端康成自己也在《文学自传》里提到"我有北条泰时第 31 代或 32 代孙这样一个不甚可靠的宗谱"。③据《16 岁的日记·后记》记载，这个宗谱"直到现在仍然锁在美代家佛坛的抽屉里"。④川端康成的家乡是大阪府三岛郡丰川村大字宿久庄。也许由于世家的关系吧，他家祖祖辈辈担任村长。"我的先祖大概以所谓村里的贵族而自豪吧，所以拥有自家的墓山，远离村里的

---

①　北条泰时（1183—1242）：北条义时之子。1224 年继承执政官职位。1232 年制定《御成败式目》，明确幕府执政方针。1242 年出家，不久死去。

②　[日]进藤纯孝：《川端康成传记》（日文版），12 页。

③　[日]川端康成：《川端康成全集》（日文版），第 2 卷，37 页。

④　[日]进藤纯孝：《川端康成传记》（日文版），12 页。

墓地。"①——川端康成曾在短篇小说《致父母的信》里写道。关于墓山，他在同一篇小说里还写道：那座墓山也仅剩下留有三四十座石碑的山麓，祖父卖给别人的那部分，在我童年时代就已经被人开垦，变成了桃山；买主还逐渐向墓地方面扩展地盘，作为界标的大松树已经枯萎，界石也被掘起。我每逢假期回到故乡，便会感到坟墓周围的松树和杂树林变得日益稀疏，好像墓标快要裸露出来似的。我在中学时代就曾空想，自己早晚将会飞黄腾达，那时要把坟墓周围被人侵占的土地买回，修起漂亮的石头围墙②——这是自传性小说里所写的话，所以可能与事实有出入；但祖祖辈辈担任村长的家庭，有三四十座石碑也不奇怪；而从后来仅仅剩下十几座石碑中，则可以看出明显的衰败景象。至于修建石头围墙的空想，日后似乎没有变成现实，而是改为修建菩提塔。

　　但是，这个所谓"村里的贵族"后来无可挽回地没落了。其没落究竟始于何时，如今已经很难考察，不过无论如何也是与川端康成的祖父——川端三八郎分不开的。据日本学者考证，这位祖父 1841 年生于现今茨木市西河原吉川家，是源左卫门的次子，自幼被川端家收养，并作为川端三右卫门的长子入籍，成为川端家的继承人。他于 1854 年担任见习村长，1859 年担任正式村长。明治维新以后，则担任户长职务。他从年轻时起就是一个好事者，喜欢尝试经营各种事业，如栽培茶树、生产琼脂、制造药品等，结果一无所成；同时又迷信风水，把房子拆了盖盖了拆。在这个过程中，把家里的田和山一文不值半文地接连变卖

---

　　① ［日］川端康成：《川端康成全集》（日文版），第 5 卷，208 页。
　　② 同上书，208、209 页。

了。到川端康成懂事时，家里的房产、地产已经所剩无几。川端康成曾在《16岁的日记》等自传性作品里多次描述过祖父的"业绩"。例如，祖父从他儿子荣吉那里学到一些西洋医术，把它加在自己的中医医术中，长期为村里人治病开方。有一次村里流行痢疾，平均一户一个病人，只好建立两个临时隔离病房，闹得人人自危。这时，祖父开的药方显出奇效。于是，祖父有了兴头，准备用"东村山龙堂"的字号出售得到内务省许可的三四种药。然而，制药工作没有能够坚持下去，似乎只是印刷了几千张"东村山龙堂"字样的包装纸就吹台了。由此可见，这位祖父缺乏办成事业的恒心。正因为如此，在他的主持下，川端家也就不能不衰败了。

对于这样一个没落家庭，川端康成所持的态度是很微妙的。他既珍视其"不甚可靠的宗谱"，又为其没落感到惋惜。当他发现自己的家不仅财产丧失殆尽，而且成员体质虚弱时，不禁产生一种悲凉之感。他曾在《临终之眼》里写道："我认为艺术家不是一代人可以造就出来的。先祖的血脉经过几代人继承下来，才能开出一个花朵。也许有少数例外，但只要调查一下现代日本作家，就会发现他们大多出身世家。读读妇女杂志的流行文章、女明星的经历和成名故事等，便会知道她们都是名家之后，在父亲或祖父一代家道中落的。出身卑贱而自行发迹的姑娘几乎一个也没有。情况如此相似，实在令人吃惊。若将电影公司玩具般的女演员也算作艺术的话，那么她们的故事大约也不只是为了虚荣和宣传而编造的吧。可以认为，世家代代相传的艺术教养流传下来，结果才能产生一个作家；但在另一方面，世家后代大抵是体弱多病的，犹如残烛的火焰即将燃到尽头一般，也可以把作家看成是行将灭绝的血统。这已经是悲剧。我们很难想象作家的后裔会健康而且繁茂。实例必然会超出诸位的想象。"① 我们不难想象，川端康成这段话是满怀深情写的，其中包含着自身的悲惨经历，包含着自身的深切体验。由是可知，川端康成既为继承世家血统而感到自豪，又为世家没落而感到惋惜。这种没落情绪对川端康成的生活产生了深刻的影响。他以为自己既然生在没落之家，是即将灭亡的血统浇灌出来的花朵，犹如苍白无力的月光一样，那么就没有必要留下子孙，"与其养子，不如养犬"，于是乎热心地饲养起各种动物来了。这种没落情绪对川端康成的创作也产生了深刻的影响，使得他的小说难以摆脱悲哀的气氛，使得他的小说形成了既美且悲的独特风格。

第二节　孤独童年

孤独童年所造成的影响，是川端康成小说形成美而悲艺术风格的重要原因之二。

川端康成不但出生在一个没落世家，而且自幼失去骨肉亲人，在寂寞孤独的环境中长大。"我的祖父于 1914 年 5 月 24 日死去……在祖父死去之前，祖母在我 8 岁时死去，母亲在我 4 岁时死去，父亲在我 3 岁时死去。唯一的姐姐寄养在姨母家，在我 10 岁左右时死去。留在我记忆中的亲人，只有祖父一人。这种孤儿的悲哀流贯我处女作的潜流是很

---

① ［日］川端康成：《川端康成全集》（日文版），第 27 卷，14 页。

讨厌的。"① ——这是川端康成在《独影自命》里对自己孤儿遭遇的概括。据年谱记载，川端康成的父亲川端荣吉虽以医生为职业，但从小就很虚弱，长期患有肺结核病。在 1901 年 1 月，即川端康成 3 岁的时候就辞别人世，抛下父母、妻子和一对年幼的儿女。据说他躺在病床上生命垂危时，还惦记着这对小儿女，希望他们能够健康成长并且有所作为，不要像自己这样中年丧命。于是他挣扎着坐起来，为儿子写了"保身"二字，为女儿写了"贞节"二字，作为遗训。虽然父亲如此伤感，但川端康成由于年龄太小，在和父亲告别时，好像没有感到怎么悲伤。这是他出世后经历的第一次死别。父亲的丧事料理完以后，川端康成便随着母亲离开大阪，来到乡下外婆家暂住。但不幸的是，在外婆家住了刚刚一年，1902 年 1 月，即川端康成 4 岁的时候，他的母亲因为在伺候他的父亲时传染上了肺结核病，也离开了人世。这是川端康成出世后经历的第二次死别。虽然川端康成和父母诀别时，由于年龄太小，没有感到怎么悲伤，对于父母几乎没有什么印象，但是这接踵而至的可怕灾祸在他的幼小心灵上留下了不可磨灭的创伤。他后来说过：父母相继病死，深深刻入我幼小心灵上的，便是对疾病和夭折的恐惧。

川端康成的父母死后，祖父、祖母便把他带回老家，即大阪府三岛郡丰川村大字宿久庄居住。老家四周围着树篱，本来是一所很像样的宅子，但现在的房子已经破旧不堪。在这所房子里，川端康成在祖父和祖母的陪伴下，度过了自己大部分童年和少年时光。从川端康成后来写的回忆材料里可以看出，祖孙三人的生活似乎是颇为阴郁的、寂寥的。川

---

① ［日］川端康成：《川端康成全集》（日文版），第 33 卷，281、282 页。

端康成是母亲怀孕七个月生下的早产儿，身体异常虚弱。因此，祖母对他的爱几乎达到了溺爱和盲目的程度，如从来没有按顿吃过饭，为预防感冒像女孩子那样留着长头发等；祖父虽然知道祖母的爱是盲目的，自己时常想要摆脱出来，然而事实上很难摆脱。于是，祖孙三人之间便经常发生各种各样既有趣又可笑的冲突。如有一次，川端康成不知因为做错了什么事，惹得祖父发起火来，非要打他不可。他在前边跑，祖父在后边追，不是撞在柱子上，就是碰在隔扇上。祖父越追越生气，越追越难过。后来川端康成跑累了，蜷缩在屋子角里。等祖父快抓住他时，祖母跑上前来护着他。这时，又着急又生气而且几乎双目失明的祖父便不管三七二十一地打起祖母来。祖母碰倒了碗橱，踢翻了水壶，弄湿了衣服，这才大声喊叫起来。祖父吃惊地站着不动，祖母躺着不动，川端康成则蹲着不动，随后三人便一齐大哭起来。然而，这样阴郁、寂寥的生活也没有能够长期持续下去。1906 年 9 月，即川端康成 8 岁时，将川端康成照顾得无微不至的祖母溘然长逝。

祖母去世以后，川端康成便只能和年迈体弱而且双目几乎失明的祖父相依为命。祖孙二人的生活显得越发寂寞、孤独和悲哀。举个明显的例子，当时农村已经普遍使用煤油灯，可是祖父觉得煤油灯危险不让使，非让用纸灯笼不可。对于双目几乎失明的祖父来说，点什么灯都差不多；但对于川端康成这一代人来说，在旧纸灯笼的昏暗光线下看书的人，肯定是少有的。这种昏暗灯光，使他的心情更加郁闷。川端康成后来在《故园》里写道：那时祖父几乎双目失明，和小孙子两人生活，所以容易激动，爱流眼泪，一定也怀着孤独的痛苦。我还没有达到认真体会祖父孤独心情的年龄，但由于生活在他身边，所以他的孤独似乎也传到了我的身上。① 当年龄逐渐增长，从小学升入中学时，川端康成便养成了每天晚上到朋友家里去玩的习惯。尽管这时他已经能够理解祖父单独一人在家的寂寞心境，觉得自己这样做很不妥当；可是又实在忍受不了这种寂寞，一到晚上就在家里呆不住了。"祖父活着的时候，我也几乎每晚都不在家里。每天吃完晚饭，屋里一暗下来，我就好像被一种难以名状的寂寞感所驱使，坐立不安；但又觉得把祖父一人留在家里过意不去。于是，我眼睛盯着祖父的脸，心里觉得无可奈何，终于忍耐不住了。/ '爷爷，我可以出去玩玩吗？' / '啊，去吧。'祖父高兴地微笑着回答。/ 这样一来，我的心里反而更添一层孤寂，年迈人细弱、尖锐的声音听来颇为悲凉。我走出家门，顿时觉得周身轻松，一溜烟地跑了起来。朋友家里温暖得很，我越是惦记孤苦伶仃的祖父，反而越发不愿意起身告辞，经常要过 12 点钟。当背后朋友家小门的铃声响完，便有一股悲凉的哀伤猛然袭来。走到自己家的树篱前，一面感到黑暗的恐怖，一面担心留在家里的祖父会不会死去，于是跌跌撞撞地跑起来。这是每晚的惯例。然后，悄悄爬到祖父的卧铺跟前，注视着他的睡脸，同时眼眶里充满泪水，后悔不该把他一人撂下。那时祖父的睡脸已经接近死人的凄惨脸相了。可是，一到第二天晚上，我又不得不再度提出同样的要求——'爷爷，我可以出去玩玩吗？'"② ——这是《致父母的信》里一段细致的描写。川端康成当时经常去玩的朋友家，是一个父母和兄弟齐全的温暖家庭。不过，朋友家越是温暖，川端康成越是觉得自己家冷

---

① ［日］川端康成：《川端康成全集》（日文版），第 23 卷，518、519 页。

② ［日］川端康成：《川端康成全集》（日文版），第 5 卷，228、229 页。

清。不言而喻，这种夜游的习惯，是祖孙生活寂寞之极的证据。川端康成单独与祖父生活了将近八年的时光，这八年正是他从 8 岁到 16 岁的少年时代，正是他形成自己个性的时代。在这期间，他虽在故乡却感到"孤苦伶仃"，虽在家里却只有祖孙二人，几乎是在"与世隔绝"的环境中成长起来的。他常常注视盲目、孤独的祖父，静听祖父的呼吸；他只需眼睛和耳朵敏锐地活动着，几乎不用嘴巴说话，除非在忍无可忍时用高声读书的办法来消除寂寞。这种与众不同的生活环境使他养成了与众不同的生活方式和个性特征，诸如孤僻、内向、沉默寡言、喜欢长时间凝视别人，等等。

1914 年 5 月 24 日夜里，川端康成的祖父离开了人世。据《16 岁的日记》和《故园》等记载，当晚恰逢昭宪皇太后的葬礼，川端康成正在因担心祖父病危而拿不定主意是否到学校去参加"遥拜"仪式时，听见祖父说"这是日本国民的义务，去吧"，于是像离弦的箭一般跑出家门。中途由于木屐带子断了，只好又垂头丧气地跑回来。在他家帮忙的美代鼓励他换好带子再去。当他急忙赶到学校时，庄严、悲哀、肃穆的"遥拜"仪式已经开始了。仪式一结束，他便突然感到强烈的不安。"爷爷别死，活到我回来！"他一面念诵着这句话，一面脱掉木屐赤着双脚拼命地跑起来。一进家门，便赶紧叫道"爷爷，我回来了"。祖父舌头僵硬地回答"哎呀，真快，好极了！去得对呀"，同时两行热泪滚滚而下。其后不久，祖父便停止了呼吸。在祖父的葬礼上，川端康成突然觉得鼻子一热，一股鲜血随即涌出。他吃惊地用衣带一端捂住鼻子，飞跑到院子里，仰卧在一块大石头上。这时一股茕茕孑立的孤独情绪隐隐约约涌上心头。第二天到火葬场拾遗骨时，他又流起鼻血来，于是猛然把竹筷子扔掉，说了一两句什么，便解开衣带，用一端捂住鼻子，一溜烟地往山上跑去。据说他过去没有流过鼻血，这两次突然流血，乃祖父之死所引起的"心灵痛苦"的表现。不仅如此，多年以后他还常常在梦中见到祖父。"我很少梦见父母以及其他亲属，却常常梦见祖父，而且大多是躺在病床上垂死的样子。这是因为我那时的心灵经历了悲痛的忧伤吧。"① ——这是他 1923 年 1 月 2 日日记里的一段话。之所以经常梦见祖父也是很容易理解的，因为他和祖父共同生活的时间最长，而且祖父是他长大懂事后唯一活着的亲人。

由于川端康成是作为"无父母之子，无家庭之子"勉强长大的，所以周围的人总是以怜悯的眼光看着他，总是说他可怜。"夸张一点儿说，在祖父的葬礼上，全村 50 户人家都怜悯我，都为我伤心。送葬的行列穿过村子时，每个十字路口都站着村里人。我走在棺柩前头，从他们面前通过时，女人们便放声大哭，并且嘴里不断念叨着'可怜哪，可怜哪！'我只是感到不好意思，觉得很不自在。我们走过一个路口，那些女人又抄近道站在下一个路口，然后又和刚才一样大哭起来。"② ——《参加葬礼的名人》写道。这恐怕是山村的实际情况吧，一家人的葬礼就是全村人的葬礼。其实，被人说"可怜哪，可怜哪"，还不仅限于葬礼当天。在这之前川端康成与祖父相依为命时，在这之后川端康成变成独身一人时，他都经常听到这样的话。他日后回顾道："我小时候被人说'可怜'，也许曾经几度感到吃惊。别人一说'可怜'，我便觉得非常

---

① ［日］川端康成：《川端康成全集》（日文版），第 33 卷，333 页。

② ［日］川端康成：《川端康成全集》（日文版），第 2 卷，79 页。

扫兴，总感到不理解、可耻和生气，但又无法辩解和抗议。于是只好将被人视为'可怜'的自己暂时留在人们怜悯的目光中，而让真正的自己悄悄躲到旁边去，等待那无地自容的短暂时间过去。大人怜悯的温暖，孩子也能领会；但它反而在孩子心里投下冰冷的影子。这也许可以说是我幼年时期自我分裂的开始吧。"①

"我在世上无依无靠，独自一人过着寂寥的岁月，有时甚至嗅到死亡的气息，这并不奇怪。"② ——这是他日后在《临终之眼》中所写的一段感人肺腑的话。毫无疑问，这种寂寞和悲凉情绪不仅严重影响了他的生活，而且使得他的小说难以摆脱悲哀的气氛，使得他的小说形成既美且悲的独特风格。

第三节　战争祸害

战争祸害所造成的影响，是川端康成小说形成美而悲艺术风格的重要原因之三。

川端康成对战争胜负仿佛采取一种超然的态度。他在《哀愁》中写道："战争期间，我在到东京去的往返电车上和灯火管制下的床铺上看从前的'湖月抄本'《源氏物语》。因为怕在阴暗的灯光下和摇动的车辆上看小小的铅字对眼睛不好，同时也混杂着反抗和讽刺时势的某些因

---

① ［日］川端康成：《川端康成全集》（日文版），第 23 卷，529 页。
② ［日］川端康成：《川端康成全集》（日文版），第 27 卷，15 页。

素。在横须贺线战争色彩也逐渐浓厚起来的时候，看旧版本的宫廷恋爱故事的确有些可笑，可是似乎没有哪个乘客注意到我所犯的时代错误……/我早在初中时代就一知半解地阅读《源氏物语》，它的影响似乎仍然存在，以后也有时零散地读过，但没有像现在这样深入其中并且感到亲近。我想这大概是用假名的旧式木版书的关系吧。如果和小铅字版本比较一下，味道的确大不相同。这又是战争的关系吧。/不过我使《源氏物语》和我的精神更直接地融汇在一起，并在其中忘掉一切。我想到了日本，想到了自己。"① 在《独影自命》中也写道："我是没有太受战争影响，也没有太受战争灾害的日本人。我的作品在战前、战时和战后没有明显的变化，也没有显著的断层。创作生活和私人生活都没有由于战争感觉到不自由。也没有异想天开地狂热相信日本，盲目热爱日本。我不过时常以自己的悲愁去哀怜日本人。由于战败，这种悲愁流贯我的全身，反而获得了心灵的自由和安宁。"②

但是，这并不表示川端康成对这场侵略战争的胜负毫不关心，日本在这场侵略战争中被打败对川端康成毫无影响。1945 年 8 月 15 日日本帝国主义的战败投降，是日本历史上一个重要的转折点，日本从战胜国转变为战败国，从军国主义国家转变为没有正规军队的国家。同年 10 月释放思想政治犯，废止《治安维持法》；第二年 1 月宣布否定天皇的"神格"，开始进行东京审判，11 月颁布新宪法……这些重大的社会变化对川端康成产生了很大的影响。尽管他当时正读到《源氏物语》第 23

---

① ［日］川端康成：《川端康成全集》（日文版），第 27 卷，392 页。

② ［日］川端康成：《川端康成全集》（日文版），第 33 卷，269 页。

回，仍然恍惚地陶醉于中古时代宫廷故事的世界之中，但不得不突然惊醒，回到现实世界里来。战败的沉重打击对他产生的直接影响，是大大地加深了他亡国末世之民的观念。这可以从他当时发表的一系列言论中看得清清楚楚。《追悼岛木健作》是他战后的第一次公开发言，其中明确表示从此以后只能写日本悲哀的美了——"战争结束以后，我沉入日本自古以来的哀愁之中，甚至厌烦人世，打算隐遁山林……我现在深感自己的生涯尚未'出发之前'就已经结束了，只有自己一人回到旧日山河中去。我业已死去，此后除了日本悲哀的美外，连一行字也不想写了。"① 其后，他在各种场合所发表的许多言论都不外乎是这种思想的延伸和发展。例如，他在《山茶花》里写道："战败的悲哀伴随着身心的衰弱。我们所生活的国家和时代仿佛消灭了。"② 又如，他在《哀愁》里写道："战争期间，特别是战败以后，我早已认为日本人对真正的悲剧和不幸没有感受力的想法更强了。所谓没有感受力，也就是没有能够感受的本体吧。/战败以后，我只有回到日本人自古以来的悲哀中去。我不相信战后的世态和风俗，或许连现实本身也不相信。/我似乎离开了现代小说的基础——写实。大概我本来就是如此吧。"③ 再如，他在《天授之子》（1950）里写道："为了防空巡逻，我夜晚站在寒冷的马路上，感到自己的悲哀和日本的悲哀融为一体了。古老的日本流贯我的全身。当我下决心非活下去不可时，眼泪便流了出来。自己如果死去，会有灭亡之美。但我的生命不是我一个人的，我要为了日本美的传统而活

---

① ［日］川端康成：《川端康成全集》（日文版），第 34 卷，43 页。
② ［日］川端康成：《川端康成全集》（日文版），第 1 卷，440 页。
③ ［日］川端康成：《川端康成全集》（日文版），第 27 卷，391 页。

下去。人只要活着，感觉到自己生活意义的短暂时间迟早必然到来。我生存下去，战败国的悲惨将会增强生活的意义。这也许是意想不到的逃避场所。"① 他还写道："日本一投降，我就感觉到自己已经死了。从此以后，只是残生。我将舍弃许多东西，愤怒、悲哀都将舍弃。这也许是无力的逃亡之路。……我最蒙恩的先辈，最亲密的友人也死去了。至于骨肉亲人则早在 35 年前就已死去。所以，不能不说我是不可思议地残留下来的。而且国家已经灭亡。我痛切地感觉到，生逢今日之日本，乃是不可避免之宿命。其深切的精神，一方面回归于古代的日本，另一方面则趋向于广大的世界。"②

由此可知，战败和亡国的观念已经深深地进入川端康成的脑海里，已经在他的思想中牢固地确立了自己的位置。这种观念对他的生活和创作，尤其是战后的生活和创作产生了深刻的影响，同样使得他的小说难以摆脱悲哀的气氛，使得他的小说形成既美且悲的独特风格。

第四节　佛教观念

佛教观念所造成的影响，是川端康成小说形成美而悲艺术风格的重要原因之四。

众所周知，佛教起源于印度。但日本的佛教属于北传佛教，是从中

---

① ［日］川端康成：《川端康成全集》（日文版），第 23 卷，564 页。
② 同上书，564、565 页。

国传入的，是在中国化的佛教影响下成长和发展起来的。尤其是对日本佛教影响最大的禅宗，更是中国化的佛教宗派。川端康成与佛教的关系较为密切，从童年时代起就与佛教结下了不解之缘，祖父母对佛像的顶礼膜拜在他幼小的心灵中留下了深刻的印象。长大以后，他曾在一些自传性质或具有自传因素的小说里回忆当时的情景。如在《16 岁的日记》里，他曾说过，他们村里有一座尼姑庵，这座尼姑庵大概是他的祖先兴建的，所以尼姑庵及其周围的土地山林全都属于他家，连尼姑也加入他家的户籍。尼姑庵属于黄檗宗，正位供奉的却是虚空藏菩萨。每年 13岁儿童参拜节时，临近村庄许多孩子云集于此，十分热闹。后来有一位圣僧打算迁居此庙，他的祖父便将尼姑遣走，将尼姑庵改建为寺院。在改建期间，曾把虚空藏菩萨以及其他佛像临时存放在他家的客厅里。这些佛像留给他的印象是非常深刻的。他在《故园》里写道：无论是在尼姑庵或者其他地方，他都没有注意过佛像；但是现在一下子有这么多的佛像摆在家里，令他颇为惊讶。有的佛像高举手臂，表情愤怒，使他感到恐惧。尽管如此，他还是激动不已，并且感觉到自己家和寺院的联系更紧密了。在《参加葬礼的名人》里，他还描写过他家的佛堂留给他的印象。其中写道：祖母的去世，使他对这座佛堂第一次产生了一种难言的感情。他在祖父看不见的时候，把佛堂的隔扇拉开一个小缝，偷看里面的情景，但不肯进入佛堂。他还在佛堂的隔扇上涂写祖母的戒名。这些文字一直保存到出卖房子的时候。此外，在这篇小说里，他还回忆了自己当年参加过无数次葬礼的情况，按照当地的风俗，一家有人去世，亲戚都要参加葬礼。因此，他从童年起就不断地代表家里人参加葬礼，据说最多的是净土宗和真宗的葬礼，此外也有禅宗和日莲宗的葬礼。总之，这样的环境和经历，使他自幼与佛教结下了不解之缘。除了这种从童年起的耳濡目染外，他长大以后还正式读过几部佛教经典，因而对佛教有了更加深入的、理性的认识。

既然与佛教有这样的关系，那么接受佛教的若干教义，接受佛教的思想影响，自然就是不可避免的了。不言而喻，佛教的教义是广博的、丰富的，既有乐观的，也有悲观的。但对他来说，似乎主要接受的是悲观的方面，因而促进了他美而悲审美观的形成，促进了他美而悲风格的形成。在《文学自传》和《我和美丽的日本》里，他明确地指出了自己的观点和佛教的关系，自己的创作和佛教的关系，自己的艺术风格和佛教的关系。

上文已经引过他在《文学自传》里的一段话，其中对于佛经给予了极高的评价，认为"佛经是全世界最伟大的文学"，并且说明他不是把经典当作宗教的教条来理解的，而是"当作文学的幻想加以推崇的"。他还表示，"从 15 年前起，我就在心里构思一部题为《东方之歌》的作品，用自己的方式去歌唱东方古典的幻想"。他甚至于说"或许我写不成便死去，但我一直想写，这一点希望为人所知"。由此不难看出，他对于佛教和佛经是怀着深厚感情的，是受到佛教和佛经思想的激励的。

上文也已经提到他在《我和美丽的日本》里论述自己和日本民族传统的关系时，首先从僧人道元禅师和明惠上人写的两首和歌的精神谈起，用以阐释"日本的精髓"。然后又举僧人良宽和一休等人的事迹为例，论述日本绘画、陶瓷、插花、茶道等艺术。总而言之，这篇讲演宏观地介绍了自古至今一脉相传的"日本美的传统"，深入地阐述了其微妙之处。此外，他还明确地展示了自己的思想和创作与日本民族美学传统的血肉联系。在讲演的结尾处，他又进一步指出，自己作品中的"虚无"与日本民族传统的血肉联系和与西方思想的根本差异。为了说明这个问题，他特地引用僧人喜海著《明惠传》里的一段话，认为这段话把日本以及东方的"虚空"和"无"说得恰到好处。随后，他接着说道：有的评论者说我的作品是虚无的，但这不同于西方的"虚无主义"，我认为其思想基础不同。值得注意的是，在这里川端康成把自己的创作与古代僧人明惠的和歌直接联系起来，把自己创作中所体现出来的虚无观念与古代僧人明惠的和歌中所体现出来的虚无观念直接联系起来，也就是把自己的创作思想与佛教观念直接联系起来。

第五节　文化渊源

文化渊源所造成的影响，是川端康成小说形成美而悲艺术风格的重要原因之五。

川端康成是扎根于日本民族土壤之中的作家，是深受日本民族文化传统影响的作家。如果将佛教看作是日本文化的组成因素（虽然佛教是外来文化，但是早已融入日本民族文化之中），那么他所接受的佛教的影响还只是他所接受的日本民族文化传统影响的一小部分。除此之外，他还广泛地接受了日本民族文化传统其他方面的影响，如风俗、习惯、心理、思想方式和感受方法，等等。正如他在《作家访问》（1953）里所说的那样，他认为自己接受外国的影响并不多，主要还是接受日本的影响；而在日本的影响方面，当然有的是佛教的影响，但佛教的影响也不多，因为他只读过不多的佛经，真正影响多的还是日本的风俗、习惯以及感受方法中的哀伤情调，他甚至觉得在战争时期的流行歌曲，包括军歌中，也往往充满哀伤的情调，这种哀伤情调浓重地渗入他的心里，从而形成了一种感伤主义。① 当然，日本文化传统的内容也是广博的、丰富的，既有乐观的，也有悲观的。但对他来说，似乎主要接受的也是悲观方面的影响，因而促进了他美而悲审美观的形成，促进了他美而悲风格的形成。以下我们从自然观念、丧葬仪式和节日活动三个方面探讨一下日本风俗习惯的特点及其与川端康成的联系。

在自然观念方面，如上所述，他认为"雪月花时最怀友"这句诗说明了日本人审美意识的特点之一。日本人之所以特别喜欢雪，固然与雪色洁白有关，与雪有利于农业有关，同时恐怕也与雪易于融化有关，而最后一点包含着一种"无常"的意思在内，"无常"又往往和悲哀联系在一起。日本人之所以特别喜欢月，固然与月形美色美有关，与月给人带来光明有关，同时恐怕也与月变化不定，即"月有阴晴圆缺"有关，因而也包含着一种"无常"以至悲哀的意思在内。日本人之所以特别喜欢花，固然与花形美味香有关，但同时恐怕也与花有开有落有关，因而也包含着一种"无常"以至悲哀的意思在内。而在所有的花中，日本人对樱花情有独钟。樱花是日本的国花。据说欣赏樱花起源于古代的花祭、花会、花舞和花宴等活动，主要是在上层人士，即皇家、贵族和武士中间流行，后来商人阶级兴起，才逐渐在广大群众中普及。如今欣赏樱花已经成为日本人春季游乐最有代表性的活动之一。由于樱花是随着

---

① ［日］川端康成：《川端康成全集》（日文版），第 33 卷，549～563 页。

气温的上升由南向北渐次开放的，所以日本各地欣赏樱花的时间也有所不同。大体上说，由 3 月底起，到 5 月中止。在欣赏樱花时，人们要在樱花树下摆放美食美酒，载歌载舞，尽情欢乐，尽情享受。日本人之所以特别喜欢樱花，一方面似乎与大部分樱花颜色淡雅有关，另一方面似乎与樱花的花期短暂（一般只有几天的寿命，开得快落得也快，而且几乎一齐开放一齐凋落）有密切关系。正因为花期短暂，这种转瞬即逝的美，才更使人觉得难能可贵，更使人容易联想到世事无常，人生无常。因此，其思想底蕴也是悲凉的。川端康成的许多小说都生动地表现了"雪月花时最怀友"的意境，都达到了情景交融的境界，同时也都不免含有浓郁的既美且悲的味道。

在丧葬仪式方面，日本的葬礼有佛教方式、神道教方式、基督教方式以及无宗教方式等，但以佛教方式最为普遍。佛教方式葬礼包括参加者入场、僧侣入场、僧侣诵经、宣读悼词、参加者进香和众人退场等多道程序。葬礼结束以后还要举行辞灵仪式，包括吊唁者进香、遗属致辞和出殡等几道程序。此外，处理遗体、进香、出殡和祭奠等环节也有许多复杂的规定，如出殡时，封棺、抬棺、拾遗骨、埋葬和立墓碑等都要严格地按照程序进行。日本人如此重视丧葬仪式，其思想底蕴恐怕也是人生苦短的悲观意识在起作用吧。川端康成从小就是"参加葬礼的名人"，在不少小说里，特别是初期自传性的小说（如《拾骨》《参加葬礼的名人》等）里，具体地描写过有关的丧葬仪式。他对于这些习俗可以说了如指掌，而这些习俗对他的思想和创作所产生的潜移默化的影响也是毋庸赘述的。

在节日活动方面，日本有很多节日活动与宗教信仰有关，都带有一定的悲哀色彩，如灌佛会、盂兰盆节和彼岸节等。以盂兰盆节为例。盂兰盆节又称盂兰盆会，是以祭祀祖先亡灵为主要内容的节日，起源于佛教的《盂兰盆经》。盂兰盆节原来是以旧历 7 月 15 日为中心进行的（现在由于使用公历改在 8 月 15 日前后进行）。按照传统习俗，从旧历 7 月 7 日起就开始做各种准备工作，如洗头发、洗炊具、擦供佛用具等。有的地方要做好草制的马，意思是让祖先骑马回家。有的地方还要把通往墓地路上的杂草清除干净，意思是让祖先顺利回到家里。在家中，则要搭建"盆棚"，摆好鲜花、蔬菜、水果、饭团和清水等，供祖先享用。旧历 7 月 16 日为送灵日，清晨就要点燃送灵火，护送祖先返回墓地。隆重地举行这些活动，是表示对祖先的尊重，对神灵的尊重。川端康成喜欢在自己的小说里描绘日本各地的节日活动，其中包括不少与宗教信仰有关的节日活动。最明显的例子之一是《古都》。在这部小说里，他用大量篇幅如实描绘京都节日活动的盛大场面，字里行间充满对民族传统文化的无限热爱之情。京都一年四季的例行节日活动很多，作者着重描绘了赏樱花、伐竹会、祇园节和时代祭的盛况，并且尽量将这些节日庆祝活动和小说故事情节有机地结合在一起。以祇园节为例。这项民俗活动是京都八坂神社的祭礼之一，也是日本最大的祭祀活动之一，据说起源于 8 世纪，其目的是驱散病疫。小说在"祇园节"一章里，首先概括介绍 7 月 1 日开始准备彩车游行、10 日洗神舆、11 日参拜祇园神社、16 日祭宵山、17 日彩车游行等项目，然后具体描写千重子和苗子在做"七拜"（拜神舆）时邂逅的情景：当两人几乎同时拜完七次后，苗子目不转睛地望着千重子，千重子问苗子祷告什么，苗子告诉她说：你看见了？我想知道姐姐的下落……你就是我的姐姐。这是神灵保佑，让咱们见面的！① 随后两人互相做了自我介绍，心情都很激动。当两人即将分手时，苗子又说道：我发誓，我不把今晚咱们相逢的事告诉任何人。咱们的事，只有这祇园神知道。② 在这一章的末尾，小说又以祇园节的活动作为结束：祇园会仍在继续进行。18 日举行进山伐木仪式，23 日是节后祭和屏风会，24 日为山上游行，然后演出狂言祭神，28 日洗神舆，返回八坂神社，29 日举行奉告祭，节日活动至此结束。

以上所述仅仅是日本风俗习惯传统的几个例子。事实上，在日本人生活的许多方面，诸如宗教信仰、生活习俗、婚姻生育、丧葬礼仪、传统节日、民间技艺、文学艺术、道德观念和思想意识等领域，往往都渗透着悲观、悲凉和悲哀的意念。川端康成长期生活在这种氛围之中，耳濡目染，自然而然地接受了这些风俗习惯的影响，尤其是渗透其中的、与他的主观意念合拍的悲观、悲凉和悲哀意念的影响。这种影响不仅表现在他的小说具体地描写了许多风俗习惯，而且潜藏在他的小说的思想底蕴之中。

第六节　文学传统

文学传统所造成的影响，是川端康成小说形成美而悲艺术风格的重要原因之六。

---

① ［日］川端康成：《川端康成全集》（日文版），第 18 卷，323 页。
② 同上书，326 页。

川端康成是一个作家，对他的思想和艺术风格产生更直接影响的自然还是日本的文学传统，尤其是以《源氏物语》为代表的平安时代文学的影响。从他的许多言论和自传性质的小说中，我们不难发现，早在小学高年级和中学时，他就开始反复阅读《源氏物语》等作品。他在《日本文学之美》里回忆道："我从少年时代起就一知半解地读过一些日本古典文学作品，尽管只是浏览，可是年轻时读过的那些东西仍然朦朦胧胧地留在我的脑海里，色调虽然已经淡薄，但是感染了我的心。即使读现在的文学时，一千年或一千二百年以来的日本古典传统似乎依然在我的心中回荡。《古今和歌集》《源氏物语》和《枕草子》等是大约一千年前的作品，《古事记》和《万叶集》等是大约一千二百年前的作品。一千年、一千二百年前的文学、诗歌和散文不劣于今天，莫如说比今天的更优秀。这种文学传统无疑对于我们创造和鉴赏今天的文学会有所帮助，或者成为内在的动力。"① 在《关于文章》里又回忆道："我在少年时代读过《源氏物语》《枕草子》等作品。那时抓到什么便读什么。当然，意思并不很了解，读的仅仅是语言的音响和文章的格调。/这种读法将我诱入少年的天真感伤之中，即歌唱不解其意的歌"；而通过这种"音读"，《源氏物语》中的格调便同他自身的不幸经历和感伤情绪产生了深深的共鸣，使他终生难忘，如他自己所说，"这种少年时代的音调至今仍在我的心头萦绕，我所写的作品不能违背这种音调"。② 有趣的是，到战争期间，他再一次热心地阅读起《源氏物语》来了。在《少

---

① ［日］川端康成：《川端康成全集》（日文版），第 28 卷，421 页。
② ［日］川端康成：《川端康成全集》（日文版），第 32 卷，98 页。

年》里，他写道："战争期间，空袭越来越厉害以后，在灯火管制的昏暗夜晚和横须贺线形容凄惨的旅客中间，我读着湖月抄本《源氏物语》。印在日本线装书木版上大而柔和的假名，对当时的灯火和神经都非常合适。我一面读着，一面想象颠沛流离的吉野朝人和战乱不息的室町人耽读《源氏物语》的情景。当进行警报巡逻时，不漏一点灯光的小小谷地上照射着秋冬的冰冷月光，正在阅读的《源氏物语》便会充溢心田，从前身处困境阅读《源氏物语》的古人便会浸入体内。我决心与传统共同生存下去。"① 从这段话里或许可以更清楚地看出川端康成与《源氏物语》的密切关系吧。不仅如此，川端康成还曾表示要把《源氏物语》翻译成现代日语。他在《独影自命》里说："我也希望什么时候写出我的《源氏物语》来。虽然已经有谷崎润一郎氏的名译本，但是我也想试着译出现代语的《源氏物语》。"② 尽管这个愿望没有能够实现，可是他对《源氏物语》的深厚感情，却由这段话得到了进一步的证明。由此可见，《源氏物语》对川端康成思想和小说的影响是广泛的、多方面的，从创作思想到写作技巧，都可以找到明显的痕迹；而在思想情调上和文章风格上的影响，无疑也是其重要组成部分之一。

如上所述，作为日本物语文学的代表作，《源氏物语》早已被日本研究者确定为一部集中体现"物哀"精神的作品。本居宣长在《〈源氏物语〉玉小栉》中就明确地提出了"物哀"的观念。他指出，从《源氏物语》可以看出，在人的各种感情中，苦闷、忧虑、悲哀等，也就是所

---

① ［日］川端康成：《川端康成全集》（日文版），第 33 卷，561 页。
② 同上书，537 页。

有不如意的事，才是使人感受最深的；《源氏物语》不是教科书，不在乎评价是非善恶，而重在表现"物哀"意识。他认为，在物语之中，当属《源氏物语》最为优秀，几乎无与伦比。早于它的物语作品所描写的故事都没有像它这样深入人心，所表现的"物哀"都没有像它这样深刻细致；晚于它的物语作品则大多是它的拙劣的模仿品。事实诚然如此，《源氏物语》将苦闷、忧虑、悲哀等感受，作为"物哀"加以充分发挥，并使之成为整部作品的基本精神。

从历史的角度来看，《源氏物语》所体现的"物哀"精神，是与它所产生的时代密切相关的。川端康成在他的有关文章里对于这一点有深刻的论述。他指出，《源氏物语》里所描写的宫廷生活已经达到"烂熟"的地步，既然如此，那么衰亡就是不可避免的。因为"烂熟"本身，就是衰亡的开端。《源氏物语》也不例外，它达到"烂熟"，同时就开始衰亡。从一定的意义上说，任何一种文化发展到登峰造极的地步以后，都要从顶峰上衰落下来。这可以说是古今东西所有文化的必然命运，所有艺术的必然命运。[①] 他还引出《平家物语》[②] 一书开头的一段偈语——"桫椤双树花变色，/盛者必衰理应当。/骄傲之主不长久，/犹如春夜梦一场。/强横霸道终灭绝，/好似风前尘土扬"，以便进一步说明盛极必衰的道理。事实诚然如此。《源氏物语》的作者紫式部生活在平安时代。平安时代是从迁都平安京（即今京都一带）开始的，先后长达四百年左右。在平安时代前期，由于在政治上和经济上进行了一系列的改革，促

---

① ［日］川端康成：《川端康成全集》（日文版），第 28 卷，423、424 页。

② 《平家物语》：日本古代的军纪物语之一。

使日本早期封建社会得到发展；但其后不久以藤原氏为代表的贵族掌握大权，摄关政治（外戚专政）出现，统治集团内部矛盾加剧。藤原氏执掌大权长达百余年，他们随意废立天皇，随意发号施令。如藤原道长有四个女儿被立为后妃，使他成为三代天皇的外祖父。他曾自鸣得意地吟道：此世即我世，如月满无缺。此后，摄关政治日益腐败，农民纷纷起来反抗，同时新兴武士登上历史舞台，终于导致平安时代的结束和武士政权的建立，即镰仓时代的开始。紫式部恰巧生活在藤原道长当政的时代，这既是贵族极盛的时代，也是贵族即将衰亡的时代。《源氏物语》恰巧成了这个由盛转衰时代的一面镜子。从这个意义上可以说，《源氏物语》的"物哀"精神，《源氏物语》的美而悲风格，是与这个特定的时代有内在联系的。

　　《源氏物语》共 54 卷。现在研究者一般将其分为三个部分。第一部分从第 1 卷到第 33 卷，共计 33 卷，写男主人公光源氏的青壮年时代——由诞生和恋爱起，中经须磨流放的失意，达到荣华绝顶的阶段。以豪华的宫廷生活为背景，以多种多样的爱情故事为中心，描述他与藤壶、空蝉、夕颜、末摘花、紫姬和明石姬等女性的交往。第二部分从第 34 卷到第 41 卷，共计 8 卷，写光源氏的晚年生活——因青壮年时代的过失而苦恼和忧虑，直至下定决心出家遁世。第三部分从第 42 卷到第 54 卷，共计 13 卷，主要写光源氏之子薰君的故事——以宇治为舞台，为自身出生秘密所苦恼，为难以满足的恋爱所苦恼，终于达到了无可救助的悲剧结局。这部作品通篇充满"物哀"的情趣，尤其是从第二部分起，凝重和深沉的气氛渐渐增加，使读者感到越来越沉重，越来越悲凉。作者紫式部以女作家所特有的敏锐感触和精细笔法，表现自然景色和人物形象的美。在她的笔下，围绕男女主人公的自然环境往往是十分美好的，尤其是由光源氏精心设计建造起来的理想乐园——二条院和六条院更是美妙绝伦，犹如人间仙境一般。至于生活在这种环境中的男女主人公的美，作家更是极力加以赞扬，甚至有时不惜加以理想化。其中特别值得称道的是，作家用她那支生花之笔生动地描绘了一系列有血有肉的女性形象，充分地表现了她们的外貌美、才艺美和心灵美。同时，紫式部又以女作家所特有的敏锐感触和精细笔法，表现人物的生活悲剧和精神悲剧。在她的笔下，即使是前两部分的男主人公——在官场上飞黄腾达，在情场上得意非凡的光源氏，也不免中年失意，最后走上心灰意冷、出家遁世以至郁郁而死的道路（也许是由于光源氏之死太让作家伤心了吧，所以第41卷只有题名而没有内容，一般认为这是故意安排的，而题名"云隐"在日文里有"隐遁"的意思，暗示着光源氏的出家遁世以至死亡），即使是前两部分的女主人公——出身高贵、容貌端丽、深受光源氏宠爱的紫姬，也不免正当盛年便染病身亡（写紫姬之死的第39卷题名"法事"，格调也是悲悲切切、凄凄惨惨的）；至于第三部分的男主人公薰君虽然也像光源氏当年一样年轻貌美，官运亨通，却不像光源氏那样开朗，始终处在矛盾痛苦之中，而第三部分的女主人公浮舟的遭遇则更加凄惨，以至于最后求死不得，遁入空门。因此，这部作品可以说自始至终充满悲凉的情调。

川端康成对于《源氏物语》的"物哀"精神心领神会，并将其自然而然地融汇在自己的创作之中，因而更使得他的小说难以摆脱美而悲的气氛，更使得他的小说形成了美而悲的独特风格。

第七节　主观意识

综上所述，由于接受没落世家、孤独童年、佛教观念、战争祸害、文化渊源和文学传统等多方面的影响，川端康成逐渐形成了自己独特的思想意识、独特的审美观念、独特的艺术风格。他习惯于用一种美而悲的态度看待世界，看待生活，看待文学，看待创作。在他看来，世界是既美好又悲哀的，生活是既美好又悲哀的；文学是表现这样的世界和生活的，因而也是既美好又悲哀的；自己的创作也是表现这样的世界和生活的，因而也是既美好又悲哀的。他在一系列文章里明确地表述了自己的思想观念。

早在 1934 年，他就在《文学自传》里写道："我想去的也不是欧美，而是东方的亡国。我大约是亡国之民。再没有什么人间的形象比地震时逃难者源源不断的行列更能激荡我的心弦了。我迷恋陀思妥耶夫斯基，却不能亲近托尔斯泰。大约由于我是无父母之子、无家庭之子吧，哀伤的漂泊之念缠绵不断。我总是梦想，但怎么梦想也不能沉溺进去，一边梦想一边清醒，大概由于喜欢穷街陋巷而被它所蒙蔽吧。"[1] 从这段话里不难看出，他的这种美而悲的思想意识和审美观念由来已久，早在中年时代就已经初见端倪了。

其后，特别是第二次世界大战以后，他的这种思想意识和审美观念

---

[1]　［日］川端康成：《川端康成全集》（日文版），第 33 卷，96 页。

得到了进一步的加强，并且终于发展到了成熟的阶段。这可以从他战后发表的一系列言论得到证明。以下举《独影自命》和《天授之子》为例。

在《独影自命》里，他写道："横光君生前，我没有向他要过他写的字。他去世后，我恳求了他的夫人……另一幅上附有书桌的写意画引人注目，所写的汉诗则是'寒灯下砚枯'和'独影寂欲雪'等句。为什么要选如此凄凉的东西呢？我回到自己家后，面对这些遗物，心中颇感悲苦。/横光君是怀着怎样的心情写'寒灯下砚枯'的呢？战败也使我深入领会到了贯穿其中的寂寥。我似乎觉得自己已经死去，自己的尸骨被故国日本的秋雨所淋湿，被故国日本的落叶所掩埋，并且呼吸到古人的哀伤气息。/将这种苦闷称作生涯的分水岭是可笑的，但我以战败为分水岭，从此以后仿佛只有脚离开现实，遨游于天空了。也许由于我本来就没有深入现实中，所以脱离现实也很容易，无非是舍弃世界、隐遁山林而已。/可是，在现世的生涯大部分已经过去，对社会的兴趣大体上已经淡薄，我的自觉和愿望仿佛也巩固了。做好日本式作家的自觉，继承日本美的传统的愿望，对我来说并不是新的东西；但在没有产生其他想法之前，也就只有凝视国破之后的山河了吧……我把自己战后的生命作为余生，余生不属于自己，而是日本美的传统之表现。我不觉得这样想有什么不自然……但是，在《武田麟太郎悼词》里，我也写道：'我们目睹了这个国家濒临灭亡的过程。'我目睹了那场战争的终结，亲眼见到人生的悲剧、人间的困难和不幸，不能不改变我的思想。另一方面，思考人生和文学尺度的时间单位也放长了，这大约是年龄的关系吧。这些有时也会使我感到安心。"① 这段话是为了悼念他在青年时代结交的几位挚友而发的，其中充满了怀念故人的真情，也充分地表现了他对待世界、人生、文学和创作的态度。

在《天授之子》里，他也写过不少这类的话。如"我厌世的、嫌人的倾向，以日本投降为界加深了。我对什么事情都不苦思苦想，没有仇敌的人是不懂得憎恨的；因而，所谓厌世也浅，所谓嫌人也宽，只不过是怠惰的悲哀，随便的讨厌而已。我非常希望像日本往昔的厌世家那样，隐遁山河，孤独度日。"② "在战争中一被打败，我便认为日本从一千几百年前起就是悲惨的国家，我本来就有亡国末世之民的性格。"③

---

① ［日］川端康成：《川端康成全集》（日文版），第33卷，268～270页。

② ［日］川端康成：《川端康成全集》（日文版），第23卷，565页。

③ 同上书，566页。

结论 | 川端康成——"东西结合以东为主"的艺术家

以上四编分别论述了川端康成小说的思想内容、创作方法、表现技巧和艺术风格。综观这四编的内容，我们可以发现其中有一个关键的、核心的问题，那就是如何正确认识和处理日本文学与西方文学的关系问题，如何正确认识和处理继承日本民族文学传统与吸取西方文学营养的关系问题。

川端康成所生活的 20 世纪，是东西方文化和文学交流空前活跃的时代，是西方文化和文学大量涌入东方，广泛影响东方文化和文学的时代。而日本又是东方国家中最积极、最热情地欢迎西方文化和文学传入的国家之一。从 1868 年"明治维新"起，日本当局为了迅速达到富国强兵的目的，便向西方世界敞开自己的大门，从西方大量引进各种先进的思想意识、社会制度、科学技术、文化教育和文学艺术，而这些措施也确实推动了日本社会的进步，促进了物质生产的发展，刺激了意识形态的变化，使日本迎来了所谓"文明开化"的时代。但在文学领域，如何继承民族文学传统，如何接受西方文学影响，如何处理二者的关系，成了一个十分尖锐的问题，成了一个必须解决而又难以解决的问题。面对这个问题，日本作家的态度大体上可以分为以下三种。第一种人主张固守民族文学传统，拒绝接受西方文学影响。事实证明，持这种态度的人很难跟上时代前进的步伐，很难创作出具有鲜明时代性的作品。第二种人主张抛弃民族文学传统，全盘接受西方文学影响。事实证明，持这种态度的人可能失去自己的民族特色，可能创作不出具有鲜明民族性的作品。而第三种人则主张既继承民族文学传统，又接受西方文学影响，并使二者融合在一起。事实证明，持这种态度的人才有可能既保持自己的民族特色又跟上时代前进的步伐，创作出既具有鲜明民族性又具有鲜明时代性的作品。

　　川端康成显然属于第三种人。这不仅可以从他一生的小说创作实践看出来，而且可以从他一生的小说创作理论看出来。关于前者，我们已经在以上四编里进行了比较详细的考察。关于后者，我们也已经在以上四编里结合他的小说创作实践进行了一些考察。但是，关于后者的考察似乎还不够充分。为了更清楚地阐明这个问题，在这里我们有必要再系统地考察一下他是怎样不断探索这个问题的，他是怎样通过文章、评论、谈话、书信和讲演等方式提出自己的主张和表示自己的看法的，他的主张和看法又是怎样一步一步向前发展的。以下我们大体上按照发表的时间顺序引用其中的主要言论并加以评述。

　　早在 20 世纪 20 年代，在《乡土艺术问题概观》（1924）①里，川端康成就提出艺术创作一方面与时代有关，另一方面与民族性、国民性、地方性（乡土性）和个性有关的问题。虽然这篇文章着重论述的是乡土艺术问题，但他同时还对日本文艺的现在和未来进行了研究。关于日本文艺的现在，他指出：明治维新以后，日本文明走的是模仿西方的道路，日本艺术走的也是模仿西方的道路；如今则处于逐渐摆脱模仿而进入独创的时代。我们对东方艺术的精神和美开始有所领悟，着手创造与西方艺术迥异的东方艺术之花。有人甚至以为西方文明已经濒临灭亡，东方精神已经开始复兴。人们已经不再盲目赞美或者盲目厌恶西方文明，已经进入理解和批评西方文明的时代。他认为，我们应当发掘东方的传统，栽培明天的艺术，促进东方的新生，使东方艺术能够与西方艺术抗衡，以便显示东方艺术的优越性，这是我们通向东方化道路的信念。关于日本文艺的未来，他指出：随着日本国际地位的不断提高和世界各国之间交流的日益频繁，目前已经出现一种文艺国际化和世界化的新倾向，这也就是所谓的"艺术无国界"。在这种情况下，今天日本的艺术有两条道路通向明天，一条是通向世界化的道路，另一条是通向东方化的道路。那么，今后的日本文艺究竟是走传统主义道路还是走世界主义道路呢？他的回答是明确的——恐怕两条道路都要走，或者是走两者适当融合的道路。②由此可见，早在 1924 年 8 月，刚刚走出校门和登上文坛的川端康成，正在热心倡导新文艺并且准备创办《文艺时代》和

---

① ［日］川端康成：《川端康成全集》（日文版），第 32 卷，447～457 页。
② 同上书，452、453 页。

发起新感觉派文学运动的川端康成，就已经在大力鼓吹向西方文学学习时，相当清楚地认识到了东方文学（日本文学）和西方文学的关系问题，既强调继承和发扬东方文学（日本文学）的传统，又主张东方文学（日本文学）和西方文学的适当融合，而且认为前者是主要的，后者是为前者服务的。这一点是很值得我们关注的。

进入 20 世纪 30 年代以后，也就是经过一番整顿和过渡之后，川端康成先后在《近来的感想》（1932）、《临终之眼》（1933）和《文学自传》（1934）等文章中进一步论述了日本民族文学传统的重要性，也进一步明确了自己的创作与日本民族文学传统的密切关系。

1932 年 9 月 14 日、15 日发表于《东京朝日新闻》的《近来的感想》是一篇不长的文章，其中第一节专门论述“日本文学的传统”。他首先从日本文学界近来热心研究明治时代文学的现象谈起。他认为明治时代文学究竟有多少东西可供今天的作家学习是值得怀疑的，恐怕最多也就是白话文吧。他甚至希望研究者与其大谈明治时代文学如何优秀，不如说明治时代文学如何没有价值以及为什么没有价值，以便鞭策我们。因为无论是从引进海外文学的角度，还是从复兴日本古典文学传统的角度来看，明治时代文学都是很浅薄的。今天的作家感兴趣的，不是明治时代文学和西方文学的联系，而是明治时代文学和日本文学传统的关系。这个关系绝不是从自然主义文学发展到日本式心境小说那么简单的问题。日本文学的传统虽然是明治以后文学的内线，但其力量反而比缠在表面的西方文学影响更强。从现在看来，其结局似乎承担着明治时代文学的功过。明治时代文学之微不足道，使我们思考的就是这一点。我们的文学虽然随着西方文学的潮流而流动，然而日本文学传统是看不

见的河床。这种情况至今没有变化。作家越是成长越会被其故乡的魅力
所吸引。因此，我们希望新的日本文学研究者能够阐明依然活在现今文
学之中并使作家被无意识地吸引住的日本文学传统。近年以来，日本文
学的研究日益盛行，专门的研究杂志大多与学校有关，不次于以研究西
方新文学为主的季刊，据说发行数量很大。日本文学学科学生的毕业论
文也流行撰写现代文学的题目了。我们殷切地期望日本青年文学研究者
能够采用新方法论分析日本文学的传统，特别是探索如何与今天及明天
的文学相结合的问题。① 这篇文章对继承日本文学传统和吸收西方文学
营养关系的论述显然比《乡土艺术问题概观》提高了一步。其中"日本
文学的传统虽然是明治以后文学的内线，但其力量反而比缠在表面的西
方文学影响更强""我们的文学虽然随着西方文学的潮流而流动，然而
日本文学传统是看不见的河床"等语，形象地说明了日本文学传统和西
方文学影响的关系，指出了日本文学传统的基础地位和决定作用。

发表在《文艺》1933 年 12 月号上的《临终之眼》是一篇随笔。这
篇文章从回忆画家竹久梦二②起笔，其中谈到著名歌人正冈子规③和著
名作家芥川龙之介之死，然后谈到作者的两个朋友——作家梶井基次

---

① ［日］川端康成：《川端康成全集》（日文版），第 32 卷，553、554 页。

② 竹久梦二 (1884—1934)：日本现代画家、诗人。主要作品有《梦二画集》，诗
集《小夜曲》等。

③ 正冈子规 (1867—1902)：日本现代俳人、歌人，著有《子规全集》(22 卷，讲
谈社)。主要作品有俳句集《寒山落木》，和歌集《竹乃里歌》等。

郎①和画家古贺春江②之死，着重谈的是古贺春江之死。当谈到古贺春江的绘画时，川端康成认为古贺春江的画虽然是超现实主义的，却具有东方古老的传统，含有东方古典的诗情；古贺春江的画虽然大量吸收了西方现代文化的精神，但骨子里仍然回荡着东方佛法的曲调；自己之所以能与古贺春江心心相印，无疑是由于他的时髦画面背后蕴藏着东方古典诗情。川端康成写道：我的确不懂超现实主义的绘画。但我觉得如果古贺氏的那幅超现实主义画具有古风的话，那大概是东方古典诗情的毛病吧。遥远的憧憬的云霞从理智的镜面飘逸而过。所谓理智的构成、理智的论理和哲学之类，外行人是很难从画面上领悟到的。不过，面对古贺氏的画，不知为什么，我首先感到的是某种遥远的憧憬和隐约的空虚在扩展。这是超越虚无的肯定，因而是与童心相通的。古贺氏的画大多具有童话情趣，但又不是单纯的童话，而是使童心惊讶的鲜艳的梦，是充满佛法的。他在今年二科会上展出的作品《深海情景》等，也以妖艳的恐怖感吸引人，画家仿佛是要探寻幽玄而华丽的佛法的"深海"。同时展出的《马戏团景色》中的虎，看起来很像猫。可是，据说作为素材的哈根别克马戏团的虎，实际上就是那样驯顺的。这样的虎反而能够抓住人心，既是由于虎群的数学式布局，也是由于画家自己所说的，无意中想要描绘出寂静而朦胧的气氛吧。古贺氏虽然要在自己的创作里大量

---

①　梶井基次郎（1901—1932）：日本现代小说家，著有《尾井基次郎全集》（3 卷，筑摩书房）。主要作品有短篇小说《柠檬》《冬日》《交尾》等。

②　古贺春江（1895—1933）：日本现代画家，属于先锋派，具有强烈的超现实主义倾向。代表作有《埋葬》《烟花》《朴素的月夜》等。其诗画作品收入《古贺春江》，川端康成为该书写跋文。

吸收西欧现代文化的精神，但是佛法的儿歌经常在他的内心深处流淌。所以即使在那些充满明朗的、美丽的童话情趣的水彩画里，也会含有温柔和寂寞的成分。他那古老的儿歌，和我的心也是相通的。或许是这新面貌背后的古典诗情，使我们两人亲近起来。因此，我最先看懂的是他接受波尔·克里埃影响时期的绘画。高田力藏氏长期关注古贺氏的绘画。据高田氏在古贺氏水彩画遗作展览会上说，古贺氏从西欧式的色彩出发，后来转入东方式的色彩，然后再回到西欧式的色彩，现在又要回到东方式的色彩了，正如在《马戏团景色》等作品中所表现的那样。《马戏团景色》是他的绝笔，后来在岛兰内科医院病房里就只在色纸上作画了。① 值得注意的是，川端康成这篇文章虽然主要谈的是人的生死观等问题，没有过多涉及日本文学传统和吸收西方文学营养等理论，但是通过上引这段话可以看出，川端康成之所以被古贺春江的画所吸引，其实是被他"从西欧式的色彩出发，后来转入东方式的色彩，然后再回到西欧式的色彩，现在又要回到东方式的色彩"所吸引，也就是被他将东西方两种艺术巧妙地融合在一起所吸引。由是可知，他在这里所提倡的仍然是东方艺术和西方艺术的融合。

不过，1934 年 5 月刊载在《新潮》杂志上的《文学自传》，似乎比《临终之眼》说得更明确。这篇长文是应当时担任《新潮》编辑的小说家楢崎勤②之约而写的。该文一开篇便写道：从《新思潮》到《文学界》，我都参加了。恐怕没有人像我这样参加过如此多的同人杂志吧。

---

① ［日］川端康成：《川端康成全集》（日文版），第 27 卷，21、22 页。

② 楢崎勤（1901—1978）：日本现代小说家、编辑家。自 1926 年至 1955 年，长期担任《新潮》杂志编辑工作。主要作品有长篇小说《希望》等。

我又年轻，履历又平凡。楢崎勤氏之所以让我写自传，大概也是对我这一点有兴趣吧。我不喜欢谈自己，于是便在楢崎勤氏给予的"文学"这个修饰语后面隐蔽起来，而只好让知己友人替我示众。但是，我能够有今天，多亏了这些人。尤其是菊池宽氏和横光利一氏，乃我的恩人。[①]话虽然这样说，可是对于一个年方 35 岁的作家来说，对于一个创作生涯不过 10 年左右的作家来说，这时写作自传毕竟太早了些。不过，若把这篇文章的写作和前几年的"整顿和过渡"联系起来考虑，和《致父母的信》《抒情歌》以及《禽兽》等作品联系起来考虑，或许就不会觉得奇怪了。我们不妨把《文学自传》看作是川端康成进行"整顿和过渡"的结果，看作是他对自己前半生创作道路的总结和对后半生创作道路的展望。其中有如下一段话经常为人们所引用："我相信东方的古典，尤其佛经是全世界最伟大的文学。我并非把经典当作宗教的教义，而是当作文学的幻想加以推崇的。从 15 年前起，我就在心里构思一部题为《东方之歌》的作品，我想把它写成天鹅之歌，用我的方式去歌唱东方古典的幻想。或许我写不成便死去，但我一直想写，这一点希望为人所知。我接受过西方现代文学的洗礼，自己也试图进行过模仿；可我在根底上是东方人，从 15 年前起便不曾迷失过自己的方向。这是以前从未对别人说明的，是川端家快乐的秘方。在西方伟大的现实主义者中，有人历尽艰辛，临终时才敬慕起遥远的东方；而我也许可以唱着天真的心灵之歌在其中游乐。"[②] 这里所谓"西方现代文学的洗礼"，应当是指西

---

① ［日］川端康成：《川端康成全集》（日文版），第 33 卷，84 页。
② 同上书，87、88 页。

方各种现代文学流派的影响，特别是各种现代主义文学流派的影响；所谓"也试图进行过模仿"，应当包括新感觉派时期（如《感情装饰》中的一部分作品）和模仿意识流小说时期（如《水晶幻想》）的创作在内；所谓"从 15 年前起"，应当是从开始进行创作起。联系上面所引的《乡土艺术概观》一文，联系他的文学创作实践，我们的确可以承认他"在根底上是东方人，从 15 年前起便不曾迷失过自己的方向"，他一直把自己从事文学创作的基础建立在日本文学传统之上。

从以上这些论述我们不难看出，川端康成既注意向外国现代文学流派学习，也重视继承日本民族文学传统，而且越到后来越重视继承日本民族文学传统，到写《文学自传》时则明确地提出了以继承东方（民族）传统为主的方针；既勇于汲取他人创作经验，也尊重自己创作风格，而且越到后来越尊重自己的创作风格，到写《文学自传》时则明确地提出了创立自己独立创作风格的方针。正因为如此，他虽然在 20 世纪 20 年代中期参与发起新感觉派文学运动，大张旗鼓地学习和宣传西方现代文学流派，在 20 世纪 20 年代末期和 30 年代初期如饥似渴地阅读西方意识流小说，并且率先发表模仿式的作品；但他并没有在上述两个时期徘徊不前，而是不断深入发掘日本民族文学传统，以便探索更加适合自己的道路。经过艰苦摸索，在 20 世纪 30 年代中期左右，他已经找到了这样的道路。

到了战后，随着日本社会发生的翻天覆地变化，随着自己生活阅历的不断加深和创作经验的不断丰富，川端康成对这个问题的认识更加深刻了，论述这个问题的文章也增多了，观点也进一步明确了。

　　20 世纪 50 年代的文章可举《我的思考》（1951）[①] 和《作家访问》（1953）[②] 为例。《我的思考》一方面批评日本现代文学在学习西方文学上所存在的错误倾向，另一方面表示自己对待这个问题的态度。关于前者，他指出，明治维新以后，日本大量引进西方文学，引起文坛发生变化，但是至今没有产生伟大的天才，没有结出真正的硕果；非但如此，在自然主义文学和白桦派过后，日本小说反而显出颓废和衰落的趋势；战后日本文学要想加入世界文学的行列，还有待于今后的努力；明治以后的作家几乎都没有真正消化西方文学，都可以说是牺牲品，但又没有几个堪称真正的牺牲品。关于后者，文章开篇第一句话就是："日本战败后，我更加切实地感觉到自己生活在日本国土之上了。"文章最后又指出，自己没有学好西方语言，所以写的东西里也没有西方语言的脉络；今后将要更多地向日本古典文学的传统靠拢，这种心情在战败后变得更加强烈了，这或许是一个日本作家的必然趋势吧。总之，这篇文章对于日本现代文学盲目学习西方文学的批评十分尖锐，而且切中要害；同时把自己对待这个问题的态度也表现得十分明确，而且无懈可击。

　　在《作家访问》里，作者多次说明自己与日本文学的关系比较密切，与外国文学的关系并不密切。例如，谈到自己的学习专业时指出，大学第一年，我上的是英文专业，但是没有拿到学分，第二年就转入国文专业；谈到《禽兽》和《雪国》的男主人公时指出，我觉得这跟外国文学和俄罗斯文学没有什么关系；谈到自己和外国文学的关系时指出，

---

① 　［日］川端康成：《川端康成全集》（日文版），第 17 卷，434～437 页。
② 　［日］川端康成：《川端康成全集》（日文版），第 33 卷，549～563 页。

自己几乎没有受过多少外国文学的影响，虽然一度买来乔伊斯等人的原作，与原文对照着读，似乎也试图模仿过，但是没有受到多大影响，要说影响还是受过日本作家的一点儿影响；在谈到自己读过什么书时指出，自己读的外国文学作品不多，所以在自己身上还是日本的东西多些，这是更重要的。这篇谈话更加直截了当地表明了作者在继承日本文学传统与吸取西方文学营养问题上的态度。

20世纪60年代是川端康成一生中的重要阶段。在这个阶段，他获得了以诺贝尔文学奖为顶点的多种荣誉。在这个阶段，他总结了自己所走过的文学创作道路，论述了日本文学的光荣传统，论述了自己文学创作与日本文学传统的密切联系，论述了继承日本文学传统与吸收西方文学营养的辩证关系。他在这个阶段发表的重要文章很多，兹以《让心灵自由翱翔》《我和美丽的日本》《美的存在与发现》《日本文学之美》为例。

在《让心灵自由翱翔》（1960）[①]这篇短文里，川端康成表示非常后悔自己年过六十，却没有写过汉诗，没有读过多少和歌，没有留下一卷诗集，没有从小立志成为诗人或者歌人。他怀疑自己成为小说家是一个错误。这是为什么呢？因为他从小就喜欢日本古典文学，而日本古典文学的主流是和歌，不是小说。在古典小说方面，只有《源氏物语》和井原西鹤的小说使他迷恋。至于明治维新以后从西方传入的小说，到现在仍然没有在日本被消化，没有在日本变成熟。因此，他怀疑西方小说对日本是否合适，至少对他自己是不合适的，所以他感到灰心失望。他觉得自己还没有写出过真正的小说。不过，既然如今自己已经写了将近

---

① ［日］川端康成：《川端康成全集》（日文版），第28卷，115、116页。

40年的小说，既然已经立足于小说领域，那就要树立写出真正小说的雄心壮志。那么，怎样才能写出真正的小说呢？那就要不受西方小说常规和方法的束缚，而要让自己的心灵插上翅膀自由飞翔，以便更加接受日本古典文学的传统，更加接近日本古典诗歌的精神，回到日本民族的摇篮中去，写出真正日本式的新小说来。文章最后指出，西方近代小说在19世纪和20世纪初达到发达和成熟之后，如今正在走向颓废和崩溃。由此可见，作者所说的"让心灵自由翱翔"，就是要在自己的小说创作中进一步削弱西方文学的影响，进一步接近日本文学的传统。

　　获得诺贝尔文学奖无疑是川端康成一生中最崇高的荣誉，在颁奖仪式上发表纪念讲演无疑是川端康成一生中最重大的事件。在这种隆重的场合讲些什么问题呢？川端康成选择了《我和美丽的日本》这样一个题目。这篇讲演涉及的内容很多，但最值得我们关注的有两点：一是他宏观地介绍了一脉相传的日本文化传统和日本美的传统；二是他明确地展示了自己的文学创作思想与日本文化传统的密切联系，以及与西方文化思想的根本差异。关于第一点，他从日本僧人道元禅师和明惠上人写的两首和歌精神谈起，然后举出日本僧人良宽、作家芥川龙之介和僧人一休等人的事例，论述日本绘画、陶瓷、插花、茶道等艺术，论述日本文化的成就，论述日本文化的精髓，论述日本文化的美学传统。讲演对于平安时代文化的论述特别令人瞩目。川端康成指出：大约在一千年前，即在平安时代，日本人努力学习中国唐代文化，并且加以吸收消化，创造了灿烂的平安时代文化，从而形成了日本的美。平安时代文化犹如盛开的"珍奇藤花"一般，给人以非常奇异的感觉。当时产生了一系列优秀的古典文学作品。在诗歌方面，有第一部敕撰和歌集《古今和歌集》①；在小说方面，有《伊势物语》②、紫式部的《源氏物语》、清少纳言的《枕草子》③等文学名著。这些作品共同构成了日本美的传统，以至支配了其后八百年间的日本文学。在这些作品中，川端康成特别称赞《源氏物语》，认为它是日本自古以来最优秀的一部小说，即使到了现代也没有一部作品能够和它媲美。在10世纪就能写出这样一部近代式的长篇小说，的确是世界的奇迹，在国际上也得到普遍认同。在《源氏物语》之后几百年间，不仅日本的小说一直在模仿它，而且和歌、工艺美术和造园艺术等领域也都不断接受它的影响，不断从它那里吸收美的营养。平安时代是宫廷文化的鼎盛时期，也是从顶峰转向颓废的时期。其后，日本的政权由贵族转入武士之手，武士政权一直延续到明治维新以前。可是，日本的王朝文化始终没有断绝。例如，镰仓时代编撰的《新古今和歌集》，在方法上和技巧上都继承和发展了平安时代的《古今和歌集》④的传统。关于第二点，主要集中在两处，一是在谈到《源氏物语》时，他特别提到自己从小就深受《源氏物语》的熏陶，这部小说对于自己日后的创作产生了不可估量的影响；二是在谈到自己小说的"虚无"倾向时，他强调指出自己的"虚无"是与日本古代僧人西行和明惠

---

① 《古今和歌集》：913—914年左右编成，是日本第一部敕撰和歌集，也是"三代集"之一，"八代集"之一，"二十一代集"之一。

② 《伊势物语》：日本平安时代前期的和歌物语之一。作者不明。

③ 《枕草子》：日本平安时代中期的随笔，1001年以后写成，与紫式部的《源氏物语》齐名。

④ 《新古今和歌集》：1205年编成，是日本第八部敕撰和歌集，也是"二十一代集"之一。

的“虚空”和“无”息息相通的，而与西方的虚无主义是根本不同的。

在《我和美丽的日本》之后，川端康成又在 1969 年发表的两次长篇讲演里，继续论述这个问题以及其他有关的问题。

1969 年 5 月，他在美国夏威夷发表了题为《美的存在与发现》① 的讲演。在这个讲演里，他所谈的问题也涉及很多方面，其中最值得我们关注的问题有两个。第一个是小说的发展前途问题，日本小说民族化的问题。他指出，日本引进西方近代文学已经有上百年的历史了，但是日本近代文学一直没有能够达到像平安时代作家紫式部和元禄时代歌人松尾芭蕉那样的高度。他认为，明治维新以后虽然曾经出现过伟大的文学家，但他总觉得不少人都在忙于引进西方文学，埋头从事启蒙工作，为此耗费了自己的青春和精力，却没有立足于东方和日本的民族文学传统，因而所写作品未能达到成熟的地步，他们本人也成了时代的牺牲品。第二个是日本文学美的传统问题。他特意引用印度诗人泰戈尔在访问日本发表讲演时所说的一段话，其大意是：世界上所有的民族都有义务把自己最好的东西展示在世界各国面前；如果什么都不展示，那可以说是一种罪恶，比死亡还要坏，人类历史是不会宽恕这种罪恶的。每个民族都应当将自己最好的东西，自己民族的财富，自己民族的高尚灵魂，自己民族的精神硕果奉献给世界。日本也有自己独特的东西，如从美中发现真理，从真理中发现美。因此，日本也应当尽自己的义务，把它奉献给世界。然后，川端康成便大谈特谈自己所发现的日本古典文学之美，在散文方面（如《古事记》《源氏物语》《枕草子》和《平家物

---

① ［日］川端康成：《川端康成全集》（日文版），第 28 卷，384～413 页。

语》等），他特别喜欢女性作家"婀娜多姿"之美；在诗歌方面（如《万叶集》《古今和歌集》《新古今和歌集》等），他特别喜欢男性诗人"威武雄壮"之美。这篇讲演的结语是"我感觉到美的存在与发现的幸福"。总而言之，这个讲演的基本精神，依然是强调日本文学的美的传统。

1969 年 9 月，川端康成又发表了一篇题为《日本文学之美》①的公开讲演。这个讲演从比较和泉式部的一首和歌和《万叶集》中的一首和歌说起，随后展开论述日本古典文学美之所在。不过，这个讲演更值得我们注意的问题是日本自古至今吸取外来文化和外来文学的方法问题。关于这个问题，他明确指出：日本从奈良时代就开始引进和模仿中国唐代文化，蒙受中国唐代文化的恩惠；平安时代的文化同样也引进和模仿中国唐代文化，蒙受中国唐代文化的恩惠。平安时代的文化之所以光辉灿烂，正是因为大量吸收了中国唐代文化的营养。不过，我怀疑平安时代是否真正引进了中国庄严伟大的文化，是否真正学到了中国庄严伟大的文化，是否真正将中国庄严伟大的文化模仿到手了。实际上，平安时代从一开始就采取日本式的吸收法，即按照日本式的爱好去学习，随后则将其日本化了，正因为如此才消化了中国唐代文化，产生了日本独特的平安文化。他认为，平安时代的美术、建筑、雕刻、工艺和绘画，可以说明这种情况。他还以书法为例。日本有所谓"三笔"，即嵯峨天皇②、橘逸势③和空海④弘法大师三大书法家，他们虽然不如中国的大

---

① ［日］川端康成：《川端康成全集》（日文版），第 28 卷，419～430 页。
② 嵯峨天皇（786—842）：日本古代汉诗人、书法家。
③ 橘逸势（？—842）：日本古代书法家。
④ 空海（774—835）：日本古代思想家、汉诗人、书法家。

书法家，但创造出日本式的独特美，尤其是在假名草体方面，可谓古今东西无可比拟。然而遗憾的是，明治维新已经百年，日本依然没有充分吸收西方文化，没有将其日本化。川端康成以为，日本要想创造出独特的民族文化，就必须采取这种日本式的吸收法，即按照自己的需要去吸收外来文化，从而创造出日本民族的独特文化，再贡献于世界的文化。因此，创造世界文化，也就是创造民族文化；创造民族文化，也就是创造世界文化；千万不可忘记自己民族文化的传统，盲目引进和模仿西方文化。在这个讲演的最后，他还指出，日本文学传统的脉络是贯穿始终的，明治时代引进西方文学似乎切断了这个脉络，其实这个脉络自古至今仍然是畅通的。

笔者认为，这个讲演所提出的"日本式吸收法"具有重要意义。它不仅是川端康成对日本文学历史的经验总结，而且也是他对自己文学创作的经验总结。联系这篇讲演上下文以及上引几篇文章来看，川端康成所谓"日本式吸收法"包括这样几层意思：一是在学习外国文化和文学时，不要放弃民族文化和文学传统，而要立足民族传统；二是在学习外国文化和文学时，不必贪多求全，而要有所选择，使之适合自己；三是在学习外国文化和文学时，不要生吞活剥，而要细嚼缓咽，充分消化吸收；四是在学习外国文化和文学时，不要盲目模仿，而要适当改造，使之为我所用；五是在学习外国文化和文学时，不要受其束缚，而要放开手脚，使之成为前进动力，而不成为前进阻力。一言以蔽之，就是要"按照日本式的爱好去学习，随后则将其日本化了"。当然，所谓"日本化了"也并不是一个简单容易的过程，而是一个复杂艰难的过程，其间往往需要经过引进、冲突、融和、消化和吸收等若干阶段，最后使外国文化和文学变成日本文化和文学的有机组成部分之一，使日本文化和文学本身发生变化，有时甚至是重大而深刻的变化。

由此可见，川端康成对于民族文化和文学传统是尊重的，对于民族文化和文学与外来文化和文学关系的认识是正确的；而这种认识则成为他选择自己创作道路的指导思想。当然，他对于民族传统和外来影响关系的认识，对于民族文学和外国文学关系的认识及其所采取的态度，似乎也并不是百分之百正确无误的，完全无可非议的。例如，他对日本民族文学传统的评价就未必完全准确，其中含有不少他自己的好恶在内；他所继承的日本民族文学传统未必都是积极的，其中也有消极的因素在内。由于种种原因，他偏爱感伤主义色彩比较浓重的作品，并且使得自己的作品也带有浓重的感伤主义色彩，就是一个明显的表现。不过尽管如此，从整体来看，川端康成的认识和态度还是正确的。

综上所述，我们可以得出这样的结论：从总体来看，他是主张"东（方）西（方）结合以东（方）为主"的，但在不同时期观点有所变化。大体上说，在20世纪20年代中期到20世纪30年代初期，他强调的是吸收西方文学营养，但也没有完全忽视日本文学传统；而在20世纪30年代中期以后，他则极力强调继承日本文学传统，并且越到后来越重视日本文学传统，越到后来对于继承日本文学传统和吸收西方文学营养关系的论述越清楚和深入。从这个意义上可以说，川端康成是一位以继承日本文学传统为主而以吸收西方文学营养为辅的艺术家，是一位"东西结合以东为主"的艺术家。上面我们说过，川端康成属于第三种人。其实，他比许多第三种人的态度更加明确，即不仅主张"东西结合"，而且主张"以东为主"。

关于川端康成所走的这条"东西结合以东为主"的道路是否正确的问题，日本和其他国家的一些有识之士已经作出了肯定的评价。在日本方面，如小林秀雄①在《日本经济新闻》（1968年10月8日）上撰文写道：川端氏年轻时受过西方影响，但以后逐渐写出自己风格的东西，产生了不是日本人就写不出来的作品。因此，对于西方人来说，川端文学是难以理解的。可是，非单纯模仿的作品的长处，却是可以感觉到的。在其他国家方面，如瑞典文学院常任秘书安德斯·奥斯特林在授予川端康成诺贝尔文学奖的授奖词里说道：和业已去世的谷崎润一郎②一样，川端显然也受到欧洲现代写实主义的影响。但与此同时，他又深入日本古典文学之中，明显地表现出努力维护日本文学传统模式的倾向。在他的叙事方法中可以看出纤细的诗情，其起源可以追溯到11世纪女作家紫式部所勾勒出的人生风俗的广阔画面。

川端康成沿着这条"东西结合以东为主"的道路前进，取得了很大成功，享誉世界；他的道路不仅可供日本现代作家借鉴，而且可供东方其他国家的现代作家借鉴。这是因为，日本是一个东方国家，日本文学的情况和东方其他国家文学的情况有许多相似之处。例如，日本和东方许多国家都具有悠久的古典文学历史和丰富的古典文学遗产，但近代以来由于种种复杂的原因，文学发展的进程落后于西方先进国家，也就是说东方现代文学的底子较薄。所谓底子较薄，主要是指东方现代文学的

---

① 小林秀雄（1902—1983）：日本现代评论家，著有《小林秀雄全集》（12卷，新潮社）。

② 谷崎润一郎（1886—1965）：日本现代小说家，著有《谷崎润一郎全集》（28卷，中央公论社）。

前身——近代文学的历史较短，实力较弱，发展不够充分。由于近代文学与现代文学互相衔接，关系密切，所以近代文学是现代文学产生和发展的直接基础；近代文学的底子较薄，必然直接影响现代文学的发展水平。那么东方现代文学怎样才能改变这种状况，迅速达到世界先进水平呢？从川端康成以及其他一些东方著名作家所取得的经验来看，我们可以发现其共同点是走"东西结合以东为主"的道路，即既要继承本民族的文学传统，也要吸取西方文学的经验；既要吸取西方古代和中世纪文学的经验，也要吸取西方近代和现代文学的经验；但重点显然应当放在西方近代和现代文学的经验上面。我们强调吸取西方近代文学的经验，是因为东方自己的近代文学比较薄弱，所以只能从西方近代文学的丰硕成果中吸取营养。我们强调吸取西方现代文学的经验，是因为西方现代文学是在西方近代文学的坚实基础上培育出来的，代表当前西方文学的发展水平。那么既然是"东西结合"，为什么还要"以东为主"呢？因为只有"以东为主"才能使东方文学具有鲜明的东方性，也就是民族性；才能使东方文学保持浓厚的东方色彩，也就是民族色彩；只有具有鲜明的民族性和浓厚的民族色彩，才能使东方文学更加具有世界性，才能更加引起世界其他地区人们的注意，才能更快地走向世界。

主要参考书目

一、日文书目

川端康成全集（37 卷）. 东京：新潮社，1999.

川端康成全集（19 卷）. 东京：新潮社，1969.

川端康成选集（10 卷）. 东京：新潮社，1956.

长谷川泉，等. 川端康成·横光利一集//日本近代文学大系（42 卷）.

东京：角川书店，1972.

古谷纲武. 川端康成. 东京：三笠书房，1942.

山本健吉. 川端康成读本. 东京：学研社，1959.

三枝康高. 川端康成. 东京：有信堂，1961.

三岛由纪夫. 文艺读本：川端康成. 东京：河出书房，1962.

山本健吉. 川端康成：人及作品. 东京：学研社，1964.

长谷川泉. 川端康成论考. 东京：明治书院，1965.

古谷纲武. 川端康成评传. 东京：实业之日本社，1967.

山本健吉. 近代文学鉴赏讲座：川端康成. 东京：角川书店，1967.

川岛至. 川端康成的世界. 东京：讲谈社，1969.

长谷川泉. 川端康成作品研究. 东京：八木书店，1969.

川端文学研究会. 川端康成：人和艺术. 东京：教育出版中心，1971.

川端康成（特辑）. 文学界26卷6号，1972.

川端康成读本（新潮临时增刊）. 东京：新潮社，1972.

川端康成. 日本文学研究会资料丛书. 东京：有精堂，1973.

日本近代文学馆. 定本图录：川端康成. 东京：世界文化社，1973.

三枝康高. 川端康成入门. 东京：有信堂，1973.

进藤纯孝. 川端康成传记. 东京：六兴出版社，1976.

林武志. 川端康成研究. 东京：樱枫社，1976.

川端文学研究会. 川端康成研究丛书（11卷）. 1976—1983.

中村光夫. 川端康成论考. 东京：筑摩书房，1978.

大泷清雄. 川端康成的肖像. 东京：宝文馆，1979.

小泽正明. 川端康成文艺的世界. 东京：樱枫社，1980.

鹤田欣也. 川端康成的艺术. 东京：明治书院，1981.

林武志. 鉴赏日本现代文学：川端康成. 东京：角川书店，1982.

林武志. 川端康成作品研究史. 东京：教育出版中心，1984.

文艺读本：川端康成. 东京：河出书房新社，1984.

长谷川泉，等.《雪国》的分析研究. 东京：教育出版中心，1985.

小林芳仁. 川端康成的世界. 东京：双文社，1985.

上坂信男. 川端康成的《源氏物语》体验. 东京：右文书院，1986.

原善. 川端康成的魔界. 东京：有精堂，1987.

鹤田欣也. 川端康成论. 东京：明治书院，1988.

奥出健. 读川端康成的《雪国》. 东京：三弥井书店，1989.

羽鸟彻哉. 川端康成·日本的美学. 东京：有精堂，1990.

田久保英夫. 川端康成. 东京：小学馆，1991.

长谷川泉. 川端康成论考. 东京：明治书院，1991.

木幡瑞枝. 川端康成作品论. 东京：劲草书房，1992.

羽鸟彻哉，原善. 川端康成全作品研究事典. 东京：勉诚出版社，1998.

久松潜一. 日本文学史（增补新版）. 东京：至文堂，1979.

中西进，等. 日本文学新史. 东京：至文堂，1990.

市古贞次，等. 日本文学全史（增订版）. 东京：学灯社，1994.

日本近代文学馆小田切进，等. 日本近代文学大事典（6 卷）. 东京：讲谈社，1978.

平野谦. 昭和文学史. 东京：筑摩书房，1963.

松原新一，等. 战后日本文学史·年表. 东京：讲谈社，1979.

斋藤清卫. 日本文艺思潮史. 东京：樱枫社，1963.

久松潜一. 日本文学评论史. 东京：至文堂，1969.

二、中文书目

吴廷璆. 日本史. 天津：南开大学出版社，1994.

叶渭渠. 日本文学思潮史. 北京：经济日报出版社，1997.

叶渭渠，唐月梅. 日本文学史. 北京：昆仑出版社，2003.

叶渭渠. 川端康成文集（10 卷）. 北京：中国社会科学出版社，1996.

叶渭渠. 川端康成作品（10 卷）. 桂林：漓江出版社，1998.

后　记

　　川端康成和他的小说是我近十几年来的研究重点之一。1993 年年初，我以《川端康成小说的创作方法和艺术特征评析》为题申请国家社会科学基金一般项目，1993 年 6 月 30 日收到批准通知书，立即着手进行（在此之前，也一直在写这方面的东西）。由于当时其他工作很忙，再加上自己原来对完成本课题的艰巨性估计不足，时间过于紧迫，所以到 1995 年年底未能全部完成，只完成了其中的一部分，其成果具体体现为当时发表在各种刊物上的二十几篇论文。如《论川端康成的创作方法》（《北京师范大学学报》1989 年第 2 期）、《川端康成美学观的特点及其根源》（《外国文学研究》1989 年第 1 期）、《从〈雪国〉看川端康成的审美观》（《日本问题》1989 年第 6 期）、《论川端康成前期创作的思想倾向》（《宁夏大学学报》1989 年第 4 期）、《〈雪国〉探究》（《日语学习与研究》1990 年第 1 期）、《日本新感觉派文学评析》（《河北大学学报》1994年第3期)、《川端康成——新感觉派的理论家》(《国外文学》1995年第1期)、《川端康成手掌小说论评》(《东方丛刊》1995年第2期)、《悲哀美的颂歌》(《山西大学学报》1995年第3期)、《川端康成小说的人物塑造》(《文史哲》1995年第5期)、《论川端康成小说的艺术特征》(《北京师范大学学报》1995年第5期)、《〈雪国〉论考》(《河北大学学报》1995年第3期)和《〈伊豆的舞女〉探析》(《日语学习与研究》1996年第1期)等。本成果的初稿于1997年年底完成,以后又几经修改,到2001年年底初步定稿。

在这个过程中,我感到除了创作方法和艺术特征外,艺术风格问题也是一个需要强调的重要问题,于是决定增加艺术风格一编,并将该成果名称改为《川端康成的小说艺术——创作方法、表现技巧和艺术风格》。与此同时,我又在各种刊物上发表了十几篇论文。如《〈雪国〉创作方法论》(《外国文学评论》2003年第3期)、《川端康成小说的叙述技巧》(《日语学习与研究》2003年第4期)、《川端康成意识流小说〈水晶幻想〉解读》(《长江学术》2003年第5辑)、《美而悲——川端康成小说的艺术风格》(《国外文学》2003年第4期)、《川端康成论继承民族文学传统与吸收外来文学营养的关系》(《外国文学研究》2004年第3期)、《川端康成的〈圣经〉情结——以〈水晶幻想〉为例》(《日语学习与研究》2004年第3期)、《川端康成笔下女性形象的嬗变》(《外国文学研究》2005年第6期)、《新进作家的新倾向解说——日本新感觉派文学理论的代表作》(《日语学习与研究》2006年第1期)、《川端康成小说的语言艺术》(《日语学习与研究》2006年第3期)和《〈水晶幻想〉·〈禽兽〉·〈雪国〉——川端康成小说创作中意识流方法的演变轨迹》(《日语学习与研究》2008 年第 1 期）等，作为后期阶段性成果，并将这部书稿定名为《川端康成小说艺术论》。上述论文有一部分分别收入我的两本论文集——《探索与开拓——东方文学论文选》（江西教育出版社，2004）和《何乃英自选集》（山东文艺出版社，2007）。

　　现在呈现给读者的这本书是在国家社会科学基金项目最终成果的基础上又一次编辑修订而成的。这次编辑修订工作是在上述论文的基础上进行的。也可以说，上述论文是我研究川端康成小说的分成果，而本书则是我研究川端康成小说的总成果。因此，二者在内容上有不少重复的地方是难以避免的，我也没有打算完全避免。当然，这并不是说本书会逐字逐句地、完完全全地重复上述论文，我还是要力求出新。怎样出新呢？我主要是从以下三个方面进行的：一是力图使研究内容系统化，即建立一个川端康成小说艺术研究系统，其中包括思想内容、创作方法、表现技巧和艺术风格四个方面，以便能够更充分地体现出川端康成小说的全貌和特点；二是提出若干新观点和新材料；三是舍弃若干旧观点和旧材料。不过，由于我近年以来身体状况欠佳，体力和精力都不如从前，所以原来打算 2010 年年底交稿，觉得这样可以仔细琢磨琢磨；但是"比较文学文库"编委会认为我这本书还是作为丛书的第一批推出比较合适，所以我只好提前两年交稿。由于编辑修订时间不够充裕，这三个方面的目标似乎没有能够完全达到，连我自己也觉得不很满意。以上情况应当向专家和读者说明，敬请诸位予以谅解。另外，本书的日文引文由我自己翻译，不足之处在所难免，恳请诸位予以指正。

　　这次拙作能够作为北京师范大学文学院比较文学与世界文学研究所的学术丛书之一问世，我感到十分欣慰。在此，谨向列入本书参考书目

（由于我的疏忽，还可能有一部分参考书未列入）的作者和译者、北京师范大学文学院比较文学与世界文学研究所"比较文学文库"编委会、北京师范大学出版社和语言文学编辑室主任赵月华女士表示衷心感谢。

何乃英

新版后记

本书于 2010 年由北京师范大学出版社出版，10 余年后，再由同一出版社推出新版。新版与原版在内容上基本相同，但在若干地方有所增补和改动。这是需要说明的。

本书新版问世得到北京师范大学文学院的资助、北京师范大学出版社李锋娟老师等编辑工作者的支持，日本友人前田尚香博士为本书部分注释中的作家查找卒年，在此一并谨表谢忱。

图书在版编目（CIP）数据

川端康成小说艺术论 / 何乃英著 . — 北京：北京师范大学出版社，2023.9
ISBN 978-7-303-25680-8

Ⅰ . ①川… Ⅱ . ①何… Ⅲ . ①川端康成（1899～1972）－小说评论 Ⅳ . ① I313.074

中国版本图书馆 CIP 数据核字（2020）第 017597 号

川端康成小说艺术论
CHUANDUANKANGCHENG XIAOSHUO YISHULUN

何乃英　著

策划编辑：禹明超　　责任编辑：李锋娟
美术编辑：王齐云　　装帧设计：王齐云
责任校对：陈　荟　　责任印制：马　洁

出版发行：北京师范大学出版社	开本：787mm×1092mm 1/16	版次：2023 年 9 月第 1 版
印刷：北京盛通印刷股份有限公司	印张：27.75	印次：2023 年 9 月第 1 次印刷
经销：全国新华书店	字数：315 千字	定价：98.00 元

北京师范大学出版社

http://www.bnup.com
北京市西城区新街口外大街 12-3 号
邮政编码：100088
营销中心电话：010-58805602
主题出版与重大项目策划部：010-58805385